MIRA®

Der Preis dieses Bandes versteht sich einschließlich der gesetzlichen Mehrwertsteuer.

Umwelthinweis:
Dieses Buch wurde auf chlor- und säurefreiem Papier gedruckt.

Landsitz

MIRA®

MIRA® TASCHENBUCH
Band 25450
1. Auflage: Juli 2010

MIRA® TASCHENBÜCHER
erscheinen in der Cora Verlag GmbH & Co. KG,
Valentinskamp 24, 20350 Hamburg
Deutsche Taschenbucherstausgabe

Titel der englischen Originalausgaben:
The Marriage Truce

One Night with a Rake

erschienen bei: Mills & Boon Ltd., London
Published by arrangement with
HARLEQUIN ENTERPRISES II B.V./S.àr.l.

Konzeption/Reihengestaltung: fredebold&partner gmbh, Köln
Umschlaggestaltung: pecher und soiron, Köln
Redaktion: Ilse Bröhl
Titelabbildung: Harlequin Books S.A.
Satz: Buch-Werkstatt GmbH, Bad Aibling
Druck und Bindearbeiten: CPI – Ebner & Spiegel, Ulm
Printed in Germany
Dieses Buch wurde auf FSC-zertifiziertem Papier gedruckt.
ISBN 978-3-89941-736-4

www.mira-taschenbuch.de

Ann Elizabeth Cree

Warum so scheu, Mylady?

Roman

Aus dem Englischen von
Roy Gottwald

MIRA®

1. KAPITEL

Devon St. Clair, der fünfte Marquess of Huntington, stand am Fenster seines Schlafzimmers in Henslowe Hall und beobachtete, wie die Kutsche des Earls of Monteville auf der kreisrunden Zufahrt hielt. Die Stirn gerunzelt, ließ er den Vorhang fallen und wandte sich ab. Die Aussicht auf den bevorstehenden Ball erschien ihm ungefähr so reizvoll wie ein Aufenthalt im Newgate-Gefängnis. Insbesondere nachdem die Bewohner von Monteville House eingetroffen waren. Wie sollte er Sarah Chandlers Gesellschaft einen ganzen Abend lang ertragen?

„Devon?“ Seine jüngere Schwester Jessica trat ein. Sie trug ein hellrosa Ballkleid. Aus dem dichten, hochgesteckten dunklen Haar hingen ein paar kleine Locken herab, die ihr hübsches Gesicht umrahmten. Schmerzlich krampfte sich sein Herz zusammen. Sie wirkte viel zu jung, um ihre eigene Verlobung zu feiern. „Bist du bereit?“, fragte sie. „Ich dachte, es würde dir nichts ausmachen, mich nach unten zu begleiten.“

„Natürlich nicht. Obwohl es mich überrascht, dass Adam diese Ehre nicht für sich beansprucht.“ Ein Lächeln erwärmte seine normalerweise kühle Miene. „Wie zauberhaft du aussiehst.“

„Und du bist hochelegant“, meinte sie und begutachtete seinen schwarzen Frackrock und die Kniehosen aus schwarzer Seide. „O Devon, also bist du wirklich und wahrhaftig hier. Darüber freue ich mich sehr. Ich weiß, es ist nicht einfach für dich.“

„Nun ja, ich war nicht allzu begeistert, als du dich ausgerechnet in einen Vetter der Chandlers verliebt hast, dessen künftige Ländereien an das Gut Monteville grenzen.“

Zerknirscht senkte sie den Blick. „Und ich habe mich so bemüht, meine Gefühle zu bekämpfen.“

„Schon gut, ich wollte dich nur ein bisschen hänseln." Er ging zu ihr und ergriff ihre behandschuhte Hand. „Schau nicht so beklommen drein, Jessica. Ich mag deinen jungen Mann. Und ich hätte eurer Verlobung niemals zugestimmt, wenn ich nicht glaubte, dass er dich glücklich machen will. Heute Abend werde ich mich mustergültig benehmen. Das verspreche ich dir."

„Deshalb sorge ich mich nicht. Was immer die Leute auch behaupten – du hast nie etwas Falsches getan, und die Schuld liegt einzig und allein bei Lord Thayne." Sekundenlang wurden ihre haselnussbraunen Augen von Zorn überschattet, dann von einem neuen Unbehagen. „Ich will nicht, dass du wieder … verletzt wirst."

Beruhigend drückte er ihre Hand, bevor er sie losließ. „Keine Bange, das alles gehört der Vergangenheit an. Komm, ich führe dich hinunter. Sonst glaubt Adam womöglich, du hättest dich anders besonnen."

Arm in Arm stiegen sie die geschwungene Treppe hinab. Aus dem Ballsaal drangen Gelächter und fröhliches Stimmengewirr. Ein bitteres Lächeln umspielte Devons Lippen. Es fiel ihm verdammt schwer, sich von den Chandlers fern zu halten. Vor einem Monat in London war es unmöglich gewesen, Sarah Chandler aus dem Weg zu gehen. Und nun musste er ihren Anblick einen ganzen Abend verkraften. Eigentlich sollte das keine Probleme aufwerfen, wenn er sich stets am anderen Ende des Raumes aufhielt.

Teilweise hinter einer griechischen, von Efeu und Seidenblumen umrankten Säule verborgen, stand Sarah Chandler in einer Ecke des Ballsaals und wünschte nicht zum ersten Mal an diesem Abend, sie könnte nach Hause fahren. Doch es wäre zu augenfällig gewesen, Kopfschmerzen vorzuschützen.

Wenigstens hatte niemand gestritten. Aber es lag eine fast

greifbare Spannung in der Luft, und die Gäste hatten sich in zwei Lager geteilt, wie feindliche Heere auf einem Schlachtfeld. Auf einer Seite standen die Verwandten der Chandlers, neben der hohen Doppeltür, die zur Halle führte, und gegenüber, neben den gläsernen Verandatüren, die St. Clairs. Die übrigen Gäste postierten sich an den beiden anderen Wänden, und ein paar tapfere Ballbesucher wanderten hin und her. Noch schlimmer wäre es, würde Sarahs Bruder Nicholas an der Verlobungsfeier teilnehmen. Zum Glück hielt er sich in Schottland auf.

Als sie über die Köpfe der Tanzpaare hinwegspähte, entdeckte sie Adam, ihren Vetter zweiten Grades. Er tanzte gerade eine Quadrille mit seiner Verlobten, und die beiden schauten sich verliebt in die Augen. Bedauerlicherweise verabscheute Jessicas Bruder die Chandlers.

Sarah schaute zur St. Clair-Formation hinüber. Ausnahmsweise starrte Lord Huntington sie nicht an. An die Wand gelehnt, die Arme vor der Brust verschränkt, schien er die Ereignisse mit sarkastischem Amüsement zu betrachten. Das war nicht ungewöhnlich. Letzten Monat hatte er in London die gleiche Miene zur Schau getragen. Anscheinend störte ihn die gedrückte Stimmung im Ballsaal nicht.

Nur ein oder zwei Mal hatte Sarah eine seltsame Verletzlichkeit in seinen attraktiven Zügen wahrgenommen und das unsinnige Bedürfnis verspürt, auf ihn zuzugehen. Natürlich wäre er sofort geflohen. Als spürte er ihr Interesse, wandte er sich in ihre Richtung und hob spöttisch die Brauen. Errötend senkte sie den Kopf. Warum hatte sich Adam ausgerechnet in Lord Huntingtons Schwester verlieben müssen? Hoffentlich würde sich der Marquess nicht verpflichtet fühlen, das Henslowe-Landgut regelmäßig zu besuchen.

„Sarah, versteckst du dich schon wieder?“

Verwirrt zuckte sie zusammen. Ihre Kusine Amelia, Lady

Marleigh, hatte sich zu ihr gesellt.

„Nicht, dass ich's dir verübeln würde", fuhr die hoch gewachsene, anmutige Blondine mit den lebhaften blauen Augen fort. „So einen grauenvollen Ball habe ich nie zuvor besucht – und noch nirgends so viele Leichenbittermienen auf einmal gesehen."

„Und diese Stimmung – wie die Ruhe vor einem Sturm …"

„Was glaubst du, welch ein Gewitter losbrechen wird? Ein Duell?"

„Um Himmels willen, das würde ich nicht ertragen."

„Vielleicht sollten wir zu den St. Clairs hinübergehen und Lord Henslowe bitten, dich Huntington als nächste Tanzpartnerin zu präsentieren." Amelia kicherte boshaft. „Damit würden wir für ein bisschen Abwechslung sorgen und die gespannte Atmosphäre auflockern."

„Nein, besten Dank", erwiderte Sarah schaudernd. „Wahrscheinlich würde er mir wortlos den Rücken kehren." Oder noch schlimmer – er würde die Herausforderung annehmen. Dann müsste sie seinen höhnischen Blick und seine bissigen Kommentare während einer ganzen Tanzserie über sich ergehen lassen. So wie in London, wo Lady Ralston den unverzeihlichen Fehler begangen hatte, sie an der Dinnertafel neben dem Marquess zu platzieren … Bei dieser Erinnerung fröstelte Sarah immer noch.

„Bist du sicher? Dauernd starrt er dich an. Das ist sogar John aufgefallen. Normalerweise bemerkt er so was nie. Wäre es möglich, dass du gewisse Gefühle in Lord Huntington erregst?"

„Mach dich nicht lächerlich!", fauchte Sarah. „Er hasst mich. Was ich ihm nicht einmal übel nehmen kann."

Amelia verdrehte die Augen. „Wie albern! Ich finde diesen Streit grauenhaft. Gewiss, das war eine sehr unerfreuliche Affäre. Aber seither sind fast zwei Jahre vergangen. Wenn ich auch verstehe, dass er nichts mehr von Nicholas wissen will – was wirft er *dir* vor? Du hattest doch gar nichts damit zu tun."

Leider täuschte sie sich. Sarah hatte sehr viel damit zu tun. Hätte sie Mary nicht eingeladen, wäre sie nicht so besorgt um Mama und so naiv gewesen, würde sie jetzt keine Schuldgefühle empfinden.

„Jedenfalls wärst du mit Huntington besser dran als mit Cedric Blanton", bemerkte Amelia und klappte ihren Fächer zu. „Ich fürchte, er will dich wieder zum Tanz auffordern. Wenn du noch einmal mit ihm tanzt, wird man euch für verlobt halten."

„O Gott …" Sarah drehte sich um und sah ihren unwillkommenen Bewunderer tatsächlich auf sich zukommen. Vor einem Jahr hatte der etwa 30-jährige Mann ein kleines Landgut in der Nähe gekauft und wenig später sein Interesse an ihr bekundet. Sogar in London war er aufgetaucht, wo sie einen Monat lang bei Amelia und deren Ehemann John gewohnt hatte.

„Da du's anscheinend nicht fertig bringst, ihm einen Korb zu geben, solltest du das Weite suchen", schlug Amelia vor. „Geh schon! Ich werde ihn mit meiner geistreichen Konversation ablenken."

Dankbar nickte Sarah und eilte an der Wand des Ballsaals entlang. Es war wohl am besten, wenn sie durch eine der Glastüren auf die Veranda floh. Unglücklicherweise hatten sich die St. Clairs auf dieser Seite des Raums versammelt. Nun, vielleicht würde man gar keine Notiz von ihr nehmen. Plötzlich versperrte ihr eine rundliche ältere Frau den Weg. Um ihr nicht auf die Zehen zu steigen, trat Sarah beiseite, und ihr Fuß landete auf dem Schnallenschuh eines Gentleman. Verlegen blickte sie auf. „Oh, verzeihen Sie …" Als sie sein Gesicht erkannte, erstarb ihre Stimme.

Lord Huntington schaute genauso verwirrt drein, wie sie sich fühlte. Dann zog er arrogant die Brauen hoch. „Miss Chandler, allmählich gewinne ich den Eindruck, Sie legen es darauf an, unsere Bekanntschaft zu vertiefen."

„Da irren Sie sich", fauchte sie.

„Wieso laufen Sie mir dann immer wieder in die Arme?"

„Genauso gut könnte ich fragen, warum Sie mir dauernd im Weg stehen."

Sein spöttischer Blick trieb ihr das Blut in die Wangen. „Vielleicht, weil *ich* unsere Bekanntschaft vertiefen will."

„Versuchen Sie mich zu ärgern, Sir?"

„Aus welchem Grund sollte ich diesen Wunsch verspüren?"

„Keine Ahnung. Würden Sie mich vorbeilassen?"

„Wäre das ratsam? Dies ist die St. Clair-Seite des Saals. Kehren Sie lieber um, und bringen Sie sich in Sicherheit. Außerdem scheint es unserem Gastgeber zu missfallen, dass Sie mit mir sprechen."

Unauffällig spähte Sarah in Lord Henslowes Richtung. In der Tat, er starrte sie mit finsterer Miene an. Seufzend wandte sie sich ab. Einfach lächerlich. Warum durfte sie nicht selbst bestimmen, mit wem sie sich unterhielt? Über Lord Huntingtons Schulter beobachtete sie Cedric, der Amelia gerade verließ und sich suchend umschaute. Ein paar Sekunden später entdeckte er sie und näherte sich zielstrebig. „Wenn Sie mich entschuldigen würden, Sir – ich kann nicht den ganzen Abend hier herumstehen und Unsinn mit Ihnen reden."

„Wollen wir Unsinn reden, während wir tanzen?", fragte Huntington.

Sarah schluckte krampfhaft. „Bitte, Sir, hänseln Sie mich nicht ... Ich muss mich um meinen Großvater kümmern ..." Während sie auf die Veranda eilte, wusste sie nicht, ob sie vor Huntington oder Blanton floh.

Devon schaute ihr nach. Wollte sie Lord Monteville im Garten suchen? Im Spielsalon würde sie ihn eher finden. Ärgerlich runzelte er die Stirn. Warum musste er sie jedes Mal verspotten, wenn sie sich begegneten? Um ihre schönen Wangen erröten zu sehen? Wenn er vernünftig wäre, würde er sich von ihr fern halten. Ihr sichtliches Entsetzen über seinen Vorschlag, sie sollte mit ihm tanzen, hatte verraten, wie schrecklich gern sie das tun würde.

„Schon wieder auf Kriegsfuß?" Lord Jeremy Pennington, sein Vetter, tauchte neben ihm auf. Womit hast du Miss Chandler in die Flucht geschlagen?"

„Ich bat sie nur um einen Tanz."

„Darauf hat sie etwas seltsam reagiert. Aber das verstehe ich. Anscheinend bist du wild entschlossen, die arme junge Dame unablässig zu necken."

„Was soll ich denn sonst tun, wenn sie mich für den Teufel persönlich hält?"

„Mit den Sünden ihres Bruders hat sie nichts zu tun. Vielleicht solltest du eine Versöhnung anstreben. Sonst werden immer wieder peinliche Situationen entstehen. Nachdem Jessica und Adam verlobt sind …"

„Selbst wenn ich's wollte – Miss Chandler wäre wohl kaum damit einverstanden."

„Von Miss Chandler habe ich gar nicht gesprochen", erwiderte Jeremy lächelnd.

Devon wollte antworten, doch dann wurde seine Aufmerksamkeit von Cedric Blanton abgelenkt, der vor einer Terrassentür stand, in den Garten schaute und jemanden zu suchen schien. Wen – das wusste Devon nur zu gut. In London war Blantons brennendes Interesse an Sarah Chandler unübersehbar gewesen. Das beunruhigte Devon – insbesondere seit einem Picknick im letzten Sommer, bei dem er Blanton in letzter Minute daran gehindert hatte, die Tochter des

Duke of Wrexton in ein Gebüsch zu zerren.

Als die Musik verstummte, erschien ein Lakai, um das Dinner anzukündigen, und Jeremy wandte sich zu Devon. „Gehen wir? Tante Beatrice hat mir befohlen, sie zu eskortieren. Wenn ich mich verspäte, handle ich mir einen Tadel ein, und dieser Gefahr will ich entrinnen."

„Ich komme gleich nach."

„Gut, bis dann."

In wachsendem Unbehagen beobachtete Devon, wie Blanton in den Garten ging. War Sarah leichtsinnig genug, sich immer noch da draußen herumzutreiben? Hastig ließ er den Blick über die Gästeschar schweifen, die zum Ausgang strömte. Aber er entdeckte keine schlanke Gestalt in cremefarbenem Kleid mit hochgestecktem kastanienroten Haar.

Kurz entschlossen eilte er in den kühlen, dunklen Garten. Wolkenschleier verhüllten den Mond. Zwischen hohen Büschen drangen Stimmen hervor. Er beschleunigte seine Schritte, und wenige Sekunden später erblickte er eine Frau, die sich in Blantons Armen wand. Nachdem sie ihn abgewehrt hatte, packte er sie sofort wieder, und Devon hörte, wie die Seide ihres Kleids zerriss.

„Lassen Sie mich los!", zischte sie.

„Nein, meine Liebe, ich muss mit Ihnen reden."

Ohne lange zu überlegen, trat Devon vor. „Sir, ich empfehle Ihnen, den Wunsch der Dame zu erfüllen."

Erschrocken gehorchte Blanton und fuhr herum. Als er den Marquess erkannte, kniff er die Augen zusammen. „Warum mischen Sie sich in eine private Unterredung ein, Sir?"

„Für solche Gespräche sollten Sie einen anderen Ort und Zeitpunkt wählen." Er warf einen kurzen Blick auf Sarah, die zitternd ihre Arme vor der Brust verschränkte, um ihr zerrissenes Kleid zu verbergen. Anscheinend fühlte sie sich elend, und er bezähmte seinen Zorn nur mühsam. „Aber ich fürchte,

Miss Chandler würde Ihre Konversation auch anderswo nicht sonderlich schätzen."

„Was meinen Sie damit?", stieß Blanton erbost hervor.

„Ist das nicht offensichtlich? Miss Chandler wollte gehen, und Sie versuchten Sie gewaltsam zurückzuhalten."

„Keineswegs." Blanton rückte seine Krawatte zurecht. „Außerdem ist sie meine Verlobte."

„O nein!", protestierte Sarah.

„Nun, Sie werden mich wohl oder übel heiraten müssen. Sonst wäre Ihr Ruf gefährdet. Huntington hat Sie in meinen Armen gesehen."

„Deshalb müssen Sie keine so drastischen Maßnahmen ergreifen", erklärte Devon verächtlich. „Ich werde Stillschweigen bewahren."

„Warum sollte ich Ihnen trauen? Sie hassen die Chandlers, und Sie könnten grausame Rache üben, indem Sie den Ruf dieser jungen Dame ruinieren. Damit würden Sie der ganzen Familie schaden."

„Auf diese Weise würde ich mich niemals rächen. Und jetzt sollten Sie ins Haus zurückkehren. Oder wollen Sie mich morgen bei Tagesanbruch zum Duell treffen?"

Erschrocken zuckte Blanton zusammen. Ohne ein weiteres Wort wandte er sich ab und lief zur Veranda.

Devon musterte Sarah, die reglos dastand, als hätte sie einen Schock erlitten. „Alles in Ordnung?"

„Ja."

Einerseits wollte er sie schütteln, andererseits tröstend in die Arme nehmen. Dieser unerwartete Gedanke irritierte ihn. „Was zum Teufel haben Sie hier draußen mit Blanton gemacht?"

„Aber ich bin nicht mit ihm hierher gekommen. Er ... er ist mir gefolgt."

„Für eine junge Dame ist es höchst unschicklich, allein

durch einen nächtlichen Garten zu wandern. Wissen Sie das nicht? Oder haben Sie versucht, Blanton zu ermutigen?"

Mit dieser Frage schien er sie aus ihrer Trance zu reißen. „Natürlich nicht! Ich wollte einfach nur ein paar Minuten allein sein. Und plötzlich stand er da … Wahrscheinlich war es *mein* Fehler … Entschuldigen Sie mich jetzt." Das Oberteil ihres Kleids immer noch an sich gepresst, ging sie an ihm vorbei.

„Warten Sie, Miss Chandler!" Verwirrt drehte sie sich um. „Wie schlimm sieht der Riss in Ihrem Kleid aus?"

„Nicht so tragisch. Nur eine Rüsche ist ein bisschen ramponiert. Diesen Schaden kann man mit Nadel und Faden leicht beheben."

„So können Sie nicht in den Ballsaal gehen."

„Was bleibt mir denn anderes übrig? Wenigstens sitzen sie schon alle an der Dinnertafel."

Devon zeigte auf Sarahs Brosche. „Könnten Sie den Riss damit zusammenhalten?"

„Ja – vielleicht …" Mit bebenden Fingern versuchte sie die Schließe der Brosche zu öffnen, ohne Erfolg.

„Lassen Sie mich das machen." Seine Hand streifte ihren Busen, und sie erstarrte. Plötzlich waren seine Finger genauso ungeschickt wie ihre, und es fiel ihm schwer, sich auf seine Aufgabe zu konzentrieren. Sarah duftete viel zu süß, und da sie sich anscheinend bemühte, keine Luft zu holen, nahm sie auch ihm den Atem.

„Sir … jetzt … jetzt sollte ich hineingehen", stammelte sie.

„Gleich …" Als er die Nadel aus der dünnen Seide zog, hörte er einen schrillen Schrei hinter sich.

„Oh, mein Gott!"

Die Brosche in der Hand, drehte er sich um. Lady Henslowe stand auf dem Gartenweg und griff sich an die Kehle. Sogar im schwachen Mondlicht sah er, wie alles Blut aus ihren

Wangen wich. Und über ihrer Schulter nahm Lord Henslowes normalerweise sanftes Gesicht mörderische Züge an.

„Verdammt", murmelte Devon. Offenbar plante das Schicksal, ihn für jede einzelne seiner zahlreichen Sünden zu bestrafen.

2. *KAPITEL*

Selbst wenn Sarah hundert Jahre alt werden sollte, würde sie Lord und Lady Henslowes schreckensbleiche Gesichter niemals vergessen. Sie schloss die Augen und hoffte inständig, sie würde im Erdboden versinken oder auf der Stelle sterben.

Weder das eine noch das andere geschah. Widerstrebend hob sie die Lider und sah Lord Henslowe auf Huntington zugehen. „Sir, ich nehme an, wir haben eine Verlobung zu feiern", sagte er in eisigem Ton.

„Ja", bestätigte Huntington kühl.

„Nein", erwiderte Sarah gleichzeitig.

„Meine Liebe!", rief Lady Henslowe. „Du kannst dem Marquess nicht solche Freiheiten gestatten und dich dann weigern, ihn zu heiraten!"

Lord Henslowes Blick fiel auf Sarahs zerrissene Seidenrüsche. „So danken Sie mir meine Gastfreundschaft, Sir? Indem sie über einen meiner weiblichen Gäste herfallen? Leider ist es zu spät, um die Heirat meines Sohnes und Ihrer Schwester zu verbieten. Aber ich will verdammt sein, wenn Sie je wieder einen Fuß in dieses Haus setzen." Mit erhobener Hand ging er auf Huntington zu, und Sarah trat hastig dazwischen.

„Nein! Halt! Er … er hat nichts verbrochen. Dafür ist er nicht verantwortlich."

„Verteidigst du den Schurken auch noch, Sarah? Hat er dich bereits verführt?"

„Natürlich nicht."

„Und wieso ist dein Kleid zerrissen, Kindchen?", fragte Lady Henslowe verstört. „Warum bist du mit ihm in den Garten gegangen?"

„Ich wollte nur ein paar Minuten allein sein, und dann …", begann Sarah.

Entschlossen fiel Huntington ihr ins Wort. „Das ist weder der richtige Ort noch der passende Zeitpunkt für dieses Gespräch. Miss Chandler zittert am ganzen Körper. Bitte, Lady Henslowe, führen Sie die junge Dame ins Haus und geben Sie ihr einen Brandy."

„Ja, gewiss", stimmte die Gastgeberin zu und ergriff Sarahs Hand. „So ein Schock ... Komm, Kindchen."

„Aber ich will keinen Brandy", protestierte Sarah.

„Sie bleiben hier bei mir, Huntington", entschied Henslowe, ohne Sarah zu beachten. „Glauben Sie bloß nicht, Sie könnten davonlaufen, bevor diese Angelegenheit geregelt ist."

„Das hatte ich auch gar nicht vor", erwiderte der Marquess und verschränkte gleichmütig die Arme vor der Brust.

„Bitte, hört doch zu!", flehte Sarah verzweifelt. „Lord Huntington hat mein Kleid nicht zerrissen, sondern ..."

„Gehen Sie, Miss Chandler." Warnend runzelte Huntington die Stirn.

„Nein, erst muss ich alles erklären."

„Es gibt nichts zu erklären. Begleiten Sie Lady Henslowe ins Haus."

Lady Henslowe zerrte an Sarahs Hand. „Komm endlich, Liebes! Du darfst nicht mehr hier herumstehen – in deinem zerrissenen Kleid. O Gott, Sarah, wie konntest du nur! Was wird Monteville sagen?"

„Nicht Großvater. Wenn du ihm davon erzählst ... Er wird mich umbringen!"

„Hoffentlich hast du nichts getan, was diese Angst rechtfertigen würde ..." Plötzlich erstarrte Lady Henslowe und stöhnte leise. Bestürzt wandte sich Sarah zu dem Mann, der lautlos herangekommen war und jetzt hinter ihr stand. Zum zweiten Mal an diesem Abend wünschte sie, im Erdboden zu versinken.

Kühl und ausdruckslos wanderte der Blick des Earl of Monteville von einem zum anderen und blieb schließlich an

Sarahs Kleid hängen. „Ich wüsste gern, warum meine Enkelin im dunklen Garten steht, mit einem Riss in ihrem Kleid."

„Am besten, wir sprechen unter vier Augen miteinander, Sir", schlug Huntington vor.

„Nein, das ist nicht nötig", mischte Sarah sich ein und schüttelte Lady Henslowes Arm ab. „Ich kann alles erklären. Was mein zerrissenes Kleid betrifft – Lord Huntington ließ sich nichts zu Schulden kommen, und er wollte mir nur helfen."

„Dieser Schurke wollte dich verführen!", stieß Lord Henslowe hervor.

„O nein!", rief Sarah empört.

Als sich der Earl zu ihr wandte, wirkte sein Blick nicht unfreundlich. „Am besten gehst du jetzt ins Haus, mein Kind. Offensichtlich frierst du. Penelope wird einen Schal für dich finden."

„Ja, gewiss." Lady Henslowe griff wieder nach Sarahs Hand. „Komm, Liebes."

Widerstandslos folgte Sarah ihrer Tante. Es hatte keinen Sinn, mit ihrem Großvater zu diskutieren. Nun konnte sie nur hoffen, er würde Huntington von dem albernen Entschluss abbringen, sie zu heiraten.

Lord Monteville folgte Devon in Henslowes Arbeitszimmer und schloss die Tür hinter sich. Auf dem wuchtigen Mahagonischreibtisch verbreiteten Kerzen in einem Silberleuchter schwaches Licht. Der Earl ging zum Sideboard und füllte zwei Gläser mit Brandy. „Jetzt können wir sicher einen Drink vertragen."

„Danke." Devon nahm ein Glas entgegen. Offenbar beabsichtigte Monteville nicht, ihn zum Duell zu fordern. Wenigstens jetzt noch nicht. Trotz seines Alters war der Earl immer noch ein ausgezeichneter Fechter. Auch Devon wusste seinen Degen zu schwingen. Aber er wollte nicht gegen einen

Mann kämpfen, der um einige Jahrzehnte älter war als er. Er nippte an seinem Glas, und nachdem der Brandy seine Kehle erwärmte hatte, wandte er sich zu Monteville.

Mit durchdringenden grauen Augen schaute der Earl ihn an. „Nun, Huntington? Würden Sie mir das kleine Drama im Garten erklären?"

„Lord und Lady Henslowe trafen Miss Chandler und mich allein zwischen den Büschen an."

„Das war alles? Warum gewann Penelope den Eindruck, Sarah wäre kompromittiert worden?"

„Meine Hand berührte ihre Brust."

„Ah, jetzt wird die Sache etwas delikater. Aber es gibt sicher einen Grund, warum Sie das taten."

„Ich versuchte den Verschluss einer Brosche zu öffnen, die Miss Chandler brauchte, um einen Riss in ihrem Kleid zu kaschieren."

„Und wie ist dieser Riss entstanden?"

Devon hatte nicht vor, Cedric Blanton zu erwähnen. „Keine Ahnung. Ich habe nichts damit zu tun. Trotzdem werde ich Miss Chandler heiraten."

„Warum?"

„Weil mir niemand vorwerfen soll, ich hätte Ihre Enkelin verführt, Sir. Zwischen unseren Familien gibt es schon genug Spannungen. Außerdem sollen meine Sünden das Glück meiner Schwester nicht trüben. Wenn es möglich wäre, würde Henslowe die Heirat seines Sohnes verhindern."

„Ich verstehe noch immer nicht, warum Sie mit Sarah im Garten waren, Huntington."

„Ich sah sie hinausgehen. Als das Dinner angekündigt wurde, kam sie nicht zurück. Da beschloss ich, ihr zu folgen."

Nachdenklich nickte der Earl. „Ich verstehe … Sagen Sie, Huntington – empfinden Sie etwas für meine Enkelin?"

Devon runzelte verwirrt die Stirn. Mit dieser Frage hatte

er nicht gerechnet. „Ich kenne sie kaum. Bestenfalls könnte man unsere Beziehung als Waffenstillstand bezeichnen."

„Ja, so könnte man's unter diesen Umständen nennen. Nach einer kurzen Pause fuhr der Earl fort: „Dieser Abend verläuft wirklich hochinteressant. Kurz vor unserer Begegnung im Garten sprach mich ein Gentleman an, der ebenfalls behauptete, er sei mit meiner Enkelin zwischen den Büschen allein gewesen. Als er sie umarmt habe, sei er beobachtet worden. Nun scheint er zu glauben, ich wäre verpflichtet, ihn mit Sarah zu vermählen."

Kalter Zorn stieg in Devon auf. „Seien Sie versichert, Sir – lieber würde jener Zeuge seine Seele verkaufen, als solche Indiskretionen zu verbreiten. Übrigens war Ihre Enkelin nicht sonderlich erfreut über die Umarmung."

„Das dachte ich mir. Ich sorge mich um ihr Glück, und ich würde mir wünschen, sie könnte mit Ihnen eine bessere Ehe führen als mit jenem anderen Gentleman."

„Wenn Sie an Miss Chandlers Wohl denken, sollten sie Blanton von ihr fern halten." Mit ausdrucksloser Miene fügte Devon hinzu: „Ich würde sie sicher nicht unglücklich machen."

„Hoffentlich nicht. Sie besitzt ein gütiges, großzügiges Herz. Daran soll sich nichts ändern." Monteville schaute zur Uhr hinüber, die auf dem Kaminsims stand. „Es ist spät geworden. Setzen wir unser Gespräch morgen früh fort. Übrigens – haben Sie meine Enkelin über Ihre Absichten informiert?"

„Ja, und sie war nicht sonderlich begeistert." Welch eine Untertreibung ... Sie hatte den Eindruck erweckt, er würde ihr eine lebenslange Gefängnisstrafe androhen.

„Vielleicht sollten Sie ihr etwas konventioneller begegnen", meinte der Earl lächelnd. Er ging zur Tür. „Kommen Sie morgen früh zu mir. Falls Sie sich fragen, wo Sie in dieser

Nacht schlafen sollen – Lord Henslowe wird Sie gewiss nicht hinauswerfen."

Verblüfft starrte Devon die Tür an, die hinter Lord Monteville ins Schloss gefallen war. Hatte er ihm soeben befohlen, Sarah Chandler einen offiziellen Heiratsantrag zu machen? Bei dieser Unterredung hatte Devon erwartet, der Earl würde ihn einen Schurken und Wüstling nennen und vielleicht sogar sein Leben bedrohen. Mit dieser widerstandslosen Einwilligung in seine Pläne hatte Devon nicht gerechnet.

Er wusste, wie sehr die Chandlers ihn hassten. Obwohl seine Frau ihn mit Nicholas betrogen hatte, gaben sie auch ihm selbst die Schuld. Einem Gerücht zufolge war es seine Gefühlskälte gewesen, die Mary in Nicholas' Arme getrieben hatte.

Und das Duell ... Er lächelte grimmig. Beinahe hätte an diesem Abend ein weiterer Kampf stattgefunden. Und nach Henslowes finsterer Miene zu schließen, bestand diese Möglichkeit immer noch. Er ging zum Sideboard und ergriff die Karaffe. Was zum Teufel hatte er getan? Wäre er bloß seiner inneren Stimme gefolgt und Sarah Chandler aus dem Weg gegangen. Doch dann würde Blanton ihr am nächsten Morgen einen Antrag machen. Er stellte die Karaffe wieder ab. Plötzlich verging ihm die Lust auf einen zweiten Brandy.

3. KAPITEL

Sarah versuchte eine Scheibe Toast hinunterzuwürgen, gab es schließlich auf und sank ins Kissen zurück. Normalerweise freute sie sich an einem so schönen, sonnigen Morgen auf die nächsten Stunden, die sie im wundervollen Garten von Monteville House verbringen würde, um zu malen oder zu zeichnen.

Aber an diesem Tag hätte sie sich am liebsten unter der Decke verkrochen oder die Zeit zurückgedreht. Dann könnte sie Kopfschmerzen vorschützen, damit sie den Henslowe-Ball nicht besuchen müsste – ganz egal, ob sich ihre Tante Penelope, Lady Henslowe, aufregen würde oder die St. Clairs beleidigt wären. Zumindest hätte sie sich an diesem Morgen nicht an die Ereignisse des vergangenen Abends erinnern müssen, mit dem Gefühl, ein böser Traum wäre Wirklichkeit geworden. Lady Henslowes sichtliches Entsetzen, Lord Henslowes Drohungen, die kühle Miene des Großvaters und – am allerschlimmsten – Lord Huntingtons eisiger Blick …

Im Vergleich dazu erschienen ihr sogar Cedric Blantons Liebeserklärung und sein widerwärtiger Kuss eher harmlos. Bis jetzt hatte sie noch keine Gelegenheit gefunden, mit ihrem Großvater zu sprechen. Lady Henslowe hatte sie nach dem Zwischenfall in einen kleinen Salon geführt und war davongeeilt, um ein Dienstmädchen zu holen. Wenig später erschien Sarahs Tante Helen, Lady Omberley, mit Amelia im Schlepptau und verkündete, sie alle müssten das Haus sofort verlassen. John, Amelias Mann, wurde vom Spieltisch geholt und beauftragt, die Damen nach Hause zu bringen. Wenn er auch kein Wort über die unerfreuliche Angelegenheit verlor – sein grimmiges Gesicht sprach Bände. Während der Fahrt fand Sarah das drückende Schweigen viel schrecklicher, als wenn die Verwandten ihr bittere Vorwürfe gemacht hätten.

Erst als sie im Bett lag, fragte Amelia besorgt: „Alles in Ordnung? Ich will deine Nerven nicht strapazieren – aber was ist passiert? Mama und ich hatten das Dinner gerade beendet, als Tante Penelope uns zu sich bat. Völlig außer sich, fast hysterisch beklagte sie sich über Schlangen an ihrem Busen und erklärte, wir müssten uns sofort um dich kümmern, weil Lord Huntington dich zu verführen versucht habe. Dann ließ Großvater uns ausrichten, wir sollten dich nach Hause bringen." Von plötzlicher Wut erfasst, stieß sie hervor: „Wenn Huntington dir was angetan hat, fordere ich ihn selber zum Duell!"

„Nein, er ... hat nichts verbrochen." Und mich gerettet, ergänzte Sarah in Gedanken. „Er versuchte mir zu helfen. Als Lord und Lady Henslowe in den Garten kamen, öffnete er gerade meine Brosche, mit der ich einen Riss in meinem Kleid zusammenstecken wollte."

„Wieso ist es zerrissen? Und warum warst du mit Huntington im Garten?"

„Ich ging allein hinaus, und Cedric Blanton folgte mir. O Gott, welchen Unsinn er geredet hat ... Ich sei eine Vision im Mondlicht. Das mochte ich mir nicht länger anhören und sagte, ich müsste ins Haus zurückkehren. Plötzlich packte er mein Handgelenk – und küsste mich." Beschämt wich Sarah dem Blick ihrer Kusine aus.

„Oh, wie schrecklich!"

Schaudernd erinnerte sich Sarah an den seltsamen Ausdruck in Blantons Augen. Beinahe hatte sie gefürchtet, er könnte ihr Gewalt antun. Glücklicherweise war Huntington gerade noch rechtzeitig aufgetaucht. „Er wollte mich nicht loslassen. Als ich mich aus seinen Armen befreite, zerriss er mein Kleid. Und dann kam Huntington in den Garten. Blanton behauptete, ich sei seine Verlobte, weil er hoffte, Lord Huntington würde aus lauter Rachsucht überall ausposaunen, mein Ruf sei ruiniert, und ich müsste meinen Verführer heiraten. Aber Huntington versicherte, er würde schweigen, und Blanton verschwand. Huntington öffnete meine Brosche – und im selben Augenblick erschienen die Henslowes."

„O Sarah ..."

„Lord Henslowe fragte, ob eine Verlobung stattfinden würde, was Huntington bejahte. Natürlich protestierte ich."

„Hast du denn eine Wahl? Wenn sich das alles herumspricht!"

„Warum sollte es? Außer den Henslowes, dir, Tante Helen und Großvater weiß niemand Bescheid. Und sobald ich Großvater alles erklärt habe ..."

„Leider ist es zu spät", seufzte Amelia. „Tante Penelope hat Serena bereits eingeweiht. Und die kann kein Geheimnis für sich behalten."

„O nein ..." Lady Henslowes einzige Tochter war herzensgut, aber furchtbar geschwätzig.

Und an diesem Morgen, in der Stille ihres Schlafzimmers, fühlte sich Sarah immer noch völlig hilflos. Ihre größte Sorge galt Lord Huntington. Was er gestern Abend mit ihrem Großvater besprochen hatte, wusste sie nicht. Und sie konnte nur hoffen, er hätte nicht erneut um ihre Hand angehalten. Dieser Gedanke hatte ihr fast die ganze Nacht den Schlaf geraubt. Warum sollte er die Schuld an einem Zwischenfall auf sich nehmen, mit dem er gar nichts zu tun hatte? Und außerdem – trotz der Gerüchte, wegen seiner Herzenskälte sei seine Frau in die Arme eines anderen gesunken, hatte er allen Grund, ihre Familie zu hassen. Nun betete Sarah, ihr Großvater möge einsehen, dass Lord Huntington keine Schuld an der Szene im Garten trug. Der Earl besaß ein ausgeprägtes Gerechtigkeitsgefühl. Und es wäre ungerecht, Huntington für den peinlichen Vorfall verantwortlich zu machen.

Deshalb musste sie möglichst bald mit ihrem Großvater

sprechen. Wie sie von der Zofe erfahren hatte, war er bereits zu seinem üblichen Morgenspaziergang aufgebrochen. Inzwischen musste er zurückgekehrt sein. Sobald sie angezogen war, würde sie in sein Arbeitszimmer gehen. Bei diesem Gedanken drehte sich ihr Magen um. In den drei Jahren, die sie seit dem Tod ihrer Mutter bei ihm lebte, war er ihr stets sehr freundlich begegnet. Trotzdem schüchterte er sie immer noch ein.

Als sie ihr fast unberührtes Frühstückstablett auf die Nachtkonsole stellte und aus dem Bett stieg, öffnete sich die Tür, und Amelia spähte ins Zimmer. „Alles in Ordnung?"

„Ja, natürlich."

„Aber du siehst so blass aus."

„Ich bin nur müde."

„Vermutlich hast du schlecht geschlafen", meinte Amelia mitfühlend.

„Ich habe kaum ein Auge zugetan", gestand Sarah und lächelte schwach. „Jetzt möchte ich mit Großvater reden."

„Deshalb bin ich hier. Er will dich sehen. Und – Lady Beatrice ist da." Beklommen schlang Amelia die Hände ineinander. „Mit Lord Huntington."

Sarah stand vor dem Arbeitszimmer des Earls und holte tief Atem. Am liebsten wäre sie umgekehrt. Aber irgendwann musste sie ihm gegenübertreten. Und sie hoffte nur, Lord Huntington und Lady Beatrice, seine formidable Tante, würden sich derzeit nicht bei ihrem Großvater aufhalten.

Schweren Herzens öffnete sie die Tür. Offensichtlich meinte es das Schicksal nicht gut mit ihr. Lady Beatrice saß in einem Ohrensessel vor dem Schreibtisch, der Earl stand dahinter und Lord Huntington in der Nähe des Kamins. Mit unergründlichem Blick musterte er Sarah, die hastig zur Seite sah. „Du wolltest mich sprechen, Großvater?"

„Ja. Nur herein mit dir, mein Kind. Keiner von uns wird dich beißen."

Zögernd betrat sie das Zimmer und bemühte sich, nicht in Lord Huntingtons Richtung zu schauen. Als sie vor dem Schreibtisch aus Kirschbaumholz stehen blieb, erhob sich Lady Beatrice. „Miss Chandler, ich nehme an, es geht Ihnen gut." Das war keine Frage, sondern eine Feststellung.

„Ja, danke." Irgendwie gelang es Sarah, dem durchdringenden Blick der blauen Augen standzuhalten. „Und Ihnen, Lady Beatrice?"

„Den Umständen entsprechend. Kommen wir zur Sache. Je früher diese Affäre geregelt wird, desto besser. Aber ich wünschte, Sie und mein Neffe hätten einen angemesseneren Zeitpunkt gewählt, um ihre gegenseitige Zuneigung zu entdecken."

Verwirrt zuckte Sarah zusammen. „Wie bitte?"

Lord Monteville beugte sich vor. „Wahrscheinlich war es für die beiden ein Schock, plötzlich herauszufinden, dass die unterdrückten Gefühle erwidert werden. Deshalb sollte man ihnen die kleine Indiskretion verzeihen." Er warf Lady Beatrice einen kurzen Blick zu. „Sicher haben wir alle ähnliche Erfahrungen gemacht."

„Also, *ich* gewiss nicht!", fauchte Lady Beatrice.

„Tatsächlich nicht?" Der Earl wandte sich zu seiner Enkelin. „Nun, meine Liebe, der Marquess möchte in aller Form um deine Hand bitten. Ich habe bereits meine Zustimmung zu dieser Ehe gegeben, und ich hoffe, sie wird die Kluft zwischen unseren Familien überbrücken."

Sarah starrte ihn entgeistert an. Durfte sie ihren Ohren trauen? Wovon redete er? Gegenseitige Zuneigung? Nach einer Weile erkannte sie, dass er auf eine Antwort wartete. „Du ... du hast eingewilligt?"

„Ja." In seinen kühlen Augen erschien ein warnender Ausdruck, und Sarah wich zurück.

„O Gott …“

Offenbar war das die falsche Antwort. „Sind Sie nicht erfreut?“, fragte Lady Beatrice in scharfem Ton.

„Sicher ist sie nur überrascht. Mir ging's genauso.“ Huntington trat an Sarahs Seite. „Natürlich hatten wir nie erwartet, Lord Monteville würde unserer Heirat so schnell zustimmen.“ Er legte eine Hand auf Sarahs Schulter, und seine Finger übten einen sanften Druck aus, als wollte er sie zum Schweigen ermahnen. „Jetzt würde ich gern allein mit Miss Chandler sprechen.“

„Eine gute Idee.“ Monteville ging um seinen Schreibtisch herum. „Kommen Sie, Lady Beatrice, ziehen wir uns in den Salon zurück.“ Als er ihr die Tür aufhielt, musste sie ihm wohl oder übel folgen. Auf der Schwelle drehte sie sich noch einmal um.

„Hoffentlich wird sich die Szene von gestern Abend nicht wiederholen. Vor der Hochzeit sollte man sich solche Freiheiten nicht herausnehmen.“ Drohend starrte sie Sarah an und schien zu erwarten, die junge Dame würde sich Huntington an den Hals werfen, sobald die Tür ins Schloss gefallen war.

„Keine Bange, Tante Beatrice“, erwiderte Huntington trocken. „Miss Chandler wird nichts zustoßen. Vor dem Dinner pflege ich keine Damen zu verführen.“

„Das ist der falsche Zeitpunkt und auch kein geeigneter Ort für schlechte Scherze“, tadelte sie und verließ hinter Lord Monteville das Zimmer. Aber sie ließ die Tür offen, die Huntington energisch schloss. Dann lehnte er sich dagegen, als erwarte er, Sarah würde die Flucht ergreifen.

„Würden Sie mir bitte erklären, was hier vorgeht, Sir?“ Obwohl Sarah glaubte, sie wäre in einen sonderbaren, völlig sinnlosen Traum geraten, klang ihre Stimme ruhig und gefasst.

„Allem Anschein nach sind wir verlobt, Miss Chandler“, antwortete er ebenso kühl. „Und verliebt.“

„Verliebt? Wie lächerlich …"

„Leider fiel mir keine andere Erklärung für das Debakel am letzten Abend ein – insbesondere nachdem meine Tante behauptete, Sie hätten mich zu betören versucht."

„*Was?*" Der Albtraum wurde immer bizarrer.

„Komisch, nicht wahr?" Huntington lachte kurz auf. „Ihre Familie glaubt, ich hätte *Sie* zu verführen versucht, meine hält *mich* für das Opfer *Ihres* Charmes."

„Wie … merkwürdig."

„So könnte man's nennen. Um das drohende Gewitter abzuwehren, erklärte ich, wir wären schon vor langer Zeit in geheimer, hoffnungsloser Leidenschaft füreinander entbrannt. Als wir uns gestern Abend zufällig im Garten trafen, sei unsere Vernunft von heftigen Gefühlen besiegt worden. Unglücklicherweise bestand meine Tante darauf, mich hierher zu begleiten. Aber Ihr Großvater stellte keine Fragen und spielte in meinem kleinen Drama mit. Und Sie, meine liebe Miss Chandler, haben darauf verzichtet, in Ohnmacht zu fallen oder schreiend aus dem Zimmer zu laufen. Dafür muss ich Ihnen ein Kompliment machen."

„So albern würde ich mich nie benehmen. Und wie lange müssen wir vorgeben, wir wären verlobt, Lord Huntington?"

„Vorgeben?" Seine Stimme nahm einen scharfen Klang an. „Selbstverständlich werden wir heiraten, sobald ich die Lizenz erhalte."

Als er auf sie zuging, schreckte sie zurück. „Nein! Das will ich nicht!"

„Bedauerlicherweise haben wir keine Wahl. Sonst wäre Ihr Ruf ruiniert."

„Und wenn schon! Was die Leute sagen, ist mir egal." Dann würde sie eben bei Großtante Charlotte in Northumberland leben, die dauernd andeutete, sie würde eine Gesellschafterin brauchen. Zweifellos wäre das einer Ehe mit einem

Mann vorzuziehen, der sie verabscheute.

„Aber *mir* nicht. So etwas werde ich nicht auf mein Gewissen laden. Mit meinem Namen verbinden sich schon genug Skandale – auch ohne dass man behauptet, ich hätte Sie zu verführen versucht, um Rache zu üben."

„Niemand käme auf solche Gedanken."

„Da täuschen Sie sich. Man denkt es bereits."

„Wieso? Das ist einfach nicht fair." Verzweifelt schlang sie die Hände ineinander. „Was haben Sie meinem Großvater erzählt? Wenn er wüsste, was wirklich geschah – dass Mr. Blanton ..."

„Dass Sie in den Garten gingen und von Blanton überfallen wurden? Sollte sich das herumsprechen, wird man sich fragen, warum sich eine junge Dame innerhalb weniger Minuten von *zwei* Männern attackieren lässt. Man wird mich einen Feigling nennen, der Blanton die ganze Schuld in die Schuhe schiebt. Außerdem muss ich Rücksicht auf meine Schwester nehmen, die nicht unter dieser unseligen Affäre leiden soll. Den Henslowes fällt es ohnehin schon schwer genug, das Mädchen zu akzeptieren." Mit einem bitteren Lächeln fügte er hinzu: „Also werden wir beide den Bund fürs Leben schließen."

Hastig wandte sie sich ab und trat ans Fenster, um die Tränen zu verbergen, die plötzlich in ihren Augen brannten. Sie beobachtete, wie einer der Gärtner eine Hecke stutzte – ein vertrauter Anblick, der jetzt einer anderen Welt angehörte.

„So schlimm wie ein Todesurteil wird's schon nicht sein."

„Was?", fragte sie leise und drehte sich um. Zu ihrer Verblüffung stand Lord Huntington direkt hinter ihr.

„Unsere Ehe."

Trotz ihres Kummers zwang sie sich, leichthin zu entgegnen: „Nur so schlimm wie eine Gefangenschaft im Newgate?"

„Keineswegs. Ich habe nicht vor, Sie gefangen zu halten,

Miss Chandler, und unser Zusammenleben wird sich auf ein Minimum beschränken. Natürlich müssen wir den Schein wahren, damit die Klatschbasen den Mund halten. Aber ich werde Ihnen nicht zumuten, mein Bett zu teilen."

Brennend stieg das Blut in ihre Wangen. „Ich verstehe …" Daran hatte sie noch keinen Gedanken verschwendet, und sie fühlte sich nicht einmal erleichtert – nur verwirrt.

Die Stirn gerunzelt, musterte er ihr bleiches Gesicht. „Fühlen Sie sich nicht wohl?"

„Doch. Machen Sie sich keine Sorgen, Sir, ich werde meine Fassung bewahren."

„Hoffentlich." Unverwandt schaute er sie an, und ihr Herz schlug immer schneller. Dann trat er abrupt zurück, als wollte er Abstand halten. „Noch etwas, Miss Chandler."

„Was?"

„Wir sollten den Eindruck erwecken, wir würden uns lieben", erwiderte er und verschränkte die Arme vor der Brust.

„So wie Sie's jetzt versuchen?" Seine gleichgültige, distanzierte Pose erregte ihren Zorn.

„Darf ich fragen, was Sie meinen?"

Seine verständnislose Miene erfüllte sie mit einer gewissen Genugtuung. „Da stehen Sie und starren mich so … so abweisend an. Und außerdem – ich habe Ihren Antrag gar nicht angenommen, weil Sie mir keinen gemacht haben."

„Was erwarten Sie denn von mir?"

„Keine Liebeserklärung. Aber statt voraussetzen, diese Verlobung würde mich beglücken, könnten Sie wenigstens danach fragen."

„Glauben Sie mir, das habe ich niemals vermutet." Plötzlich ging er wieder zu ihr und ergriff ihre Hände. „Meine teure Miss Chandler …" In seiner Stimme schwang milde Belustigung mit. „Würden Sie mir die Ehre erweisen, mich zu heiraten?"

„Nennen Sie mich nicht so ..." Warum musste er sie immer wieder verspotten? Beklommen starrte sie in seine Augen und erkannte, dass sie nicht braun waren, sondern moosgrün.

„Sie haben meine Frage nicht beantwortet", mahnte er und drückte ihre Hände etwas fester.

„Wie bitte? Ach so ... ich denke schon."

„Also kein klares Ja?"

„Nun ... eigentlich nicht."

„Inzwischen hattet ihr Zeit genug, um alles zu klären." Schneidend durchdrang Lady Beatrices Stimme die Stille des Zimmers.

Huntington ließ Sarahs Hände so abrupt los, als hätte er sich verbrannt, und ging zur Tür. „Ja, alles ist geregelt."

„Gut." Gefolgt von Lady Omberley, kam Lady Beatrice herein. „Helen teilt meine Meinung, dass die Hochzeit bald stattfinden sollte. Deshalb muss sie sofort angekündigt werden."

„Heute Abend bei einer Dinnerparty in Henslowe Hall", fügte Lady Omberley hinzu. „Da sich die meisten Familienmitglieder immer noch dort aufhalten." Ihr Lächeln wirkte etwas gezwungen.

„Obwohl ich ein Verlobungsdinner in Ravensheed vorziehen würde ...", bemerkte Lady Beatrice. „Das wäre möglich gewesen, hätte sich eine gewisse junge Dame gestern Abend etwas dezenter benommen." Vorwurfsvoll blickte sie in Sarahs Richtung und schien ihr die Alleinschuld an der Katastrophe zu geben.

Mit gutem Recht, dachte Sarah. Sie hatte nicht nur ihr eigenes, sondern auch Lord Huntingtons Leben zerstört.

4. KAPITEL

Devon betrat mit Lady Beatrice die kühle Eingangshalle von Henslowe Hall und begrub seine Hoffnung, in den Reitstall fliehen zu können, als er den Hausherrn aus dem Arbeitszimmer eilen sah. Misstrauisch starrte Lord Henslowe ihn an. „Ist alles geklärt, Sir?"

„Ja." Devon hatte nicht vor, nähere Erklärungen abzugeben. Allmählich zerrte es an seinen Nerven, wie ein Aussätziger behandelt zu werden.

„Also wird eine Hochzeit stattfinden."

Lady Beatrice, die bereits ein paar Stufen hinaufgestiegen war, drehte sich um und warf Lord Henslowe einen vernichtenden Blick zu. „Hoffentlich beschuldigen Sie meinen Neffen nicht, er habe Miss Chandler kompromittiert. Er wird sie selbstverständlich heiraten. Aber wie ich hinzufügen muss – sie hat sich wohl kaum untadelig benommen."

Erbost hob Henslowe die buschigen Brauen. „Darf ich fragen, was genau Sie damit meinen, Madam?"

„Ich meine …"

„Bedauerlicherweise war meine Tante etwas konsterniert, weil Miss Chandler und ich unsere Gefühle nicht länger bezähmen konnten", mischte Devon sich hastig ein.

Damit gelang es ihm, eine schlimmere Konfrontation zu vermeiden. „Eh … ich verstehe", erwiderte Henslowe, und Devon lächelte kühl.

„Wenn Sie uns jetzt entschuldigen würden. Ich muss meine Tante zu ihrem Schlafzimmer begleiten. Nach den Aufregungen dieses Vormittags ist sie ziemlich erschöpft."

„Eh … natürlich", murmelte Henslowe und zog sich in sein Arbeitszimmer zurück.

„Erschöpft?", zischte Lady Beatrice. „Das bin ich keineswegs! Und was soll dieser Unsinn von Miss Chandlers und deinen unbezähmbaren Gefühlen."

„Du bist zweifellos müde." Ehe sie weitersprechen konnte, folgte ihr Devon und umfasste ihren Arm.

Nachdem er sie zu ihrem Schlafzimmer geleitet hatte, flüchtete er in sein eigenes und genoss die friedliche Stille. Was zum Teufel war geschehen? Er rieb seinen Nacken, um die verkrampften Muskeln zu lockern. Er trat zum Fenster und sah in der Ferne die Kamine von Monteville House. Dass er je wieder einen Fuß in dieses Haus setzen würde, hatte er nicht erwartet. Aber seine unmittelbar bevorstehende Hochzeit mit Sarah Chandler war noch viel absurder.

Auf dem Ball anlässlich seiner Verlobung mit Mary hatte er Sarah zum ersten Mal gesehen. Seine Braut hatte zwar oft von ihrer liebsten Freundin gesprochen. Aber auf diese ausdrucksvollen braunen Augen in einem herzförmigen Gesicht und einem Lächeln, das die bezaubernden Züge von innen her zu erleuchten schien, war er nicht vorbereitet gewesen. Als er ihre Hand ergriffen hatte, war ihm der Atem gestockt, und er hatte geglaubt, der Frau gegenüberzustehen, auf die er jahrelang gewartet hatte. Dieses Gefühl hatte ihn erschreckt und seine wohlgeordnete Welt durcheinander gebracht.

Bis zu jenem Abend hatte er seine Verlobung akzeptiert. Lady Mary Coleridge – schön, kühl und reserviert – schien von der Ehe genauso viel oder wenig erwartet zu haben wie er selbst. Die zahlreichen, teilweise skandalösen Liebschaften in seiner turbulenten Vergangenheit hatten sie offenbar nicht gestört.

Auf dem Ball und beim Picknick am nächsten Tag war er Sarah Chandler aus dem Weg gegangen. Erleichtert hatte er nach ihrer Abreise aufgeatmet. Wegen seines brüsken Verhaltens hatte sich die zögernde Freundlichkeit, mit der sie ihm begegnet war, bald in Verwirrung und schließlich in kühle Höflichkeit verwandelt. Das nächste Mal hatte er sie erst wieder gesehen, als er mit Mary verheiratet gewesen war.

Natürlich hatte er nicht erwartet, dass seine leidenschaftslose, züchtige Gemahlin vierzehn Tage nach der Hochzeit davonlaufen und dass er sie drei Wochen später in den Armen eines Mannes finden würde, der zufällig Miss Chandlers Bruder war.

Sarah gab Devon zweifellos die Schuld an Marys Tod, ebenso wie ein Großteil der Gesellschaft. Zunächst war das Gerücht kursiert, er habe seine Frau beseitigt, dann überlegte man, warum sie so kurz nach der Hochzeit aus seinem Haus geflohen war. Was mochte er ihr angetan haben?

Nur in gewissen Einzelheiten täuschten sich die Klatschbasen. Denn er hatte Mary fraglos in den Tod getrieben.

Und nun würde er wieder heiraten, eine junge Dame, die ihn hasste. Aber diesmal würde er sich von seiner Frau fern halten.

„Devon?"

Verwundert wandte er sich zu Jessica, die sein Zimmer lautlos betreten hatte. „Warum bist du nicht mit den anderen ausgeritten?"

„Wie konnte ich – nachdem ich erfahren hatte, was geschehen ist. Außerdem sorge ich mich um dich."

„Nicht nötig, Schwesterchen." Belustigt ging er zu ihr. „Alles in Ordnung."

„Also wirst du Miss Chandler heiraten?"

„Ja, und ich fürchte, ich werde dich beim Wettlauf zum Traualtar besiegen", erwiderte er leichthin. „Hoffentlich macht's dir nichts aus."

„Gar nichts!", versicherte sie und schlang beide Arme um seinen Nacken. „Ich dachte, ich würde dich allein lassen. Das muss ich jetzt nicht mehr befürchten."

„Offenbar bist du mit meiner Verlobung einverstanden."

„O ja! Ich mochte die nette Miss Chandler schon immer.

Aber das wagte ich nicht zu erwähnen, weil du bei ihrem Anblick stets so finster dreingeschaut hast. Warum, verstand ich nicht. Schließlich fragte ich mich, ob du vielleicht zärtliche Gefühle für sie verbergen wolltest – wegen ihres Bruders. Wie sich jetzt herausstellt, war meine Vermutung richtig. Und was ich am Erstaunlichsten finde, sie liebt dich auch!"

„Gewiss", bestätigte er mit schwacher Stimme.

„Adam sagt, sie besitzt ein großzügiges Herz. Deshalb bist du gut bei ihr aufgehoben."

„Müsstest du dich nicht eher fragen, ob ich für *sie* sorgen werde?"

„Unsinn!", widersprach Jessica entschieden. „Ich weiß, du wirst sie liebevoll betreuen, so wie mich in all den Jahren. Nein – nur um *dich* habe ich Angst. Du sollst nie wieder verletzt werden. Und ich glaube, Miss Chandler wird dir niemals wehtun."

Amelia berührte Sarahs Arm. „Komm, wir können nicht bis in alle Ewigkeit in deinem Schlafzimmer bleiben." Kritisch musterte sie ihre Kusine, für die sie ein lindgrünes Kleid mit rundem, tiefem Ausschnitt und Schleifen am Saum gewählt hatte. „Sehr hübsch. Lord Huntington wird entzückt sein."

„Aber ich will ihn nicht entzücken", klagte Sarah und nahm ihre Handschuhe vom Toilettentisch. Stattdessen wünschte sie, der Marquess würde verschwinden und sie in Ruhe lassen.

„Wenn du die Leute von deiner leidenschaftlichen Liebe zu Seiner Lordschaft überzeugen möchtest, musst du etwas enthusiastischer dreinschauen."

„Das war *seine* Idee, nicht meine", seufzte Sarah. Je näher das Dinner rückte, desto elender fühlte sie sich. In diesem Zustand sollte sie auch noch Liebe heucheln. „O Amelia, ich habe solche Kopfschmerzen! Wäre ich doch anderswo!"

„Tut mir leid, du musst an dieser Party teilnehmen. Sonst wird man glauben, du wärst durchs Fenster geklettert und davongelaufen."

„Wie gern würde ich das tun." Widerstrebend folgte Sarah ihrer Kusine die Treppe hinab.

Als sie den Salon betrat, sah sie Lord Huntington am Fenster stehen, in ein Gespräch mit ihrem Großvater, Adam und Jessica vertieft. Ein flaschengrüner Abendfrack und helle Kniehosen betonten seine wohlgeformte Figur, die breiten Schultern und schmalen Hüften.

Mit ausdruckslosen Augen schaute er zu Sarah herüber, und ihr Puls beschleunigte sich. Schlimmer noch – alle Anwesenden verstummten und wandten sich zu ihr. Wie sollte sie diesen Abend überstehen?

„Ah, meine Liebe!" Lady Omberley eilte ihr entgegen. „Wir haben uns schon gefragt, wo du so lange bleibst. Hoffentlich ist alles in Ordnung."

„Sarah konnte ihren Fächer nicht finden", erklärte Amelia in fröhlichem Ton.

„Nun, wenn das alles ist … Komm, meine Liebe!" Energisch umfasste Lady Omberley den Arm ihrer Nichte. „Wir müssen Lord Huntington begrüßen. Aber erst einmal Lady Beatrice."

„Ja, gewiss. Wie geht es Ihnen, Lady Beatrice?" Sarah lächelte gequält und fürchtete, man würde ihr anmerken, wie unbehaglich sie sich fühlte.

„Recht gut." In einem violetten Kleid, mit Spitzenborten und Seidenblumen geschmückt, einem passenden Turban auf dem hoch erhobenen Kopf, wirkte Lady Beatrice formidabler denn je.

Mühsam schluckte Lady Omberley. „Oh, da drüben sehe ich die Damen Waverley. Wenn ihr mich entschuldigen würdet – ich muss sie begrüßen." Und dann ergriff sie die Flucht, während Sarah angestrengt überlegte, was sie sagen sollte.

Lächelnd trat Lord Pennington an die Seite seiner Tante, ein hoch gewachsener, schlanker Mann mit hellbraunem Haar und humorvollen grauen Augen. „Herzlichen Glückwunsch, Miss Chandler. Wie merkwürdig … Erst gestern Abend schlug ich Devon vor, er müsste versuchen, die Beziehungen zwischen Ihrer und seiner Familie zu verbessern. Aber dass er so weit gehen würde, hatte ich nicht erwartet."

„Ich auch nicht", verkündete Lady Beatrice und musterte Sarah argwöhnisch. Offenbar glaubte sie immer noch, ihr Neffe wäre mit unlauteren Methoden zu dieser Verlobung gedrängt worden.

„Wie weit bin ich denn gegangen?" Unbemerkt war Lord Huntington an Sarahs Seite aufgetaucht.

„Oh, ich meinte nur die Art und Weise, wie du die Beziehungen zwischen den beiden Familien verbessert hast", antwortete Lord Pennington.

„Anscheinend hatte ich nicht viel Erfolg", bemerkte Huntington trocken. Seine Finger umschlossen Sarahs Arm. „Falls es gestattet ist, würde ich gern allein mit Sarah sprechen."

Sarah? Hatte sie sich verhört? Sie schaute in sein Gesicht, das ihr wie immer unergründlich erschien. Ehe sie protestieren konnte, führte er sie zu einem anderen Fenster.

„Wollen wir den Eindruck erwecken, wir würden uns angeregt unterhalten?", fragte er. „Sonst glaubt man womöglich, wir wären schon jetzt zerstritten."

„Dann hätten wir wenigstens einen Grund, unsere Verlobung aufzulösen."

„Soll ich Henslowe etwa eine Gelegenheit geben, eine Kugel in meinen Kopf zu jagen? Allerdings würde das *Ihr* Problem lösen."

„Reden Sie keinen Unsinn!", fauchte sie. „An einer solchen Lösung bin ich nicht interessiert."

„Wirklich nicht? Soll ich mich geschmeichelt fühlen?"

„Nein. Außerdem ist Onkel George ein sehr schlechter Schütze, weil ihn seine Sehschwäche behindert – was er natürlich niemals zugeben würde."

„Da bin ich sehr erleichtert", erklärte Huntington belustigt. „Aber ich möchte Sie bitten – starren Sie mich nicht so missbilligend an. Ich fürchte, allmählich wird man an Ihrer heißen Liebe zu mir zweifeln."

„Soll ich Sie etwa anschmachten, während Sie mir diesen sarkastischen Blick zumuten?"

„Meine schöne Sarah, wenn ich so kühn wäre, das ganze Ausmaß meiner Leidenschaft offen zu bekunden, würden Sie schleunigst das Weite suchen. Und ich möchte Sie natürlich nicht in die Flucht schlagen."

„Oh ..." Unwillkürlich trat sie einen Schritt zurück. Zum ersten Mal wurde ihr bewusst, dass sie sich bald an diesen gefährlichen Fremden binden würde – für immer.

„Runzeln Sie nicht so ängstlich die Stirn! Ich habe nicht vor, Sie zu misshandeln."

Schaudernd wich sie seinem Blick aus. Inzwischen waren die meisten Gäste eingetroffen, und Sarah glaubte nicht zum ersten Mal, sie wäre in einem bösen Traum gefangen. Bedrückt strich sie über ihre Schläfe.

„Stimmt etwas nicht?"

Erstaunt nahm sie die Besorgnis wahr, die in seiner Stimme mitschwang. „Ich habe nur Kopfschmerzen."

„Beruhigen Sie sich. Ich werde mein Bestes tun, um Ihnen diesen schrecklichen Abend zu erleichtern."

„Sie sind sehr freundlich, Sir. Wenn man bedenkt, dass ich diese beklagenswerte Situation heraufbeschworen habe ..."

„Wohl kaum."

„Soeben wurde das Dinner angekündigt." Lord Penningtons Stimme durchbrach die Spannung, die in der Luft lag.

„Würden uns die beiden Turteltäubchen Gesellschaft leisten?"

Jetzt kam auch Lord Monteville hinzu. „Huntington, vielleicht wären Sie so freundlich, meine Enkelin zum Dinner zu geleiten."

„Selbstverständlich", stimmte der Marquess zu. Formvollendet bot er ihr den Arm. Ohne ihn anzusehen, legte sie ihre Fingerspitzen auf den Ärmel seines Fracks.

Devon stellte sein kaum berührtes Weinglas ab. Wie so oft während des scheinbar endlosen Dinners wanderte sein Blick zu Sarah hinüber, die Adam zuhörte und höflich lächelte. Aber wie ihre Blässe vermuten ließ, verstärkten sich die Kopfschmerzen. Sie hatte kaum etwas gegessen – und Devon hoffte, sie würde die Mahlzeit überstehen, ohne zusammenzubrechen.

Wenigstens schien sich ein Waffenstillstand anzubahnen. Lady Beatrice saß neben Lord Monteville, dessen Anwesenheit ihre scharfe Zunge im Zaum hielt, und alle Gäste bemühten sich eifrig, Konversation zu machen. Beinahe entstand der Eindruck, dies wäre ein ganz normales Dinner, begleitet von Stimmengewirr, Gelächter und klirrendem Geschirr. Falls man Devons beharrliches Schweigen bemerkte, gab man keinen Kommentar dazu ab.

Das verdankte er Sarah. Offenbar war sie fest entschlossen, ihre guten Manieren zu beweisen. Und wenn er sich das auch nur ungern eingestand – sie sah bezaubernd aus. In weichen Locken umgab ihr kastanienrotes Haar das hübsche Gesicht und verlieh den dunklen Augen einen sanften Glanz. Verführerisch schmiegte sich das hellgrüne Kleid an ihre weiblichen Rundungen. Aus dem unsicheren 19-jährigen Mädchen, das er vor einiger Zeit kennengelernt hatte, war eine schöne, begehrenswerte Frau geworden, und dieser Gedanke beunruhigte ihn.

Als hätte sie seinen forschenden Blick gespürt, wandte sie sich zu ihm, und ihre Wangen färbten sich rosig. Sofort schaute er weg, begegnete dem spöttischen Blick seines Vetters und nahm einen Schluck Wein. Was zum Teufel war nur los mit Ihm? Als er das Glas mit unnötiger Vehemenz auf den Tisch stellte, spritzten ein paar Tropfen heraus.

„Sir, wenn ich auch verstehe, dass Sie vor lauter Begeisterung für meine Kusine Ihre Manieren vergessen – ich lasse mich nur ungern mit Wein überschütten."

Verlegen wandte er sich zu Lady Marleigh, die neben ihm saß. „Verzeihen Sie, Madam."

„Ist Sarah nicht bildschön? Kein Wunder, dass sie Ihr Herz erobert hat."

Devon hob verblüfft die Brauen. „Heißt das, Sie billigen unsere Verlobung?"

„Nicht ganz", erwiderte sie zögernd.

„Und was haben Sie dagegen einzuwenden?"

Ohne mit der Wimper zu zucken, hielt sie seinem Blick stand. „Sie ist ein herzensgutes Mädchen. Hoffentlich werden Sie stets daran denken."

So ähnlich hatte sich auch Monteville geäußert. Und Mary ... Devon lächelte sarkastisch. „Offenbar fürchten Sie, ich würde auf Sarahs gefühlvollem Herzen herumtrampeln."

„Nicht mit Absicht. Aber Ihr Ruf macht mir Sorgen."

„Also haben Sie gewisse Gerüchte gehört. Keine Bange, ich werde Ihre Kusine weder einsperren noch misshandeln – und ihr auch keinen Grund geben, aus meinem Haus zu fliehen."

„Von Ihrer ersten Frau spreche ich nicht, sondern von Ihren Affären."

„Sie nehmen kein Blatt vor den Mund, Lady Marleigh. Dann will ich genauso offen sein. Im Augenblick gibt es keine Affären. Und ich werde auch in Zukunft darauf verzichten.

Vielleicht wird Sie das überraschen – aber ich halte sehr viel von der ehelichen Treue."

Überrascht lächelte sie ihn an. „Sehr gut, Sir. Also darf ich gewisse Hoffnungen in die Ehe meiner Kusine setzen."

Ehe er antworten konnte, stand Lord Monteville auf. Er wartete, bis alle Gespräche verstummt waren, und räusperte sich. „Wie die meisten Anwesenden bereits wissen, haben wir uns heute Abend hier versammelt, um eine Verlobung bekannt zu geben, die den unglückseligen Zwist zwischen den Chandlers und den St. Clairs beenden soll. Zu meiner großen Freude werden der Marquess of Huntington, Devon St. Clair, und meine Enkelin, Sarah Chandler, demnächst heiraten."

Plötzlich flog die Tür hinter ihm auf, und er drehte sich um. Mit langen Schritten stürmte ein Mann herein und blieb wie festgewurzelt stehen.

„O nein!", stöhnte Sarah, und Devons Blut drohte zu gefrieren.

Mit kalten Augen schaute sich Nicholas Chandler, Viscount Thayne, im Speiseraum um. An seinem goldbraunen Haar hingen glänzende Regentropfen. Schließlich richtete er seinen Blick auf Devon. „Was hat Sie bewogen, erneut Ihren Fuß in dieses Haus zu setzen, Huntington?"

„Ein höchst erfreulicher Anlass", erwiderte Devon und lächelte frostig. „Wie nett, dass Sie gerade noch rechtzeitig erscheinen, um mit uns zu feiern", fuhr er fort und winkt einen Lakaien herbei. „Ein Glas Wein für Lord Thayne."

Hastig reichte der Diener dem Viscount ein gefülltes Glas, und Nicholas nahm es entgegen, ohne Huntington aus den Augen zu lassen. „Ein Toast, Gentlemen!" Devon hob sein Glas, und die verblüfften männlichen Gäste folgten seinem Beispiel. „Auf meine Hochzeit mit Lord Thaynes Schwester, Miss Sarah Chandler!"

Von Gratulanten umringt leerte er das Glas in einem Zug.

Voller Genugtuung beobachtete er, wie alle Farbe aus Thaynes Gesicht wich. Dann wandte er sich zu Sarah, und seine Freude verflog sofort. Wie versteinert saß sie da, die Wangen aschfahl. Was zum Teufel hatte er ihr angetan?

Nachdem sich die Gäste verabschiedet hatten, konnte Sarah endlich nach oben flüchten. Sie wollte ihr Schlafzimmer betreten, aber da erschien Nicholas an ihrer Seite. „Verdammt, Sarah, was tust du?"

„Ich gehe zu Bett!", fauchte sie. Im Verlauf des grässlichen Abends waren ihre Kopfschmerzen immer schlimmer geworden. Nicholas' Ankunft hatte die festliche Stimmung getrübt und die Gäste erneut in zwei Lager geteilt. Gekränkt und erbost hatte Sarah keinen Versuch unternommen, mit Huntington zu sprechen. Stattdessen hatte sie sich auf die Chandler-Seite geschlagen.

„Das meine ich nicht", entgegnete Nicholas, packte ihre Schultern und drehte sie zu sich herum. „Keine Ahnung, was hier geschehen ist. Aber du kannst Huntington nicht heiraten."

„Doch."

„Verstehst du denn nicht, dass er sich nur an unserer Familie rächen will?"

Nur mühsam verdrängte sie die schmerzlichen Erinnerungen. „Wie auch immer, ich werde ihn heiraten. Ich habe keine Wahl."

„Was hat er dir angetan?"

„Nichts. Würdest du mich jetzt entschuldigen? Ich bin sehr müde."

„Erst musst du mir erklären, was das alles bedeutet."

Seufzend rieb sie ihre pochenden Schläfen. Sie kannte ihren starrsinnigen Bruder und wusste, er würde nicht lockerlassen. „Wenn du's unbedingt wissen musst – gestern Abend wurden wir in einer verfänglichen Situation ertappt. Ich ging in den Garten, weil ich ein paar Minuten allein sein wollte. Da sah ich, dass die Nadel meiner Brosche eine Rüsche an meinem Kleid zerrissen hatte. In diesem Augenblick kam Lord Huntington zu mir. Er wollte mir helfen, den Schaden zu beheben. Dabei wurden wir von Lord und Lady Henslowe beobachtet. Wenn wir nicht heiraten, ist mein Ruf ruiniert."

Wütend ballte Nicholas die Hände. „Ich werde ihn zum Duell fordern."

„Nein! Bitte, Nicholas! Es war nicht *seine* Schuld. Noch einen Skandal würde ich nicht ertragen."

„Wahrscheinlich hat er dich mit voller Absicht kompromittiert."

„Ganz sicher nicht. Der Riss war schon entstanden, bevor er mir in den Garten folgte. Ich hatte den Ballsaal bereits vor einiger Zeit verlassen, und er wollte sich nur vergewissern, dass mir nichts zugestoßen war." Da sie das ungestüme Temperament ihres Bruders kannte, beschloss sie, nicht zu erwähnen, welche Rolle Blanton gespielt hatte.

„Warum sollte er sich um ein Mitglied unserer Familie sorgen?"

„Das weiß ich nicht."

„Ich auch nicht!", stieß Nicholas hervor. „Aber wenn er dir irgendwas zu Leide tut, muss er sich vor *mir* verantworten."

5. KAPITEL

Die Beine gekreuzt, saß Sarah am Ufer des Sees im Gras, betrachtete ihre Skizze und runzelte die Stirn. So sehr sie sich auch bemühte – ihr Bleistift brachte jene weichen Linien nicht zu Stande, die sie benötigte, um die friedliche Szenerie einzufangen. Stattdessen erweckten harte Striche und Kanten den Eindruck, die schönen Schwäne würden sich zu einem kriegerischen Angriff formieren.

Ungeduldig warf sie den Stift beiseite und starrte ins Wasser. Sie hatte immer so gern an dem kleinen See hinter Monteville House gesessen. Aber an diesem Tag konnte sie das idyllische Fleckchen Erde nicht genießen, weil sie Nicholas grollte, der beim Dinner so arrogant aufgetreten war, und Huntington, der ihn mit der Bekanntgabe der Verlobung provoziert hatte. Seufzend schlang sie die Arme um ihre angezogenen Knie. So früh wie möglich hatte sie das Haus verlassen – lange bevor die anderen aufstehen würden. Sie wollte niemandem begegnen, am allerwenigsten ihrem Bruder. Bedrückt erinnerte sie sich an das nächtliche Gespräch.

Hatte er recht? Wollte Huntington sie nur heiraten, um sich an ihrer Familie zu rächen? Würde sie sich mit dieser Ehe Nicholas' Feindschaft einhandeln? Sie hatte ihren charmanten, manchmal etwas leichtsinnigen Bruder stets geliebt, aber seinen Entschluss, mit der Frau eines anderen durchzubrennen, niemals akzeptiert. Ohne die näheren Umstände zu kennen, versucht sie ihm zu verzeihen, seit Mary in einem abgeschiedenen Gasthaus in Yorkshire gestorben war. Ihr Tod hatte ihn in tiefste Verzweiflung gestürzt.

Niemals hätte sie erwartet, ihr zynischer Bruder könnte sich so leidenschaftlich verlieben – oder Mary, die unantastbare, kühle schwarzhaarige Schönheit, würde seine Gefühle mit gleicher Glut erwidern. Bereitwillig hatte sie den Wunsch ihrer Eltern erfüllt, Devon St. Clair geheiratet und Sarah erklärt, eine Vernunftehe würde ihr zusagen, denn die Liebe würde einen nur unglücklich machen. Sarah hatte damals heftig protestiert, aber ihre Argumente wurden als alberne Flausen einer hoffnungslosen Romantikerin abgetan.

Und dann lernte Sarah den attraktiven, charmanten Verlobten ihrer Freundin kennen und fragte sich, ob er Marys distanzierte Haltung dulden würde. Letzten Endes war es nicht St. Clair, sondern ihr Bruder, der Marys Leidenschaft weckte. Hätte Sarah sie nicht ins Meadow Cottage eingeladen, würde Mary noch leben.

Sie erschauerte, als ein kühler Windstoß ihren Arm streifte. Erst jetzt sah sie die grauen Wolken, die sich über ihrem Kopf zusammenballten. Widerstrebend sammelte sie ihre Bleistifte ein und erhob sich.

„Miss Chandler!“

Bestürzt drehte sie sich um und hätte beinahe ihren Skizzenblock fallen lassen. Cedric Blanton stand hinter ihr. Trotz des hellen Tageslichts empfand sie kalte Angst. „Was machen Sie hier?“

„Ich möchte mit Ihnen reden.“

„Lieber nicht ...“ Hastig wandte sie sich ab und eilte den Kiesweg hinauf.

Aber er blieb an ihrer Seite. „Sie dürfen Huntington nicht heiraten.“

„Das geht Sie nichts an“, erwiderte sie und beschleunigte ihre Schritte.

„Doch. Zuerst waren Sie mit *mir* zusammen. Hätte er sich nicht eingemischt, wären wir jetzt verlobt.“

„Wie lächerlich! Hätten Sie sich nicht so ... unmöglich benommen, müsste ich niemanden heiraten.“

„Als *meine* Frau wären Sie besser dran.“

„Für solche Überlegungen ist es zu spät. In ein paar Tagen werde ich mit Lord Huntington vor den Traualtar treten." Glücklicherweise lag das Haus nicht weit entfernt.

„Wenn Sie ihn heiraten, werden Sie's bitter bereuen", stieß Blanton zwischen zusammengebissenen Zähnen hervor. „Ebenso wie er."

Drohte er ihr? Was er dachte, verrieten seine hellblauen Augen nicht. Ein Regentropfen fiel ihr aufs Gesicht und erinnerte sie an das Gewitter, das bald losbrechen würde. „Ich … ich muss hineingehen."

„Warum belästigen Sie meine Verlobte?" Huntingtons eisige Stimme klang wie ein Peitschenhieb. Unbemerkt hatte er sich von hinten genähert. Der heulende Wind musste seine Schritte übertönt haben. In seinem dunklen Reitanzug, mit zerzaustem Haar glich er einem Racheengel, und Sarah musste den Impuls bekämpfen, ihren Kopf einzuziehen.

Ungerührt erwiderte Blanton den durchdringenden Blick des Marquess. „Ich bot Miss Chandler nur meine Dienste an. Falls sie mich braucht."

„Bevor sie Ihre Dienste in Anspruch nimmt, werde ich Sie zum Teufel jagen, Sir", entgegnete Huntington verächtlich.

Blantons Lächeln erlosch, kehrte aber sofort zurück. „Das will ich nicht hoffen." Als er sich zu Sarah wandte, erschrak sie über den unverhohlenen Zorn in seinen Augen. „Auf Wiedersehen, Miss Chandler", verabschiedete er sich und schlenderte davon.

„Gerade wollte ich ins Haus gehen", erklärte sie ihrem Verlobten. Ehe sie ihren Weg fortsetzen konnte, versperrte er ihr den Weg.

„Wieso waren Sie mit diesem Mann zusammen?"

Nach seinem arroganten Tonfall zu schließen, glaubte er offenbar, sie hätte Blantons Gesellschaft gesucht. Herausfordernd hob sie das Kinn. „Ich war nicht mit ihm zusammen."

„Also habe ich ein Trugbild meiner Fantasie gesehen?"

„Natürlich nicht … ich meinte nur …“ Schwere Regentropfen prasselten auf ihre Stirn. „Sicher ist das der falsche Zeitpunkt für eine so alberne Konversation, Sir. Wir werden beide klatschnass.“

„Stimmt“, bestätigte er und schaute zum Himmel auf.

„Da drüben finden wir Unterschlupf.“

Sein Blick folgte ihrem ausgestreckten Zeigefinger. Dann packte er ihre Hand und zog sie zu dem kleinen griechischen Tempel. Als sie die Stufen hinaufrannten, goss es in Strömen. Regen tropfte aus Huntingtons Haar, und Sarah bezweifelte nicht, dass sie derangiert aussah. In ihrem dünnen, durchnässten Musselinkleid fror sie erbärmlich. Er streifte das Wasser von seinem Reitrock, zog ihn aus und hielt ihn ihr hin. „Legen Sie ihn um Ihre Schultern.“

„Nein, danke, das ist wirklich sehr freundlich von Ihnen. Aber …“

„Widersprechen Sie nicht. Sie zittern wie Espenlaub.“

Als er das Kleidungsstück um ihre Schultern drapierte, spürte sie seine Körperwärme. „Frieren Sie nicht?“

„Meine Weste genügt mir. Nehmen Sie doch Platz, Miss Chandler.“

Sie sank auf eine schmale steinerne Bank an der Wand des Tempels, und Huntington lehnte sich ihr gegenüber an eine Säule. „Also? Was wollte Blanton von Ihnen?“

„Gar nichts …“

„Irgendwie fällt es mir schwer, das zu glauben.“

Seufzend zog sie den Reitrock etwas enger um ihre Schultern. „Müssen wir darüber reden? Es spielt wirklich keine Rolle.“

„Doch, weil Sie mit mir verlobt sind.“

„Was keineswegs bedeutet, dass ich Ihnen ständig Rede und Antwort stehen muss.“

„In diesem Fall schon. Halten Sie sich von Blanton fern.“

Wie der Klang seiner Stimme bekundete, war das Thema für ihn damit abgeschlossen.

„Ja, Mylord."

„Wenn Sie künftig in den Garten gehen, wird Sie ein Lakai begleiten."

„Ja, Mylord."

Argwöhnisch starrte er sie an. „Noch etwas."

„Ja, Mylord?"

„Würden Sie bitte aufhören, mich so albern anzureden?"

„Selbstverständlich, Sir."

Langsam ging er zu ihr. „Vielleicht könnten Sie mir verraten, was eigentlich los ist."

„Wovon sprechen Sie?"

„Am liebsten würde ich Sie erwürgen", murmelte er.

„Ich verstehe."

„Und das jagt Ihnen keine Angst ein?"

„Nein", erwiderte sie. „Auf lange Sicht würde es mir sehr viel Ärger ersparen."

Plötzlich lachte er. „Wohl kaum. Ich habe nicht vor, mein langes Sündenregister auch noch mit einem Mord zu ergänzen." Allmählich ließ der Regen nach. „Sollten wir nicht versuchen, einander etwas höflicher zu begegnen? Ich weiß, ich besitze ein ungestümes Temperament, und man hat mir schon des Öfteren vorgeworfen, ich sei ein Diktator. Aber von meiner Frau würde ich niemals die Unterwürfigkeit eines Dienstmädchens verlangen. Es ist mir lieber, Sie widersprechen mir, als dauernd ‚Ja, Mylord' zu sagen."

„Tut mir leid. Wenn ich Ihnen widerspreche, bestürmen Sie mich sofort mit tausend Fragen."

„Dafür entschuldige ich mich." Huntington fuhr mit beiden Händen durch sein regennasses Haar. „Jedenfalls dürfen Sie nicht mehr allein in den Garten gehen. Ich misstraue diesem Blanton."

„Dafür gibt es sicher keinen Grund“, entgegnete sie zuversichtlicher, als sie sich fühlte. Voller Unbehagen erinnerte sie sich an Blantons Worte. Aber was konnte er schon unternehmen?

„Das sehe ich etwas anders. Immerhin bin ich für Sie verantwortlich.“

„Noch sind wir nicht verheiratet. Und selbst wenn es so weit ist …“

„Sarah!“, unterbrach er sie warnend.

„Ja, Mylord?“

„Ich habe mich anders besonnen“, verkündete er lächelnd. „In diesem Punkt bevorzuge ich eine unterwürfige Braut. Aber Sie müssten sich daran gewöhnen, mich mit meinem Vornamen anzureden.“

Verwirrt schaute sie zu ihm auf. Das Lächeln verwandelte seine markanten, etwas zynischen Züge. In diesem Augenblick wirkte er beinahe jungenhaft – und sehr attraktiv. Eine sonderbare Wärme erfüllte ihr Herz.

„Sarah?“

„Verzeihen Sie“, flüsterte sie atemlos.

„Versinken Sie oft in diese eigenartige Trance?“

„Nein.“ Als sie aufstand, zitterten ihre Knie. „Es regnet nicht mehr. Vielleicht sollten wir ins Haus zurückkehren. Danke für Ihr Jackett“, fügte sie hinzu und nahm es von ihren Schultern. Sofort fröstelte sie wieder.

„Tragen Sie’s, bis wir im Haus sind.“

„Oh … danke.“ Was stimmte nicht mit ihr? Warum stotterte sie wie ein Schulmädchen? Nur weil er so liebenswürdig lächelte?

Er legte den Reitrock wieder um ihre Schultern. Hastig stieg sie die Stufen des Tempels hinab und stolperte prompt. Als Huntington ihren Arm ergriff, um sie zu stützen, zuckte sie zusammen.

„Was zum Teufel ist denn jetzt wieder los?“, fragte er.

„Nichts.“

„Glauben Sie etwa, ich würde Ihnen Gewalt antun? Habe ich nicht versichert, Sie müssten mein Bett nicht teilen?“

„Das ist es nicht ...“ Wie sollte sie erklären, dass seine Berührung ihren Puls beschleunigte und ihr den Atem nahm, dass sie kaum noch klar denken konnte?

„Was dann?“, fragte er ungeduldig.

„Ich bin nur müde“, erwiderte sie und presste den Skizzenblock an ihre Brust. „Gehen wir zum Haus.“

„Wie Sie wünschen“, stimmte er in kühlem Ton zu.

Unterwegs schwiegen sie. Auf den Stufen, die zur hinteren Terrasse führten, legte sie sein Jackett ab und gab es ihm. „Danke, Sir.“

„Keine Ursache.“ Mit unergründlichen Augen erwiderte er ihren Blick. „Heute reise ich ab, um die Heiratslizenz zu besorgen. Wir sehen uns morgen wieder. Und übermorgen findet die Trauung statt.“

Bedrückt biss sie sich auf die Unterlippe. „Ist es wirklich notwendig?“

„Ja. Und versuchen Sie bloß nicht, die Flucht zu ergreifen.“

„Natürlich nicht“, versprach sie gleichmütig. Voller Genugtuung las sie den plötzlichen Zorn in seiner Miene.

Ohne ein weiteres Wort wandte er sich ab und ging davon. Tiefe Verzweiflung verdrängte Sarahs kurzfristiges Triumphgefühl. In zwei Tagen sollte sie einen Mann heiraten, dem sie nichts bedeutete. Wie würde sie das ertragen?

Cedric Blanton zerknüllte die nicht besonders höfliche Mahnung, er möge seinen Kontostand bei Stulz’s ausgleichen. Erbost schleuderte er den Brief in den Kamin und sank auf den Stuhl hinter seinem teuren Mahagonischreibtisch. Nicht einmal der Anblick seiner reich verzierten Schnupftabakdose, für die er ein kleines Vermögen bezahlt hatte, vermochte ihn zu besänftigen.

Wäre Huntington nicht dazwischengetreten, könnte er jetzt seine Verlobung mit Sarah Chandler bekannt geben, der Enkelin des Earl of Monteville. Stattdessen würden ihm seine Gläubiger die Tür einrennen. Und Miss Chandlers üppige Mitgift würde Huntington gehören.

Warum war sein Plan so kläglich gescheitert? Er hatte beschlossen, Sarah unter irgendeinem Vorwand in Henslowes Arbeitszimmer zu locken. Zuvor hatte er Lady Henslowe die sorgsam formulierte Nachricht schicken wollen, Sarah würde ihre Hilfe brauchen. Und wenn die Hausherrin die Tür des Arbeitszimmers öffnete, würde sie beobachten, wie sich ihre Nichte von Cedric Blanton küssen ließ. Natürlich würde die prüde Lady Henslowe auf einer sofortigen Verlobung bestehen.

Doch dann hatte er Sarah am Abend des Verlobungsballs den Saal verlassen sehen und seinen Plan geändert. Diese günstige Gelegenheit hatte er nutzen müssen.

Unglücklicherweise tauchte Huntington im ungünstigsten Moment auf. So wie vor einem Jahr, als es ihm beinahe gelungen wäre, die alberne Tochter des Duke of Wrexton zu kompromittieren. Damals hatte Cedric verkündet, er müsse das Mädchen heiraten. Aber der Marquess hatte gedroht, er würde ihn ruinieren, wenn er es wagte, um die Hand der jungen Dame anzuhalten. Kurz danach hatte der White's Club sich geweigert, ihn aufzunehmen – was er zweifellos Lord Huntington verdankte.

Wütend starrte er durch das Fenster auf den saftigen grünen Rasen, der sich vor seinem Haus erstreckte. Das hatte er stets angestrebt – einen schönen Landsitz, exquisites Essen, kostbare Möbel, die besten Schneider. Hätte seine Mutter nicht auf ihrem albernen Stolz beharrt, wäre er jetzt Baron Ruckstons Erbe und in den besten Gesellschaftskreisen willkommen. Doch die Mutter war nicht auf die Forderung seines Onkels eingegangen, sie dürfe ihren Sohn nie wieder sehen, sobald Cedric sein Erbe sei. Und so war er der Sohn eines mittellosen Geistlichen geblieben und zusammen mit fünf weinerlichen Schwestern aufgewachsen, während ein idiotischer Vetter seinen rechtmäßigen Platz eingenommen hatte. Und sah sich gezwungen, zu intrigieren, zu spielen, zu stehlen.

Er verzog die Lippen. Noch war nicht alles verloren. Vielleicht würde er noch genug Zeit finden, um Huntingtons Pläne zu vereiteln. Lächelnd erinnerte er sich an seine anrüchigen Bekannten, die sich hin und wieder recht nützlich machten.

Am frühen Nachmittag des nächsten Tages kehrte Devon aus London zurück. Die meisten Teilnehmer der Hausparty picknickten, und Henslowe saß mit seinem Verwalter im Arbeitszimmer, was Devon sehr gelegen kam. Er wollte mit niemandem sprechen. Nicht einmal mit Jessica.

Die Heiratslizenz hatte er problemlos erhalten. Nun steckte sie in seiner Tasche – obwohl er beabsichtigt hatte, nie mehr seinen Namen auf ein solches Dokument zu setzen. Er warf seine Lederhandschuhe auf den Toilettentisch, dann trat er ans Fenster. In der Ferne sah er Monteville House, und sein Magen krampfte sich zusammen. Seit einer halben Ewigkeit war er nicht mehr so nervös gewesen.

Verdammt, was stimmte nicht mit ihm? Er würde Sarah Chandler heiraten und ihr danach so selten wie nur möglich begegnen. Je eher sie getrennte Wege gingen, desto besser.

Falls sie vor der Trauung die Flucht ergreifen sollte, würde ihn das nicht überraschen. Deutlich genug hatte sie ihre Abneigung gegen ihn gezeigt. Aber er würde sie aufspüren und notfalls mit Gewalt zum Altar schleppen. Vermutlich gab Blanton seine Hoffnungen erst auf, wenn sie verheiratet war. Und Devon würde den Mann nie wieder in ihre Nähe lassen.

„Mylord?"

„Ja?" Er drehte sich zu einem Lakaien um, der an der Tür stand.

„Das ist soeben für Sie abgegeben worden." Der Mann trat vor und überreichte ihm einen Brief.

„Danke." Devon nahm das Schreiben entgegen, und der Dienstbote entfernte sich.

Verwundert musterte Devon die weibliche Handschrift, die er nicht kannte, und brach das Siegel. Die Stirn gerunzelt, überflog er die kurze Nachricht. Was sollte er davon halten? Warum bat Sarah ihn um ein Stelldichein im griechischen Tempel auf dem Landsitz ihres Großvaters? Obwohl sie den Eindruck erweckt hatte, sie wollte ihm nur begegnen, wenn es unvermeidlich wäre?

Andererseits kannte er sie nicht besonders gut. Und der Gedanke, sie würde allein auf ihn warten, möglicherweise Blantons verwerflichen Absichten ausgeliefert, missfiel ihm. Devon faltete den Brief zusammen, steckte ihn in die Tasche seines Gehrocks und schaute zur Uhr hinüber, die auf dem Kaminsims stand. Bis er Sarah treffen sollte, hatte er fast noch eine Stunde Zeit.

Dreißig Minuten später schwang er sich in den Sattel und trieb Gawain, seinen rotbraunen Hengst, an.

Beim griechischen Tempel angekommen, konnte er Sarah nirgends entdecken und zog seine Taschenuhr hervor. Er war um fünf Minuten zu früh dran. Doch ihre schlanke Gestalt ließ sich auf keinem der Kieswege blicken. Schließlich stieg er ab und ergriff die Zügel seines Hengstes.

Der erste Angreifer überfiel von hinten. Sofort ließ Devon

die Zügel fallen und rammte seinen Ellbogen in den Bauch des Mannes, der gequält stöhnte und ihn abrupt losließ. Dann fuhr Devon herum, um seinen Widersacher mit einem Kinnhaken niederzustrecken. Da umklammerten ihn zwei andere Arme und zerrten ihn nach hinten. Ehe er sich wehren konnte, traf ihn die Faust seines ersten Gegners in den Magen. Vor Schmerzen halb benommen, trat er nach dem Burschen, der ihn festhielt. Mit aller Kraft versuchte er sich zu befreien. Aber obwohl er etliche Stunden im Gentleman Jackson's-Boxclub verbracht hatte, war er den beiden kräftig gebauten Männern nicht gewachsen. Bevor er die Besinnung verlor, galt sein letzter Gedanke Sarah Chandler. Hoffentlich würde sie sich anders besinnen und den Tempel nicht aufsuchen. Wenn sie seinen Feinden über den Weg lief – oder seine Leiche am Boden liegen sah …

6. KAPITEL

Sarah!"

Verstört zuckte sie zusammen, als sie Amelias schrille Stimme hörte. Soeben war sie aus dem Garten, wo sie den Großteil des Nachmittags verbracht hatte, ins Musikzimmer zurückgekehrt. Von wachsender Nervosität geplagt, hatte sie erwartet, Lord Huntington würde jeden Moment vorsprechen, und ihren Skizzenblock kaum angerührt. Nur zwei misslungene Blumen verunstalteten das oberste Blatt. Nun schaute sie angstvoll ins leichenblasse Gesicht ihrer Kusine. „Was ist los, Amelia?"

„Lord Huntington wurde schwer verletzt. Zwei Lakaien haben ihn ins Haus getragen. Bitte, komm mit mir!"

„Verletzt? Lord Huntington?" Langsam legte Sarah den Skizzenblock beiseite.

„Ja, Nick und Harry fanden ihn beim Tempel und trugen ihn ins Haus. Er war bewusstlos. Vor ein paar Minuten ist er zu sich gekommen und hat nach dir gefragt."

Kalte Furcht krampfte Sarahs Herz zusammen. „Wo ist er?"

„Oben, in einem Gästezimmer."

Sarah folgte ihrer Kusine die Treppe hinauf. Wieder einmal fühlte sie sich wie in einem Albtraum. Als sie das Schlafzimmer betrat und Huntington auf dem Bett liegen sah – das Gesicht grün und blau geschlagen, die Augen geschlossen –, stockte ihr Atem.

Während ihre Tante einigen Lakaien Befehle erteilte, drückte ein Dienstmädchen einen feuchten Lappen auf Devons Stirn, und er stöhnte leise.

„Nick holt gerade den Arzt", erklärte Lord Marleigh, der seiner Frau und Sarah entgegengegangen war.

Sarah umklammerte seinen Arm. „O John, was ist passiert?"

„Offensichtlich wurde er zusammengeschlagen."

„Um Himmels willen, wer würde so etwas tun?"

„Keine Ahnung. Würdest du kurz mit ihm reden? Er sorgt sich um dich."

„Mein Gott, Devon …" Verzweifelt kniete sie neben dem Bett nieder. „Kannst du mich hören?"

Langsam hob er die Lider. „Sarah … bist du verletzt?"

„Nein, natürlich nicht."

„Gut …", würgte er mühsam hervor. „Dein Brief … ich dachte …"

„Welcher Brief?", fragte sie verständnislos. Sprach er im Fieberwahn?

„In der Tasche meines Gehrocks. Du wolltest mich treffen."

„Aber … ich habe dir nicht geschrieben."

„Wirklich nicht?"

„Nein, ich …" Sie unterbrach sich, als der Lakai Nick eintrat, gefolgt von ihrem Großvater und Dr. Hampton.

Lady Omberley umfasste ihren Arm. „Komm, überlassen wir ihn dem Doktor. Er ist in guten Händen."

„Ja, gewiss", flüsterte Sarah und folgte ihrer Tante aus dem Zimmer.

Im Flur wurden sie von Amelia erwartet. „Vielleicht solltest du dich ein wenig ausruhen, Sarah."

„Nein, nicht nötig. Wo ist Lord Huntingtons Gehrock?"

„Vermutlich im Zimmer. Warum?"

„Er hat einen Brief erwähnt, der in seiner Tasche steckt. Bitte, könnte John nachsehen?"

„Ja. Aber warum interessiert dich dieser Brief?" Besorgt strich Amelia über die Schulter ihrer Kusine. „Du hast einen schlimmen Schock erlitten. Setz dich wenigstens."

Sarah hörte ihr kaum zu. „Seltsam … er sagte, der Brief sei von mir …"

Obwohl eine Pferdeschar durch Devons Kopf zu galoppieren schien, zwang er sich, die Augen aufzuschlagen. Zunächst wusste er nicht, wo er war. Das Zimmer mit den hellgrünen Wänden glich keinem der Räume, die er in letzter Zeit bewohnt hatte. Nach dem Licht zu schließen, das auf sein Bett fiel, musste es Morgen sein.

Langsam wandte er den Kopf zum Fenster. Die Bewegung entlockte ihm ein Stöhnen. In einem der Lehnstühle saß seine Schwester, die Wimpern gesenkt.

„Jessica?“, murmelte er verwirrt. Und dann kehrte die Erinnerung zurück. Zwei Männer hatten ihn bewusstlos geschlagen.

Sofort öffnete sie die Augen, sprang auf und kniete neben dem Bett nieder. „O Devon, du bist wach!“, rief sie, den Tränen nahe. „Wie fühlst du dich?“

„Als hätte mich eine Postkutsche überrollt.“ Er versuchte zu grinsen, fürchtete aber, dass er nur eine Grimasse zu Stande brachte. „Wenigstens lebe ich noch.“

„Gott sei Dank! Wir haben uns solche Sorgen gemacht. Die ganze Nacht hielten wir abwechselnd bei dir Wache.“

„Wir?“

„Lady Omberley, Lady Marleigh und ich. Und natürlich Miss Chandler. Zum Glück konnten wir Tante Beatrice daran hindern.“

Also hatte Sarah während der Nacht neben seinem Bett gesessen. Unglaublich … „Da fällt mir ein … heute ist mein Hochzeitstag. Würdest du jemanden herschicken, der mir beim Ankleiden hilft?“

„Devon, wie kannst du daran denken? Du bist schwer verletzt.“

„Aber durchaus fähig, die erforderlichen Worte zu sprechen. Bitte, du musst Miss Chandler mitteilen, dass die Hochzeit wie geplant stattfinden wird.“

„Willst du das wirklich?“ Jessica starrte ihn an, als zweifelte sie an seinem Verstand.

„Wenn du dich weigerst, Miss Chandler zu informieren, muss ich’s selber tun.“ Trotz seiner schmerzenden Rippen versuchte er sich aufzurichten, und Jessica erhob sich hastig.

Ihre Miene, die sanfte Resignation ausdrückte, erinnerte ihn lebhaft an seine verstorbene Mutter. „Hoffentlich kann dich jemand anderer zur Vernunft bringen, Devon.“

Kurz nachdem die Zofe Sarahs Kleid am Rücken zugeknöpft hatte, klopfte es an der Tür, und sie ließ ihren Großvater eintreten. Da er nur selten in ihr Zimmer kam, fürchtete sie, etwas Schlimmes wäre geschehen. Hatte sich Devons Zustand verschlechtert? „Ist etwas passiert?“, fragte sie und entließ die Zofe.

„Zumindest nichts Neues.“

„Wie … geht es Lord Huntington?“

„Offensichtlich besser“, erwiderte der alte Mann lächelnd. „Soeben komme ich aus seinem Zimmer. Die Hochzeit soll noch heute stattfinden wie geplant.“

Sarah wich entgeistert zurück. „Will er mich … immer noch heiraten?“

„Sieht so aus. Er rasiert sich gerade.“

In ihren Schläfen begann es schmerzhaft zu pochen. „Nach allem, was gestern geschehen ist, kann ich ihn unmöglich heiraten. Dieser gefälschte Brief …“ Allem Anschein nach hatte jemand ihren Namen benutzt, um ihn zum griechischen Tempel zu locken. Dort war er zusammengeschlagen worden.

„Mein liebes Kind, dafür macht er dich sicher nicht verantwortlich.“

„Vielleicht nicht. Aber … wie kann er in seinem beklagenswerten Zustand die Zeremonie durchstehen?“

„Was das betrifft, scheint er nichts zu befürchten. Sobald

alle nötigen Vorbereitungen getroffen sind, erwartet er dich in unserer Kapelle."

„Ja, Großvater." Obwohl sie Mitleid in seinen Augen las, wusste sie, dass jeder Widerspruch sinnlos gewesen wäre.

„Ich schicke Amelia hierher, sie wird dir helfen. Hab keine Angst, mein Kind. Er ist ein ehrenwerter Mann und wird dich gut behandeln. Aber anfangs wirst du viel Geduld aufbringen müssen. Wenn du Hilfe brauchst – ich bin immer für dich da."

„Danke, Großvater." Sarah rang sich ein schwaches Lächeln ab.

Nachdem er das Zimmer verlassen hatte, sank sie aufs Bett und versuchte den Aufruhr ihrer Gefühle zu bezähmen. Vielleicht hätte sie Blantons Antrag annehmen sollen. Dann wäre Huntington einiges erspart worden – nicht nur die Hochzeit, sondern auch die brutalen Schläge. Dass Blanton hinter dem Überfall steckte, bezweifelte sie keine Sekunde lang.

Sie hatte den Brief von John entgegengenommen und sofort ihrem Großvater übergeben. Nachdem der Earl die wenigen Zeilen gelesen hatte, schilderte sie zögernd ihre Begegnung mit Blanton. Ihr Verdacht, dieser Mann könnte den Anschlag inszeniert haben, überraschte ihren Großvater nicht im Mindesten. Mit seinem Versprechen, er würde der Sache auf den Grund gehen, konnte er sie nicht trösten. Auch die Mitteilung, Huntington leide nur an einer Rippenprellung, ein paar Schürfwunden und einer großen Beule am Kopf, beruhigte sie nicht. Wahrscheinlich bereute er den Tag, an dem er zum ersten Mal von den Chandlers gehört hatte, denn ihre Familie brachte ihm immer nur Unglück. Ein leises Klopfen an der Tür unterbrach ihre trüben Gedanken, dann trat eine sichtlich verblüffte Amelia ein.

„Soeben hat Großvater mir erklärt, die Hochzeit würde trotz allem stattfinden. John holte gerade Mr. Tuttle aus dem Pfarrhaus, und ein Bote ist nach Henslowe Hall unterwegs.

Sobald du bereit bist, müssen wir in die Kapelle gehen."

Sarah stand auf, von dem dumpfen Gefühl erfasst, sie würde ihre eigene Hinrichtung mit ansehen.

„Bitte, schau nicht so drein!" Amelia eilte zu ihr und ergriff ihre Hände. „Glaub mir, alles wird gut. Lord Huntington mag etwas schwierig sein. Aber er ist nicht unfreundlich."

So etwas Ähnliches hatte Großvater auch behauptet. „Ja, ich weiß. Alles in Ordnung." Zumindest hoffte sie das.

Amelia umschloss ihre Hände noch fester, ließ sie los und trat einen Schritt zurück. Prüfend musterte sie Sarahs cremefarbenes Musselinkleid. „Das kannst du anbehalten. Dazu trägst du deine Perlen und deinen schönsten Fächer."

Halb benommen wartete Sarah, während ihre Kusine die Perlenkette aus dem Schmuckkästchen nahm und ihr um den Hals legte. Dann drückte Amelia ihr einen Fächer in die Hand. „Wie schön du aussiehst! Lord Huntington wird entzückt sein. Komm, meine Liebe." Sanft, aber entschieden umfasste sie Sarahs Arm. „Nun sollten wir aufbrechen. Sonst denkt dein Bräutigam womöglich, du hättest dich anders besonnen."

Die Kapelle lag im Nordflügel des Hauses. An diesem bewölkten Vormittag drang nur schwaches Licht durch die hohen schmalen Fenster, um den Marmorboden und den geschnitzten Altar zu beleuchten.

Sarah blieb auf der Schwelle stehen und ließ ihren Blick über die kleine Versammlung wandern. Vor dem Altar standen Huntington, Lord Pennington und Mr. Tuttle, der spindeldürre gebeugte Vikar. Als sie den dunklen Augen ihres Bräutigams begegnete, senkte sie hastig den Kopf. O Gott, gab es denn wirklich kein Entrinnen?

„Da bist du ja, Sarah, dem Himmel sei Dank!" Lady Omberley eilte zu ihr und ergriff ihre Hand. „Komm, meine

Liebe, ich fürchte, Lord Huntington kann sich nicht mehr allzu lange auf den Beinen halten."

An ihrer anderen Seite erschien der Earl. „Bist du bereit, mein Kind?" Ohne eine Antwort abzuwarten, führte er sie den kurzen Mittelgang entlang zum Altar.

Bestürzt starrte sie in Huntingtons bleiches Gesicht mit den zahlreichen Schürfwunden.

Mr. Tuttle räusperte sich. „Sollen wir beginnen?"

„Ja", erwiderte Huntington. Unverwandt schaute er Sarah an.

Was der Pfarrer sagte, verstand sie nicht. Offenbar gab sie die richtigen Antworten, denn ihr Bräutigam steckte ihr einen schlichten goldenen Ring an den Finger, und Mr. Tuttle erklärte sie zu Mann und Frau.

„Sarah ...", flüsterte Huntington und neigte sich zu ihr, um sie zu küssen. Plötzlich schwankte er, und als er zusammenbrach, sprang Lord Pennington hinzu, um ihn aufzufangen.

Sarah stand vor Lord Huntingtons Schlafzimmer und zwang sich, an die Tür zu klopfen. Als sie sein knappes „Herein" hörte, betrat sie den Raum mit den hellgrünen Wänden. Von mehreren Kissen gestützt, saß er auf seinem Bett mit dem hohen Baldachin und starrte aus dem Fenster. Langsam wandte er sich zu ihr und musterte sie, wie üblich mit unergründlichen Augen. „Komm doch näher, Sarah. Ich werde dich nicht auffressen."

„Natürlich nicht." Sie ging zum Bett und versuchte ihre Nervosität zu verbergen. Seit der kurzen Zeremonie vor ein paar Stunden, bei der ihm die Sinne geschwunden waren, hatte sie ihn nicht mehr gesehen. Pennington und der Kammerdiener ihres Großvaters hatten ihn zu Bett gebracht. Dann war Sarah nach unten gegangen, um am Hochzeitsempfang teilzunehmen. Vor einigen Minuten hatten sich die letzten Gäste verabschiedet. Lady Jessica war soeben aus Huntingtons Zimmer gekommen und hatte ihr zugeflüstert, er würde sie gern sehen.

Nun betrachtete sie den Mann, den sie an diesem Tag geheiratet hatte. Unter seinem dünnen weißen Hemd, zu dem er dunkle Kniehosen trug, sah sie die Umrisse einer Bandage. Seine Rippenprellung musste ihm immer noch starke Schmerzen bereiten. „Wie fühlst du dich?", fragte sie leise.

„Etwas besser."

„Tut mir so leid …"

„Nicht nötig. Du bist nicht schuld an meinem Zustand." Nach einer kurzen Pause fügte er hinzu: „Morgen fahren wir nach Ravensheed."

„Morgen?", wiederholte sie verwirrt. „Unmöglich!"

„Warum?" Er lächelte zynisch. „Widerstrebt es dir, mich zu begleiten? Keine Bange. Sobald wir eine angemessene Zeit miteinander verbracht haben, darfst du deiner Wege gehen."

„Das meine ich nicht", erwiderte sie ärgerlich und gekränkt. Wollte er sie so schnell loswerden? „Bevor du abreisen kannst, musst du dich erholen und neue Kräfte sammeln."

„Oh, ich bin schon in schlimmerer Verfassung über holprige Landstraßen gefahren. Kommst du mit mir?"

„Selbstverständlich."

„Selbstverständlich …", wiederholte er gedehnt. „Du hast ja gelobt, mir stets zu gehorchen. Und nun glaubst du wohl, du hättest keine Wahl."

„So ist es", bestätigte sie kühl. „Trotzdem solltest du warten, bevor du dir eine längere Fahrt zumutest. Dr. Hampton meint, du müsstest noch ein paar Tage im Bett bleiben."

„Aber ich ziehe mein eigenes Bett vor. Hier fühle ich mich nicht besonders wohl."

Mühsam schluckte sie. Dass er einem Haus entfliehen

wollte, in dem ihn bittere Erinnerungen verfolgten, konnte sie ihm nicht verübeln. „Also gut. Hast du noch einen Wunsch?"

„O ja." Sein Blick glitt zu ihrem Mund. „Würdest du mich küssen?"

„Was?" Beinahe wäre sie zurückgewichen.

„Ich hätte gern einen Kuss von dir. Ist das so ungewöhnlich? Immerhin haben wir heute geheiratet."

„Aber du sagtest ..." Dunkle Röte färbte ihre Wangen.

„Beruhige dich, ich werde nicht darauf bestehen, die Ehe zu vollziehen. Du sollst mich nur küssen."

Vielleicht befand er sich im Delirium. Der eigenartige Glanz in seinen Augen wies darauf hin. Nun, einen schlichten Kuss müsste sie eigentlich zu Stande bringen. Sie neigte sich hinab, und ihre Lippen streiften seine raue, warme Wange. Zu ihrer Verblüffung hörte sie, wie er den Atem anhielt. Von einem leichten Schwindelgefühl erfasst, richtete sie sich hastig auf. „Jetzt ... sollte ich gehen."

„Ja, das würde ich dir auch empfehlen." Seine Stimme klang heiser und belegt.

Halb benommen taumelte sie aus dem Zimmer und schloss die Tür. Im Flur lehnte sie sich an die Wand. Sie zitterte am ganzen Körper. Bevor sie irgendjemandem begegnete, musste sie warten, bis sich ihre rasenden Herzschläge verlangsamten.

Da ihr Ehemann eine so beängstigende Wirkung auf sie ausübte, musste sie ihm recht geben – es wäre tatsächlich besser, wenn sie getrennt lebten.

7. KAPITEL

Sorgsam umwickelte Sarah das kleine Porträt ihrer Mutter mit einem sauberen Taschentuch und legte es zu den gebündelten Briefen in ihren kleinen Koffer, den sie auf die Reise mitnehmen wollte, zusammen mit einer Kleidertruhe. Die restlichen Sachen würde Amelia später nach Ravensheed schicken.

Sarah setzte sich aufs Bett und sah sich um. Nun waren alle ihre persönlichen Sachen verschwunden, ihre Fächer und Handschuhe, die blau-weiße kleine Vase – ein Geschenk ihrer Mutter –, ihre Lieblingssteppdecke und die Aquarelle, die sie gemalt hatte. Wie öde und leer der Raum jetzt wirkte ... In einer knappen Stunde würde sie in die Kutsche steigen und ihr Heim verlassen.

„Sarah?“ Zögernd stand Jessica auf der Schwelle.

„Komm doch herein!“, bat Sarah und erhob sich.

Jessica folgte der Aufforderung. Langsam wanderte ihr Blick durch das Zimmer. „Es fällt dir sicher schwer, von hier fortzugehen. So werde ich mich auch fühlen, wenn ich aus Ravensheed ausziehen muss. Aber ich freue mich natürlich auf mein Eheleben mit Adam. Seltsam, nicht wahr? Ich werde in die Nähe deines Zuhauses ziehen, und du wirst in meinem wohnen.“

„Ja, ich weiß ...“ Sarah verspürte schon jetzt Heimweh. „Wirst du bald nach Ravensheed zurückkehren?“ Vielleicht würde sie sich in der Gesellschaft ihrer liebenswerten Schwägerin etwas schneller an die neue Umgebung gewöhnen.

„Das hoffe ich“, seufzte Jessica. „Meine Tante hat erklärt, ich müsse mindestens vierzehn Tage bei ihr verbringen. Aber ich will möglichst bald die Flucht ergreifen.“ Mitfühlend betrachtete sie Sarahs kummervolle Miene. „Glaub mir, du musst dich nicht vor meinem Bruder fürchten. Er ist nicht so schrecklich, wie ihn die Leute darstellen oder wie er sich selber gern präsentiert."

„Jedenfalls hat er sich sehr … ehrenwert verhalten."

„Davon bin ich überzeugt." Plötzlich kicherte Jessica. „Erlaub ihm bloß nicht, Abstand von dir zu halten. Das wird er nämlich versuchen."

Nervös schlang Sarah ihre Finger ineinander. „Oh, er tut's schon jetzt."

„Versprich mir, auf ihn zuzugehen", bat Jessica. „Er braucht dich."

Entgeistert starrte Sarah ihre Schwägerin an. „Daran zweifle ich. Aber ich will mich bemühen."

„Danke." Jessica umarmte Sarah. „Bald sehen wir uns wieder", versicherte sie, bevor sie hinauseilte.

Sarah stand in der Mitte des Zimmers. Nun gab es nichts mehr zu erledigen. Sie ergriff ihre Glacéhandschuhe und trat in den Flur hinaus. Langsam schloss sie die Tür.

„Sarah!" Verwirrt drehte sie sich zu ihrem Bruder um. „Es ist an der Zeit, aufzubrechen, und ich würde dich gern zu deinem Wagen begleiten."

In ihren Augen brannten Tränen. „Das ist sehr nett von dir, Nicholas." Mühsam zwang sie sich zu einem Lächeln. „Du wirst mir fehlen."

„Obwohl ich dir so viel Kummer bereitet habe? Ich weiß, bei meiner Ankunft benahm ich mich abscheulich. Ich dachte nur an dein Wohl und ich fürchte, die Ehe mit Huntington macht dich nicht glücklich. Wenigstens behandelt er dich gut." Ein paar Sekunden lang wich er ihrem Blick aus. „Mary hat mir erklärt, er habe das Scheitern ihrer Ehe nicht verursacht."

„Danke." Dieses Geständnis war ihm sicher nicht leicht gefallen. Liebevoll schlang sie die Arme um seinen Nacken, und er drückte sie etwas ungeschickt an sich. Dann führte er sie die Treppe hinab.

Polternd hielt der Wagen auf dem Kopfsteinpflaster im Hof der Postkutschenstation, wo sie zu Abend essen würden. Sarah schaute zu Devon hinüber, der sich ihr gegenüber an die Polsterung gelehnt hatte, die Augen geschlossen. In seine bleiche Stirn hing eine dunkle Locke und verlieh ihm ein verwegenes Flair. Obwohl er sich nicht beklagt hatte, wusste sie, dass ihm die Fahrt trotz der gut gefederten Kutsche äußerst unangenehm gewesen war.

Nur ein einziges Mal hatten sie die fast fünfstündige Fahrt unterbrochen. Vielleicht sollte sie ihn wecken. Als würde er ihre Gedanken lesen, hob er die Lider. „Wo sind wir?", fragte er leicht benommen.

„Im Hof des Gasthauses."

„Ach ja, das White Pigeon." Er rieb seine Schulter. „Hier kann man halbwegs gut essen. Ich nehme an, du bist hungrig?"

„Sogar sehr." Darüber staunte sie selbst. Aber während der Fahrt hatte ihre Nervosität allmählich nachgelassen. Ihre Zofe Liza hatte fast die ganze Zeit geschlafen, so wie Devon. Unterdessen hatte sie die Landschaft betrachtet und an nichts Besonderes gedacht.

Steifbeinig kletterte Devon aus der Kutsche und half seiner jungen Frau auszusteigen. Als sie den Hof durchquerten, wo reges Leben und Treiben herrschte, kühlte die Abendluft ihre Wangen.

An der Tür des Gasthauses kam ihnen der Wirt entgegen. „Welch eine Freude, Mylord! Natürlich möchten Sie im Privatsalon speisen. Wir haben eine wunderbare Hammelkeule ..." Dann fiel sein Blick auf Sarah, und er verstummte. Ohne seine Neugier zu verhehlen, hob er die Brauen.

„Mr. Henwick – meine Frau."

„Oh, herzlichen Glückwunsch, Mylord! Alles Gute, Mylady."

„Vielen Dank." Besorgt musterte sie Devons blasses Gesicht. „Wenn der Salon verfügbar ist, sollten wir vielleicht hineingehen und uns setzen. Lord Huntington fühlt sich nicht besonders gut." Geflissentlich ignorierte sie Devons missbilligende Miene.

„Ja, natürlich", stimmte Mr. Henwick mitfühlend zu. „Hoffentlich nichts Ernstes? Bitte, folgen Sie mir." Er führte sie in einen gemütlichen kleinen Raum und versprach, man würde das Dinner möglichst bald servieren. Dann eilte er hinaus.

„Du solltest dich setzen, Devon", mahnte Sarah.

Ungehalten wandte er sich zu ihr. „Es war überflüssig, Henwick über meinen Zustand zu informieren."

„Da du den Eindruck erweckt hast, du würdest jeden Augenblick zusammenbrechen, wollte ich Mr. Henwick an weiteren Gratulationen hindern. Bitte, nimm Platz."

Die Arme vor der Brust verschränkt, blieb er beharrlich stehen. „Dass du so autoritär bist, wusste ich gar nicht."

„Dieser Ohrensessel sieht sehr bequem aus."

„Und warum setzt *du* dich nicht?"

Seufzend sank sie auf ein kleines Sofa. „Würdest du meinem Beispiel endlich folgen?"

Zu ihrer Bestürzung sank er neben ihr in die Polsterung. „Sehr komfortabel."

Beklommen versuchte sie die sonderbaren Gefühle zu verdrängen, die seine Nähe in ihr weckte. Sollte sie aufspringen oder sich an ihn schmiegen?

„Warum bist du so besorgt um mich, Sarah?", fragte er leise.

„Weil ich vermeiden möchte, dass du ernsthaft krank wirst. Ich habe keine Ahnung, wie lange unsere Reise dauert."

„Sollte ich wider Erwarten tatsächlich zusammenbrechen, kannst du dich meinem Kutscher anvertrauen", bemerkte er trocken und erhob sich. „Zweifellos würde er dich auf geradem Weg nach Ravensheed bringen. Ich glaube, du hast recht – der Ohrensessel ist wahrscheinlich noch bequemer." Schwerfällig ließ er sich hineinsinken. Nun schwiegen sie, bis eine vollbusige Frau und ein schlankes Mädchen mit rosigen Wangen das Essen servierten. Im Gegensatz zu ihrem geschwätzigen Ehemann begnügte sich die Wirtin mit wenigen Worten, wünschte den Herrschaften einen guten Appetit und verschwand mit ihrer Tochter.

Sarah und Devon setzten sich an den Tisch. Heißhungrig begann Sarah zu essen. Die Hammelkeule schmeckte ebenso köstlich wie die Erbsen. Als ihr Teller fast leer war, blickte sie auf. Devon hatte sein Essen kaum angerührt. „Stimmt etwas nicht?"

„Alles in Ordnung."

„Dann solltest du dich stärken. Das Dinner ist ausgezeichnet."

„Das sehe ich. Oder ich habe dich unterwegs grausam hungern lassen."

„O nein", widersprach sie und errötete. „Großvaters Köchin hat uns einen gut bestückten Proviantkorb mitgegeben."

„Und dein Appetit ist noch immer nicht gestillt?"

„Wenn ich stundenlang in einer Kutsche sitzen muss, bin ich immer sehr hungrig", verteidigte sie sich, obwohl sie ahnte, dass er sie hänselte.

„Daran muss ich auf unseren künftigen Reisen denken."

Unbehaglich senkte sie den Kopf. „Wann werden wir Ravensheed erreichen?"

„In knapp vier Stunden. Sobald du deine Mahlzeit beendet hast, fahren wir weiter."

„Fühlst du dich gut genug?" Devons Blässe und seine sichtliche Erschöpfung missfielen ihr. Besorgt schaute sie zur Uhr hinüber, die auf dem Kaminsims stand. Vor der Ankunft in Ravensheed würde die Dunkelheit hereinbrechen.

„Ja“, erwiderte er und runzelte die Stirn. „Übrigens, ich bin kein betagter Invalide, den du unentwegt nach seinem Befinden fragen musst.“

„Verzeih mir.“ Sie schob ihren Stuhl zurück und stand auf. „Wenn du willst, können wir die Reise fortsetzen.“

„So eilig haben wir's nun auch wieder nicht.“ Langsam erhob er sich, dann schwankte er.

„Devon!“ Erschrocken lief sie zu ihm. „Was ist los?“

„Offenbar geht's mir nicht so gut, wie ich dachte.“

„O Gott!“ Sie schaute sich um und ergriff das nächstbeste Gefäß, einen halb vollen Wasserkrug, den sie ihm gerade noch rechtzeitig hinhielt, bevor er sich übergab. Diskret wandte sie sich ab. Wenn sie ihn anstarrte, würde er sich noch elender fühlen. Als sie keine würgenden Geräusche mehr vernahm, reichte sie ihm ein Taschentuch.

Ohne sie anzuschauen, griff er danach. „Tut mir leid. Offensichtlich bin ich derzeit außerstande, den treu sorgenden Ehemann zu spielen.“

„Das habe ich auch gar nicht erwartet. Vielleicht sollten wir hier übernachten.“

„Nein, wir fahren nach Ravensheed.“

„Dann musst du ohne mich aufbrechen. Ich bin nicht bereit, mit einem Mann auf Reisen zu gehen, der sich womöglich in der Kutsche erbrechen wird.“ Entschlossen setzte sie sich auf das Sofa.

„So etwas wird mir nicht nochmal passieren“, stieß er hervor.

„Wie kannst du das wissen? Du siehst schrecklich aus.“

„Besten Dank. Hast du noch weitere Argumente zu bieten?“

„O ja. Es wird schon dunkel. Und ich hasse es, über nächtliche Straßen zu fahren.“

„Ist das alles?“ Zu ihrer Verblüffung sank er in den nächstbesten Sessel. „Also gut, wenn's unbedingt sein muss, bleiben wir hier."

„Wunderbar, dann will ich mit Mr. Henwick sprechen." Ehe er sich anders besinnen konnte, eilte sie aus dem Salon.

Stöhnend ließ sich Devon in die Kissen fallen. Er hatte es geschafft, einen Stiefel und das Jackett auszuziehen. Doch der andere Stiefel, die Weste und die Krawatte bereiteten ihm zu große Mühe. Seine Rippen schmerzten. Und in der Magengrube verspürte er immer noch ein flaues Gefühl. So widerstrebend er sich das auch eingestand – Sarah hatte ihm mit gutem Grund vorgeschlagen, die Nacht im Gasthof zu verbringen. Hätte er seine Frau nicht möglichst schnell aus Blantons Nähe entfernen müssen, wäre er ein paar Tage länger im Monteville House geblieben. Nur ein einziger Gedanke tröstete ihn – die nächste Nacht würde er in seinem eigenen Bett schlafen. Falls er die Reise überlebte.

Als es an der Tür klopfte, richtete er sich ein wenig auf. „Was gibt's?"

Die Tür wurde geöffnet, und er glaubte zu träumen. Da stand Sarah in einem weißen Nachthemd, einen Paisley-Schal um die Schultern, mit offenem Haar. Diesmal hing seine Atemnot nicht mit der Rippenprellung zusammen. „Sarah?"

Nach einem kurzen Blick auf seine derangierte Kleidung trat sie einen Schritt zurück. „Ich … ich wollte nur sehen, ob alles in Ordnung ist … und ob du etwas brauchst."

„Komm herein und schließ die Tür." Mühsam schwang er seine Beine über den Bettrand, versuchte die schmerzenden Rippen zu ignorieren und stand auf.

Sie gehorchte, aber sie beobachtete ihn ängstlich, als wollte sie sofort die Flucht ergreifen, falls er sie mit einer unerwarteten Bewegung erschreckte. „Wenn du nichts brauchst, will ich lieber gehen."

„Beruhige dich, ich werde bestimmt nicht über dich herfallen.“ Abrupt setzte er sich auf die Bettkante. „Dazu wäre ich gar nicht imstande.“

„O Gott!“ Besorgt eilte sie zu ihm. „Hast du Schmerzen?“

„Nicht so schlimm“, erwiderte er und schnitt eine Grimasse.

„Wie hast du's fertig gebracht, einen Stiefel und das Jackett auszuziehen?“

„Ganz langsam. Warum zum Teufel läufst du im Nachthemd über den Flur eines Gasthofs?“

Das Blut stieg ihr ins Gesicht. „Wie ich bereits sagte – ich wollte nach dir sehen.“

„Wo ist deine Zofe?“

„Sie schläft. Außerdem wohnen nur noch eine Familie und ein älterer Gentleman im Haus, respektable Leute.“

„Nun, ich weiß deine Fürsorge zu schätzen, aber ich brauche wirklich nichts.“ Viel länger durfte sie nicht mehr in seinem Zimmer bleiben. Ihre großen ausdrucksvollen Augen und die vollen Lippen waren viel zu verlockend, das sanfte Kerzenlicht wirkte viel zu intim.

„Soll ich dir den anderen Stiefel ausziehen – und die restliche Kleidung?“ Die Röte in ihren Wangen vertiefte sich. „Das heißt – die Weste und die Krawatte ...“

Spöttisch hob er die Brauen. „Also bietest du mir deine Hilfe an?“

„Falls niemand anderer da ist ...“

„Leider nicht. Mr. Henwick ist zu beschäftigt. Und von seiner Frau oder seiner Tochter will ich nicht verlangen, meinen Kammerdiener zu spielen. Aber ich komme schon zurecht, meine Liebe. Wenn's sein muss, schlafe ich in meinen Kleidern. Geh in dein Bett.“

„Aber das ist unbequem. Wenigstens den Stiefel will ich dir ausziehen.“

Zu verblüfft, um zu protestieren, erlaubte er ihr, seinen

Fuß zu umfassen. Mit ihren zarten Händen konnte sie erstaunlich fest zupacken. Ein paar Sekunden später stand der Stiefel auf dem Boden, und sie richtete sich auf. „Darf ich dir auch die Krawatte abnehmen?"

„Besser nicht …", begann er. Doch sie neigte sich bereits zu ihm herab und löste den Knoten. Als ihr Arm seine Wange streifte, schloss er die Augen. Ihr süßer Duft weckte ein Verlangen, das er entschlossen bezwang.

Offenbar hatte er gestöhnt, denn sie wich zurück, seine Krawatte in der Hand. „Habe ich dir wehgetan?"

Sie öffnete die Augen – ein Fehler, denn er starrte mitten in ihr schönes herzförmiges Gesicht. Wie wundervoll es wäre, diese weichen Lippen zu küssen … „Nein."

„Dann lass dir die Weste ausziehen. Kannst du dich vorbeugen?"

„Natürlich", würgte er hervor. Vorsichtig streifte sie die Weste über den einen Arm nach unten, dann über den anderen. Ihre körperliche Nähe war eine reine Qual. „Sonst noch was?", fragte sie mit schwacher Stimme.

„Nein, jetzt solltest du gehen." Bevor er irgendetwas tat, das er später bereuen würde.

Als sie sich aufrichtete, glitt der Schal von ihren Schultern. Hastig rückte sie ihn zurecht. „Nun … dann wünsche ich dir eine gute Nacht."

„Gute Nacht. Sperr deine Tür zu."

„Ja", versprach sie und legte die Weste über die Lehne eines Stuhls. Ohne Devon noch einmal anzuschauen, floh sie aus dem Zimmer.

Gepeinigt schloss er die Augen. Seine Frau zu begehren – das war wirklich das Letzte, was er gebrauchen konnte. In Zukunft musste er ihr aus dem Weg gehen.

8. KAPITEL

„In ein paar Minuten müssten wir Ravensheed erreichen.“

Devons Stimme riss Sarah aus der Betrachtung einer idyllischen grünen Landschaft, der sie ihre Aufmerksamkeit widmete, seit sie das White Pigeon vor vier Stunden verlassen hatten. Jetzt zwang sie sich, ihren Mann anzuschauen. Er sah etwas besser aus als am vergangenen Abend. Doch er wirkte immer noch geschwächt. An diesem Morgen hatte er sich ohne ihre Hilfe angekleidet, aber die Weste und die Krawatte weggelassen. Unter dem flaschengrünen Gehrock stand das Hemd am Kragen offen. Wie ein dunkler Schatten auf Kinn und Wangen verriet, war ihm eine Rasur zu mühsam gewesen.

Was hatte sie bewogen, ihm beim Ausziehen zu helfen? Eigentlich war sie nur in sein Zimmer gegangen, weil sie Jessica versprochen hatte, für ihn zu sorgen. Und nun verwirrte sie die Erinnerung an seine starken Muskeln, die sie berührt hatte, und an das zerzauste Haar über seiner Stirn immer noch. Sekundenlang hatte sie sogar das Bedürfnis empfunden, ihre Finger in seine dunklen Locken zu schlingen …

Nun musterte er sie forschend. Offenbar erwartete er, sie würde etwas sagen. „Die … die Landschaft ist wundervoll“, stammelte sie.

„Freut mich, dass sie dir gefällt – nachdem du sie während der ganzen Fahrt begutachtet hast. Warst du schon einmal in Kent?“

„Nur ein einziges Mal.“

„Soeben sind wir in die Zufahrt gebogen. Hinter der nächsten Kurve wirst du Ravensheed sehen.“

Auf einer kleinen Anhöhe, hinter einem ausgedehnten leuchtend grünen Rasen erhob sich ein rotes Ziegelgebäude mit zwei symmetrischen Flügeln, das im sanften Licht der

Nachmittagssonne friedlich und einladend wirkte. Dieser Anblick hätte Sarah unter normalen Umständen entzückt. Aber das Haus erschien ihr wie ein Gefängnis, und sie wurde von qualvollem Heimweh erfasst. Nervös fuhr sie mit der Zunge über ihre Lippen. „Sehr schön."

Devon hatte sie mit zusammengekniffenen Augen beobachtet. „Trotzdem widerstrebt es dir, Ravensheed zu betreten, nicht wahr?"

War sie so leicht zu durchschauen? „Es kommt mir nur ... so fremd vor. Sicher werde ich mich bald eingewöhnen."

„Hoffentlich." In diesem Wort schwang ein seltsamer Unterton mit, und sie glaubte, Mitgefühl in seinen Augen zu lesen. Aber sein Blick wurde sofort wieder ausdruckslos. Wahrscheinlich hatte sie sich getäuscht.

Wenig später hielt die Kutsche. Liza richtete sich auf und blinzelte verschlafen. Nachdem ein Lakai den Wagenschlag geöffnet hatte, stieg Devon über das Trittbrett hinab. Dann half er seiner Frau beim Aussteigen. „Komm, gehen wir ins Haus."

Als sie sich die Eingangsstufen hinaufführen ließ, schlug ihr Herz wie rasend. Ein Diener hielt das Portal auf, und sie betraten eine geräumige Halle. Aus einer der Türen eilte eine spindeldürre ältere Frau und runzelte verwundert die Stirn. „Mylord, Lady Jessica – ich habe Sie nicht erwartet ..." Dann schaute sie Sarah etwas genauer an und erstarrte.

„Sarah, das ist meine Haushälterin, Mrs. Humphries. Darf ich Ihnen meine Gemahlin vorstellen? Lady Huntington."

„Ihre ... Gemahlin, Mylord?" Nur mühsam erholte sich die Haushälterin von ihrer Überraschung. „Wie geht es Ihnen, Mylady?", fragte sie in kühlem Ton.

„Danke, sehr gut", erwiderte Sarah unbehaglich.

„Vielleicht könnten Sie Lady Huntington das Schlafzimmer im Familienflügel zeigen, Mrs. Humphries", bat Devon. „Nach der langen Reise ist sie zweifellos müde."

„Sehr wohl, Mylord. Bitte, hier entlang, Mylady."

„Wir sehen uns beim Dinner, Sarah."

„Ja, Devon."

Mrs. Humphries führte ihre neue Herrin durch eine lange Gemäldegalerie in einen kleinen Flur mit Türen zu beiden Seiten, öffnete eine davon, und Sarah folgte ihr in ein großes Schlafzimmer mit hellblauen Wänden. An einer Wand stand ein breites Bett mit einem Baldachin. „Da drüben liegt die Ankleidekammer", erklärte die Haushälterin und zeigte auf eine andere Tür. „Ich schicke Ihnen ein Dienstmädchen, das Ihre Sachen auspacken wird. Vielleicht möchten Sie sich vor dem Dinner ausruhen. Seine Lordschaft speist normalerweise um sechs. Aber heute wird es sicher etwas später. Haben Sie noch einen Wunsch, Mylady?"

„Nein, danke." Nachdem Mrs. Humphries den Raum verlassen hatte, legte Sarah ihre Pelisse und den Hut ab, setzte sich auf eine Chaiselongue und betrachtete ihr neues Reich. Die hellblauen Wände, die weißen Vorhänge an den Fenstern und am Bett verliehen dem Zimmer eine freundliche Atmosphäre, aber es wirkte seltsam unpersönlich. Hier hatte Mary in den wenigen Wochen ihrer Ehe gewohnt. Bevor sie mit Nicholas durchgebrannt war …

Sarah warf einen letzten Blick in den Spiegel und straffte die Schultern. Wovor fürchtete sie sich? Sie würde nur zu einem Dinner gehen, nicht zu einer Inquisition. Außerdem hatte sich Devon in den letzten beiden Tagen stets wie ein Gentleman verhalten.

Mit Lizas Hilfe hatte sie ihr Lieblingskleid aus pfirsichfarbener Seide angezogen, in der Hoffnung, es würde ihr Mut machen.

Als sie die Tür öffnete, stieß sie beinahe mit Devon zusammen, der auf der anderen Seite des Flurs aus seinem Zimmer trat. In seinem dunklen Abendanzug sah er sehr elegant aus. Er blinzelte verwirrt, dann lächelte er. „Offensichtlich willst du auch zum Dinner gehen.“

„Ja. Ein Glück, dass wir uns hier treffen! Ich weiß nicht, wohin ich mich wenden soll.“

„Natürlich hätte ich dir einen Dienstboten geschickt“, erwiderte er und bot ihr seinen Arm. „Komm, meine Liebe. Heute Abend haben wir keine Gäste. Also können wir auf die Formalitäten im Salon verzichten.“

Vorsichtig legte sie ihre Finger auf seinen Ärmel, ängstlich bemüht, einen engeren Kontakt zu vermeiden. Den schien auch Devon nicht zu wünschen. In steifer Haltung führte er sie durch die Galerie in eine kleine Halle. Wenig später erreichten sie den Speiseraum, der exquisit ausgestattet war, mit dunkelroten Wänden und Vorhängen in der gleichen Farbe.

Sarah ließ Devons Arm los, ging zum Fenster und blickte in den Park hinter dem Haus. Sanft fiel ein grüner Rasen zu einem Wäldchen ab. In der Ferne sah sie einen kleinen See. „Dieser Park wurde von Capability Brown gestaltet“, erklärte Devon und trat an ihre Seite. „Aber meine Mutter bestand auf einem Blumengarten, der an der Seite unserer Schlafzimmer angelegt wurde. Vom Südfenster aus kannst du ihn sehen.“

„Morgen werde ich ihn besichtigen.“

Nun entstand ein angespanntes Schweigen, bis Devon bemerkte: „Vielleicht sollten wir essen.“

Sein Platz befand sich am Kopfende des langen Mahagonitisches. Bevor er sich setzte, rückte er seiner Frau einen Stuhl zurecht. Ein Lakai servierte den ersten Gang, eine wohlschmeckende Suppe. Aber vor lauter Nervosität brachte Sarah nur ein paar Löffel hinunter.

Während der ganzen Mahlzeit schwieg Devon beharrlich. Erst beim Käse begann er zu sprechen. „Du hast nicht sehr viel gegessen.“

Sie wollte gerade nach ihrem Weinglas greifen. Erschrocken über den Klang seiner Stimme, der die Stille plötzlich durchschnitt, stieß sie gegen das Glas, und der Wein ergoss sich über das Tischtuch. „O Gott!" Sie sprang auf, und dabei fiel ihre Gabel zu Boden. „Tut mir so leid ..."

„Beruhige dich, das ist keine Katastrophe", erwiderte er und stellte das Glas hin. „Setz dich."

Sie gehorchte und kam sich wie eine Närrin vor. Zerknirscht beobachtete sie, wie der Lakai den verschütteten Wein wegwischte und eine saubere Gabel neben ihren Teller legte.

Nachdem der Dienstbote den Raum verlassen hatte, lächelte Devon. „Normalerweise jage ich meinen Dinnergästen keinen solchen Schrecken ein. Aber du bist natürlich kein Gast", fügte er leise hinzu.

„Verzeih mir, ich war in Gedanken ..."

„In Zukunft werde ich mich bei unseren Mahlzeiten etwas aufmerksamer verhalten, damit du dich nicht in deine eigene Welt zurückziehen musst."

„Sicher bist du nach der langen Reise müde, und ich habe auch gar keine geistreiche Konversation erwartet."

„Bist du immer so einfühlsam, Sarah?"

„Keine Ahnung, was du meinst ..."

„Statt auf meine schlechten Manieren hinzuweisen, nimmst du mich in Schutz."

„Unsinn! Ich sehe dir an, dass du dich nicht besonders wohl fühlst. Zweifellos hat dich die Fahrt angestrengt und deine Genesung verzögert."

Devons Finger schlossen sich fester um den Stiel seines Weinglases. „Einmal hat Mary mir erzählt, du würdest dich stets bemühen, Not leidende Geschöpfe zu retten – Menschen und Tiere gleichermaßen."

„Das hat sie gesagt?"

„Ja." Sein Gesicht nahm einen abweisenden Ausdruck an. „Hoffentlich glaubst du nicht, du müsstest auch mich retten. Es wäre mir sehr unangenehm."

„Keine Bange, ich habe nichts dergleichen vor", beteuerte sie, gekränkt über seinen kalten Tonfall.

„Gut." Abrupt stand er auf. „Aber in einem Punkt hast du recht – ich bin verdammt müde. Wenn du mich entschuldigen würdest, ich möchte schlafen gehen. Ich schicke Mrs. Humphries zu dir. Wenn du irgendetwas brauchst, gib ihr Bescheid. Gute Nacht, Sarah."

„Gute Nacht", flüsterte sie. Bedrückt schaute sie ihm nach, als er das Zimmer verließ. Noch nie in ihrem Leben hatte sie sich so einsam gefühlt.

9. KAPITEL

Am nächsten Morgen stand Sarah vor einem der Fenster ihres Schlafzimmers und beobachtete die Regentropfen, die gegen die Scheibe prasselten. Unten im Garten ließen die Blumen die Köpfchen hängen.

Seufzend wandte sie sich ab. Was sollte sie tun? Ein Dienstmädchen hatte ihr heiße Schokolade und Toast gebracht. Und Liza hatte ihr in ein langärmeliges Kleid aus zartgelbem Musselin geholfen.

Sie konnte sich natürlich nicht den ganzen Tag in ihrem Zimmer verkriechen. Vielleicht sollte sie nach Devon sehen. Aber er hatte am vergangenen Abend unmissverständlich erklärt, er würde keinen Wert auf ihre Fürsorge legen. Und was immer sie Jessica auch versprochen hatte, sie durfte sich ihrem Mann nicht aufdrängen. Sonst würde er seine erzwungene Ehe noch unangenehmer finden.

Weil sie sich irgendwie beschäftigen musste, beschloss sie, das Haus zu besichtigen. Als sie die Tür öffnete und in den Flur trat, sah sie die Dienerin, die ihr das Frühstückstablett gebracht hatte, bestürzt zusammenzucken. „O Mylady, Sie haben mich erschreckt! Ich dachte nicht … Verzeihen Sie."

„Schon gut", erwiderte Sarah lächelnd. „Sally, nicht wahr?"

„Ja, Mylady. Seine Lordschaft wünscht Sie im Arbeitszimmer zu sehen."

„Danke." Sarahs Herz begann schneller zu pochen. Warum wollte er sie sprechen, obwohl sie erwartet hatte, er würde ihr aus dem Weg gehen? „Könnten Sie mir den Weg zeigen?"

„Gewiss, Mylady, das Arbeitszimmer liegt direkt neben der Bibliothek."

Da Sarah auch nicht wusste, wo sich die Bibliothek befand, war sie froh, dass Sally sie nach unten führte, bis zur Tür des Arbeitszimmers. Sie trat ein und sah Devon hinter einem großen Schreibtisch sitzen, über einige Papiere gebeugt. „Guten Morgen, Sarah“, begann er und stand auf. In seinen wildledernen Breeches, dem braunen Jackett und den hohen Stiefeln wirkte er wie ein typischer Landedelmann. Höflich wies er auf einen Sessel neben dem Tisch, und sie nahm Platz. „Ich hoffe, du hast gut geschlafen.“

„Sehr gut, danke.“

„Bist du mit deinem Zimmer zufrieden?“

„O ja.“ Ihre Stimme klang schärfer als beabsichtigt. Mit einem Pferd könnte ich ein persönlicheres Gespräch führen, dachte sie.

„Zweifellos willst du das Haus sehen. Mrs. Humphries wird dir alles zeigen.“ Bei diesen Worten warf er einen Blick auf seine Papiere. Offenbar drängte es ihn, sich wieder mit seiner Arbeit zu befassen.

Doch sie wollte sich nicht wie eine unwillkommene arme Verwandte behandeln lassen. „Es wäre mir lieber, *du* würdest mich durch das Haus führen.“

„Tut mir leid, ich bin beschäftigt.“

Gekränkt senkte sie den Blick. Nun, sie würde nicht um seine Gesellschaft betteln. „Natürlich, Devon“, erwiderte sie, sprang auf und ging zur Tür. „Dann will ich dich nicht länger stören.“

„Sarah!“

„Ja?“, fragte sie und drehte sich um.

„Verdammt! In einer Stunde hätte ich Zeit für dich. Würdest du dich so lange gedulden? Vorher muss ich mit meinem Verwalter reden.“

„Bemüh dich nicht um mich. Schon gar nicht, wenn du in meiner Gegenwart fluchst … Sicher wird Mrs. Humphries ihre Aufgabe großartig bewältigen.“

„Erwarte mich in der Bibliothek. In einer Stunde.“

Also saß er wieder einmal auf dem hohen Ross. „Sehr wohl, Mylord.“

„Solltest du mich noch einmal so nennen, sperre ich dich ein, verstanden?“

„Gewiss … Mylord“, erwiderte sie und floh aus dem Zimmer.

Mühsam konzentrierte er sich auf Thomas Daltons Erklärungen. Der Verwalter – ein untersetzter Mann mit klugen grauen Augen in einem wettergegerbten Gesicht – arbeitete seit fast zwanzig Jahren auf Ravensheed. Mit siebzehn Jahren hatte Devon seine Eltern verloren, die an einer Grippe gestorben waren. Dalton hatte ihm nicht nur als Angestellter gedient, er war auch sein Mentor gewesen.

„Was sagten Sie soeben? Entschuldigen Sie, ich habe nicht zugehört.“

„Kein Wunder, wenn nebenan Ihre junge Frau wartet“, bemerkte der Verwalter grinsend. „Es geht um das Nordfeld. Aber darüber können wir auch ein andermal reden.“

„Ja, vielleicht wäre das vernünftiger.“ Devon stand auf und verfluchte sich selbst. Eine knappe Stunde lang hatte er versucht, seine Aufmerksamkeit auf geschäftliche Dinge zu lenken, und stattdessen unentwegt an Sarah gedacht – wie ein liebeskranker Ehemann.

„Wir alle wünschen Ihnen Glück und Segen. Und Nancy freut sich schon darauf, Lady Huntington kennenzulernen.“

„Ja, sobald sich das Wetter bessert, reiten wir zu Ihrem Cottage“, versprach Devon und unterdrückte ein Stöhnen. Er hatte die Pflichten vergessen, die seine neue Ehe mit sich brachte. Zum Beispiel musste er Sarah den Pächtern vorstellen. Sonst würde man glauben, er wollte den Anschein erwecken, sie würde nicht existieren.

Er verabschiedete sich von Dalton und verließ das Arbeitszimmer. In der Halle verlangsamte er seine Schritte. Er wollte möglichst selten mit Sarah zusammentreffen. Bei jeder Begegnung brachte sie ihn aus seinem inneren Gleichgewicht – insbesondere mit ihrer völlig unerwarteten Sorge um sein Wohl. Gestern Abend hatte er sich gelobt, ihre Gesellschaft zu meiden, in der Hoffnung, er würde die unangenehme, verwirrende Wirkung besiegen, die sie auf seine geordnete Welt ausübte. Warum er sie gebeten hatte, in der Bibliothek auf ihn zu warten, war ihm rätselhaft. Vielleicht, weil er vorhin – angesichts ihrer kummervollen Miene – Gewissensbisse verspürt hatte. Und dann war sie davongegangen, das Kinn hoch gereckt, als wäre ihr das alles völlig egal.

Nur widerstrebend betrat er den Raum. Sie saß an einem der Tische, über ein Buch gebeugt. Lächelnd blickte sie auf. „Was für eine wundervolle Bibliothek!"

„Mein Großvater und mein Vater haben Bücher gesammelt. Und ich fügte einige hinzu."

„Welche denn?"

„Hauptsächlich philosophische, historische, geographische und naturwissenschaftliche Werke."

„Keine Romane?" In Sarahs Stimme schwang sanfter Spott mit.

„Wenn's dich auch verblüffen mag – ich besitze sehr viele Romane."

„Liest du sie?"

„O ja, meine Liebe. Ich kenne alle Bücher von Mrs. Radcliffe. Zum Beispiel las ich ‚Adeline oder das Abenteuer im Walde' und ‚Der Italiener oder der Beichtstuhl der schwarzen Büßermönche'."

„Haben dir diese Geschichten gefallen?"

„Oh, ich war fasziniert. Vor zwei Jahren brach ich mir ein Bein, und Jessica fand meine übliche Lektüre viel zu trocken. Deshalb brachte sie mir einen Stapel sehr unterhaltsamer Romane. Wenn ich mich recht entsinne, kommt in einem dieser Werke ein bluttriefendes Gespenst vor." Als Sarah die Brauen hob, fügte hinzu: „Offenbar habe ich dich überrascht.“

„Nun ja, die meisten Männer, auch mein Bruder …“ Erschrocken unterbrach sie sich. „Oh … tut mir leid.“

„Du musst dich nicht entschuldigen. Nur weil du deinen Bruder erwähnst, werde ich gewiss keinen Wutanfall bekommen.“

„Aber den könnte ich dir nicht verübeln“, flüsterte sie bedrückt.

„Sarah, mit jener beklagenswerten Affäre hattest du nichts zu tun“, versicherte Devon und stützte seine Hände auf den Tisch.

„Doch.“

„Unsinn! Warum bildest du dir das ein? Sicher hast du deinen Bruder und Mary nicht aufgefordert, sie sollten sich ineinander verlieben.“

„Nein, aber …“

„Kein Aber! Was immer du auch glauben magst – *dir* habe ich nie irgendetwas vorgeworfen.“ Er richtete sich auf. „Wolltest du nicht das Haus besichtigen?“

„Ja.“ Langsam stand sie auf, und er sah ihr an, dass sie sich immer noch unglücklich fühlte.

Der Zorn, den er so lange erfolgreich unterdrückt hatte, drohte an die Oberfläche zu dringen. So sehr er sich auch bemühte, die Tragödie in eine ferne Vergangenheit zu verbannen, sie wirkte sich immer noch auf die Gegenwart aus – und auf seine Ehe mit Sarah. Würden sie sich jemals davon befreien?

Als er ihren prüfenden Blick bemerkte, verdrängte er seine beklemmenden Gedanken. „Komm, meine Liebe, beginnen wir unseren Rundgang.“

Sarah hatte nur die Hälfte seiner Worte gehört. Hastig lenkte sie ihre Aufmerksamkeit von seiner tiefen, wohlklingenden Stimme auf den Kamin, über dessen gemeißelte Verzierungen er gerade sprach. Nun ging er zu einer Glastür des Salons, der an der Rückseite von Ravensheed lag. „Mein Großvater hat das Haus 1766 gebaut, zwei Jahre, nachdem der ursprüngliche Familiensitz niedergebrannt war. Als meine Großeltern Edinburgh besuchten, sahen sie ein Gebäude, das Sir William Chambers entworfen hatte. Davon war meine Großmutter hellauf begeistert. Es gefiel ihr, dass man vom Salon direkt in den Garten gehen konnte, und sie erklärte, dieses Haus müsste im gleichen Stil errichtet werden. Inzwischen ist er weit verbreitet."

„Sicher ist dieser bequeme Zugang zum Garten wundervoll." Warum hatte sie nie zuvor diese faszinierende Mischung von Grün und Braun in Devons Augen bemerkt? Und das Grübchen im Kinn ... Was war nur los mit ihr?

„Vor allem, wenn es nicht regnet. Heute bleiben wir lieber in unseren vier Wänden. Nun haben wir einen Großteil des Erdgeschosses gesehen. Im Oberstock liegt ein Wohnraum direkt über diesem Salon. Außerdem gibt es mehrere Gästezimmer. Möchtest du noch etwas besichtigen?"

Nein, aber vorerst wollte sie sich nicht von ihm trennen. „Vielleicht die Gemäldegalerie? Wenn ich dich nicht von deinen Pflichten abhalte."

„Keineswegs", versicherte er höflich. „Und danach nehmen wir unseren Lunch ein."

Sie sah ihm an, wie müde er war, und wollte ihn bitten, sich zu setzen. Doch diesen Vorschlag sprach sie wohlweislich nicht aus. „Dann schauen wir uns nur ganz kurz in der Galerie um. Ich bin nämlich furchtbar hungrig."

„Kein Wunder. Gestern Abend hast du fast nichts gegessen und die Köchin bitter enttäuscht. Deshalb solltest du unserer nächsten Mahlzeit etwas mehr Ehre antun."

„Gut, ich will's versuchen", erwiderte sie lächelnd.

Während sie durch die Galerie wanderten, erklärte er ihr

zunächst, von welchen Malern die einzelnen Bilder stammten. Nach einer Weile verstummte er, und seine Erschöpfung wurde immer offenkundiger. Sarah wollte die Besichtigungstour unter irgendeinem Vorwand abkürzen, doch da entdeckte sie am Ende des lang gestreckten Raums mehrere kleine Landschaften, die ihr besonderes Interesse weckten. Ein ähnliches Bild hing in ihrem Schlafzimmer. „Wer hat diese schönen Werke gemalt?"

„Meine Mutter."

„Tatsächlich?", rief sie erstaunt. „Vermutlich auch das kleine Bild in meinem Zimmer …"

Devon nickte. „Eine Landschaftsszene in ihrer irischen Heimat. Die kleinen Gemälde, die du hier siehst, sind auf ihrer Italienreise mit meinem Vater entstanden. Ich glaube, du zeichnest sehr gern. Malst du auch?"

„Ja", seufzte sie und schnitt eine Grimasse. „Aber mit einem so fabelhaften Talent kann ich nicht aufwarten."

„Meine Mutter wurde von einigen namhaften Künstlern unterrichtet. Um ihr Talent zu fördern, ließ mein Vater das Dachgeschoss zu einem Atelier für sie ausbauen. Ihr Glück lag ihm sehr am Herzen, denn er liebte sie über alles. Da oben wirst du einige ihrer Bilder finden."

„Auch meine Eltern liebten sich sehr, und ich dachte immer, eine solche Ehe wäre das Wunderbarste von …" Erschrocken unterbrach sie sich. Was redete sie da? Für einen Augenblick hatte sie vergessen, dass sie beide in einer unerwünschten Ehe gefangen waren.

„Sprich doch weiter", bat er kühl. „Das Wunderbarste – wovon?"

„Von der Welt", flüsterte sie.

Devons Augen verdunkelten sich. „Was für ein gefährlicher Gedanke …"

„Und wahrscheinlich ein sehr dummer."

„Nicht für …" Diesmal war es Devon, der den Satz nicht vollendete. „Mrs. Humphries hat einen kalten Lunch vorbereitet. Gehen wir essen."

In drückendem Schweigen hatten sie kalten Braten und Obst verspeist. Obwohl ihr der Appetit erneut vergangen war, hatte Sarah sich gezwungen, ein paar Bissen zu essen. Wenn alle Mahlzeiten so verliefen, würde sie in einem Monat vermutlich nur noch aus Haut und Knochen bestehen.

Devon legte seine Gabel auf den Teller. Endlich begann er zu sprechen. „Wenn sich das Wetter bessert, wird dir Dalton, mein Verwalter, das Landgut zeigen. Ich nehme an, du kannst reiten?"

„O ja."

„Solltest du in meinem Stall kein geeignetes Pferd finden, wird Dalton dir eins besorgen."

„Das ist sicher nicht nötig. Ich komme mit fast allen Pferden zurecht."

„Mit fast allen? Kaum zu glauben …"

Warum schaute er sie so zynisch an? Sie war tatsächlich eine ausgezeichnete Reiterin. „Nur ein Zweijähriger meines Bruders, den er noch nicht zugeritten hatte, ging mit mir durch, warf mich ab, und ich brach mir einen Arm. Wahrscheinlich wäre das nicht passiert, wenn ich einen Sattel benutzt hätte."

„Wie alt warst du damals?"

„Fast fünfzehn." Und zu alt für so undamenhafte Eskapaden, hatte ihre Mutter missbilligend betont.

„Dass du ein Wildfang warst, kann ich mir gar nicht vorstellen", bemerkte Devon amüsiert.

„So ungestüm bin ich nun auch wieder nicht gewesen. Eigentlich wollte ich das Pferd nur reiten, weil Nicholas behauptete, dazu wäre kein Mädchen fähig."

„Und du musstest ihm natürlich das Gegenteil beweisen."

„Nun ja …", gab sie errötend zu.

„Mylord, Mylady …" Ein Lakai erschien in der Tür. „Soeben ist eine Besucherin eingetroffen – Lady Coleridge."

„Vielen Dank, Sie müssen mich nicht hereinführen." Eine hoch gewachsene, elegant gekleidete Frau rauschte an dem Dienstboten vorbei ins Speisezimmer.

„Verdammt", murmelte Devon und erhob sich.

„Wie ich sehe, stimmt das Gerücht." Mit zusammengekniffenen Augen starrte sie Sarah an. „Das konnte ich kaum glauben – weil es sicher keine Frau gibt, die noch schlechter zu dir passen würde, Devon. Jedenfalls hätte ich es vorgezogen, ich wäre von *dir* informiert worden – nicht von Beatrice in einem ziemlich verwirrenden Brief."

„Verzeih, Maria", erwiderte er und ging zu ihr. „Es ging alles so schnell …"

„Offensichtlich!" Als sie sich zu Sarah wandte, nahm ihre Stimme einen etwas sanfteren Klang an. „Meine Liebe, ich hatte nicht erwartet, Sie jemals wiederzusehen."

„Tut mir leid", wisperte Sarah und erhob sich bedrückt. Wie hatte sie nur vergessen können, dass Marys Mutter immer noch im Lacey Manor lebte, nicht weit von Ravensheed entfernt?

„Wie geht es Ihnen?"

„Gut – danke."

„Also kennst du Sarah?", fragte Devon und trat an die Seite seiner Frau.

„Vielleicht erinnerst du dich – vor deinem Verlobungsball verbrachte sie eine Woche bei uns. Und natürlich sprach Mary sehr oft von ihr."

„Ja – ich entsinne mich."

Sarah fühlte sich wie ein unbefugter Eindringling. Wie konnte es Lady Coleridge nur ertragen, sie an Marys Stelle zu sehen? Und solche Neuigkeiten brieflich zu erfahren, statt von Devon … Natürlich musste die arme Frau den Eindruck gewinnen, das Andenken ihrer verstorbenen Tochter sei entwürdigt worden.

Aber solche Gefühle gab Lady Coleridge nicht zu erkennen. „Wie ich höre, hattest du vor deiner Hochzeit einen Unfall, Devon. Kein gutes Omen für deine neue Ehe."

„So schlimm war es nicht. Willst du dich nicht setzen und mit uns essen?"

„So lange kann ich nicht bleiben. Ich bin auf dem Weg nach Kentwood, zu Caroline, und ich wollte mich nur nach deinem Befinden erkundigen. In ihrem Brief erwähnte Beatrice, du seist schwer verletzt worden. Aber sie drückte sich etwas unklar aus. Was ist eigentlich passiert?"

„Nur eine Rippenprellung, eine Beule am Kopf und ein paar Schürfwunden", antwortete er ausweichend.

„Seltsam, dass du sofort nach der Hochzeit nach Hause gefahren bist. Sicher wäre es besser gewesen, du hättest dich erst einmal im Monteville House erholt. Aber du warst schon immer unvernünftig. Übrigens bin ich noch aus einem anderen Grund hierher gekommen. Mit deiner überstürzten Heirat hast du dich ins Gerede gebracht. Du musst deine Frau möglichst bald mit den Nachbarn bekannt machen. Vielleicht auf einer kleinen Dinnerparty."

Verwirrt hob Devon die Brauen, als wäre dieser Gedanke völlig abwegig. „Das ist nicht nötig."

„Wie kannst du nur so dumm sein? Willst du deine Frau etwa verstecken?"

„Natürlich nicht."

„Sobald du genesen bist, werden wir noch einmal darüber sprechen. Jetzt habe ich keine Zeit mehr. Würden Sie mich hinaus begleiten, Sarah?"

„Sehr gern", erwiderte Sarah. Ohne ihren Mann anzuschauen, folgte sie Lady Coleridge aus dem Zimmer und erwartete, einen Tadel wegen der „überstürzten“ Heirat zu hören.

Doch sie irrte sich. In der Halle blieb Lady Coleridge vor einem der geschnitzten Tische stehen und lächelte freundlich. „Würden Sie mir verraten, was Devon zugestoßen ist? Immerhin ist er mein Patenkind und mein Schwiegersohn. Also fühle ich mich für ihn verantwortlich. Außerdem war seine Mutter meine beste Freundin.“

Daran erinnerte sich Sarah, und sie fühlte sich noch elender. Unter diesen Umständen blieb ihr wohl nichts anderes übrig, als die Wahrheit zu erzählen. „Am Tag vor der Hochzeit wurde er von zwei Männern angegriffen, die ihn bewusstlos schlugen.“

„Großer Gott!“, flüsterte Lady Coleridge erschrocken. „Ein Raubüberfall?“

„Das wissen wir nicht genau. Jedenfalls wurde er nicht bestohlen.“

„Trotzdem hat er Sie am nächsten Tag geheiratet?“

„Ja“, bestätigte Sarah unglücklich. „Darauf bestand er, obwohl es ihm sehr schlecht ging. Einen Tag später beschloss er, nach Ravensheed zu fahren, obwohl der Arzt ihm strenge Bettruhe verordnet hatte, und ich konnte ihn nicht daran hindern.“

„Meine Liebe“, seufzte Lady Coleridge und berührte Sarahs Hand, „ich fürchte, Sie werden es nicht leicht haben. Wenn Sie Hilfe brauchen, wenden Sie sich an mich.“

In Sarahs Augen brannten Tränen. „Oh, Sie sind so großzügig, Lady Coleridge.“

„Keineswegs. Mary sprach immer sehr nett von Ihnen, und Sie waren ihre liebste Freundin.“

„Auch mir hat sie sehr viel bedeutet“, beteuerte Sarah, von wachsenden Schuldgefühlen gequält. Warum war Lady Coleridge so liebenswürdig?

Aber in den blauen Augen lag kein Vorwurf, nur Zuneigung. „Jetzt muss ich mich verabschieden. Vielleicht besuchen Sie mich einmal zum Tee. Und dann sprechen wir in aller Ruhe über Mary, wenn es Ihnen nichts ausmacht."

„Natürlich nicht."

Lady Coleridge ergriff Sarahs Hand. „Und Sie erklären mir, warum Sie meinen Schwiegersohn geheiratet haben." Mit diesen Worten ging sie zur Tür, die ihr ein Lakai aufhielt, und Sarah beobachtete, wie sie durch den Regen zu ihrer Kutsche eilte.

Eine Zeit lang blieb sie reglos in der Halle stehen, dann kehrte sie langsam ins Speisezimmer zurück.

Devon stand am Fenster. Als er ihre Schritte hörte, drehte er sich um. „Tut mir leid, ich hatte keine Ahnung, dass meine Schwiegermutter unangemeldet hier auftauchen würde. Hoffentlich hat sie dich nicht in Verlegenheit gebracht."

„O nein, sie war sehr freundlich – viel netter, als ich dachte …"

„Warum hast du etwas anderes erwartet?"

„Für sie muss es schrecklich gewesen sein, mich hier zu sehen."

„Wieso glaubst du das?"

„Weil … weil ich nicht Mary bin."

„Nein – das bist du nicht", stimmte er zu, und sie las tiefen Kummer in seinen Augen.

„Tut mir so leid", wisperte sie.

„Du hast wirklich keinen Grund, dich zu entschuldigen", erwiderte er tonlos und wandte sich wieder zum Fenster.

Eine Zeit lang blieb sie unschlüssig stehen, dann verließ sie das Zimmer, weil sie sein beharrliches Schweigen nicht länger ertrug.

10. KAPITEL

Sarah nippte an ihrer heißen Schokolade und starrte aus dem Fenster des sonnigen, gemütlichen Damenzimmers. Seit ihrer Ankunft auf Ravensheed war eine Woche vergangen. Und nun schien zum ersten Mal die Sonne. Schon am zweiten Morgen hatte sie beschlossen, künftig in diesem kleinen Raum mit der grünweißen Tapete und dem Ausblick auf die geschwungene Zufahrt zu frühstücken.

Ihren Mann sah sie nur selten. Meistens saß er im Arbeitszimmer, oder er ritt mit Mr. Dalton über die Ländereien. Sarah traf ihn immer nur abends im Speisesalon. Dort herrschte drückendes Schweigen, oder sie machten höflich Konversation.

Beim letzten Dinner hatte er angekündigt, er würde am nächsten Morgen für einige Tage nach London fahren. Tapfer hatte Sarah ihre plötzliche Furcht verborgen und den Eindruck erweckt, es würde ihr nichts ausmachen, allein in einem Haus zurückzubleiben, wo sie niemanden kannte. Vielleicht würde sie sich etwas heimischer fühlen, wenn sie irgendwelche Pflichten im Haushalt übernehmen könnte. Aber Mrs. Humphries sah nicht so aus, als wollte sie auf einen Teil ihrer Kompetenzen verzichten.

Sarah verspeiste ihren Toast und die Eier. Dann schob sie den Teller beiseite. Wohl oder übel würde sie sich an ihre eigene Gesellschaft gewöhnen müssen, an den Gedanken, endlose Jahre in beklemmender Einsamkeit zu verbringen.

Nein, damit würde sie sich nicht abfinden. Entschlossen stand sie auf. Sie musste eine Beschäftigung finden. Das Haus hatte sie bereits gründlich besichtigt und viele Stunden in der Bibliothek verbracht. Am Vortag waren ihre Sachen eingetroffen, und sie hatte sich häuslich in ihrem Schlafzimmer eingerichtet. Und am Tag davor, als der Regen für ein paar

Stunden nachgelassen hatte, war sie in den Garten gegangen. Sie hatte in einer idyllischen Ecke gesessen und ein Aquarell gemalt, das ihr nicht besonders gefiel. Aber Mrs. Humphries war ganz begeistert davon. Und so hatte Sarah ihr das Bild geschenkt.

Vielleicht sollte sie die Ländereien erforschen. Von einem Dachbodenfenster aus hatte sie einen Turm entdeckt, der faszinierend aussah … Nein, sie würde nicht in ihrer Verzweiflung versinken.

Ein paar Stunden später hatte sie sich hoffnungslos verirrt. Sie war in den Wald gewandert, hatte eine Weile an einem Bach gesessen und gezeichnet. Schließlich ging sie weiter. Eine Zeit lang war sie dem Ufer gefolgt und dann in die Richtung des Turms gebogen, den sie durch das Fenster erblickt hatte. Jetzt stand sie am Rand einer Weidefläche und wusste nicht, wo Ravensheed lag. Bedauerlicherweise hatte sie sich unterwegs keine landschaftlichen Merkmale eingeprägt.

„Guten Tag." Verwirrt drehte sie sich um. Hinter ihr saß ein Reiter auf einem Grauschimmel, in der Kleidung eines Landedelmanns, deren eleganter Schnitt einen Londoner Schneider verriet. „Verzeihen Sie, ich wollte Sie nicht erschrecken", versicherte er und lächelte freundlich.

„Oh – ich hörte keine Hufschläge, weil ich ganz in Gedanken war …"

„Das habe ich gemerkt", erwiderte er, beugte sich ein wenig vor und musterte sie neugierig. „Sie müssen Lady Huntington sein."

„Ja", bestätigte sie zögernd. „Und Sie?"

„Charles Kenton. Mein Landgut grenzt an Ravensheed, und Sie befinden sich gerade auf meinem Grund und Boden."

„O Gott", erwiderte sie verlegen, „tut mir leid … Ich bin spazieren gegangen und habe mich verirrt."

„Dafür müssen Sie sich nicht entschuldigen. Sie wollen sicher nicht in meinem Revier wildern. Und so schöne unbefugte Eindringlinge begegnen mir nur selten."

Sarah errötete. „Wenn Sie mir den Weg nach Ravensheed beschreiben würden ..."

„Am besten bringe ich Sie nach Hause." Geschmeidig schwang er sich aus dem Sattel und ergriff die Zügel seines Pferdes.

„Aber ich will Ihnen keine Mühe machen ..."

„Oh, ich war ohnehin auf dem Weg nach Ravensheed, weil ich Sie für morgen zum Dinner einladen wollte. Sind Sie durch den Wald hierher gekommen?"

„Ja."

„Dann wundert's mich nicht, dass Sie sich verirrt haben. Am Weiderand führt ein Weg entlang, direkt zu den Stallungen Ihres Mannes."

Langsam wanderten sie im Sonnenschein dahin, und er erzählte ihr von seinem Landsitz, Kentwood Hall. Dann erkundigte sie sich nach dem Turm, den sie vergeblich gesucht hatte. Charles Kenton erklärte, diese Ruine habe zum ursprünglichen Ravensheed gehört, das vor fast einem halben Jahrhundert abgebrannt sei.

„Da vorn sehen Sie die Stallungen, Lady Huntington." Er zeigte zum Ende der Weidefläche. „Würden Sie mir eine Frage beantworten?"

„Ja?"

„Warum erlaubt Lord Huntington seiner jungen Frau, allein durch den Wald zu spazieren?"

„Was heißt das?", herrschte Devon seine Haushälterin an. „Lady Huntington ist ausgegangen?"

Missbilligend runzelte sie die Stirn. „Vor fast drei Stunden."

Kalte Angst stieg in ihm auf. Wo zum Teufel blieb Sarah so

lange? Hatte sie den Park verlassen – oder die Flucht ergriffen?

„Sie hatte einen Skizzenblock und Zeichenstifte bei sich“, fügte Mrs. Humphries hinzu.

Dann war sie wohl kaum davongelaufen. Aber sie könnte sich verletzt haben … Devon eilte zum Stall. Und wenn es den ganzen Vormittag dauern würde – er musste sie finden. Vorher würde er nicht nach London fahren.

Eigentlich hatte er schon vor einer Stunde aufbrechen wollen. Doch dann war ein Problem aufgetaucht, das nicht bis zu seiner Rückkehr warten konnte, und er hatte den ganzen Morgen in seinem Arbeitszimmer verbracht.

Als er um die Ecke des Stallgebäudes bog, hielt er abrupt inne. Sarah stand am Rand der Weidefläche und lächelte Charles Kenton an. Dann sagte Kenton etwas, und ihr Lächeln erlosch sofort. Von plötzlicher Eifersucht erfasst, ging Devon auf die beiden zu. „Wie ich sehe, haben Sie meine Frau bereits kennengelernt, Kenton.“ Um seinen Zorn zu bezähmen, musste er seine ganze Selbstkontrolle aufbieten.

Bestürzt zuckte Sarah zusammen, aber Kenton erwiderte in ruhigem Ton: „Ja, ich hatte das Vergnügen. Lady Huntington verirrte sich, geriet auf meine Ländereien, und ich brachte sie nach Ravensheed.“

„Warum hast du dich so weit vom Haus entfernt, Sarah?“, fragte Devon mit frostiger Stimme.

„Ich wollte mich ein wenig umsehen.“

„Vielen Dank, Kenton, jetzt werde ich mich selber um meine Frau kümmern.“

„Hoffentlich …“ Kentons vorwurfsvolle Miene erinnerte Devon an seine Haushälterin. „Wäre sie *meine* Frau, würde ich besser auf sie aufpassen.“ Lächelnd zog er ein gefaltetes Papier aus der Tasche, das er Sarah reichte. Dabei berührte er nach Devons Meinung ihre Hand etwas zu lange.

„Bis morgen Abend, Lady Huntington. Meine Mutter und meine Schwester freuen sich schon sehr darauf, Sie kennenzulernen."

„Danke, Mr. Kenton." Während er davonging, erlosch ihr Lächeln. „Wenn du mich jetzt entschuldigst, Devon – ich möchte mich in mein Zimmer zurückziehen."

Aber er hielt ihren Arm fest. „Was hat das zu bedeuten? Warum wirst du ihn morgen Abend wieder sehen?"

„Er hat mich zum Dinner nach Kentwood eingeladen."

„Da gehst du nicht hin. Und in Zukunft wirst du das Haus nicht mehr ohne Begleitung verlassen."

„Also bin ich deine Gefangene?", fragte sie tonlos.

„Keineswegs. In Gesellschaft eines Dienstmädchens oder eines Lakaien darfst du dich frei bewegen – natürlich nur innerhalb der Grenzen meines Parks."

„Dann willst du mich ja doch gefangen halten. Sehr wohl, Mylord ..." Sarah presste den Skizzenblock an ihre Brust, als wäre er ein Schutzschild. „Wenn das alles ist, möchte ich jetzt in meine Zelle zurückkehren."

„Warte, Sarah ... Es tut mir leid. Aber als mir Mrs. Humphries mitteilte, du seist vor drei Stunden weggegangen, machte ich mir große Sorgen. Und dann erwähnte Kenton, du hättest dich verirrt. Wenn du noch einmal allein durch den Wald läufst, wird dir vielleicht niemand begegnen, der dich nach Ravensheed führt. Verstehst du denn nicht, in welche Gefahr du dich begeben hast?"

„Doch", gestand sie kleinlaut. „In Zukunft werde ich das Haus nicht mehr ohne Begleitung verlassen."

„Wie bist nur auf die Idee gekommen, vier Meilen weit zu gehen?"

„Ich wollte mir den Turm ansehen."

„Den wird Dalton dir zeigen ..." Der Turm markierte die Grenze zwischen Ravensheed und Kentwood. Womöglich würde sie dem Nachbarn wieder über den Weg laufen. Und der hatte keinen Hehl daraus gemacht, wie gut Sarah ihm gefielt. „Nein, ich bringe dich selber hin."

„Bemüh dich nicht", murmelte sie und wich seinem Blick aus.

„Oh, das bereitet mir wirklich keine Mühe. Und morgen Abend werden wir beide auf Kentwood dinieren."

„Fährst du heute nicht nach London?"

„Meine Geschäfte können warten. Morgen zeige ich dir die Ländereien."

Rastlos warf Nicholas die Spielkarten auf den Tisch und erhob sich. Adam runzelte erstaunt die Stirn. „Hörst du schon auf? Du hast mich noch nicht um meine Börse erleichtert."

„Nun, soeben habe ich beschlossen, meine Verwandten in Zukunft zu schonen." Nicholas wanderte aus dem kleinen Spielsalon in die Halle, wo ein Ball stattfand. Eine Zeit lang beobachtete er die Tanzpaare und ignorierte die koketten Blicke, die ihm drei kichernde junge Damen zuwarfen. Seit Marys Tod interessierte er sich nicht für gesellschaftliche Ereignisse. Er wanderte durch eine der geöffneten Glastüren auf die Terrasse hinaus und betrachtete die dunkle Zufahrt.

Plötzlich trat jemand hinter ihn, und er wandte sich zu Cedric Blanton, der sich mit einem höflichen Lächeln verneigte. „Ah, Lord Thayne! Seit dem Henslowe-Ball habe ich Sie nicht mehr gesehen."

„Ich war verreist", erklärte Nicholas kurz angebunden. Mit diesem Mann wollte er nichts zu tun haben.

„Tatsächlich? Bald werde ich auch wegfahren, um eine Hausparty in Harrowood zu besuchen, auf Sir Ralph Filbys Landgut in Kent. Das liegt doch ganz in der Nähe des Hauses, in dem jetzt Ihre Schwester wohnt – sehr zu meinem Bedauern."

„Was wollen Sie damit sagen?", fragte Nicholas in scharfem Ton.

„Nun ja, die Umstände ihrer Vermählung ... Wenn eine junge Dame gezwungen wird, einen Mann zu heiraten, den sie verabscheut, nur weil er sich gewisse Freiheiten herausnahm ..."

„Woraus ziehen Sie solche Schlüsse?"

Falls Blanton das gefährliche Glitzern in Nicholas' Augen bemerkte, beschloss er, es zu missachten. „Wie ich gestehen muss, war ich dabei. Und ich mache mir immer noch Vorwürfe, weil ich Miss Sarah nicht zu Hilfe kam – insbesondere, als sie sich von Lord Huntingtons Griff befreien wollte und ihr Kleid zerriss. Bevor ich eingreifen konnte, erschienen Lord und Lady Henslowe auf der Bildfläche."

Am liebsten hätte Nicholas den Mann niedergeschlagen. „Wenn es stimmt, was Sie da sagen, müsste ich Sie eigentlich erwürgen. Und wenn nicht, sollten sie Ihre verdammten Spekulationen für sich behalten."

„Natürlich, Lord Thayne. Auf keinen Fall möchte ich dem Ruf Ihrer Schwester schaden." Aber Blantons Miene verriet eine merkwürdige Genugtuung, die Nicholas' Argwohn erregte. Dieser Sache musste er auf den Grund gehen.

Lord Monteville saß in seinem Arbeitszimmer hinter dem Schreibtisch. Als Nicholas eintrat, nahm der Earl seine Brille ab und musterte seinen Enkel. „Ist der Ball schon beendet?"

„Nein. Vorhin habe ich Blanton getroffen. Er erzählte mir, er habe beobachtet, wie Huntington meiner Schwester auf dem Henslowe-Ball zu nahe trat. Dabei wurde sogar Sarahs Kleid zerrissen. Unglaublich ..." Er lachte freudlos. „Keine Ahnung, warum Sarah behauptete, der Riss sei durch die Nadel ihrer Brosche entstanden. Wenn Blanton recht hat, jage ich Huntington eine Kugel in den Kopf."

„Spar dir dein Blei“, erwiderte Monteville und stand auf. „Teilweise stimmt die Geschichte. Blanton hat nur die Rollen vertauscht. Hör mir zu, mein Junge, bevor du losstürmst, um die Ehre deiner Schwester zu retten.“

Nachdem der Earl seinen Bericht beendet hatte, fluchte Nicholas erbost. „Ein Wunder, dass du Blanton nicht selber zum Duell gefordert hast! Heute Abend war ich nahe daran, ihn zu erwürgen. Hätte ich's bloß getan!“

„Solche Gewaltaktionen erfüllen nur selten ihren Zweck. Außerdem wurden Blantons Pläne ohnehin vereitelt. Aber ich traue ihm nicht. Unglücklicherweise versucht er immer wieder, reiche Erbinnen einzufangen – mit unlauteren Methoden. Wie mir der Vater einer jungen Dame mitteilte, hat Huntington letztes Jahr einen solchen Versuch unterbunden. Also ist Blanton sicher nicht gut auf ihn zu sprechen. Vielleicht erklärt das seinen Entschluss, dir diese Geschichte zu erzählen.“

„Wahrscheinlich hofft er, ich würde Huntington erschießen.“ Plötzlich hielt Nicholas den Atem an. „Glaubst du, er ist für den Angriff auf meinen Schwager verantwortlich?“

„Davon bin ich sogar überzeugt, obwohl ich vorerst nichts beweisen kann.“

„Übrigens, er erwähnte Sir Ralph Filbys Hausparty, die er besuchen wird.“

„Tatsächlich? Davon wusste ich nichts. Nun frage ich mich, was er vorhat … Bist du auch bei Sir Ralph eingeladen?“

„Ja, aber ich fahre nicht hin, weil ich keine Lust habe, mit lauter Speichelleckern unter einem Dach zu wohnen.“

„Vielleicht solltest du dich anders besinnen.“

Mit zusammengekniffenen Augen starrte Nicholas seinen Großvater an. „Meinst du? Also gut – wenn ich auch bezweifle, dass Huntington mich in seiner unmittelbaren Nachbarschaft mit offenen Armen aufnehmen wird."

„Wahrscheinlich wirst du eine Überraschung erleben. Deine Schwester übt einen größeren Einfluss auf ihn aus, als du vermutest."

„Warten wir's ab", entgegnete Nicholas und lächelte grimmig.

11. KAPITEL

Sarah strich den Rock ihres Reitkostüms glatt, das kurz vor jenem schicksalhaften Ball angefertigt worden war. Dann setzte sie den passenden Hut auf und wünschte, sie könnte ihre Nervosität überwinden. Sie hatte nichts zu befürchten. Wahrscheinlich würde ihr Devon in seiner üblichen arroganten Art zu verstehen geben, sie sei ein Ärgernis. Was allerdings seinem plötzlichen Entschluss widersprach, die Reise nach London zu verschieben und ihr den Besitz und den Turm zu zeigen, statt diese Aufgabe dem Verwalter zu überlassen. Vielleicht fürchtete er, sie würde die Gelegenheit nutzen und Dalton entfliehen.

Nachdem sie die Hutbänder unter dem Kinn verknotet hatte, klopfte es an der Tür, und Devon trat ein, um sie abzuholen. „Bist du bereit?"

„Ja, ich muss nur noch meine Handschuhe suchen." Sie ging zu ihrem Toilettentisch und öffnete einige Schubladen, bis sie die Glacéhandschuhe endlich fand.

Inzwischen hatte sich Devon in ihrem Zimmer umgesehen. „Hier hat sich einiges verändert. Sehr gemütlich."

„Du meinst wohl eher … unordentlich." Seufzend folgte sie seinem Blick. Einen Teil ihrer Skizzen hatte sie nicht weggeräumt. Auf dem Nachttisch lag ein geöffnetes Buch. Wenigstens war ihre blau-weiße Vase mit frischen Blumen gefüllt.

„Keineswegs, ich finde das Zimmer sehr hübsch und komfortabel", versicherte er und schlenderte zu der Wand, wo sie eines ihrer Aquarelle aufgehängt hatte. „Dein Werk?"

„Ja, es stellt den Garten unseres Hauses in Lancashire dar. Dort sind Nicholas und ich aufgewachsen."

„Ein wirklich schönes Bild. Wann seid ihr ins Monteville House gezogen?"

„Kurz nach dem Tod unserer Mutter, vor drei Jahren." Jetzt tat es nicht mehr so weh, an den Verlust der geliebten Mutter zu denken. „Mein Großvater nahm uns freundlicherweise auf."

„Warum ‚freundlicherweise'?"

„Nachdem meine Eltern geheiratet hatten, brach Papa den Kontakt zu meinem Großvater ab. Mama war nur die Tochter eines Vikars, und als Papa mit ihr durchbrannte, stand er kurz vor der Verlobung mit der Tochter eines Dukes. Natürlich beschwor er einen schrecklichen Skandal herauf." Das wusste sie nur, weil die älteste Schwester ihrer Mutter ihr genüsslich alle Einzelheiten erzählt hatte. Mama selbst hatte nie von jenen Ereignissen und Papas vornehmer Familie gesprochen, auch nicht nach seinem Tod, als Sarah bereits zwölf Jahre alt gewesen war. Nach allem, was über den formidablen Großvater bekannt gewesen war, hatte sie der Begegnung angstvoll entgegengeblickt. Aber er war sehr gütig gewesen, und allem Anschein nach hatte er die Entfremdung von der Familie seines einzigen Sohnes bedauert.

„Dann haben wir etwas gemeinsam", bemerkte Devon. „Auch *meine* Mutter wurde in der Familie meines Vaters nicht willkommen geheißen, weil sie Irin war, und außerdem glaubten meine Großeltern, er hätte unter seinem Stand geheiratet."

„Wie traurig ... Ich kannte keinen gütigeren, klügeren Menschen als meine Mutter. Und sie war eine Lady, in allen Dingen, auf die es ankommt. Sicher hast du deine Mutter in ähnlicher Erinnerung behalten."

„O ja, ich liebte sie sehr." Nach einer kurzen Pause schlug er vor: „Gehen wir?"

Der Reitknecht Jerrick hatte bereits zwei Pferde gesattelt, Lord Huntingtons Fuchs und einen etwas kleineren Braunen. Lächelnd begrüßte der grauhaarige Mann seinen Herrn. Nicht zum ersten Mal bemerkte Sarah, wie beliebt Devon bei allen seinen Bediensteten war.

„Für Sie habe ich Perceval gesattelt, Mylady“, erklärte Jerrick und verneigte sich vor ihr. „Er lässt sich leicht handhaben, besitzt aber genug Temperament, sodass sie im Sattel nicht einschlafen werden.“

„Sicher komme ich gut mit ihm zurecht“, erwiderte Sarah belustigt und streichelte den Hals des Wallachs.

Während sie Seite an Seite zum Wald ritten, wandte sich Devon zu Sarah. „Mrs. Dalton würde dich gern kennenlernen. Macht's dir was aus, wenn wir bei ihr vorbeischauen, bevor wir den Turm besichtigen?“

„Natürlich nicht. Die beiden haben vor Kurzem ein Baby bekommen.“

„Ja. Wieso weißt du das?“

„Sally hat's mir erzählt.“

„Sally?“

„Ein Hausmädchen.“

„Ich verstehe“, entgegnete er und runzelte die Stirn. Offenbar missfiel es ihm, dass sie mit dem Personal schwatzte, und sie erwartete einen Tadel. Stattdessen überraschte er sie mit einer Frage. „Fühlst du dich wohl in Ravensheed?“

„Ja …“, antwortete sie zögernd.

„Das klingt nicht sonderlich begeistert. Was bedrückt dich?“

„Irgendwie komme ich mir wie ein unerwünschter Hausgast vor. Ich würde mich gern nützlich machen.“

Verblüfft hob er die Brauen. „Wie denn?“

„Nun, ich könnte mich um den Haushalt kümmern. Aber Mrs. Humphries hat alles so gut unter Kontrolle.“

„Vielleicht *zu* gut. Möchtest du den Haushalt führen?“

„Das würde ich mir doch niemals anmaßen. Aber es wäre wundervoll …“

„Gut, ich werde mit ihr reden. In Zukunft muss sie sich vor dir verantworten.“

„Bist du sicher?“ Sarah hatte nicht angenommen, dass er ihren Wunsch so bereitwillig erfüllen würde.

„Kriegst du plötzlich kalte Füße?“

Entschlossen hob sie das Kinn. „Nein.“

„Dann ist alles klar. Und wenn du die Köchin veranlassen könntest, mal was anderes aufzutischen als Geflügel in dieser oder jener Form, wäre ich dir sehr dankbar.“

„Ich will mein Bestes tun“, versprach sie lächelnd.

Sarah folgte Nancy Daltons rundlicher Gestalt um die Ecke des hübschen strohgedeckten Cottages, einen großen getigerten Kater im Arm, der bei der Ankunft sofort um ihre Beine gestrichen war. Nun schnurrte das Tierchen wohlig, die Augen halb geschlossen.

„Wahrscheinlich ist Seine Lordschaft da hinten im Garten!“, rief Mrs. Dalton über die Schulter. „Hannah und Will wollten ihm die Kätzchen zeigen.“

„Wie nett ...“, erwiderte Sarah mit schwacher Stimme und versuchte sich vorzustellen, wie Devon junge Katzen begutachtete.

Natürlich hatte sie nicht erwartet, dass sich die beiden Dalton-Kinder – die sechsjährige Hannah und ihr vierjähriger Bruder – kreischend auf ihn stürzen und die Ermahnung der verlegenen Mutter, „etwas mehr Respekt vor Seiner Lordschaft zu bekunden“, einfach ignorieren würden. Freudestrahlend packten sie seine Hände, zerrten ihn hinter das Haus, und er ließ es lachend geschehen. Nun saß Sarah auf einer Holzbank, Mrs. Daltons zwei Wochen altes Baby im Arm, und hörte der redseligen Frau zu. In einer Viertelstunde erfuhr sie mehr über die Gemeinde als in der ganzen Woche seit ihrer Ankunft. Schließlich schlief das Baby ein. Nancy Dalton legte es in die Wiege und schlug vor, nun sollten sie nach Seiner Lordschaft sehen. „Bevor er die Geduld mit den Kindern verliert …“

„Ja, kümmern wir uns darum“, stimmte Sarah zu.

Der Anblick ihres Mannes, an dessen elegantem Reitjackett ein schwarzes Kätzchen emporkletterte, verschlug ihr den Atem.

„Schau, Mama!“, schrie Hannah und klatschte in die Hände. „Patience mag ihn!“

In komischer Verzweiflung wandte er sich zu Sarah. „Wie soll ich das kleine Biest nur loswerden?“

„Warte, ich helfe dir!“ Lachend versuchte sie, Patiences winzige Krallen aus dem Stoff des Reitrocks zu lösen. „Ich fürchte, Hannah hat recht – das Kätzchen mag dich. Vielleicht musst du's in Zukunft immer bei dir tragen.“

„Gott bewahre! Ich kann Katzen nicht leiden!“

Behutsam befreite sie das Jackett von den Krallen und legte Patience in Hannahs Arm. Dann hob sie ihren getigerten grauen Freund, der ihnen gefolgt war, wieder hoch. Lächelnd streichelte sie seinen Kopf. „Er erinnert mich an eine Katze, die ich in meiner Kindheit hatte – meine beste Freundin.“

„Wie ich sehe, erwidert er deine Zuneigung“, bemerkte Devon amüsiert. „Aber nun sollten wir gehen.“

Hannah und Will umarmten ihn, und Mrs. Dalton zwinkerte ihm zu. „Ich nehme an, bald wird auch in den Kinderzimmern von Ravensheed so ein reges Leben und Treiben herrschen, Mylord.“

Brennend stieg das Blut in Sarahs Wangen. Sogar Devon wurde rot. „Eh … ja“, stammelte er. Wäre das Thema nicht so peinlich gewesen, hätte sie über sein sichtliches Unbehagen gelacht. Etwas überhastet verabschiedeten sie sich von Nancy Dalton und ihren Kindern.

Während sie weiterritten, dauerte es eine Weile, bis Devon das lastende Schweigen brach. „Ich hoffe, Mrs. Daltons Bemerkung hat dich nicht beunruhigt. Selbstverständlich strebe ich *kein* ‚reges Leben und Treiben' in den Kinderzimmern von Ravensheed an."

„Wenn ein Mann und eine Frau heiraten, ist es nur natürlich, so etwas anzunehmen." Zu Sarahs eigener Verblüffung klang ihre Stimme ruhig und gelassen, trotz ihres inneren Aufruhrs.

„Ja … mag sein … Da vorn siehst du den Turm." Erleichtert atmete er auf. Nun konnte er das unangenehme Thema wechseln.

Am anderen Ende einer Weide, wo eine Schafherde friedlich graste, ragte der graue steinerne Turm empor, mit einer zerbröckelnden Mauer verbunden.

Die Schafe achteten nicht auf die Pferde, die über die Wiese trabten. Vor der Ruine stieg Devon ab, dann ging er zu Perceval, um Sarah aus dem Sattel zu heben.

Als sie in seine grünbraunen Augen schaute, wurde ihr plötzlich bewusst, dass sie hier ganz allein waren. Unsicher neigte sie sich hinab, und ihr Rock blieb am Sattelknauf hängen. Sie verlor das Gleichgewicht und fiel in Devons Arme. Ein paar Sekunden lang spürte sie seine kraftvollen Herzschläge, bevor sie sich losriss. „Verzeih mir …"

„Du musst dich nicht entschuldigen." Wie so oft war seine Miene unergründlich. „Ich binde die Pferde fest. Und dann essen wir."

„Essen?"

„Einer meiner Stallknechte hat einen Picknickkorb hierher gebracht."

Die Pferde am Zügel, führte er Sarah in einen kleinen, erstaunlich gepflegten ummauerten Garten.

„Setz dich da drüben auf die Bank, ich bin gleich wieder da", versprach er und schlang die Zügel um Eisenringe, die aus der Mauer ragten.

Hinter dem Haus trat ein Stallknecht hervor, der ihm einen Korb überreichte. Inzwischen nahm Sarah auf der schmiedeeisernen Bank Platz, die neben einem duftenden Lavendelbeet stand.

Beklommen erinnerte sie sich an Mrs. Daltons Worte. Hatte Devon bedacht, dass aus seiner Ehe, die nur auf dem Papier bestand, kein Erbe hervorgehen würde?

Devon beobachtete, wie seine Frau an einem Aprikosentörtchen knabberte. Den Picknickkorb zwischen sich, saßen sie im Schatten eines dicht belaubten Baums auf einer Decke. Während der Mahlzeit hatte Sarah kaum ein Wort gesagt. Nicht, dass er selber gesprächiger gewesen wäre … Nancy Daltons unglückselige Bemerkung ging ihm nicht aus dem Kopf. Und das Bild, das immer wieder vor seinem geistigen Auge erschien – ein Baby in den Armen seiner Frau –, war viel zu reizvoll.

Und er dachte wieder an jenen kurzen Moment, wo sie aus dem Sattel geglitten war – in seine Arme. Nur mühsam hatte er den Impuls bezwungen, ihren weichen Körper noch fester an sich zu drücken, ihre süßen Lippen zu küssen, bis sie kapitulieren würde.

Abrupt stand er auf, bevor er seinem unerwünschten Verlangen womöglich nachgeben würde. „Wollen wir zurückreiten?“

„Ja, gewiss“, stimmte Sarah zu, legte ihre Serviette beiseite und erhob sich anmutig.

„Deine Lippen sind voller Kuchenkrümel.“

„Oh …“ Sie wischte sich über den Mund, aber es gelang ihr nicht, die Krumen zu entfernen.

„Lass mich das machen.“ Ohne lange zu überlegen, strich er über einen ihrer Mundwinkel und spürte ihre warme, seidige Haut. Sein Blick fiel auf ihre leicht geöffneten Lippen, und sie starrte ihn wie gebannt an.

„Sind die Krümel weg?“, flüsterte sie atemlos.

„Ja …“ Hastig zog er seine Hand zurück, als hätte er sich verbrannt. „Gehen wir zu den Pferden.“

In die Eingangshalle von Ravensheed zurückgekehrt, musterte Devon verblüfft mehrere Truhen und Koffer. Ehe er einen Lakaien befragen konnte, kam Jessica in einem dunkelgrünen Reisekleid aus dem Arbeitszimmer. Lächelnd begrüßte sie ihren Bruder und ihre Schwägerin. „Tut mir leid, dass ich euch nicht geschrieben habe, wann ich ankomme. Ich habe ganz spontan beschlossen, heimzufahren und zu sehen, wie's euch geht. Hoffentlich mache ich euch keine Unannehmlichkeiten.“

„Unsinn!“ Sarah eilte zu Jessica und ergriff ihre ausgestreckten Hände. „Du bist hier zu Hause, und ich freue mich so, dich wiederzusehen!“

In ihrer Stimme schwangen Emotionen mit, die Devon nicht zu deuten vermochte. Seltsamerweise wusste er nicht, ob ihn Jessicas Rückkehr ebenso beglückte.

12. KAPITEL

Jessica beschloss, Devon und Sarah zum Dinner nach Kentwood zu begleiten. Als sie in der Kutsche saßen, erklärte sie: „Es war gar nicht so schwierig, Tante Beatrice zu entfliehen, wie ich's befürchtet hatte. Ich erklärte ihr, zweifellos würde Sarah meine Hilfe brauchen, wenn sie die Haushaltsführung von Ravensheed übernimmt. Und als ich betonte, womöglich würde Mrs. Humphries die arme Sarah bevormunden, drängte mich unsere Tante, sofort abzureisen." Lächelnd wandte sie sich zu Sarah. „Die beiden mögen sich nicht, und den Gedanken, die Haushälterin würde die Oberhand über dich gewinnen, konnte Tante Beatrice einfach nicht ertragen. Hoffentlich war Mrs. Humphries nicht allzu schwierig."

„Keineswegs." Wahrscheinlich, weil ich mich bisher nicht in den Haushalt eingemischt habe, dachte Sarah. Wie würde sich Mrs. Humphries verhalten, wenn Devon ihr mitteilte, in Zukunft müsse sie die Anweisungen seiner Frau befolgen? Wenigstens war sie etwas milder gestimmt, seit sie ihr das Aquarell geschenkt hatte.

Die Kutsche hielt vor Kentwood Hall, einem großen roten Ziegelgebäude. An der Haustür wurden sie von einem Lakaien erwartet. Er führte sie in den Salon, wo sich bereits einige Gäste versammelt hatten, darunter auch Lady Coleridge. Erfreut ging Charles Kenton den Neuankömmlingen entgegen. „Lady Huntington, ich würde Sie gern mit meiner Mutter und meiner Schwester bekannt machen."

Bevor sie ihm folgte, beobachtete sie, wie Devon die Stirn runzelte. Mrs. Kenton war eine schlanke, liebenswürdige Frau in mittleren Jahren, ihre Tochter Caroline ein hübsches Mädchen mit strahlenden grauen Augen.

„Was für ein schönes Haus!", bemerkte Sarah, die sich sofort zu den beiden hingezogen fühlte.

„Oh, vielen Dank“, erwiderte Mrs. Kenton erfreut. „Es ist zwar nicht so grandios wie Ravensheed, aber wir führen ein recht komfortables Leben in unseren vier Wänden. Interessieren Sie sich für Gartenarbeit? Ich bin sehr stolz auf meinen Wintergarten.“

„Dort verbringt Mama täglich mehrere Stunden“, fügte Caroline hinzu. „Jetzt hofft sie natürlich, Sie würden den Wunsch äußern, den Wintergarten zu sehen.“

„O ja, ich würde ihn sehr gern bewundern“, versicherte Sarah.

„Vielleicht nach dem Dinner“, schlug Charles vor.

Während sie sich mit ihm unterhielt, bedauerte sie, dass Devon nicht so umgänglich war wie dieser nette Gentleman. Sie schaute zu ihrem Gemahl hinüber, der mit einem gertenschlanken jungen Dandy sprach. Missbilligend erwiderte er ihren Blick, und sie schaute rasch weg. Womit erregte sie seinen Unmut? Durfte sie nicht mit Mr. Kenton plaudern? War er eifersüchtig? Wohl kaum … Oder glaubte er, sie würde Trost in den Armen eines anderen Mannes suchen?

In der Halle erklangen Schritte, und Mrs. Kenton wandte sich erwartungsvoll zur Tür. „Ah, das muss Mr. Branleys Freund sein. Er übernachtet bei uns, bevor er morgen zur Hausparty auf Harrowood fährt. Sicher freuen Sie sich, ihn wieder zu sehen, Lady Huntington. Er wohnt in der Nachbarschaft Ihrer Familie.“

Neugierig drehte sich Sarah um – und sah zu ihrer Bestürzung Cedric Blanton eintreten.

Devon kehrte mit den anderen Gentlemen in den Salon zurück. Soeben hatten sie eine langweilige Diskussion über die neuesten Extravaganzen des Prinzregenten und die besten Jagdreviere in der näheren Umgebung beendet. Verärgert über Blantons Anwesenheit und bestrebt, Sarah möglichst bald wieder zu sehen, hatte er kaum zugehört.

Im Salon sah er seine Frau bei Mrs. Kenton und Lady Coleridge stehen. Sarah trug ein hellblaues Kleid, das sich reizvoll an ihren wohlgeformten Körper schmiegte. Während des Dinners hatte er seinen Blick kaum von ihr losreißen können. Er schlenderte zu ihr, aber Kenton erreichte sie zuerst, sprach mit ihr, und sie nickte lächelnd. Zusammen mit dem Hausherrn und seiner Mutter verließ sie den Salon.

Heiße Eifersucht erfüllte sein Herz. Wohin zum Teufel ging sie mit Kenton? Dass seine Mutter dabei war, spielte keine Rolle. Warum flirtete dieser Mann mit der Frau eines anderen?

Am liebsten wäre Devon ihnen nachgestürmt, um Kenton gegen die Wand zu schleudern, Sarah in die Arme zu reißen und zu küssen, bis sie nur noch Augen für ihn hatte. Erschrocken über seine heftigen Gefühle, fragte er sich, was mit ihm los war. Wie konnte er sich ausmalen, über einen Nachbarn herzufallen und seiner Frau eine so wilde Leidenschaft aufzuzwingen?

Sicher war es besser, seine Gedanken in andere Bahnen zu lenken – zum Beispiel auf die Frage, warum Blanton hier war. Er schaute zu dem Mann hinüber, der neben Caroline Kenton stand und ihr ein strahlendes Lächeln schenkte. Da sie eine wohlerzogene junge Dame war, unterhielt sie sich höflich mit ihm. Aber Devon merkte ihr an, dass sie lieber woanders wäre.

Unbehaglich erinnerte er sich, mit welch übertriebener Höflichkeit sich Blanton bei seiner Ankunft vor Sarah verneigt hatte. Und beim Dinner war Devon mehrmals seinem boshaften Blick begegnet. Sicher hielt sich der Mann nicht zufällig in Kentwood Hall auf.

„Warum schaust du so finster drein, mein Lieber?“ Lady Coleridge trat an seine Seite. „Das ist eine Dinnerparty, keine Hinrichtung.“

„Tut mir leid."

Sie legte eine elegant behandschuhte Hand auf seinen Ärmel. „Komm, geh mit mir auf die Terrasse."

Widerstrebend begleitete er sie nach draußen. „Nun, was willst du mit mir besprechen?", fragte er, als sie vor dem schmiedeeisernen Geländer stehen blieben.

„Deine Ehe." Lächelnd musterte sie seine gerunzelte Stirn. „Glaub mir, ich wünsche dir alles Gute. Immerhin habe ich dich stets wie einen Sohn geliebt."

„Du bist sehr freundlich – nach allem, was geschehen ist ..."

„Eher selbstsüchtig. Wenn ich wüsste, dass du glücklich bist, könnte ich mir vielleicht verzeihen."

„Was meinst du?"

„Wenn du dich nicht dagegen sträubst, könnte dich deine Ehe retten."

„Oh, ich wusste gar nicht, dass es so schlimm um mich steht", erwiderte er spöttisch.

„Noch nicht. Aber ich hoffe inständig, dass du dein Herz nicht länger verschließen wirst – oder dass Sarah dir davonläuft." Als er schwieg, seufzte sie tief auf. „Wie ich sehe, beharrst du auf deinem Standpunkt. Schon gut, ich will dich nicht mehr bedrängen. Gehen wir wieder hinein? Ich finde, wir sollten deine Frau unserem Gastgeber entreißen."

„Vielleicht will sie das gar nicht", erwiderte Devon und lächelte zynisch.

„Ich glaube, sie wäre viel lieber an deiner Seite. Aber ich warne dich – wenn du nicht aufpasst, treibst du sie womöglich in Charles' Arme. Er bietet ihr seine Freundschaft an, und sie fühlt sich einsam. Das könnte gefährlich werden."

„Hier sehen Sie unseren Wintergarten." Charles ließ Sarah den Vortritt in den verglasten Raum an der Rückseite des Hauses. Zuerst hatten sie die Bibliothek besichtigt, dann war Mrs. Kenton wegen eines geringfügigen Problems mit den Gästezimmern in den Oberstock gebeten worden. Sie hatte ihren Sohn aufgefordert, mit Lady Huntington in den Wintergarten vorauszugehen.

In der schwülen Luft lagen exotische, würzige Düfte. Ein paar Laternen brannten und verliehen dem großen Raum mit den Topfpflanzen und blühenden Büschen eine märchenhafte Atmosphäre. Entzückt schaute sich Sarah um. „Wie schön!"

„Und sehr romantisch", ergänzte Charles. „Zumindest nach der Ansicht meiner Schwester."

„Oh ..." Verwirrt verstummte sie. Irgendwie erschien es ihr nicht richtig, mit einem Mann, den sie kaum kannte, über solche Dinge zu sprechen. Und sie bedauerte, dass sie nicht mit Devon hierher gekommen war. Lächerlich, dachte sie. Er würde sicher nicht den Wunsch verspüren, seine Frau in einen so romantischen Raum zu führen. Plötzlich bemerkte sie Mr. Kentons gerunzelte Stirn. Offenbar hatte er mit ihr gesprochen. „Verzeihen Sie, ich war mit meinen Gedanken woanders."

„Ich habe nur gefragt, ob Sie die Lieblingspflanzen meiner Mutter sehen möchten."

„Vielleicht ein andermal. Jetzt sollten wir zu den anderen zurückkehren." So freundlich er auch sein mochte – sie wollte nicht länger mit ihm allein bleiben.

„Natürlich. Ich habe Ihre Gesellschaft sehr genossen ..." Zögernd fügte er hinzu: „Eigentlich dürfte ich nicht darüber sprechen – aber ich fürchte, Sie sind unglücklich."

„Da täuschen Sie sich", entgegnete sie und lächelte gezwungen.

„Wenn Sie einen Freund brauchen – ich bin immer für Sie da."

„Vielen Dank, Sie sind sehr liebenswürdig." Doch seine

Freundlichkeit führte ihr noch deutlicher vor Augen, welch eine tiefe Kluft sie von ihrem Mann trennte.

Schritte erklangen hinter ihr, und sie drehte sich schuldbewusst um, als wäre sie bei einer Missetat ertappt worden. Und dann stieg ihr heiße Röte in die Wangen. Lady Coleridge und Devon näherten sich dem Wintergarten. Beklommen erwiderte Sarah den ausdruckslosen Blick ihre Mannes.

Lady Coleridge lächelte unbefangen. „Soeben hat Prudence uns erzählt, Sie beide würden den Wintergarten besichtigen. Und da beschlossen wir, Ihnen zu folgen. Aber jetzt bin ich ein bisschen müde. Würden Sie mich in den Salon zurückbegleiten, Charles?"

„Sehr gern", stimmte er zu, bot ihr höflich seinen Arm und führte sie den Flur entlang.

„Nun, hat dir die Besichtigungstour mit Kenton gefallen?", fragte Devon.

„O ja. Aber ich sah nur die Bibliothek. Dann gingen wir hierher."

„Offenbar verstehst du dich sehr gut mit ihm."

„Ich kenne ihn kaum." Seufzend schaute sie zu ihm auf. „Willst du mir irgendetwas sagen?"

„Wärst du nicht in unserer unseligen Ehe gefangen, würdest du dich vielleicht für Kenton interessieren."

Verblüfft hielt sie den Atem an. „Keineswegs. Und jetzt möchte ich in den Salon zurückkehren." Ohne abzuwarten, ob er ihr folgen würde, eilte sie davon.

13. KAPITEL

Jessica lächelte Sarah über den Frühstückstisch hinweg an. „Das machst du sehr gut. Mrs. Humphries wird dir keine allzu großen Schwierigkeiten bereiten, solange du nicht vergisst, sie stets um Rat zu fragen – nachdem du ihr erklärt hast, was du tun willst. Dann wird sie dir fast immer zustimmen. Sie möchte sich einfach nur wichtig fühlen."

„Stell dir vor, sie hat sogar gelächelt. Zum ersten Mal seit meiner Ankunft."

„Sie hält sehr viel von dir", verkündete Jessica und nahm sich eine Scheibe Toast.

„Wie kommst du darauf?", fragte Sarah erstaunt. Vor einer knappen Woche war die Haushälterin pflichtschuldig in der Bibliothek erschienen, um ihr mitzuteilen, in Zukunft werde sie auf Wunsch Seiner Lordschaft ihre Befehle von Ihrer Ladyschaft entgegennehmen. Damals hatte nichts auf Mrs. Humphries' Wohlwollen hingewiesen.

„Das hat sie mir gesagt." Jessica bestrich ihren Toast mit Butter. „Gestern. Dann gestand sie mir ihre Bedenken am Tag deiner Ankunft. Aber inzwischen hat sie erkannt, welch guten Einfluss du auf die Seele meines Bruders ausübst."

Beinahe verschluckte sich Sarah an ihrem Tee. „Oh ..." Seit Jessicas Heimkehr wirkte Devon distanzierter denn je und ließ sich nur bei den Mahlzeiten blicken. Und das war gut so. Seine Bemerkung über Charles Kenton an jenem Abend im Wintergarten hatte sie verletzt. Wie tief musste er ihr misstrauen.

„Sarah?"

Jessicas Stimme riss sie aus ihren Gedanken. „Verzeih, ich habe mit offenen Augen geträumt."

„Schon wieder? Du bist genauso schlimm wie Devon.

Neuerdings versinkt er immer wieder in einer sonderbaren Trance und merkt gar nicht, dass ich mit ihm spreche."

„Tatsächlich?", fragte Sarah, um einen beiläufigen Ton bemüht.

„Ja. Ich wollte ihn überreden, mit uns auszureiten. Aber er hat behauptet, dafür habe er keine Zeit. Ich glaube eher, er fürchtet sich."

„Wovor denn?"

„Vor dir."

Diesmal hätte Sarah ihre Teetasse fast umgestoßen. Hastig zog sie ihre Hand zurück. „Vor *mir*? Großer Gott, warum?"

„Er mag dich. Und das jagt ihm Angst ein."

„Nun, ich hoffe, dass er mich ein bisschen mag." Sarah versuchte zu lächeln. „Immerhin sind wir verheiratet."

„O Sarah … Nach eurer Hochzeit hatte ich den Verdacht, dass du zu dieser Ehe gezwungen wurdest. Sicher hast du's nicht einfach mit Devon. Ich liebe ihn innig. Aber er kann sehr schwierig sein. So war er nicht immer. Nach Marys Tod verkroch er sich monatelang in seinem Schneckenhaus, und ich hatte schon Angst, er würde nie wieder Freude am Leben finden. Deshalb wollte ich ihn nicht allein lassen und erklärte Adam, wir müssten mit der Hochzeit warten. Dann verkündete Devon, er würde dich heiraten. Und da wusste ich, dass er gerettet ist."

„Wie kannst du das sagen? Für Devon bin ich doch nur ein Ärgernis."

„Unsinn! Du bedeutest ihm sehr viel. Aber er wehrt sich gegen seine Gefühle, weil er fürchtet, wieder verletzt zu werden."

„Er muss Mary sehr geliebt haben."

„Vielleicht …" Erstaunt vernahm Sarah den skeptischen Unterton, der in Jessicas Stimme mitschwang. „Die Ehe wurde arrangiert. Schon bei Marys Geburt beschlossen ihr

Vater und meiner, die beiden müssten heiraten. Von Liebe war vermutlich nie die Rede."

„Wie traurig."

Jessica schaute aus dem Fenster. Am strahlend blauen Himmel hingen nur ein paar weiße Wölkchen. „Reiten wir zum Turm! Bist du hinaufgestiegen, als du mit Devon dort warst?"

„Nein."

„Heute musst du's nachholen. Die Aussicht ist fantastisch. Und ich werde Devon doch noch dazu bringen, uns zu begleiten."

„Das bezweifle ich."

„Sicher kommt er mit, wenn er hört, dass wir den Turm erklimmen wollen. Er wollte mit Mr. Dalton die Bücher prüfen. Kurz bevor wir den Stall verlassen, schicken wir ihm eine Nachricht."

„Findest du das klug? Er wird sich schrecklich ärgern."

„Nur ein bisschen. Außerdem fährt er morgen nach London. Wer weiß, wann wir ihn wieder sehen? Und er soll endlich einsehen, dass er keinen Grund hat, dich zu fürchten."

Devon riss den Brief auf, den ihm ein Lakai soeben überreicht hatte, überflog die wenigen Zeilen und fluchte.

„Gibt's ein Problem?", fragte Dalton, der ihm am Schreibtisch gegenübersaß. Zwischen ihnen lagen mehrere Rechnungsbücher.

„Meine Schwester möchte mit meiner Frau auf den alten Turm steigen – obwohl sie weiß, wie gefährlich das ist, besonders für jemanden, der's zum ersten Mal macht. Keine Ahnung, warum sie Sarahs Hals riskieren will …" Irgendwie gewann er den Eindruck, Jessica wollte ihn damit zur Teilnahme an diesem Ausflug zwingen.

„Dann sollten Sie die Damen begleiten. Seit wir die Bücher vor zwei Tagen durchsahen, hat sich nicht viel geändert." Der Verwalter schien sich insgeheim zu amüsieren, als wüsste er, warum Seine Lordschaft plötzlich ein so brennendes Interesse an der Buchführung zeigte und sich fast täglich damit befasste.

Devon runzelte die Stirn. Schlimm genug, dass Jessica bemerkt hatte, wie beharrlich er Sarah aus dem Weg ging. Und jetzt fiel es auch noch seinen Angestellten auf. Eigentlich dürfte er sich nicht von Jessica erpressen lassen. Aber seine Sorge um Sarah überwog solche Bedenken. „Sobald ich die beiden vor ihrer eigenen Dummheit bewahrt habe, komme ich zurück", versprach er und stand seufzend auf.

„Natürlich, Mylord."

Als Devon die beiden Reiterinnen einholte, überquerten sie gerade die Wiese vor dem Turm. „Verzeih meine Verspätung, Sarah", bat er und lenkte Gawain an die Seite seiner Frau.

„Oh … ich hatte nicht erwartet, dass du mit uns kommen würdest."

„Aber Jessica hat vermutlich damit gerechnet", erwiderte er und schaute seine Schwester an, die wortlos lächelte. Vor der alten Mauer stieg er ab, hob beide Damen aus den Sätteln und band die Pferde an den eisernen Ringen fest. „Nun, Jessica, wozu brauchst du mich?"

„Habe ich behauptet, ich würde dich brauchen? Ich schrieb dir nur, wir würden auf den Turm steigen."

„Was auf dasselbe rauskommt, denn du weißt sehr gut, dass ihr nicht ohne männlichen Schutz hinaufklettern dürft."

„Wär's dir lieber gewesen, ich hätte Charles Kenton gebeten, uns zu begleiten?"

Mühsam unterdrückte er einen Fluch. „Nun, Sarah?", fauchte er. „Willst du die Aussicht von da oben genießen?"

„Nur wenn du uns hinaufführst", erwiderte sie höflich.

„Das habe ich vor – da ich schon mal hier bin."

„Natürlich will ich dich nicht zwingen, deine kostbare Zeit zu opfern."

„Gut, dann gehe ich wieder an meine Arbeit."

„Aber …", begann Jessica. Als er die bittere Enttäuschung in ihren Augen las, meldete sich sein Gewissen.

Sarahs Miene bekundete ähnliche Schuldgefühle. „Offen gestanden – ich würde sehr gern auf den Turm steigen."

„Das verstehe ich. Dieser Wunsch lässt sich leicht erfüllen." Lächelnd bot er ihr seinen Arm. „Kommst du, Jessica?" Bis jetzt hatte er nicht gemerkt, wie sehr seine Schwester unter den Spannungen in seiner Ehe litt. Immer noch bedrückt, folgte sie ihnen durch die Pforte in der Mauer und den Garten zur Tür des Turms. Triumphierend zog Devon einen Schlüssel aus der Tasche. „Den hast du vergessen, Jessica. Ein weiterer Grund, warum du mich brauchst."

„Daran erinnerte ich mich erst, als wir schon fast am Ziel waren. Aber ich dachte, wir könnten durch eins der Fenster klettern."

„*Wir*? Wolltest du meiner Frau wirklich solche Eskapaden zumuten?"

Sarah starrte ihn mit zusammengekniffenen Augen an. „Dieser Herausforderung wäre ich durchaus gewachsen."

„Nun, du kannst uns auch auf der Turmtreppe zeigen, wie tüchtig du bist." Devon sperrte die schwere Tür auf und ließ seiner Frau den Vortritt in den Raum, der mit einem Tisch, einem Sofa und Sesseln eingerichtet war.

Verwundert sah sich um. „So viel Komfort hatte ich nicht erwartet."

„Nur drei Räume des Wohnturms blieben von den Flammen verschont – dieser Salon, das Schlafzimmer nebenan und eins im Oberstock. Aber da müssten wir einige morsche Bodenbretter ersetzen lassen."

Sarah strich über den reich geschnitzten hölzernen Kaminsims. „Wie schön … wann wurde dieses Haus gebaut?“

„1498.“

„Jammerschade, dass es abgebrannt ist.“

„Ja. Aber zum Glück war mein Großvater an jenem Tag mit seiner Familie in London, und alle Dienstboten konnten sich retten. Bevor die Flammen alles zerstört hatten, erloschen sie in einem heftigen Gewitterregen.“

„Werden die unversehrten Räume immer noch benutzt?“

„Manchmal. Meine Eltern kamen hierher, wenn sie ihre Zweisamkeit genießen wollten.“

„Oh – wie nett …“

Devon malte sich aus, er wäre mit Sarah allein in dem Wohnturm. In diesem gemütlichen kleinen Raum würden sie dinieren. Dann würde er sie ins angrenzende Schlafzimmer führen und …“

„Steigen wir die Treppe hinauf?“ Jessicas Stimme unterbrach seine lustvollen Gedanken.

„Äh … ja …“

Während Devon ein paar Stufen hinaufstieg, warteten Sarah und Jessica. Dann drehte er sich um. „Kommt jetzt! Aber passt auf!“

„Geh du zuerst, Sarah“, sagte Jessica.

Vorsichtig trat Sarah auf die erste Stufe. Das Holz knarrte, wirkte aber stabil. Und so raffte sie ihre Röcke und erklomm langsam die steile Wendeltreppe. Durch ein Fenster über ihrem Kopf drang schwaches Licht herab. Bei der zweiten Drehung warnte Devon: „Gib auf die nächste Stufe Acht!“

Sarah entdeckte das morsche Holz und stieg darüber hinweg. Bei der nächsten Drehung erreichten sie einen kleinen Etagenabsatz.

Abrupt blieb Devon stehen, und Sarah stieß gegen seinen

Rücken. „Oh, verzeih mir …"

„Macht nichts." Lächelnd wandte er sich zu ihr. „Dieser Zusammenstoß hat mir sogar gefallen."

Die unerwartete Hänselei brachte sie aus der Fassung. Wortlos starrte sie ihn an.

„Sollen wir Sarah das Zimmer hier oben zeigen?", fragte Jessica, die ihnen gefolgt war, und brach den Bann.

„Viel gibt's da nicht zu sehen – nur ein kleines Schlafzimmer", erklärte Devon und öffnete eine Tür. Dann trat er beiseite, damit Sarah hineinschauen konnte. Ihre Schulter streifte seine Brust, und ihr Herz schlug schneller. Was sie erblickte, wurde ihr kaum bewusst. Ein Bett, ein Stuhl, ein Schrank …

Als sie weiter nach oben stiegen, nahm ihr der Anblick seiner breiten Schultern und schlanken Hüften den Atem. Schließlich erreichten sie einen Flur mit zwei winzigen Fenstern. Auf der gegenüberliegenden Seite steckte ein Schlüssel im Schloss einer eisenbeschlagenen Tür, und Devon drehte ihn herum. „Der Schlüssel ist fast zerbrochen. Noch ein Grund, warum ihr nicht allein hierher kommen dürftet." Er stieß die Tür auf, trat ein, und Sarah folgte ihm.

Schaudernd spähte Jessica an ihr vorbei. „Uh, Spinnweben! Wahrscheinlich treiben sich hier oben auch noch Mäuse herum. Die will ich nicht sehen. Zeig Sarah die Aussicht, Devon, ich warte unten." Hastig stieg sie die Treppe hinab.

„Hast du keine Angst vor Mäusen, Sarah?", fragte Devon.

„Nein, aber die Aussicht würde mich viel mehr interessieren", erwiderte sie und schaute sich in dem bis auf eine Holzbank leeren Raum um.

Devon öffnete die Läden eines schmalen Fensters, und helles Sonnenlicht fiel herein. „Komm, Sarah, schau hinaus!"

Zögernd trat sie an seine Seite und musste ihrer Schwägerin recht geben – die Aussicht war atemberaubend. Zwischen Hecken und Baumgruppen erstreckten sich grüne Felder und

Weiden, wo mehrere Schafherden grasten. In der Ferne entdeckte sie den Turm einer Dorfkirche.

„Gefällt's dir?", fragte Devon.

„Einfach wundervoll ..."

Plötzlich erklang ein Klicken, und beide zuckten zusammen.

„Was zum Teufel ..." Devon ging zur Tür und drückte auf die Klinke. Ungläubig wandte er sich zu Sarah. „Wir sind eingesperrt."

„Bist du sicher?" Sie folgte ihm. „Vielleicht klemmt die Tür?"

„Mal sehen ..." Mit aller Kraft stemmte er sich gegen das massive Holz, das nicht nachgab. „Hoffentlich wird Jessica bald merken, dass wir etwas zu lange hier oben bleiben, und heraufkommen. Dann bitten wir sie, Hilfe zu holen." Seufzend ging er zu der Bank und stieß mit einer Stiefelspitze dagegen. Auf wackligen Beinen schwankte sie hin und her. „Damit kann ich die Tür sicher nicht einschlagen. Die Bank würde beim ersten Versuch zersplittern."

„Sollen wir nach Jessica rufen?"

„Wahrscheinlich wird sie uns nicht hören. Diese Tür ist aus dicken Eichenbohlen." Eine Zeit lang hämmerte er trotzdem mit beiden Fäusten gegen das Holz und rief den Namen seiner Schwester. Schließlich gab er seine Bemühungen auf und lehnte sich an die Tür. „Ich glaube, sie hat uns vergessen. Allmählich fühle ich mich wie eine dieser idiotischen Personen in Jessicas Gruselromanen."

„Nun, solange wir keine bluttriefenden Gespenster sehen ..."

„Hoffentlich nicht", entgegnete er und lachte leise. „Wenn es dunkel wird, kommt Jessica sicher herauf. Also müssen wir uns keine ernsthaften Sorgen machen." Nach einer Weile runzelte er die Stirn. „Wir sind schon ziemlich lange hier oben. Inzwischen müsste Jessica sich fragen, warum wir nicht nach unten gehen. Weißt du, was ich vermute? Sie hat uns absichtlich eingesperrt."

„Warum sollte sie das tun?"

„Um mich zu zwingen, meiner Frau Gesellschaft zu leisten." Ein sarkastisches Lächeln umspielte seine Lippen. „Gestern hat sie mir vorgeworfen, ich würde mich zu wenig um dich kümmern."

„Tatsächlich?" Schweren Herzens erinnerte sie sich an das Gespräch mit ihrer Schwägerin beim Frühstück.

„Ja. Offenbar hält sie mich für einen schlechten Ehemann."

„Mach dir keine Vorwürfe. Sie hat längst erraten, dass wir zur Heirat gezwungen wurden."

„Wieso weißt du das?"

„Weil sie mir's gesagt hat. Also musst du ihr nicht mehr vorgaukeln, du würdest etwas für mich empfinden."

„Das tue ich ja gar nicht."

„Allerdings nicht!", fauchte sie gekränkt. „Stattdessen zeigst du mir klar und deutlich, wie sehr du mich verabscheust."

Langsam ging er auf sie zu. „Was zum Teufel meinst du?"

„Nichts."

„Nichts? Ich finde, du bist mir eine Erklärung schuldig."

„Nun ja, ich ..." O Gott, warum hatte sie dieses gefährliche Thema angeschnitten?

„Also?", fragte er ungeduldig.

„Dauernd gehst du mir aus dem Weg ... Oder willst du das bestreiten?"

„Und deshalb glaubst du, ich würde dich verabscheuen?"

„Ja!"

Als er noch näher zu ihr trat, wich sie zurück. Unglücklicherweise stieß sie mit dem Rücken gegen die Wand. Devon umfasste ihre Schultern. „Soll ich dir zeigen, wie sehr ich dich verabscheue?"

Bevor sie antworten konnte, riss er sie an sich, und ein fordernder Kuss verschloss ihr den Mund.

Ein sonderbares Schwindelgefühl stieg ihr zu Kopf. Ringsum schien die Welt zu versinken. Es gab nur noch ihn. Unwillkürlich schmiegte sie sich fester an seine Brust. Als er seine Zunge zwischen ihre Lippen schob, stöhnte sie leise und erschrocken.

Da ließ er sie so abrupt los, dass sie schwankte. Verwirrt starrte er sie an, dann trat er zurück und strich mit allen Fingern durch sein Haar. „Verzeih mir“, bat er tonlos. Genauso gut hätte er sich entschuldigen können, weil er ihr auf die Zehen gestiegen war. Sarahs einziger Trost war sein Atem, der so schnell ging wie ihrer.

„Es gibt nichts zu verzeihen.“

„Doch – ich habe versprochen, dich nicht anzurühren.“

„Dieses Versprechen hast du schon einmal gebrochen, mit dem Kuss nach unserer Hochzeit.“

„Und? War's so schrecklich?“

„Schrecklich?“, wiederholte sie verwirrt. „Was?“

„Vielleicht sollte ich dich noch einmal küssen, um diese Frage endgültig zu klären.“

„Nein!“, protestierte sie und presste sich an die Wand.

„Keine Bange, ich wollte dich nur necken.“

„Oh ...“ Ein raschelndes Geräusch am Boden ließ sie zusammenzucken. Schaudernd trat sie einen Schritt vor und wollte zur Tür laufen. Doch dann entsann sie sich, dass sie in dem alten Turmzimmer eingesperrt waren. Das hatte sie während der letzten Minuten ganz vergessen.

„Wahrscheinlich eine von Jessicas Mäusen. Frierst du?“ Er zog seinen Reitrock aus und legte ihn um ihre Schultern. Dann ergriff er ihre Hand und führte sie zur Bank. „Setzen wir uns. Wer weiß, wie lange Jessica uns gefangen halten will? Machen wir's uns lieber bequem.“

Nachdem sie Platz genommen hatten, spürte sie, dass er sie unverwandt betrachtete. „Warum starrst du mich so an? Habe ich einen Fleck im Gesicht?"

„Nein. Hat dir mein Kuss gefallen?"

„Wie bitte?", flüsterte sie.

„Ich wollte nur wissen, ob dir mein Kuss furchtbar unangenehm war."

„Eigentlich nicht … es war ein netter Kuss."

„Heißt das, du hättest nichts dagegen, wenn ich dich noch einmal küsse?"

„Das wäre keine gute Idee."

„Aber nicht unschicklich, da wir verheiratet sind."

„Du würdest dein Versprechen schon wieder brechen."

Devon legte einen Finger unter Sarahs Kinn. „So etwas lässt sich nicht vermeiden, wenn sich eine gewisse Situation ändert."

„Nun, ich denke …"

„Du denkst zu viel." Und dann küsste er sie wieder. Diesmal war sein Mund warm und weich und sanft. Seine Hände glitten unter das Jackett, und er drückte sie fest an sich. Bereitwillig öffnete sie die Lippen, und seine Zunge erforschte ihren Mund. Als der Reitrock von ihren Schultern glitt, nahm sie es kaum wahr. Schüchtern berührte sie seine Zunge mit ihrer, und er stöhnte leise. Dann wanderten seine Lippen an ihrem Hals hinab, und mit einer Hand umfasste er eine ihrer Brüste. In Sarahs Körper breiteten sich sonderbare heiße Gefühle aus.

Plötzlich hob er den Kopf und fluchte.

„Stimmt etwas nicht?", wisperte sie.

Seine Augen verdunkelten sich. „Vorhin hattest du recht. Das sollten wir nicht tun. Es ist zu gefährlich."

„Gewiss – ich verstehe …"

„Wohl kaum. Nächstes Mal werde ich mich nämlich nicht mit einem Kuss begnügen."

„Oh …“ Als sie das unverhohlene Verlangen in seinen Augen las, fühlte sie sich schwach und verletzlich.

„Weißt du jetzt, warum ich mich von dir fern halte? Wenn ich dir zu nahe trete, würdest du die Konsequenzen sicher bedauern.“

Also ging er ihr aus dem Weg, damit er nicht in Versuchung geriet – damit er sie nicht verführte? Hatte er Mary so sehr geliebt, dass er seine Sehnsucht nach einer anderen Frau für einen Verrat an ihrem Andenken hielt? Über Sarahs Wange rann eine Träne, und sie wischte sie mit dem Handrücken weg. Entschlossen unterdrückte sie ein Schluchzen. Auf keinen Fall durfte er glauben, sie würde seinetwegen Tränen vergießen.

„Weinst du?“

„Nein!“

„Doch. Das wollte ich nicht. O Gott, das alles ist so kompliziert.“

„Nein. Morgen fährst du nach London, und bei deiner Rückkehr wirst du mich nicht mehr hier antreffen. Du hast gesagt, ich dürfte leben, wo ich will. Dann werden wir uns nicht begegnen – und jene Gefahr heraufbeschwören.“

„Das würde mir missfallen. Schau mich an, Sarah …“

Verblüfft unterbrach er sich, als gegen die Tür gehämmert wurde. Dann schwang sie auf und prallte krachend gegen die Wand. Jessica stürzte herein, gefolgt von Mr. Dalton.

„Sarah, Devon!“, rief sie. „Alles in Ordnung?“

Wütend sprang Devon auf. „Warum hast du uns eingesperrt?“

„Ich wollte euch nur – für eine kleine Weile hier festhalten“, stammelte sie. „Aber als ich die Tür aufsperren wollte, ließ sich der Schlüssel nicht im Schloss herumdrehen. Und so holte ich Mr. Dalton. Ich dachte, wenn ihr allein seid …“ Unbehaglich wich sie dem durchdringenden Blick ihres Bruders aus. „Tut mir leid.“

„Darüber reden wir später. Komm, Sarah!“, befahl er, zog seine Frau auf die Beine und führte sie zur Tür. Während sie an Jessica vorbeigingen, berührte sie flehend Sarahs Arm. „Tut mir wirklich leid.“

„Schon gut.“ Sarah brachte sogar ein Lächeln zu Stande. „Kein Grund zur Sorge.“

„Hoffentlich“, meinte Jessica skeptisch.

Langsam stieg Sarah die Treppe hinab. Ihr Kopf schmerzte, und sie fühlte sich elend. Am liebsten wäre sie in Tränen ausgebrochen.

Auf dem Treppenabsatz blieb sie stehen, um Atem zu schöpfen. Ein Geräusch drang aus dem kleinen Schlafzimmer, das sich so anhörte, als wäre jemand von der Tür zurückgewichen. Doch das erschien ihr unmöglich. Sie stieg weiter die Stufen hinab. Und dann traf sie ein kraftvoller Schlag. Sie schwankte und stolperte, ihr Fuß trat in leere Luft. Wie aus weiter Ferne hörte sie Jessicas Schrei – und einen anderen, der aus ihrer eigenen Kehle kam. Ihr Kopf stieß gegen die kalte Steinmauer, schwarzes Dunkel hüllte sie ein.

14. KAPITEL

„Sarah, Sarah, hörst du mich?"

Beharrlich drang die weibliche Stimme in den Nebel, der Sarah umgab, und sie bekämpfte den Impuls, wieder in jenem dunklen Abgrund zu versinken. Als sie sich bewegte, schmerzten ihr Arm und ihre Schulter. Stöhnend öffnete sie die Augen und schaute in das angstvolle Gesicht ihrer Schwägerin.

„Gott sei Dank!", rief Jessica. „Ich dachte schon, du würdest nie mehr zu dir kommen. Wie ... wie geht es dir?"

„Gut ..."

„O Sarah, wie kannst du das behaupten? Deine Schulter war ausgerenkt, dein Handgelenk ist verstaucht. Und dein armer Kopf! Als du gestürzt bist, habe ich das Schlimmste befürchtet ... Aber ich rede zu viel. Brauchst du irgendwas?"

„Wasser, bitte." Sarahs Kehle war staubtrocken, und sie spürte einen seltsamen Geschmack im Mund, der von einer beträchtlichen Dosis Laudanum stammen musste. Vage entsann sie sich, dass ihr irgendjemand die Arznei eingeflößt hatte. Danach war sie von den Schmerzen erlöst worden und in eine barmherzige Ohnmacht gefallen.

Jessica brachte ihr ein Glas Wasser, hielt es an ihre Lippen und half ihr zu trinken. Dann sank Sarah erschöpft in die Kissen zurück.

„Willst du Devon sehen?", fragte Jessica. „Er macht sich furchtbare Sorgen. Die ganze Nacht saß er neben deinem Bett. Erst vor einer halben Stunde konnten Lady Coleridge und ich ihn überreden, ein bisschen zu schlafen. Aber ich glaube, er wandert rastlos in seinem Zimmer umher. Darf ich ihn holen, Sarah?"

„Ja – natürlich."

Jessica eilte hinaus, und als Devon wenig später eintrat,

hätte sich Sarah am liebsten unter der Decke verkrochen. Erschrocken stellte sie fest, wie erschöpft er aussah.

„Endlich bist du wach“, begann er. „Wie fühlst du dich?“

„Keine Ahnung …“ Der sanfte Klang seiner Stimme verwirrte sie ebenso wie sein sorgenvoller Blick. „Warum bist du nicht nach London gefahren?“

„Weil ich dich nicht allein lassen konnte – in diesem Zustand.“

„Wie lange liege ich schon hier?“

„Seit gestern. Erinnerst du dich an irgendetwas?“

„Ja …“ Nur an das Gefühl, in leere Luft zu stürzen, an Schmerzen und Stimmen, an das Gefühl, immer wieder die Besinnung zu verlieren und zu sich zu kommen, bis sie endgültig in tiefen Schlaf gesunken war … Etwas Sonderbares zerrte am Hintergrund ihres Bewusstseins – eine merkwürdige Erinnerung an die Sekunden vor ihrem Sturz. Doch sie war zu müde, um sich darauf zu konzentrieren, und die Augen fielen ihr zu. Ehe sie einschlummerte, glaubte sie Devons Lippen auf ihrer Stirn zu spüren.

Devon beobachtete sie noch ein paar Minuten lang. Wie friedlich und entspannt ihr Gesicht im Schlaf wirkte … Niemals würde er das Grauen vergessen, das in ihm aufgestiegen war, als er ihren Schrei gehört und ihre reglose Gestalt am Fuß der Treppe liegen gesehen hatte. Vor Angst halb von Sinnen, war er zu Sarah gelaufen und neben ihr niedergekniet. Sie hatte geatmet, aber ihr Arm hatte seltsam verdreht unter ihrem Körper gelegen, und sie hatte die Besinnung verloren …

Während Dalton die Kutsche holte, blieb Devon bei ihr. Die Fahrt nach Ravensheed schien eine Ewigkeit zu dauern. In wachsender Sorge beobachtete er das blasse Gesicht seiner bewusstlosen Frau. Als der Arzt ihre Schulter einrenkte und das Handgelenk bandagierte, kam sie zu sich. Später übte das Laudanum seine wohltuende Wirkung aus. Die ganze Nacht saß Devon bei ihr. Erst nach der Ankunft seiner Patentante zog er sich in sein Zimmer zurück …

In dieser Nacht hatte er erkannt, dass er es nicht ertragen würde, Sarah zu verlieren. Er gab sich die Schuld an ihrem Unfall. Zweifellos hatten seine Küsse sie so verwirrt, dass sie auf der Turmtreppe gestolpert war.

Als Sarah wieder erwachte, mussten mehrere Stunden verstrichen sein. Wie ihr der Stand der Sonne verriet, die ins Zimmer schien, war es später Nachmittag.

Lady Coleridge saß am Fenster und las. Nach einer Weile hob sie den Kopf und begegnete Sarahs Blick. Lächelnd legte sie ihr Buch beiseite, stand auf und ging zu ihr. „Ah, meine Liebe, freut mich, dass Sie wach sind. Haben Sie starke Schmerzen?“

„So schlimm ist es nicht.“ Sarah wollte kein Laudanum mehr nehmen.

„Das will ich hoffen. Wir alle haben uns große Sorgen um Sie gemacht. Da draußen wartet übrigens jemand, der Sie sehen möchte. Ihr Bruder.“

„Nicholas?“

„Ja. Zurzeit wohnt er in Harrowood. Sobald er von Ihrem Unfall hörte, ritt er hierher. Heute Abend wird er mit uns essen. Und vorher will er Sie besuchen.“

Nicholas würde auf Ravensheed dinieren? Wie sonderbar …

Aufgeregt betrat er Sarahs Schlafzimmer und eilte zu ihrem Bett. „Wieso bist du die Treppe hinabgestürzt? Konnte Huntington nicht besser auf dich aufpassen?“

„O Nicholas, daran ist er wirklich nicht schuld. Warum bist du hier?“

„Weil ich zu Filbys Hausparty eingeladen wurde, und Harrowood liegt ganz in der Nähe. Erstaunlich, dass dein

Mann mir nicht die Tür gewiesen hat ... Also, was ist passiert, Sarah? Bist du gestolpert?"

„Allem Anschein nach ..." Es war so schnell geschehen. Plötzlich kehrte die Erinnerung zurück. „Ich glaube, jemand hat mich gestoßen."

Devon ging zum Sideboard. „Brandy?", fragte er seinen Schwager. Sie hatten früh zu Abend gegessen. Nun ließen Jessica und Lady Coleridge die beiden Männer allein, deren gemeinsame Sorge um Sarah einen erzwungenen Waffenstillstand bewirkte. Aber Nicholas verhehlte nicht, dass er lieber woanders wäre.

„Ja, bitte." Unbehaglich lehnte er sich in seinem Sessel zurück.

Devon füllte zwei Gläser und reichte ihm eins. Dann nahm er Nicholas gegenüber Platz. „Was wolltest du mir sagen?"

Bevor Nicholas antwortete, nahm er einen großen Schluck. „Sarah behauptet, sie sei die Treppe hinabgestoßen worden."

Eine eisige Hand schien Devons Herz zu umklammern. „Von wem?"

„Das weiß sie nicht. Als sie einen Etagenabsatz erreichte, glaubte sie, Schritte hinter einer Tür zu hören. Dann schlug etwas gegen ihren Rücken. Leider hat sie den Angreifer nicht gesehen. Kannst du dir vorstellen, wer ihr nach dem Leben trachtet?"

„Als Jessica Hilfe holte, blieb die Haustür offen. Da muss jemand eingedrungen und die Turmtreppe hinaufgeschlichen sein." Devon stand auf und trat ans Fenster. „Nach meiner Ansicht gibt es nur eine einzige Person, die Sarah schaden möchte."

„Cedric Blanton."

Verblüfft drehte sich Devon um. „Wieso weißt du das?"

„Vor einer Woche traf ich ihn auf einem Ball im Monteville House. Nachdem er mir mitgeteilt hatte, er sei zu Filbys Hausparty eingeladen, deutete er an, du wärst auf der Henslowe-Verlobungsparty über meine Schwester hergefallen. Ich bat meinen Großvater, mit der Wahrheit herauszurücken. Und da befahl er mir, einige Nächte unter Filbys Dach zu verbringen." Er leerte sein Glas und stellte es auf den Tisch. „Leider kam ich zu spät."

„Nein, verdammt! *Ich* hätte Sarah beschützen müssen – und ihr nicht erlauben dürfen, allein die Treppe hinabzusteigen. Wir hatten einige Probleme, und sie war ziemlich aufgeregt. Als ich sie reglos am Boden liegen sah, dachte ich schon, ich hätte sie verloren. Es war schrecklich …" Bis ans Ende seiner Tage würde ihn diese Erinnerung verfolgen.

„Also scheint sie dir etwas zu bedeuten."

„O ja. Sobald es erwiesen ist, dass Blanton den Anschlag auf Sarah verübt hat, wird er den Tag bereuen, an dem er mich zum ersten Mal sah."

„Huntington, ich glaube, es gibt doch einiges, was uns verbindet."

Seufzend schloss Sarah ihr Buch. Sie lag auf einem Sofa, das die Lakaien an ein Fenster des Salons gerückt hatten, und blickte in den Park.

Seit ihrem Sturz war eine Woche vergangen, und es gefiel ihr nicht, ihre Tage im Bett oder auf dem Sofa zu verbringen. Trotz zahlreicher Besucher – Lady Coleridge, Mrs. Kenton, Caroline und Nicholas – langweilte sie sich. Obwohl nur ihr linkes Handgelenk verletzt war, fiel ihr das Malen und Zeichnen schwer, weil sie den Skizzenblock nicht richtig festhalten konnte. Wenn sie wenigstens durch den Park wandern dürfte … Aber Devon bestand darauf, dass sie Dr. Miltons Anweisungen befolgte und sich schonte.

Jeden Tag kam er zu ihr und erkundigte sich höflich nach

ihrem Befinden. Dabei wanderte er rastlos im Zimmer umher und schien nicht zu wissen, was er sagen sollte. Das erschien ihr äußerst merkwürdig. Beinahe hätte sie seine sarkastischen Bemerkungen diesem eigenartigen, förmlichen Verhalten vorgezogen.

Wenn sie aufstand und in die Bibliothek ging – würden Jessica oder Mrs. Humphries sofort angelaufen kommen und mit ihr schimpfen? Kurz entschlossen schwang sie ihre Beine über den Rand des Sofas und wollte gerade aufstehen, als sie Schritte in der Halle hört. Sofort sank sie in die Polsterung zurück, gerade noch rechtzeitig, bevor Devon den Salon betrat, eine große graue Tigerkatze im Arm.

Energisch befreite sich das Tier aus seinem Griff und sprang zu Sarah aufs Sofa. „Ist das nicht Hannahs Kater?“, fragte sie verblüfft und kraulte ihn hinter den Ohren.

„Ja, sie will ihn dir überlassen. Er soll dir helfen, gesund zu werden.“

„Wie lieb von ihr! Aber – du magst keine Katzen. Der Kater wird dich sicher stören.“

„Warum sollte er? Wenn er sich als guter Mäusefänger erweist, wird ihn die Köchin bald in ihr Herz schließen. Das heißt – falls du ihn behalten willst.“

„Natürlich, sehr gern – vielen Dank, Devon.“ In ihren Augen brannten Tränen der Rührung. „So ein wunderbares Geschenk bekam ich noch nie. Hast du ihn selbst hierher gebracht?“

„Ja“, erwiderte er und schnitt eine Grimasse. „Ein Erlebnis, das ich nicht wiederholen möchte. Er hockte neben mir in einem Korb, auf dem Sitz meiner Karriole, und versuchte dauernd herauszuspringen. Mit einiger Mühe konnte ich ihn festhalten, bis es ihm schließlich gelang, auf meinen Schoß zu klettern. Jetzt sind meine Breeches voller Katzenhaare.“

Da brach sie in Gelächter aus. „Wie schrecklich ... Aber

nun seid ihr beide wohlbehalten auf Ravensheed gelandet. Hat Hannah dir verraten, wie der Kater heißt?"

„Merlin, wenn ich mich recht entsinne."

„Dieser Name passt gut zu ihm", meinte sie und streichelte das weiche gestreifte Fell.

„Wie kommst du darauf? Für mich sind alle Katzen gleich."

„Das sind sie nicht. Genauso wenig wie die Menschen." Als sie seinen skeptischen Blick bemerkte, fügte sie hinzu: „Offenbar hast du dich noch nie mit Katzen befasst."

„Das habe ich auch in Zukunft nicht vor."

„Schade …"

In diesem Augenblick erschien ein Lakai in der Tür des Salons. „Mylord …"

„Ja?" Devon drehte sich um.

„Soeben ist Besuch eingetroffen. Lady Marleigh."

In ein dunkelblaues Cape gehüllt, eilte Amelia herein. Entsetzt starrte sie die Schlinge an, in der Sarahs verstauchtes Handgelenk hing. „Großer Gott! Was ist passiert?"

15. KAPITEL

Was geht zwischen euch beiden eigentlich vor, Sarah?“, fragte Amelia.

Sie saßen im kleinen Blumengarten. Zum ersten Mal seit ihrem Unfall hatte Sarah das Haus verlassen dürfen. Am Vortag war sie von Dr. Milton untersucht und für gesund befunden worden. Aber sie musste ihr linkes Handgelenk noch eine Zeit lang in einer Schlinge tragen.

Errötend streichelte sie Merlin, der neben ihr auf der Bank saß. „Nichts. Genauer gesagt – nichts Bestimmtes. Devon und ich kommen ganz gut miteinander aus.“

„Das sehe ich“, bemerkte Amelia trocken. „Ihr geht euch geflissentlich aus dem Weg, sprecht wie flüchtige Bekannte miteinander, und beim Dinner versucht ihr jeden Abend den Anschein zu erwecken, ihr würdet euch nicht anstarren. Inzwischen müsstet ihr's doch begriffen haben.“

„Was?“

„Dass ihr euch zueinander hingezogen fühlt.“

„Da irrst du dich.“ Sarah wich Amelias forschendem Blick aus und hoffte, die Kusine würde nicht die Wahrheit in ihren Augen gelesen haben. So sehr sie sich auch bemühte – sie konnte Devons Küsse einfach nicht vergessen. Zum Glück war er vor zwei Tagen endlich nach London gefahren. Vorerst musste sie nicht befürchten, er würde ihr ansehen, was sie empfand.

„O nein“, entgegnete Amelia. „Das wusste ich bereits in London. Kein Mann starrt eine Frau, die ihm nichts bedeutet, so an.“

„Falls er mich wirklich angestarrt hat, dann gegen seinen Willen. Schon vor der Hochzeit betonte Devon, er würde sich von mir fern halten. Und wenn du's unbedingt wissen musst – unsere Heirat ist gewissermaßen ein geschäftliches Arrangement.“

Herausfordernd musterte Sarah ihre Kusine, die wider Erwarten kein bisschen schockiert war. „So was Ähnliches habe ich mir längst gedacht. Aber ich verstehe nicht, warum dieses ‚geschäftliche Arrangement' immer noch gilt. Was willst du dagegen unternehmen?"

„Nichts. Alles soll so bleiben, wie's ist – das wünsche ich mir ebenso wie Devon."

„Daran zweifle ich. Ein Mann, der einer Frau eine Katze mitbringt, obwohl er diese Tiere nicht ausstehen kann, muss bis über beide Ohren verliebt sein."

„Hör endlich auf, Amelia!", fauchte Sarah. Dann seufzte sie. „Tut mir leid, aber ich würde gern über etwas anderes reden."

„Also gut, wenn ihr euch weiterhin in eurem Unglück vergraben wollt … Natürlich würde ich dir viel lieber helfen, Devon zur Vernunft zu bringen."

„Nein! Niemals würde ich mich ihm an den Hals werfen."

„Da gibt es subtilere Methoden. Und es ist sehr amüsant, den eigenen Ehemann zu verführen."

Sarah starrte ihre Kusine an. „Hast du das schon einmal getan?" So intime Fragen hatte sie ihr noch nie gestellt, aber die glühenden Blicke, die Amelia und John manchmal wechselten – oder die Ungeduld, mit der er die Schlafzimmertür hinter sich zu schließen pflegte. In solchen Momenten war sie neugierig, verlegen und neidisch zugleich gewesen.

„O ja!" Amelias Augen funkelten. „Das macht wirklich Spaß, und es verleiht mir ein Machtgefühl, das ich in vollen Zügen genieße."

„Amelia!" Doch Sarah war nicht halb so schockiert, wie es sich geziemen würde. Wäre es reizvoll, diese Macht auf Devon auszuüben, heiße Leidenschaft in seinen Augen zu lesen statt kühlen Sarkasmus? Bei diesem Gedanken wurde sie von einer seltsamen süßen Schwäche erfasst. Aber selbst wenn sie sich dazu durchringen könnte, ihm Avancen zu machen, würde er sie vermutlich zurückweisen. „Damit hätte ich keinen Erfolg."

„Das würdest du erst wissen, wenn du's versuchst. Solltest du dich dazu entschließen, gib mir Bescheid."

Sarah wurde feuerrot und stand auf. „Gehen wir ins Haus …"

Im Salon trafen sie Lady Coleridge und Jessica an, die miteinander Tee tranken. Devons Patentante stand auf, begrüßte Amelia warmherzig und ergriff Sarahs Hand. „Heute sehen Sie viel besser aus, meine Liebe. Endlich haben Sie etwas Farbe in die Wangen bekommen. Setzen Sie sich, dann will ich Ihnen von meinem Plan erzählen." Die beiden Kusinen nahmen in Lehnstühlen Platz, und Lady Coleridge sank wieder auf das Sofa. Lächelnd wandte sie sich zu Amelia. „Ich wollte eine Party für Sarah geben, um sie mit den Nachbarn bekannt zu machen. Wegen ihres Unfalls mussten wir natürlich darauf verzichten. Aber wir veranstalten jedes Jahr einen Mittsommernachtsball, und ich dachte, diesmal könnte er zu Sarahs Ehren stattfinden. Gerade sprach ich mit Jessica darüber, und sie ist einverstanden."

„O ja", stimmte Jessica enthusiastisch zu, „eine wunderbare Idee!"

Lady Coleridge nippte an ihrer zierlichen Porzellantasse und stellte sie auf die Untertasse zurück. „Die Einladungen habe ich schon verschickt. Soeben sind mein Sohn und meine Schwiegertochter aus Schottland zurückgekehrt, und Jane hat sich bereit erklärt, Sarah als Ehrengast vorzustellen."

„Wie nett, aber – so ein Ball macht doch schrecklich viel Arbeit", stammelte Sarah verlegen.

„Keineswegs. Da wir den Mittsommernachtsball jedes Jahr geben, sind die Vorbereitungen reine Routine. In vierzehn Tages ist es so weit. Bis dahin müsste Ihr Handgelenk so gut wie verheilt sein, Sarah."

„Nun, ich …“

„Bitte – ich würde es so gern für Sie tun.“ Plötzlich wirkte Lady Coleridge traurig und verletzlich. Da konnte Sarah nicht mehr Nein sagen.

„Also gut, ich fühle mich sehr geehrt.“

Lady Coleridge räusperte sich. „Dürfte ich ein paar Minuten allein mit Sarah sprechen?“

„Natürlich“, antwortete Jessica. „Inzwischen schaue ich mir mit Amelia die letzte Ausgabe der ‚Belle Assemblée‘ an. Mrs. Remington kann die neueste Mode großartig kopieren. Und sie wird liebend gern ein Ballkleid für die Marchioness of Huntington nähen.“

„Was für eine gute Idee!“, meinte Amelia und folgte Jessica aus dem Zimmer.

Lady Coleridge trank ihre Teetasse leer und klopfte einladend neben sich auf das Sofa. „Setzen Sie sich zu mir, meine Liebe.“ Nachdem Sarah diesen Wunsch erfüllt hatte, fragte die ältere Frau: „Und wie verstehen Sie sich mit Devon?“

„Gut“, erwiderte Sarah und lächelte gezwungen.

„Tatsächlich? Das bezweifle ich. Offensichtlich empfindet er sehr viel für Sie. Aber er weiß nicht, was er mit seinen Gefühlen anfangen soll. Und Sie, meine Liebe, bekämpfen mit aller Macht Ihre Liebe zu Devon. Stimmt das?“

„Ja“, gab Sarah leise zu und schlang ihre bebenden Finger ineinander. „Verzeihen Sie mir …“

„Was denn?“

„Für Sie ist es sicher sehr schmerzlich, mich in Ravensheed zu sehen – nachdem meine Familie Ihnen so viel angetan hat. Devon sollte mit Mary verheiratet sein. Nicht mit mir.“

„Oh, meine Liebe, ich hatte ja keine Ahnung … ist es das, was Ihre Ehe überschattet? An jener Affäre waren Sie doch gar nicht beteiligt.“

Das hatte Devon auch gesagt. „Doch. Als Mary uns besuchte, ließ ich sie sehr oft mit Nicholas allein. Mama war schwer krank, und ich saß meistens bei ihr. Natürlich hätte ich mir niemals träumen lassen, die beiden würden sich …"

„Verlieben", vollendete Lady Coleridge den Satz. „Als Mary damals nach Hause kam, merkte ich sofort, dass irgendetwas mit ihr geschehen war. Sie flehte mich an, die Hochzeit abzusagen. Aber ich weigerte mich, weil ich dachte, ihr wären einfach nur dieselben Zweifel gekommen wie allen Bräuten. Ihr Leben lang hatte sie akzeptiert, dass sie Devon eines Tages heiraten würde. Und mein Mann war krank. Deshalb wollte er Mary verheiratet sehen. Und so zwang ich sie, mit Devon vor den Traualtar zu treten."

„Wäre sie meinem Bruder nie begegnet, hätte sie vielleicht eine glückliche Ehe mit Devon geführt."

„Wohl kaum. Die beiden liebten sich nicht. Das wusste ich. Und jene Tragödie habe *ich* verschuldet – nicht Sie, Sarah. Ich habe zwei Menschen ins Unglück gestürzt – nein, drei. Zweifellos hat Ihr Bruder auch gelitten."

„O ja", flüsterte Sarah, „er liebte Mary über alles."

„Auch Devon fühlt sich schuldig an Marys Tod. Sie flehte ihn an, die Ehe annullieren zu lassen. Aber das lehnte er ab. Und dann sah sie Ihren Bruder wieder … Als ich hörte, Devon hätte Sie geheiratet, hoffte ich, nun würden die alten seelischen Wunden heilen – seine und meine. Jetzt erkenne ich, dass auch *Sie* verletzt wurden", fügte Lady Coleridge hinzu. Beschwörend ergriff sie Sarahs Hände. „Wir müssen in die Zukunft blicken. Bitte, unterdrücken Sie Ihre Liebe zu Devon nicht länger. Er braucht Sie."

„Aber er wagt es nicht, mich zu lieben."

„Dann müssen Sie ihm klarmachen, dass es keinen Grund gibt, die Liebe zu fürchten."

„Ich weiß nicht, ob ich das kann …"

„Ganz sicher. Mary erzählte mir oft, Sie seien so gut und

warmherzig. Ihnen konnte sie alles anvertrauen. Einmal sagte sie sogar, Sie wären die richtige Frau für Devon."

„Wirklich?"

„O ja", bestätigte Lady Coleridge und lächelte Sarah ermutigend an. „Also würde sie Ihre Ehe gutheißen. Genauso wie ich." Sie ließ Sarahs Hände los und stand auf. „Tun Sie Ihr Bestes, meine Liebe, bringen Sie Ihren Mann zur Vernunft. Übrigens – dabei würde Ihnen ein Kind helfen. Natürlich würde ich darauf bestehen, als Ersatz-Großmutter zu fungieren."

„Oh – gewiss, Lady Coleridge", stammelte Sarah.

„Nun will ich Sie allein lassen. Ruhen Sie sich ein wenig aus. Sie müssen sich immer noch schonen." Lächelnd ergriff Lady Coleridge ihren Hut und verließ den Salon.

Sarah starrte ihr verwirrt nach. Ebenso wie Jessica erwartete auch Marys Mutter von ihr, Devon zu retten. Als wäre sie dazu fähig …

Und selbst wenn sie's könnte – es wäre das Letzte, was er sich wünschen würde.

16. KAPITEL

Sarah nahm ihren Fächer vom Toilettentisch und wünschte, sie könnte ihre Nerven beruhigen. Warum regte sie sich dermaßen auf? Dafür gab es keinen Grund. Sie würde einfach nur einen Ball besuchen. Jessica und Amelia würden sie begleiten.

Und Devon. Dieser Gedanke raubte ihr den Atem. Am vergangenen Abend war er mit Adam aus London zurückgekehrt. Sie hatte versucht, ihn kühl und höflich zu begrüßen, und er war ihr ebenso förmlich begegnet. Zu ihrem Leidwesen wurden sie von einer sichtlich interessierten Amelia beobachtet. Wenigstens hatte die Kusine keine weiteren peinlichen Kommentare über die Anziehungskraft zwischen Sarah und Devon abgegeben.

Merlin sprang auf den Toilettentisch und miaute. Geistesabwesend streichelt sie ihn. Dann hob sie ihn hoch, stellte ihn vorsichtig auf den Boden und passte auf, dass seine Krallen nicht an der Seide ihres Ballkleids hängen blieben. Dafür hinterließ er graue Haare an ihren Handschuhen. Er war ein willkommener Gefährte und hatte nur einen einzigen Fehler – er besaß ein viel zu dichtes Fell.

Jetzt fehlte ihr die Zeit, um andere Handschuhe hervorzusuchen. Zumindest hafteten an ihrem meergrünen Ballkleid keine grauen Katzenhaare. Sie warf einen letzten Blick in den Spiegel und freute sich über das schöne Kleid mit dem geraden Ausschnitt. Den Saum schmückten mehrere Spitzenborten und weiße Seidenröschen. Amelia hatte ihr einen Schal in passendem Grün geliehen, den sie als Schlinge für ihr Handgelenk benutzte.

Als sie den Salon betrat, hatten sich die anderen bereits versammelt. Devon stand mit Adam vor dem Kamin, Amelia und Jessica blickten aus dem Fenster. „Tut mir leid, dass ich mich verspätet habe", entschuldigte sich Sarah bei den beiden Frauen.

Lächelnd drehte sich Jessica zu ihr um. „Du bist gar nicht zu spät dran. Wie zauberhaft du aussiehst! Nicht wahr, Devon?"

„O ja", stimmte er zu.

Erst jetzt zwang sich Sarah, ihn zu betrachten. In seinem schwarzen Abendfrack wirkte er wie üblich hochelegant. Der sonderbare Ausdruck in seinen Augen nahm ihr den Atem. Hastig schaute sie weg.

„Bevor wir aufbrechen, will Devon dir was geben", erklärte Jessica.

„Jetzt?", fragte Sarah. „Kann es nicht warten?"

„Nein", entgegnete er und ging zu ihr, ein Kästchen in der Hand. „Jessica besteht darauf, dass ich's dir heute Abend überreiche. Also muss ich's tun, sonst lässt sie mir keine Ruhe. Soll ich's für dich öffnen?"

„Bitte."

Er nahm den Deckel des Kästchens ab. Fassungslos starrte Sarah einen großen Smaragd an, der eine einreihige Perlenkette zierte.

„Gefällt dir der Schmuck nicht?"

„Doch …" Sie biss sich auf die Lippe. „So etwas Schönes habe ich noch nie gesehen. Aber das wäre nicht nötig gewesen. Vielen Dank."

„Bisher habe ich dich nicht gerade mit Geschenken überhäuft."

„Das erwarte ich auch gar nicht. Merlin genügt mir vollauf."

„Zweifellos ist meine Schwester anderer Ansicht", erwiderte er lächelnd.

„Heute Abend musst du die Kette tragen, Sarah", entschied Jessica. „Devon soll sie dir anlegen."

„Oh … ich …"

„Dreh dich um, Sarah", befahl er.

Zögernd gehorchte sie und spürte seine kühlen Finger im Nacken, die den Verschluss ihres Medaillonkettchens öffneten. Wenig später hingen die Perlen mit dem Smaragd an ihrem Hals.

„Passt der Schmuck nicht perfekt zu ihrem Kleid?“, rief Jessica entzückt. „Was meinst du, Adam?“

Er musterte Sarah, sichtlich amüsiert über ihre Verlegenheit. „An diesem Abend erscheint sie mir schöner denn je. Ich glaube, die Ehe tut ihr gut.“

„Ja, das finde ich auch“, bekräftigte Amelia. „Und gefällt sie *dir*, Devon?“

„Sehr gut“, antwortete er kurz angebunden. Aber sein glutvoller Blick strafte die simplen Worte Lügen.

Atemlos trat Sarah zurück und stolperte beinahe über Merlin. Ohne auf ihr Kleid zu achten, hob sie ihn hoch, um ihre Verwirrung zu überspielen.

„Kommt der Kater auch mit?“, fragte Adam.

„Das würde er sicher gern tun“, seufzte Devon. „Als ich nach London fuhr, versteckte er sich in meiner Kutsche, und ich entdeckte ihn erst, nachdem wir bereits eine Meile zurückgelegt hatten.“

Seine Stimme klang so gequält, dass Sarah lachen musste. Dann stellte sie Merlin auf den Boden. „Danke, dass du ihn zurückgebracht hast.“ Er lächelte, und für einen kurzen Moment verschwand die Barriere, die sie entzweite.

„Nun sollten wir losfahren, bevor der Regen zu einem Wolkenbruch ausartet“, schlug Adam vor.

Als sie in der Kutsche saßen, lauschte Sarah dem Regen, der auf das Dach prasselte, und fragte sich, ob sie jemals eine richtige Ehe mit ihrem Mann führen würde.

Devon stand an einer Wand des Ballsaals und beobachtete, wie Charles Kenton mit Sarah flirtete, die auf einem vergoldeten Stuhl saß. Inzwischen hatte er seinen Vorsatz vergessen, Gleichmut zu bekunden. Am liebsten wäre er zu den beiden hinübergestürmt und hätte Kenton zum Teufel gejagt.

„Also wirklich, Devon, es ist nicht fashionabel, die eigene Ehefrau so verliebt und eifersüchtig anzustarren. Und Maria wüsste eine Schlägerei in ihrem Ballsaal sicher nicht zu schätzen."

Devon wandte sich zu Lady Violet Townsley, die an seine Seite getreten war. „Keine Bange, ich habe nicht vor, mich mit irgendjemandem zu prügeln. Und was führt dich hierher, Violet? Ich dachte, Jonathan und du würdet Hauspartys wie die Pest meiden." Seit Lady Violet ein Kind bekommen hatte, schockierte sie die Gesellschaft, weil sie völlig in ihrer Mutterrolle aufging.

„Natürlich musste ich meine Neugier befriedigen", erklärte sie und legte eine Hand auf seinen Arm. „Als ich von deiner Heirat hörte, traute ich meinen Ohren nicht. Ausgerechnet Sarah Chandler! Das war mir schleierhaft. Nicht nur wegen ihres Bruders. In London hatte ich den Eindruck gewonnen, du würdest sie nicht mögen. Offenbar war das ein Irrtum."

„Meinst du?"

„Ah, du willst wohl nichts zugeben", neckte sie ihn. „Komm, tanz mit mir! Dann kann ich dich wenigstens daran hindern, Charles Kenton zu erwürgen."

„Wieso glaubst du, ich würde mich dazu hinreißen lassen?"

„Weil du so aussiehst. Nun komm schon! Während wir tanzen, erzähle ich dir von Matthew. Jetzt ist er fast zwei Jahre alt – der süßeste Junge von der Welt."

Sarah schenke Charles Kenton ein höfliches Lächeln. Eigentlich sollte sie ihm für die amüsante Konversation dankbar sein und darauf eingehen. Stattdessen beobachtete sie aus den Augenwinkeln, wie ihr Mann mit Lady Violet Townsley tanzte.

Nicht, dass es sie stören würde. Selbst dann nicht, wenn die Gerüchte stimmten und die schöne Lady Townsley seine Geliebte gewesen war.

Sie fühlte sich bedrückt und erschöpft. Einmal hatte sie mit Nicholas getanzt, einmal mit Devon. Bei jenem Tanz waren ihre Nerven schmerzlich strapaziert worden. Danach hatte sie erklärt, sie sei müde und würde sich gern setzen. Seither tanzte sie nicht mehr.

Als sie merkte, dass Charles ihr eine Frage gestellt hatte und auf eine Antwort wartete, riss sie sich zusammen. „Verzeihen Sie, ich habe nicht zugehört."

„Offenbar sind Sie mit Ihren Gedanken woanders", entgegnete er verständnisvoll und spähte zu Lady Townsley hinüber, die sich anmutig in Devons Armen wiegte. „Sie ist glücklich verheiratet und vergöttert ihren kleinen Sohn. Und ihr Mann sitzt nebenan im Spielsalon."

„Oh – ich verstehe …", stammelte sie verlegen und ärgerte sich, weil sie so leicht zu durchschauen war. Offensichtlich hatte Mr. Kenton ihre Gedanken mühelos erraten.

„Nun muss ich Sie leider verlassen. Ich habe eine Dame um den nächsten Tanz gebeten. Wenn Sie vorher irgendetwas brauchen …"

„Nein, danke, gehen Sie nur."

Als sie ihm nachschaute, fühlte sie sich einsam und verloren.

Plötzlich tauchte ein Mann neben ihr auf. Sie wandte sich zu ihm und erstarrte.

„Ah, Lady Huntington …", begann Cedric Blanton grinsend. „Es tat mir so leid, als ich von Ihrer Verletzung erfuhr. Ein Unfall?"

„Ja", bestätigte sie kühl.

„Wie achtlos von Ihrem Ehemann …"

„Er war nicht schuld daran."

„Aber er sollte besser auf seine Frau aufpassen. Hätten Sie *mich* geheiratet, wäre das nicht passiert."

Entschlossen stand sie auf. „Ich möchte nicht mit Ihnen sprechen."

„Nein?" Blanton versperrte ihr den Weg. „Dann tanzen Sie mit mir."

„Heute Abend tanze ich nicht."

„Wollen wir umherwandern?"

Schämte er sich kein bisschen, nachdem er sie zu kompromittieren versucht und gezwungen hatte, Devon zu heiraten? Offenbar nicht, denn er drängte ihr seine Gesellschaft so beharrlich wie eh und je auf. Sie holte tief Atem. „Nein, Mr. Blanton, ich möchte weder mit Ihnen reden noch tanzen oder umherwandern. Nach allem, was zwischen uns geschehen ist, finde ich unsere Bekanntschaft höchst unerfreulich."

„Tut mir leid, das zu hören." Er kniff die Augen zusammen. „Aber wenn Sie mich abweisen, werde ich mich bemüßigt fühlen, alle Welt über unseren unschicklichen Flirt vor Ihrer Heirat zu informieren."

Ungläubig starrte sie ihn an. „Das wäre eine dreiste Lüge!"

„Tatsächlich? Meine Liebe, Sie haben mich schamlos an der Nase herumgeführt. Bis zu jenem Abend, an dem Huntington sich so unverschämt in unsere Beziehung einmischte, dachte ich, sie würden meinen Heiratsantrag annehmen."

Unbehaglich schaute sie sich um und hoffte, niemand würde dieses Gespräch belauschen. Wenn er so schreckliche Geschichten verbreitete … Widerstrebend wandte sie sich wieder zu ihm. „Also gut, gehen wir spazieren."

„Oh, ich würde lieber tanzen." Triumphierend ergriff er ihre unverletzte Hand und führte Sarah aufs Parkett. Wenn sie mit ihm tanzte, musste sie wenigstens keine Konversation machen.

„Was hast du vor, Sarah?“, flüsterte Amelia, die sich mit ihrem Partner neben ihr postiert hatte.

„Ich werde tanzen.“

„Mit diesem Mann? Bist du verrückt geworden? Willst du ein Blutvergießen heraufbeschwören?“

„Er hat mich dazu gezwungen. Bitte, sprechen wir später darüber.“ Als sie Amelias Miene sah, fürchtete sie, ihre Kusine könnte Blanton selbst zum Duell herausfordern.

Zu Sarahs Erleichterung ließ sich Devon nicht blicken. Vielleicht war er in den Spielsalon gegangen. Die Musiker begannen zu spielen. Während Blanton mit Sarah tanzte, musste er niesen. Seine Augen waren gerötet. Offenbar hatte er sich erkältet. Doch das hinderte ihn nicht daran, ihr viel zu tief in die Augen zu schauen. „Heute Abend sehen Sie besonders schön aus, meine Liebe.“

Geflissentlich ignorierte sie sein Kompliment. Nach einer Weilte nieste er wieder. „Fühlen Sie sich nicht gut?“, fragte sie.

„Doch, sogar sehr gut.“

Bei der nächsten Drehung stockte ihr der Atem. Devon stand in der Tür. Sobald er sie entdeckt hatte, näherte er sich zielstrebig. Vor lauter Schreck trat sie Blanton auf die Zehen. „Oh, Verzeihung ...“ Verblüfft starrte sie in seine wässrigen Augen. „Stimmt etwas nicht?“

„Besitzen Sie eine Katze, Lady Huntington?“

„Ja“, antwortete sie. Worauf wollte er hinaus?

„Also deshalb ... Nun müssen Sie mich entschuldigen, ich kann nicht mehr mit Ihnen tanzen.“ Als er zurückwich, stieß er beinahe mit Devon zusammen und starrte ihn wütend an. Mit sichtlicher Mühe rang er nach Fassung. „Leider müssen Sie mich ein andermal zur Rede stellen, Huntington“, murmelte er und eilte an Devon vorbei, der ihm konsterniert nachschaute.

Inzwischen waren die meisten Tanzpaare stehen geblieben, obwohl das Orchester immer noch musizierte.

„Offenbar bin ich gerade zur rechten Zeit gekommen“, meinte Devon gedehnt. Trotz seines Lächelns spürte Sarah seinen heißen Zorn. Dann wandte er sich zu anderen. „Tanzen Sie weiter“, bat er und ergriff Sarahs Hand. „Hast du beschlossen, doch wieder zu tanzen? Vielleicht hast du bloß auf den richtigen Partner gewartet.“

„Keineswegs ... Könnten wir woanders streiten? Ich will nicht mehr tanzen, ich bin müde und würde gern nach Haus fahren.“

„Einverstanden.“ Ohne die neugierigen Blicke ringsum zu beachten, führte er sie aus dem Ballsaal. In der Halle schlug er vor: „Gehen wir ins Arbeitszimmer. Dort können wir uns ungestört unterhalten.“

Notgedrungen fügte sie sich in ihr Schicksal. Devon öffnete eine Tür am anderen Ende des Foyers. Wie er erleichtert feststellte, hielt sich niemand im Arbeitszimmer auf. „Setz dich, Sarah“, sagte er und zeigte auf einen Sessel vor dem Kamin.

Gehorsam nahm sie Platz.

„Alles in Ordnung?“, fragte er in schärferem Ton als beabsichtigt.

„Ja. Vermutlich willst du mir Vorwürfe machen, weil ich mit Blanton getanzt habe. Bringen wir's hinter uns, und dann lass mich bitte in Ruhe.“

„O Sarah!“ Er lachte kurz auf. „Dachtest du wirklich, ich hätte dich hierher gebracht, um mit dir zu schimpfen?“

„Was soll ich denn sonst glauben?“ Von plötzlicher Wut erfasst, sprang sie auf. „Nur ein einziges Mal hast du mit mir getanzt, als müsstest du eine lästige Pflicht erledigen, und dich danach nicht mehr um mich gekümmert. Und dann bist auf die Tanzfläche gestürmt, nur weil ich von einem Mann, den ich verabscheue, zu diesem Walzer gezwungen wurde ..." Ihre Stimme brach. Niedergeschlagen senkte sie den Kopf.

„Bitte, Sarah, schau mich an!" Devon legte einen Finger unter ihr Kinn. Bestürzt sah er die Tränen in ihren Augen. „Ich wollte dich nicht aufregen."

„Das hast du nicht getan. Ich bin nur ... müde."

„Natürlich." Er strich ihr eine Haarsträhne aus dem Gesicht, umarmte sie – ganz behutsam, um Rücksicht auf ihr verletztes Handgelenk zu nehmen. Anfangs versteifte sie sich, dann lehnte sie sich entspannt an seine Brust. Nur mühsam widerstand er dem Impuls, seinen Mund auf ihren zu pressen. Damit würde er sie wohl kaum trösten. „O Sarah ..."

Da schaute sie zu ihm auf, die Lippen leicht geöffnet. Sie sah so schwach und verletzlich aus, und er musste seine ganze Willenskraft aufbieten, um sie sanft von sich zu schieben.

„Geht es dir jetzt besser?", fragte er heiser.

„Ja", wisperte sie und wirkte genauso verwirrt, wie er sich fühlte.

„Gut." Er trat zurück, fuhr sich mit den Fingern durchs Haar und versuchte seine Sinne unter Kontrolle zu bringen. „Jetzt sollten wir nach Hause fahren."

„Wenn du willst ..."

„Allerdings. Setz dich wieder und warte auf mich, ich möchte mich nur von Maria verabschieden."

„Danke." Aufatmend sank sie in den Sessel zurück.

An der Tür drehte er sich noch einmal um. „Warum ist Blanton plötzlich davongerannt? Was zum Teufel hast du ihm gesagt?"

„Nichts Besonderes. Er fragte, ob ich eine Katze besitze, und als ich das bestätigte, wich er erschrocken zurück."

„Vielleicht ist dein Kater doch zu irgendwas nütze", meinte Devon belustigt.

17. KAPITEL

Die Tür öffnete sich, und Sarah erwartete, Devon würde zurückkehren. Stattdessen kam Amelia ins Arbeitszimmer. Sarah stand auf. „Hat Devon dich hierher geschickt? Tut mir leid, dass du den Ball meinetwegen schon so früh verlassen musst."

„Das stört mich nicht. Ich hatte solche Angst, weil Devon dich so wild entschlossen aus dem Saal führte. Aber Jessica versicherte mir, es gebe keinen Grund zur Sorge. Deshalb bin ich euch nicht gefolgt."

„O Gott, so viel Aufhebens … ich fürchte, Lady Coleridge wird mir böse sein."

„Unsinn! Du siehst ziemlich müde aus. Kein Wunder, dass du heimfahren willst. Aber wir müssen hier bleiben. Nach dem heftigen Regenguss sind die Straßen voller Schlamm und unpassierbar."

„Bist du sicher?", fragte Sarah bestürzt.

„Völlig sicher." Amelias Stimme klang verblüffend fröhlich. „Nun werde ich dich zu Bett bringen, Lady Coleridge meint auch, du müsstest dich ausruhen. Sie hat schon ein Zimmer für dich herrichten lassen und ein Nachthemd bereitgelegt."

„Das ist sehr freundlich. Aber – du und Jessica?"

„Keine Bange, wir teilen uns ein Zimmer. Komm mit mir", bat Amelia und umfasste Sarahs Arm. „Du siehst aus, als würdest du jeden Augenblick im Stehen einschlafen."

Das Zimmer war gemütlich und komfortabel eingerichtet. Zufrieden schaute sich Amelia um. „Sehr hübsch." Sie ging zum Bett und ergriff ein Nachthemd aus Baumwolle. „Aber ich fürchte, das ist dir zu groß."

„Macht nichts." Erschöpft ließ sich Sarah auf das weiche Bett fallen. Wo war Devon? Danach wollte sie Amelia fragen.

Doch sie besann sich eines Besseren, denn ihre Kusine würde sie nur necken.

Amelia legte das Hemd beiseite. „Jetzt hole ich eine Zofe, die dir beim Auskleiden helfen wird, und dann kannst du schlafen." Sie beugte sich hinab und küsste Sarahs Wange. „Gleich bin ich wieder da."

„Danke."

Lautlos schloss Amelia die Tür hinter sich. Eine Zeit lang blieb Sarah auf dem Bett sitzen. Sie fühlte sich schrecklich einsam. War Devon in den Ballsaal zurückgekehrt?

Schließlich stand sie auf, ging zum Toilettentisch und zog ihre Handschuhe aus. Dann nahm sie die Schlinge ab und entfernte die Nadeln aus ihrem Haar. Ihr Handgelenk war fast verheilt, aber sie konnte es immer noch nicht richtig benutzen.

Da die Zofe auf sich warten ließ, beschloss Sarah, inzwischen aus ihren Tanzschuhen und den Strümpfen zu schlüpfen. Zweifellos hatte das Personal alle Hände voll zu tun, weil so viele unerwartete Gäste im Haus übernachten würden. Als sie die Strümpfe von den Füßen gestreift hatte, klopfte es an der Tür.

„Herein!", rief sie und richtete sich auf.

Devon stand auf der Schwelle. Sofort beschleunigte sich Sarahs Puls. „Darf ich wirklich eintreten?", fragte er.

„Ja, natürlich." Von sichtlichem Unbehagen erfasst, schloss er die Tür hinter sich, und Sarahs Lächeln erlosch. „Stimmt etwas nicht?"

„Leider muss ich die Nacht bei dir verbringen."

„Oh ..." Plötzlich konnte sie nicht mehr klar denken.

Devon zerrte nervös an seiner Krawatte. „Für so viele Gäste gibt's zu wenig Zimmer, und Maria dachte, es würde uns doch nicht stören, ein Bett zu teilen – eine verständliche Vermutung."

„Gewiss“, hauchte Sarah.

„Ich werde selbstverständlich in der Ankleidekammer schlafen.“

„Wie du willst.“

Er räusperte sich. „Gehst du nicht ins Bett? Du bist immer noch angezogen.“

„Weil ich auf eine Zofe warte, die Amelia zu mir schicken wollte. Aber ich kann auch in meinem Ballkleid schlafen.“ Irgendwie erschien ihr das sogar ratsam.

„Das wäre ziemlich unbequem.“

„Nicht so schlimm.“

„Setz dich“, bat er und zeigte aufs Bett.

Beklommen ließ sie sich auf der Bettkante nieder. Das Zimmer schien zu schrumpfen, und sie wusste nicht, wohin sie schauen sollte. Ihr einziger Trost war die Miene ihres Mannes, der genau so unsicher dreinschaute, wie sie sich fühlte.

Wo blieb die Zofe?

Offenbar erriet Devon ihre Gedanken. „Mal sehen, ob ich eine Zofe finde.“

Sie nickte, und er verließ das Zimmer. Unglücklich starrte sie die geschlossene Tür an. Also würde er die Nacht in der Ankleidekammer verbringen. Welch eine Farce diese Ehe war …

Eine Viertelstunde später kehrte Devon zurück. „Leider ist keine Zofe verfügbar.“

„Ich verstehe.“

Langsam ging er zum Kamin und lehnte sich an den Sims. „Ich bat deine Kusine, dir zu helfen. Aber sie meinte, *ich* soll deine Zofe spielen. Und meine Schwester kann ich nirgends finden.“

„Ich komme schon zurecht.“ Den Kopf gesenkt, die Hände im Schoß gefaltet, sah sie blutjung und verwundbar aus – und sehr begehrenswert.

„Wie denn? Du kannst nur einen Arm benutzen, und Frauenkleider sind schon kompliziert genug, wenn man sie mit allen zehn Fingern abzulegen versucht. Außerdem hast du mir vor einiger Zeit einen ähnlichen Dienst erwiesen. Nun würde ich mich gern revanchieren.“

„Nein. Wie ich bereits sagte … ich kann in meinem Ballkleid schlafen.“

Devon schlenderte zum Bett und griff nach dem Nachthemd, das ihr viel zu groß war. „Wenn du das anziehst, hast du's bequemer. Vielleicht bin ich keine allzu tüchtige Zofe, aber du musst dich wohl oder übel mit mir begnügen.“ Er lächelte sarkastisch. „Und falls du einen Angriff auf deine Tugend fürchtest – ich habe nichts dergleichen vor.“

„Das ist es nicht“, flüsterte sie errötend.

„Nein? Dann steh auf und dreh dich um.“ Zögernd gehorchte sie. Erst jetzt sah er ihre nackten Füße. Während er die winzigen Knöpfe am Rücken des Kleides öffnete, versuchte er ihren schönen schlanken Hals zu übersehen, das kastanienbraune Haar, das in glänzenden Wellen auf ihre Schultern fiel. Wie gern würde er sie an seine Brust ziehen und sein Gesicht in diesen seidigen Locken vergraben … beinahe versagten ihm seine bebenden Finger den Dienst. Aber dann war der letzte Knopf geöffnet, und die grüne Seide glitt raschelnd zu Boden. „Jetzt die Lingerie“, murmelte er heiser.

Sofort trat sie zur Seite, als hätte sie sich verbrannt. „Nein, ich schlafe in der Unterwäsche.“ Als sie sich zu ihm wandte, sah er ihr gerötetes Gesicht und verstand den Grund ihrer Verlegenheit. Nie zuvor hatte ein Mann sie so leicht bekleidet gesehen. Wie hatte er bloß vergessen können, dass sie noch Jungfrau war …

Er griff wieder nach dem Nachthemd. „Halte das vor deinen Körper.“

„Danke. Ich zieh's einfach drüber.“

„Hör mal, das ist keineswegs die erste Damenwäsche, die ich sehe“, erklärte er, ohne zu überlegen.

„Natürlich nicht.“ Die Röte in Sarahs Gesicht vertiefte sich noch.

Nun hielt sie ihn wahrscheinlich für einen Frauenhelden. „Aber es zählt nicht zu meinen Gewohnheiten.“

„Das habe ich auch nicht vermutet. Außerdem ... geht es mich nichts an.“

„Wie meinst du das?“

„Nun, ich meine ...“ Sekundenlang schloss sie die Augen. „Bitte, könnten wir's hinter uns bringen?“

Er drehte Sarah herum, sodass sie ihm den Rücken kehrte. „Zuerst der Unterrock“, würgte er hervor und entknotete die Bänder. Schließlich stand sie in ihrem dünnen Hemd da, unter dem sich die Umrisse ihres Körpers deutlich abzeichneten. Unsicher wandte sie sich wieder zu ihm. Wie leicht wäre es, sie in die Arme zu nehmen ... aber er durfte seine Frau nicht lieben, obwohl das Verlangen unerträglich war. „So, nun helfe ich dir ins Nachthemd.“ Statt ihre Blößen zu betrachten, schaute er entschlossen in ihr Gesicht. Das war ein Fehler. Hingerissen starrte er ihre leicht geöffneten Lippen an, die einen Kuss geradezu herausforderten. Und als er das winzige Muttermal über ihrer rechten Brust entdeckte, stöhnte er beinahe.

„Nicht nötig“, erwiderte sie verlegen. „Ich schlafe in meinem Hemd.“

„Wie du willst.“ Darüber wollte er nicht mit ihr diskutieren – nicht in diesem Moment, wo er dringend ein kaltes Bad benötigte. Oder eine Flasche Brandy. „Wenn du mich brauchst – ich bin im Ankleidezimmer.“

„Ja. Und vielen Dank.“

„Also, dann ... gute Nacht.“ Hastig verschwand er im Nebenraum.

Fast zwei Stunden später öffnete Sarah die Augen und drehte sich auf den Rücken. An Schlaf war nicht zu denken. Und wie ihr der knarrende Sessel in der Ankleidekammer verriet, ging es Devon nicht viel besser. Sie richtete sich auf und schaute zur halb offenen Tür hinüber. Offenbar versuchte er gar nicht zu schlafen. Nebenan brannten noch immer die Kerzen.

O Gott, welch brennende Wünsche waren in ihrem Herzen erwacht, als er sie entkleidet hatte … Jetzt erhitzte sich ihr Blut immer noch, wenn sie sich an seine Hände erinnerte, die über ihre Haut geglitten waren. Am liebsten hätte sie sich an ihn geschmiegt und seine Finger an Körperstellen gespürt, an die eine Dame nicht einmal denken durfte.

Aber Devon hatte sich wie ein perfekter Gentleman verhalten, so unpersönlich, dass der Eindruck entstanden war, ihre leicht bekleidete Gestalt würde ihn nicht im Mindesten interessieren. Abgesehen von jenem letzten Blick, den er ihr zugeworfen hatte, bevor er ins Ankleidezimmer gegangen war – einen Blick voller Sehnsucht. Seither wusste sie, dass er sich genauso einsam fühlte wie sie.

Jetzt hörte sie den Sessel wieder knarren. Es war sinnlos, wenn sie noch länger zu schlafen versuchte, während Devon keine Ruhe fand. Entschlossen schwang sie die Beine über den Bettrand und drapierte das Nachthemd um ihre Schultern.

Auf leisen Sohlen schlich sie zur geöffneten Tür. Falls Devon wider Erwarten schlief, wollte sie ihn nicht wecken. Zunächst dachte sie, er wäre tatsächlich eingeschlummert. Die Augen geschlossen, die langen Beine ausgestreckt, saß er in einem Lehnstuhl, nur mit seinem Hemd und den Kniehosen bekleidet. Ein Arm lag auf einem Tischchen an seiner Seite, neben einer Brandyflasche. In der anderen Hand hielt er ein halb leeres Glas.

Ehe sie den Rückzug antreten konnte, hob er die Lider, und sie erstarrte. „Warum bist du aufgestanden?“, fragte er.

„Weil ich nicht schlafen konnte."

„Da kann ich dir leider nicht helfen." Er lächelte spöttisch. „Es sei denn, du trinkst ein Glas Brandy mit mir."

„Ich mag keinen Brandy."

„Das dachte ich mir beinahe." Devon beugte sich vor und stellte sein Glas auf den Tisch. „Und warum bist du hier? Um mir Gesellschaft zu leisten?"

„Ja … wenn du einverstanden bist."

Lachend schüttelte er den Kopf. „Meine Liebe, ich fürchte, deine Gesellschaft ist viel zu gefährlich. Geh wieder ins Bett."

Mit bebenden Fingern umklammerte sie das Nachthemd, das sie wie einen Schal um ihre Schultern gelegt hatte. „Aber ich finde keinen Schlaf."

Langsam stand er auf und ging zu ihr. „Soll ich dich ins Bett bringen … und zudecken?"

Mit diesem Vorschlag wollte er sie in die Flucht schlagen. Das wusste sie. Aber sie hielt seinem Blick stand. „Ja, bitte."

„Ist dir klar, was du da sagst?"

„Ich denke schon."

„Daran zweifle ich. Sonst wüsstest du, dass ich mich zu dir ins Bett legen würde."

„Da hättest du's bequemer als in diesem Sessel."

Als sie die Glut in seinen Augen sah, wäre sie beinahe davongelaufen. Aber es gab kein Zurück. Devon kam noch näher. „Sollen wir's herausfinden?"

„Ja."

Ehe sie wusste, wie ihr geschah, hob er sie mühelos hoch, als wäre sie federleicht. Unbemerkt fiel das Nachthemd zu Boden. Er trug sie ins Schlafzimmer, legte sie auf die zerwühlten Laken und kniete sich auf den Rand des Betts.

Was hatte sie getan? Jetzt roch sie den Brandy in seinem Atem. Wahrscheinlich war Devon nicht mehr ganz nüchtern. Die unverhohlene Leidenschaft in seinem Blick jagte ihr Angst ein. Plötzlich erschien er ihr wie ein Fremder. „Devon …“, wisperte sie.

Jetzt trat ein zärtlicher Ausdruck in seine Augen. „Ich werde dir nicht wehtun“, versprach er, streckte sich neben Sarah aus und zog sie an sich. Als er sie küsste, schmeckte sein Mund nach Brandy und männlicher Begierde. Aufreizend glitten seine Lippen an ihrem Hals hinab, seine Hand umfasste eine ihrer Brüste. Durch das dünne Hemd hindurch umkreiste sein Daumen die Knospe. Bei dieser intimen Liebkosung hielt sie den Atem an, schlang die Finger in sein dichtes Haar und spürte eine sonderbare Hitze in ihrem Leib.

Dann kehrte sein Mund zu ihrem zurück. Er schob seine Zunge vor, und Sarah berührte sie schüchtern mit ihrer. Stöhnend presste er sie an sich. Durch ihr Handgelenk, das zwischen den beiden Körpern eingeklemmt war, fuhr ein brennender Schmerz. Leise schrie sie auf, und Devon ließ sie sofort los. „Verzeih mir, ich wollte dir keine Schmerzen bereiten.“

„Schon gut …“, flüsterte sie. Von seinem betörenden Blick gefesselt, vergaß sie ihr Handgelenk.

Abrupt richtete er sich auf. „So weit hätte ich nicht gehen dürfen.“

Er begehrte sie nicht. Mit dieser bitteren Erkenntnis musste sie sich abfinden. „Ich verstehe … Wenn man bis in die Nacht hinein Brandy trinkt, tut man manchmal Dinge, die man normalerweise verabscheuen würde.“

„Das meine ich nicht“, erwiderte er und stand auf. „Verdammt, Sarah, inzwischen müsstest du gemerkt haben, wie verzweifelt ich mich nach dir sehne. Aber ich will dich nicht lieben, wenn ich betrunken bin. Und du sollst auch nicht in meine Arme sinken, weil du mich bemitleidest und meine Seele retten willst – sondern mich genauso heiß begehren wie ich dich.“

„Ich bemitleide dich nicht“, entgegnete sie. Aber er hatte

sich bereits abgewandt. Mit lautlosen Schritten verließ er das Schlafzimmer, und sie kroch unter die Decke zurück – zu verwirrt, um Tränen zu vergießen. Und dann sank sie in einen rastlosen Schlaf, ohne zu wissen, ob Devon zurückkehren würde.

Am nächsten Morgen erwachte er mit heftigen Kopfschmerzen, staubtrockenem Mund und steifen Knochen, nachdem er die restliche Nacht auf dem Sofa in einem der Salons von Lacey Manor verbracht hatte. Stöhnend richtete er sich auf und rieb seinen verkrampften Nacken. Durch das Fenster, das zum Garten hinausging, sah er eine strahlende Sonne scheinen. Alle Regenwolken hatten sich verzogen.

Gequält schloss er die Augen, als er sich an die Ereignisse der letzten Nacht erinnerte – Sarahs wohlgeformter schlanker Körper, ihre weiche, seidige Haut unter seinen Händen, ihre Gestalt an der Tür zum Ankleidezimmer, die Verletzlichkeit in ihren Augen, als sie ihm ihre Gesellschaft angeboten hatte. Und dann ihr Haar auf dem Kissen, die Lippen, die sich für ihn geöffnet hatten …

Was zum Teufel war in ihn gefahren? Niemals hätte es so weit kommen dürfen. So betrunken war er nun auch wieder nicht gewesen, dass er das Mitgefühl in ihren Augen nicht bemerkt hätte. Sie erkannte seine Einsamkeit, und das erschreckte ihn. Deshalb hatte er ihr vorgeschlagen, er würde sie ins Bett bringen, und geglaubt, sie würde davonlaufen.

Aber sie war nicht geflohen. Und sie hätte ihm alles gegeben, wenn auch nur aus Mitleid. Bevor er ein solches Geschenk annahm, würde er lieber zur Hölle fahren.

18. KAPITEL

Sarah öffnete eine Schublade ihres Toilettentischchens und schob die Schmuckkassette unter ihre Handschuhe. Am liebsten hätte sie ihrem Mann die Perlenkette mit einem sorgsam formulierten Brief zurückgeschickt. Aber dann würde er sie mit kalten Augen mustern und erklären, ihr Verhalten sei lächerlich.

Seufzend trat sie ans Fenster. Seit dem Mittsommernachtsball, der vor zwei Tagen stattgefunden hatte, war sie völlig durcheinander. Anfangs hatte sie sich für ihren kühnen Entschluss geschämt, Devon in ihr Bett einzuladen, dann war sie über seine Zurückweisung gekränkt gewesen und schließlich in Wut geraten. Wie konnte er ihr sein Verlangen gestehen und dann behaupten, sie würde nur Mitleid für ihn empfinden? Als hätte sie sich aus einem so nichtigen Grund an seinen Hals geworfen! Schlimmer noch – was sie zu sagen hatte, interessierte ihn gar nicht.

Nun zog er sich wieder in sein Schneckenhaus zurück und erweckte den Eindruck, es wäre nichts Besonderes geschehen. Vielleicht war er zu betrunken gewesen, um sich an die Ereignisse zu erinnern – wohl kaum ein tröstlicher Gedanke. Sarah wäre in tiefster Verzweiflung versunken – hätte Devon sie am letzten Abend beim Dinner nicht mit einer merkwürdigen Sehnsucht betrachtet. Offenbar begehrte er sie viel heißer, als er sich's eingestand.

Stöhnend setzte sie sich aufs Bett. An diesem Abend sollten sie in Harrowood dinieren, und das missfiel ihr. Vielleicht könnte sie Kopfschmerzen vorschützen und Devons finsterem Blick wenigstens für einen Abend entrinnen.

Würde sich die Beziehung zwischen ihnen jemals ändern? Sie hatte überlegt, ob sie sich für einen Monat bei Amelia und John einquartieren sollte. Aber das Glück der beiden würde ihr das eigene Elend nur noch deutlicher vor Augen führen. Vor allem die Tatsache, dass es Amelia Spaß machte, ihren Mann zu verführen …

Nachdenklich richtete Sarah sich auf. Die Kusine hatte ihr angeboten, sie würde ihr helfen, Devon „zur Vernunft zu bringen“. Würde es ihr doch noch gelingen, ihn zu umgarnen – nach jener katastrophalen Nacht auf Lacey Manor?

Amelia saß in der Bibliothek und blätterte in einer Frauenzeitschrift. Lächelnd blickte sie auf, als Sarah eintrat. „Gerade habe ich ein traumhaftes Kleid entdeckt. In Kanariengelb würde es mir allerdings nicht gefallen. Eher in Hellblau …“ Sie legte das Magazin beiseite. „Aber du bist offensichtlich nicht hier, um mit mir über Mode zu diskutieren. Was bedrückt dich?“

Nervös schlang Sarah ihre Finger ineinander. „Ich dachte … Vielleicht würdest du …“

„So peinlich kann dein Anliegen doch gar nicht sein, liebe Sarah. Worum geht's denn?“

„Neulich hast du mir deine Hilfe angeboten …“, Sarah holte tief Luft. „Ich … ich will meinen Mann verführen.“

„Wird auch langsam Zeit!“, seufzte Amelia erleichtert.

Prüfend schaute Sarah in den Spiegel. Das lachsrosa Kleid, das Amelia ihr geliehen hatte, ließ ihre elfenbeinweiße Haut schimmern. Im tiefen Ausschnitt zeigte sich der sanft gewölbte Busenansatz, und der Seidenstoff schmiegte sich nach ihrem Geschmack etwas zu eng an die Rundungen. Amelia war größer als sie und üppiger gebaut. Gemeinsam mit der geschickten Zofe Liza hatte sie das Kleid geändert, sodass es ihrer schlankeren Kusine passte, und sie aufgefordert, das Oberteil mit Taschentüchern auszustopfen.

„Sehr hübsch“, meinte Amelia, trat hinter Sarah und spähte ihr über die Schulter. „Du siehst hinreißend aus. Jetzt noch der Schmuck – dann können wir gehen." Sie legte Sarah eine Goldkette mit einem Diamantanhänger um den Hals und ließ den Verschluss zuschnappen. Aufreizend lag das kleine Juwel zwischen den Brüsten. „Perfekt!", lobte Amelia. „Dadurch wird der Blick des Betrachters auf eine besonders interessante Stelle gelenkt."

„Oh, ich weiß gar nicht, ob ich das wirklich will", erwiderte Sarah. Allein schon der Gedanke, alle anwesenden Männer würden auf ihr Dekollete starren, zerrte an ihren Nerven.

„Natürlich willst du's. Devon soll alle deine Reize zur Kenntnis nehmen. Nicht dass sie ihm bisher entgangen wären ... Aber du möchtest ihn doch ermutigen, etwas mehr zu tun, als nur hinzuschauen."

„Amelia!", rief Sarah schockiert, und ihre Kusine hob die Brauen.

„Hast du mir nicht gestanden, du würdest ihn gern verführen?"

„Ja, aber ..." Errötend dachte Sarah an Devons Hand, die eine ihrer Brüste umfasst und ein heißes Prickeln in ihrem ganzen Körper bewirkt hatte. Sie ergriff ihren Fächer. Wie üblich kauerte Merlin auf dem Toilettentisch, und sie kraulte seine Lieblingsstelle unter dem Kinn. „Hoffentlich ist mir klar, was ich tue", flüsterte sie ihm zu, und er schloss desinteressiert die Augen.

Devons Blick schweifte über den Tisch hinweg zu seiner Frau, die zwischen Lord Mobley und Lord Bentwood saß, einem alternden Dandy. Während des ganzen Dinners hatten die beiden um Sarahs Aufmerksamkeit gewetteifert, und wie Mobleys glasige Augen im feuerroten sommersprossigen Gesicht verrieten, war er unsterblich verliebt.

Wütend biss Devon die Zähne zusammen. Am liebsten hätte er sein Weinglas quer durchs Zimmer geschleudert. Was zum Teufel bildete sie sich eigentlich ein? Hatte sie beschlossen, auf dieser Party alle männlichen Gäste außer Blanton zu erobern? Sie lächelte und flirtete mit einer spielerischen Finesse, die er ihr niemals zugetraut hätte. Auch ihm hatte sie auf der Fahrt nach Harrowood mehrmals ein zauberhaftes Lächeln geschenkt, ihre Hand auf seinen Arm gelegt und einmal wie zufällig sein Bein berührt. Fast wäre er zusammengezuckt.

Noch schlimmer – sie trug ein Kleid, das in seinem Herzen den Wunsch weckte, sie einfach zu packen, aus dem Speisezimmer zu zerren und zu zwingen, irgendetwas Hochgeschlossenes anzuziehen. Und beim Anblick des Diamanten zwischen ihren Brüsten wollte er das funkelnde Juwel am liebsten durch seinen Mund ersetzen. Da Lord Bentwood unentwegt in ihren Ausschnitt starrte, schienen ihn ähnliche Gedanken zu beschäftigen. Am liebsten hätte Devon den Kerl zusammengeschlagen.

Als sie aufsah, begegnete sie seinem Blick. Langsam verzogen sich ihre Lippen zu einem verlockenden Lächeln, und er schaute hastig weg. Zu seiner Erleichterung erhob sich Lady Filby und bat die Damen in den Salon. Wenigstens würde sich Sarah für eine kleine Weile von all den lüsternen Gentlemen entfernen.

Sarah saß in Lady Filbys Salon und versuchte die Männer zu ignorieren, die gerade eintraten. Angelegentlich hörte sie der Gastgeberin und Mrs. Kenton zu, die das für den nächsten Tag geplante Picknick erörterten. Mit diesem Verhalten missachtete sie Amelias Anweisungen. Aber nach diesem Dinner gelangte sie endgültig zu der Überzeugung, sie würde Devons Interesse niemals erregen.

Um die Anordnungen ihrer Kusine zu befolgen, hatte sie pflichtschuldig mit ihren Tischherrn geflirtet und ihrem Mann herausfordernde Blicke zugeworfen. Das war ihr nicht leicht gefallen, denn es widerstrebte ihr, Lord Bentwood zu ermutigen. Mit seinen lächerlichen Komplimenten hatte er ihr fast den Appetit verdorben. Und Lord Mobley, ein schlaksiger 18-Jähriger, errötete bei jedem Wort, das sie an ihn richtete, und starrte sie mit schmachtenden Kalbsaugen an. Auf die Bewunderung eines jungen Burschen, der noch nicht trocken hinter den Ohren war, konnte sie leichten Herzens verzichten. Von ihrem Gemahl wurde sie gar nicht beachtet. Er saß zwischen Lady Violet Townsley und Caroline Kenton. Lachend hatte die schöne Lady Townsley mit ihm geplaudert, weltgewandt und lässig. Diesen gesellschaftlichen Schliff würde sie, Sarah, sich wohl niemals aneignen.

Nun beugte sich Lady Filby vor, eine rundliche Frau mit großen Zähnen und einem wissenden Lächeln. „Offenbar ist Lady Townsley fest entschlossen, die Bekanntschaft mit Ihrem Ehemann zu erneuern, meine Liebe", bemerkte sie und klopfte mit ihrem Fächer auf Sarahs Arm. „An Ihrer Stelle würde ich das nicht dulden."

„Also wirklich, Selina!", mahnte Mrs. Kenton. „Wie kannst du so mit Lady Huntington reden! Sie hat sicher nichts zu befürchten. Insbesondere, weil Lord Townsley keinerlei Bedenken zu hegen scheint."

„Oh, ich mache mir wirklich keine Sorgen", beteuerte Sarah. In ihrer Stimme schwang geheuchelte Zuversicht mit. „Was für ein schönes Kollier Sie tragen, Lady Filby ..."

„Ein Geburtstagsgeschenk von meinem lieben Gatten", erklärte die Hausherrin voller Stolz und hielt, wie Sarah gehofft hatte, einen langen Monolog über ihre Juwelen.

Nach einer Weile entschuldigte sich Sarah und stand auf. Das Geschwätz der beiden Damen begann sie zu ermüden. Verstohlen schaute sie zu Devon hinüber, der bei der Tür stand, und beobachtete voller Neid, wie Lady Townsley ihn vertraulich anlächelte. Von ihr, seiner Frau, schien er gar keine Notiz zu nehmen. Entmutigt wandte sie sich ab. Am anderen Endes des Raums sah sie Charles neben Lady Coleridge sitzen, die Devon beobachtete und die Stirn runzelte.

Zumindest könnte er den Eindruck erwecken, seine Frau würde ihm etwas bedeuten – und sei es auch nur, um die Gefühle seiner Patentante zu schonen. Auch auf Jessica müsste er ein bisschen Rücksicht nehmen. Wie Sarah wusste, hatten ihre Eheprobleme zu einer gewissen Entfremdung zwischen den Geschwistern geführt.

Und nun schien er mit seinem offenkundigen Interesse an Lady Townsley für allgemeinen Gesprächsstoff zu sorgen.

Entschlossen durchquerte Sarah den Raum und legte eine Hand auf seinen Ärmel. Verwirrt musterte Devon ihre Finger, und Lady Townsley verstummte mitten in einem Satz. Dann lächelte sie strahlend. „Ah, Lady Huntington, Sie müssen mich für furchtbar unhöflich halten, nachdem ich die Aufmerksamkeit Ihres Mannes schon so lange beanspruche. Aber jetzt will ich den lieben Devon in Ihre Obhut geben und mich um meinen eigenen Gemahl kümmern, der sich zweifellos vernachlässigt fühlt."

„Oh – vielen Dank", erwiderte Sarah verblüfft.

„Keine Ursache. Was für ein schöner milder Abend … Vielleicht sollten Sie mit Devon im Garten spazieren gehen." Anmutig schlenderte sie davon, und Devon wandte sich zu Sarah.

„Stimmt etwas nicht?", fragte er kühl.

„Alles in bester Ordnung. Übrigens würde ich sehr gern in den Garten gehen. Hier drin ist es ziemlich stickig."

„Vielleicht würde Kenton dir den Gefallen tun."

Wollte er sie tatsächlich loswerden und Charles Kenton überlassen? Mühsam verbarg sie ihren verletzten Stolz. „Ich würde lieber mit dir hinausgehen. An diesem Abend haben wir kaum miteinander geredet."

„Weil deine Aufmerksamkeit anderen Gentlemen galt."

„Während du dich mit gewissen Damen amüsiert hast", fauchte sie erbost. So leicht würde sie sich nicht geschlagen geben. „Nun, gehen wir in den Garten?"

Höflich verneigte er sich und bot ihr seinen Arm. „Stets zu deinen Diensten."

Sie legte ihre Hand in die Beuge seines Ellbogens und ließ sich auf die Terrasse hinausführen. Schweigend stiegen sie die Stufen zum Rasen hinab. Am Fuß der Treppe blieb er stehen. „In welche Richtung darf ich dich begleiten?"

„Irgendwohin, wo wir ungestört sind."

Spöttisch hob er die Brauen. „Möchtest du etwa allein mit mir sein?"

„Allerdings", bestätigte sie und lächelte honigsüß.

Zu ihrer Genugtuung blinzelte er verwirrt. Aber er hatte sich sofort wieder unter Kontrolle. „Du machst mich neugierig. Würdest du mir deine Beweggründe verraten?"

„Erst wenn wir uns vom Haus entfernt haben", entgegnete sie und zupfte an seinem Ärmel. „Komm!"

Gehorsam führte er sie auf einen der Kieswege. „Ein Spiel, Sarah? Das hätte ich gar nicht von dir gedacht."

„Manchmal finde ich Gefallen an solchen Spielen", erwiderte sie in beiläufigem Ton.

„In der Tat? Hoffentlich kennst du die Spielregeln."

„Wenn nicht, werde ich meine eigenen aufstellen", verkündete sie, ohne zu wissen, was er meinte – oder was sie selber plante.

„Das wäre nicht besonders klug, meine Liebe", warnte er, während sie einer langen Eibenallee folgten. Am Ende des breiten Wegs funkelte ein Springbrunnen. Als sie ihn erreicht hatten, zeigte Devon auf eine Bank. „Setz dich."

„Nur wenn du auch Platz nimmst. Ich möchte nicht zu dir

aufblicken." Angesichts seiner finsteren Miene fühlte sie sich immer unbehaglicher.

Ohne sie aus den Augen zu lassen, erfüllte er ihren Wunsch, und sie setzte sich zu ihm. Dabei erinnerte sie sich an Amelias Instruktionen und drückte ihren Schenkel ganz leicht an seinen. Sofort wich er zurück. Wohl kaum ein ermutigendes Zeichen …

„Also, meine liebe Sarah, worauf willst du hinaus?" Seine Stimme klang gefährlich leise.

„Auf gar nichts."

„Vorhin hast du erklärt, du wärst gern mit mir allein. Was führst du im Schilde?"

Am liebsten wäre sie aufgesprungen und ins Haus zurückgelaufen. „Nichts Besonderes. Ich wollte dich nur sehen. In den letzten Tagen haben wir uns immer nur beim Dinner getroffen."

„Und warum möchtest du mich sehen?"

„Aus keinem bestimmten Grund."

„Du lockst mich in einen dunklen Garten, an einen Ort, wo wir ungestört sind. Weißt du nicht, welch ein Wagnis du damit eingehst?"

„Selbst wenn's mein Ehemann ist?"

Er kniff die Augen zusammen. „Sogar dann."

„Warum?"

„Weil es gewisse Konsequenzen nach sich ziehen könnte."

„Wirklich? Welche denn?"

Seine Fingerspitzen glitten über ihre Wange. „Warum treibst du dieses Spiel? Nicht nur mit mir, sondern auch mit allen anderen männlichen Gästen? Willst du Kenton eifersüchtig machen?"

Empört schob sie seine Hand weg und stand auf. „Wie … wie kannst du so etwas Abscheuliches sagen – oder auch nur denken? Er ist dein Freund, und ich würde niemals …" Verzweifelt rang sie nach Fassung. „Wenn du mich entschuldigen würdest …“ Sie wollte sich abwenden, aber Devon erhob sich blitzschnell und ergriff ihre Hand.

„Warte, Sarah!“

In ihren Augen brannten Tränen des Zorns. „Bitte, lass mich los! Ich will mir deine Beleidigungen nicht länger anhören.“

„Verzeih mir, Sarah.“ Jetzt klang seine Stimme ernsthaft und aufrichtig, ohne Hohn und Spott.

„Gewiss, du magst mich nicht – aber musst du mich auch noch der Untreue beschuldigen. Glaubst du, so etwas würde ich dir antun?“

„Nein.“ Widerstrebend ließ er ihre Hand los.

„Nun möchte ich ins Haus zurückkehren“, flüsterte sie.

„Ich bringe dich hinein. Inzwischen ist die Nacht hereingebrochen.“

„Nein, ich gehe lieber allein …“ Sie wartete keine Antwort ab und eilte die Allee entlang. Hinter sich hörte sie Devons Schritte, doch sie drehte sich nicht um.

Wenig später betrat sie den Salon, wo die Lakaien mittlerweile Spieltische aufgestellt hatten. Einige Gäste waren bereits in ihre Kartenpartien vertieft. In einer Ecke sah sie Blanton mit Caroline sitzen, die ziemlich verzweifelt wirkte – was Sarah nur zu gut verstand. Sie ging zu den beiden hinüber. An diesem Abend würde sie lieber Blantons Gesellschaft ertragen, als eine weitere Begegnung mit ihrem gefühlskalten Ehemann zu riskieren.

„Guten Abend, Caroline – Mr. Blanton.“

Ehe er aufstand und sich verneigte, verzog er angewidert die Lippen. Dann trat er hastig zurück und schien zu fürchten, sie hätte eine Katze unter ihrem Rock versteckt. „Lady Huntington …“

Lächelnd wandte sie sich zu Caroline. „Wollen wir ein

bisschen umherwandern? Heute hatte ich noch gar keine Gelegenheit, mit Ihnen zu reden."

„O ja, sehr gern." Caroline schenkte Blanton ein gezwungenes Lächeln. „Wenn Sie mich entschuldigen, Sir ..."

„Natürlich, Miss Kenton. Ich freue mich schon sehr darauf, Sie morgen beim Picknick wieder zu sehen."

„Ja – ich auch", murmelte Caroline. Erleichtert nahm sie Sarahs Arm. Sobald sie außer Hörweite waren, wisperte sie: „Vielen Dank! Ich wusste nicht, wie ich ihm entrinnen sollte. Diesen Mann kann ich einfach nicht ausstehen. Vielleicht bin ich unvernünftig."

„Keineswegs – Mr. Blanton ist kein besonders angenehmer Zeitgenosse", erklärte Sarah und hoffte, Caroline würde nicht fragen, wie sie zu dieser Ansicht gelangt war. Plante er etwa, Charles' Schwester zu umwerben? Das würde sie dem armen Mädchen nicht wünschen. Seufzend betete sie, der grässliche Abend würde bald ein Ende nehmen.

19. KAPITEL

Warm und sonnig brach der nächste Tag an, gerade richtig für ein Picknick. Aber darauf freute sich Sarah kein bisschen. In dieser Nacht hatte sie schlecht geschlafen, und sie wollte möglichst wenig Zeit in der Nähe ihres Ehemanns verbringen.

Zu ihrer Erleichterung ließ er sich nicht blicken, als sie neben Amelia im Landauer Platz nahm.

Mitfühlend musterte Amelia ihre Kusine. „Du schaust so unglücklich drein. Glaub mir, bald wird sich alles zum Guten wenden."

„Nur wenn ich nie wieder mit ihm rede!", fauchte Sarah. In allen Einzelheiten hatte sie ihr die Katastrophe des vergangenen Abends geschildert. Amelias Behauptung, Devon würde eine verheißungsvolle Eifersucht zeigen, vermochte Sarah nicht zu trösten.

Amelia wollte sie beruhigen. Aber dann stockte ihr Atem. „Ich fürchte, darauf darfst du nicht hoffen. Da kommt er."

Entschlossen bekämpfte Sarah den Impuls, den Kopf einzuziehen, starrte vor sich hin und ignorierte Devon, der neben ihr stehen blieb.

„Guten Morgen, Amelia", grüßte er.

„Guten Morgen, Devon", antwortete sie freundlich. „Willst du dich zu uns gesellen?"

„Sehr gern." Sarah spürte seinen forschenden Blick. „Wenn meine Frau einverstanden ist …"

Ohne ihn anzuschauen, murmelte sie: „Selbstverständlich kannst du tun und lassen, was du willst, Devon."

„Darf ich das? Dann hast du vielleicht nichts dagegen, wenn ich neben dir Platz nehme."

„Doch, ich habe etwas dagegen."

„Setz dich doch zu mir, Devon", schlug Amelia mit einem

schelmischen Lächeln vor.

Sarah warf ihrer Kusine einen vernichtenden Blick zu, der nicht beachtet wurde.

„Mit Vergnügen“, erwiderte Devon, stieg in den Wagen und sank an Amelias Seite in die Polsterung. Zu Sarahs Kummer saß er ihr direkt gegenüber. Hastig rutschte sie zum anderen Fenster. Der Gefahr, mit ihren Knien Devons lange Beine zu berühren, wollte sie sich nicht ausliefern.

Adam und Jessica kamen zur Kutsche geritten.

Verwundert wandte sich Jessica zu ihrem Bruder. „Reitest du nicht?“

„Nein, heute ziehe ich ausnahmsweise eine Wagenfahrt vor.“ Bei diesen Worten schaute er Sarah an, die trotz ihrer Absicht, gleichgültig zu erscheinen, puterrot wurde.

„Was für eine großartige Idee!“, meinte Jessica belustigt.

Nun erklang ein lautes Miauen. Graziös sprang Merlin neben Sarah auf den Sitz und rollte sich zusammen, die Pfoten unter dem Kinn.

„Ah, Sarahs Aufpasser“, bemerkte Adam. „Nehmt ihr ihn zum Picknick mit, oder würde er weglaufen?“

„Sicher nicht“, entgegnete Sarah. „Und wenn er das Weite sucht, holen wir ihn zurück.“

„Oder wir stecken ihn in einen Picknickkorb“, ergänzte Devon.

Sie schaute ihm frostig in die Augen und vergaß ihren Entschluss, ihn keines Blickes zu würdigen. Als er grinste, wuchs ihr Zorn.

Dann gab er dem Fahrer ein Zeichen, und der Mann spornte das Gespann an. Jessica und Adam ritten neben der Kutsche her. Unverwandt starrte Sarah die Landschaft an, die an ihr vorbeizog, obwohl sie wusste, wie kindisch sie sich benahm. Doch die Kränkung vom letzten Abend tat immer noch weh. Wieso Devon so gut gelaunt wirkte und warum er sie unentwegt beobachtete, verstand sie nicht.

Als sie den alten Turm erreichten, besserte sich ihre Stimmung nicht. Die Bewohner von Kentwood waren bereits eingetroffen. Bereitwillig ließ sich Amelia von Devon aus dem Wagen helfen. Aber Sarah verschmähte seine ausgestreckte Hand. „Danke, ich kann allein aussteigen."

„Woran ich nicht zweifle. Trotzdem wäre ich dir gern behilflich."

„Nein, das will ich nicht."

„Dann bleibe ich hier stehen, bis du dich anders besinnst."

„Bitte, Devon, wir machen uns lächerlich." Verlegen schaute sie sich um, doch die anderen schenkten ihnen keine Beachtung. Amelia war zu Mrs. Kenton hinübergegangen und unterhielt sich mit ihr. „Außerdem würde ich ohnehin lieber im Wagen sitzen, damit Merlin nicht davonläuft."

„Das würde Samuel sicher verhindern", meinte Devon mit einem Blick auf einen Reitknecht, der sofort herbeieilte.

„Gewiss, Mylady."

„Also gut." Widerwillig reichte sie Devon ihre Hand, die sie ihm sofort wieder entzog, sobald er ihr aus dem Wagen geholfen hatte. „Gehen wir zu den anderen."

„Noch nicht. Machen wir erst mal einen kleinen Spaziergang."

„Dazu habe ich keine Lust."

„Wenn du dich weigerst, lege ich dich über meine Schulter und trage ich dich davon."

Entrüstet schnappte sie nach Luft. „Das wagst du nicht!"

„Doch."

„So etwas wäre schrecklich unfair."

„Im Augenblick neige ich nicht zur Fairness. Am Bach finden wir ein idyllisches Plätzchen, wo wir in Ruhe reden können."

„Wie du willst", seufzte sie und eilte an ihm vorbei.

Mühelos holte er sie ein und hielt ihren Arm fest. „Du gehst in die falsche Richtung. Da vorn liegt die Schafweide“, fügte er grinsend hinzu.

Machte er sich über sie lustig? „Ich mag Schafe“, erklärte sie kühl. Am liebsten hätte sie ihm eine undamenhafte Ohrfeige verpasst.

Er führte sie zur grasbewachsenen Böschung am Bach. Als er sich zu ihr wandte, erschien ihr sein Gesicht ungewöhnlich ernst.

„Wieder ein Spiel?“, fragte sie.

„Nein …“ Nach kurzem Zögern fuhr er fort: „Was ich gestern Abend sagte, bedaure ich zutiefst. Dafür gibt es keine Entschuldigung – bestenfalls, dass ich Kenton um deine Freundschaft beneide.“

„Warum?“

Devon zuckte die Achseln. „Wahrscheinlich, weil ich mich auch gern so unbefangen mit dir unterhalten und deine Wertschätzung genießen würde.“

„Aber ich schätze dich doch!“, betonte sie verblüfft.

„Du musst meine Gefühle nicht schonen. Seit dem Henslowe-Ball habe ich dich unentwegt geärgert und beleidigt. Als wir auf den Turm stiegen, hätte ich beinahe deinen Tod verursacht. Und lange davor verletzte ich deinen Bruder in einem Duell. Also hast du allen Grund, mich zu verachten.“

„O nein, ich verachte dich nicht! Wie könnte ich – nachdem Nicholas dich so schmählich hintergangen und dir deine Frau weggenommen hatte.“

„Das tat er nicht …“ Verständnislos starrte sie ihn an. Nach einer kurzen Pause sprach er weiter, während er die plätschernden Wellen beobachtete. „Mary wollte ihre alte Kinderfrau besuchen, kam aber nur bis zu einem Gasthof in Yorkshire, wo sie an der Grippe erkrankte. Der Wirt und seine Frau pflegten sie. Weil es ihr immer schlechter ging, meinten die beiden, jemand müsste verständigt werden. Da nannte sie den Namen deines Bruders. Noch etwas ..." Er schaute sie wieder an. Bestürzt las sie tiefen Kummer und Bitterkeit in seinen Augen. „Sie erwartete ein Kind von ihm."

Obwohl sie den Schmerz am liebsten aus seiner Seele gerissen und in ihrer eigenen aufgenommen hätte, wagte sie sich nicht zu rühren. Bedrückt stand sie da und brachte kein Wort hervor.

„Das erfuhr ich erst, als ich sie in jenem Gasthaus aufspürte. Am Tag nach unserer Hochzeit hatte sie mich gebeten, die Ehe annullieren zu lassen. Natürlich weigerte ich mich. Ich hatte keine Ahnung, was mit ihr los war, und dachte, sie wäre nicht ganz bei Sinnen, weil sie den Tod ihres Vaters nicht verwinden könnte, der einige Monate vor unserer Heirat gestorben war. Eine Woche später bat sie mich erneut um eine Annullierung unserer Ehe, was ich erneut ablehnte. Deshalb ergriff sie die Flucht. Ich habe sie in den Tod getrieben."

„O nein!" Beschwörend legte Sarah eine Hand auf seinen Arm. „Seltsam – Nicholas, Lady Coleridge, du und ich, wir alle geben uns die Schuld an Marys Tod."

„Auch *du*? Großer Gott, warum?"

„Kurz nach eurem Verlobungsball lud ich sie zu mir ein. Erinnerst du dich? Mama war sehr krank. Da ich meistens bei ihr sitzen musste, bat ich Mary und Nicholas, einander Gesellschaft zu leisten. Ich dachte mir nichts dabei und freute mich, weil sie sich so gut verstanden. Jetzt bereue ich meine Dummheit. Hätte ich Mary damals nicht eingeladen, wäre sie vielleicht noch am Leben."

„Was zwischen den beiden geschehen würde, konntest du nicht vorhersehen."

„Wohl kaum ... Und dich trifft auch keine Schuld. Du kanntest Marys Geheimnis nicht."

„Nein. Aber ich muss ihr solche Angst eingejagt haben,

dass sie die Wahrheit nicht über die Lippen brachte. Und das verstehe ich sogar. Ich kränkte und verletzte sie. Nicht nur mit Worten."

„Devon ..."

„Ein paar Mal versuchte ich sie in mein Bett zu zerren, trotz ihrer heftigen Gegenwehr."

Sarah konnte sich die Verwirrung und Enttäuschung eines jungen Ehemanns vorstellen, dessen Frau ihm seine Rechte verweigerte – und Marys Scham, nachdem sie festgestellt hatte, dass das Kind eines anderen unter ihrem Herzen wuchs ... „Nein, du hast sie nicht in den Tod gehetzt, Devon. Ich glaube, sie ist wegen ihres Zustands weggelaufen. Weil sie die Schande nicht ertrug. Sie wollte dir nicht zumuten, das Kind eines anderen großzuziehen. Und deine Frau konnte sie nicht sein, nachdem sie sich ihrem Geliebten hingegeben hatte. Sie nahm dir nichts übel. Das hat sogar mein Bruder zugegeben. Nur von ihren Schuldgefühlen wurde sie aus deinem Haus getrieben. Wahrscheinlich bestellte sie Nicholas in das Gasthaus, um ihm von dem Baby zu erzählen."

Wortlos senkte er den Kopf, und als er nach einem langen Schweigen aufblickte, sah sie Tränen in seinen Augen. „O Sarah ..."

„Sag nichts", unterbrach sie ihn, umfing seine Taille und lehnte ihre Wange an seine Brust. Er zögerte nur kurz, dann presste er sie an sich und vergrub sein Gesicht in ihrem Haar.

Eng umschlungen standen sie da und lauschten ihren Herzschlägen. Erst als irgendetwas um Sarahs Beine strich und leise miaute, ließ Devon sie los. „Offenbar will uns dein Aufpasser zum Picknick zurückholen."

„Sieht so aus ... Alles in Ordnung?"

„Ja ... nein ..." Er lächelte gequält. „Nun, ich denke schon – wenn ich auch keine Ahnung habe, was ich jetzt tun soll."

„Worum geht's denn?"

„Um dich und mich." Hilflos zuckte er die Achseln.

„Vielleicht könnten wir Freunde sein."

„Freunde?", wiederholte er sichtlich enttäuscht. „Willst du das?"

„Es wäre ein Anfang."

„Also gut." Er reichte ihr seine Hand. „Gehen wir. Sonst glauben die anderen, ich würde dich verführen."

Dicht gefolgt von Merlin schlenderten sie zum Turm.

Caroline stand auf. „Wenn ich noch länger hier faulenze, schlafe ich ein. Ich muss unbedingt einen Spaziergang machen. Kommt jemand mit?"

Nach der üppigen Mahlzeit saßen sie im Schatten der Bäume, auf mehreren Decken. Die Männer waren zum Bach gewandert, ein paar Damen besichtigten den Blumengarten neben dem alten Turm.

Auch Jessica erhob sich. „Eine gute Idee. Was meinst du, Sarah?"

„Ich bleibe lieber hier", erwiderte Sarah. Nicht nur die fast schlaflose Nacht hatte sie ermüdet – auch das Gespräch mit Devon. Darüber wollte sie vorerst nicht nachdenken. Ihre Gefühle und Gedanken brauchten etwas Ruhe. Geistesabwesend streichelte sie Merlins Fell und beobachtete die anderen. Der Kater war erstaunlicherweise nicht weggelaufen. Es gefiel ihm, bei Sarah zu sitzen oder dem Reitknecht zu folgen, den er inzwischen ins Herz geschlossen hatte. Zum Glück hatte er Blanton daran gehindert, den Damen nach dem Picknick Gesellschaft zu leisten. Stattdessen hatte er es vorgezogen, die Gentlemen zum Bach zu begleiten.

Nicht weit von Sarah entfernt saß Amelia, in ein Gespräch mit Lady Townsley und Caroline Kenton vertieft. Unwillig runzelte Sarah die Stirn, als sie feststellte, dass Blanton zurückgekehrt war und Caroline erneut in die Enge zu treiben schien. Wollte er schon wieder eine junge Dame kompromittieren?

Langsam stand sie auf, Merlin in den Armen. Obwohl er ziemlich schwer war, konnte sie ihn tragen, wenn sie sein Gewicht auf ihr gesundes Handgelenk verlagerte. Zielstrebig ging sie zu Caroline. „Guten Tag, Mr. Blanton."

Sobald er den Kater erblickte, wich er angewidert zurück, und sie lächelte sanft. „Möchten Sie Merlin streicheln?"

„Nein, ich hasse Katzen."

„Oh, ich liebe diese Tiere", verkündete Caroline.

„Wären Sie dann so freundlich, Merlin für mich halten? Ich ... ich muss meinen Mann suchen, und Merlin darf nicht weglaufen ... Ah, Jessica schaut sich schon nach Ihnen um." Wenigstens konnte sie das Mädchen für eine kleine Weile von Blanton befreien.

„Oh, ich passe sehr gern auf Ihren Kater auf." Caroline nahm ihr Merlin ab, der Blanton mit ausdruckslosen gelben Augen anstarrte. „Wenn Sie mich entschuldigen, Mr. Blanton ...", bat sie höflich.

„Natürlich." Er verneigte sich, dann musterte er Sarah mit unverhohlener Wut.

Ohne ihn weiter zu beachten, wanderte sie in den Wald, lehnte sich an einen Baum und überlegte, was sie gegen Blanton unternehmen könnte. Vielleicht sollte sie mit Charles sprechen. Aber dann würde er sich erkundigen, warum sie eine so heftige Abneigung gegen Blanton entwickelt hatte. Und ein so vertrauliches Gespräch wollte sie nicht wagen, nachdem in ihrer Ehe endlich ein erträglicher Waffenstillstand herrschte. Aber sie würde Devon mitteilen, was sie befürchtete, und ihn bitten, Charles zu informieren.

„Versteckst du dich?"

Erschrocken zuckte sie zusammen. Devon stand hinter

ihr, als hätten ihre Gedanken ihn herbeigelockt. „Kannst du dich nicht etwas höflicher bemerkbar machen?“

„Das habe ich doch getan“, verteidigte er sich mit einem schwachen Lächeln. „Was machst du hier, ganz allein?“

„Ich denke nach. Und ich habe soeben beschlossen, mit dir zu reden.“

„Welch ein erstaunlicher Zufall! Ich möchte mich nämlich auch mit dir unterhalten. Gehen wir spazieren?“ Plötzlich glich er wieder dem charmanten jungen Mann, mit dem Mary sich verlobt hatte.

„Sehr gern.“ Bereitwillig ergriff sie die Hand, die er ihr reichte.

„Zum Bach oder zum Turm?“

„Bitte, wieder zum Bach.“ Am Ufer angekommen, zeigte er auf eine roh gezimmerte Bank – ein Brett, das über zwei Baumstümpfen lag. „Setzen wir uns? Oder könnte das raue Holz dein Kleid ruinieren?“

„Sicher nicht.“ Sie nahm Platz, arrangierte ihre Röcke, und Devon ließ sich neben ihr nieder. Auf der kleinen Bank berührten sich ihre Schenkel. Selbstvergessen betrachtete Sarah sein Profil und wünschte, er würde sie wieder küssen.

„Worüber willst du mit mir reden, Sarah?“

Hastig verdrängte sie ihre schamlosen Gedanken. „Über Cedric Blanton.“

„Hat er dich wieder belästigt?“, fragte Devon in scharfem Ton.

„Nein, seit dem Ball nicht mehr. Ich glaube sogar, mittlerweile hasst er mich. Aber ich fürchte, er interessiert sich viel zu sehr für Caroline Kenton. Womöglich bringt er sie in eine unangenehme Situation. Nun, vielleicht irre ich mich.“

„Deine Sorge ist durchaus berechtigt. Übrigens warst du nicht das erste Mädchen, das er zur Ehe zwingen wollte.“

Entsetzt schaute sie ihn an. „Also gab es noch andere? Ich

hatte keine Ahnung … Bitte, Devon, würdest du mit Mr. Kenton darüber reden? Ich habe Caroline bereits vor Blanton gewarnt. Aber ich glaube, das genügt nicht."

„Der Meinung bin ich auch, und deshalb werde ich Kenton Bescheid geben." Er zog ihre Hand an seine Lippen. „Keine Bange, meine süße Sarah, Caroline wird nichts zustoßen." Der zarte Kuss jagte einen Schauer durch ihren Körper. „Möchtest du mir noch etwas sagen?", fragte er und ließ ihre Hand los. „Vielleicht sollten wir da anfangen, wo wir gestern Abend aufgehört haben. Warum wolltest du mit mir allein sein?"

Plötzlich wirkte er völlig verändert – als wäre er von all seinen inneren Spannungen befreit. „Aus keinem besonderen Grund."

„Also hattest du einfach nur Sehnsucht nach meiner Gesellschaft?"

„Wenn du's unbedingt wissen musst – ja." Heiße Röte färbte ihre Wangen. Wäre sie geistreich wie Amelia, würde ihr ein witziges Bonmot einfallen. Stattdessen fühlte sie sich ungeschickt und furchtbar naiv.

„Ah, ich verstehe. Dein Geständnis ehrt mich. Dass eine schöne Frau meine Gesellschaft zu schätzen weiß, erlebe ich nur selten."

Wie kalt seine Stimme klang … Versuchte er eine neue Barriere zu errichten, die sie von ihm trennte? „Irgendwie fällt's mir schwer, das zu glauben."

„Warum?"

„Weil die Klatschmäuler etwas anderes behaupten. Und …"

„Ja?"

„Du scheinst deine Anziehungskraft zu unterschätzen."

Verständnislos starrte er sie an. „Wie meinst du das?"

„Du siehst gut aus, bist intelligent, und du kannst sehr

nett sein, wenn du's willst. Solche Eigenschaften gefallen den meisten Frauen."

„Nun – dass du dir ein so umfassendes Urteil über mich gebildet hast, wusste ich gar nicht."

„Trotzdem habe ich's getan", erwiderte sie herausfordernd.

Ohne sie anzuschauen, bemerkte er: „Also hast du gestern Abend meine Gesellschaft gesucht, um ..."

„Um deine Anziehungskraft zu genießen."

Die Stirn gerunzelt, stand er auf. „Ich fürchte, Sarah, du spielst schon wieder mit mir."

„Vielleicht ... Jedenfalls finde ich dich sehr attraktiv."

„Flirtest du mit mir?"

„Ja. Zumindest will ich's versuchen", verbesserte sie sich. „Leider machst du mir's ziemlich schwer. Und mir fehlt eine gewisse Übung ..."

„Sei unbesorgt, du musst nicht flirten. Du bist ohnehin schon gefährlich genug."

„Wirklich?" Sie erhob sich, trat zu ihm, und er wich zurück. „Das hast du mir schon einmal erklärt, und ich verstehe noch immer nicht, wovon du redest."

„O Sarah ..." Jetzt stieß er mit dem Rücken gegen einen Baumstamm und blieb notgedrungen stehen. „Du bist einfach ... zu begehrenswert."

„Ist das ein Problem?", fragte sie unschuldig. Seine sichtliche Verlegenheit verlieh ihr ein beglückendes, Schwindel erregendes Machtgefühl.

„Allerdings!" Abwehrend verschränkte er die Arme vor der Brust. „Hör auf, mit mir zu spielen."

„Warum?" Unbeirrt trat sie einen Schritt näher. „Hast du Angst, ich könnte dir Gewalt antun?"

„Wohl kaum!"

Dieses Gespräch glich einigen anderen, die sie bereits geführt hatten, aber mit vertauschten Rollen. Bei diesem Gedanken musste sie fast kichern. Und so beschloss sie, schwerere Geschütze aufzufahren. „Offen gestanden – du hast allen Grund zur Sorge, weil ich schon seit einiger Zeit mein Bestes tue, um dich zu verführen."

„Du … mich?" Entsetzt rang er nach Luft, als hätte sie gedroht, sie würde ihn ermorden.

„Ja. Erinnerst du dich? Beim Ball im Lacey Manor sagtest du …"

„Ja, ich weiß, was ich sagte!"

„Und was hältst du davon?"

„Verdammt, Sarah! Das ist gewiss nicht der richtige Ort …"

„*Hier* wollte ich dich auch gar nicht verführen", entgegnete sie seelenruhig.

„Hoffentlich nicht! Noch ein Spiel?"

„Nein!" Ungeduldig verdrehte sie die Augen. „Ich spiele nicht mit dir. Und ich bemitleide dich nicht. Nach dem Ball sagtest du, ich müsste dich genauso begehren wie du mich."

„Schon gut, ich weiß, was ich sagte. Aber ich habe nicht erwartet …" Unwillig unterbrach er sich. „Darüber können wir hier nicht reden. Wenn uns jemand belauscht … Setzen wir das Gespräch zu Hause fort."

„Ja, Mylord", stimmte sie zu, so gleichmütig, als würde sie die Anschaffung neuer Möbel erörtern. Wäre seine sichtliche Verwirrung nicht so amüsant gewesen, hätte sie sich geärgert.

Während der Heimfahrt verharrte er in düsterem Schweigen. Immer wieder starrte er seine Frau an und schien nicht zu wissen, was er von ihr halten sollte. Nachdem er ihr aus der Kutsche geholfen hatte, ließ er ihre Hand blitzschnell los, als fürchtete er, sich zu verbrennen.

Seufzend fragte sie sich, ob alle Männer so schwierig waren.

20. KAPITEL

Devon zwang sich, seinen Blick von Sarahs Lippen loszureißen und ein Stückchen Hummer in den Mund zu schieben. Die ersten Gänge des Menüs hatte er kaum wahrgenommen, ebenso wenig das Stimmengewirr ringsum und die Tischgespräche. Seine Aufmerksamkeit galt einzig und allein der Frau, die ihm gegenübersaß – und ihren erstaunlichen Worten am Ufer des Bachs.

Wollte sie ihn tatsächlich verführen? Oder spielte sie nur mit ihm? Aber warum sollte sie ein so gefährliches Spiel wagen, wenn sie wusste, wozu es führen mochte? Außerdem hatte ihm irgendetwas in ihren Augen verraten, dass sie es ernst meinte. Allein schon der Gedanke, sie könnte ihn genauso heiß begehren wie er sie, trieb ihn fast zum Wahnsinn.

Bereute sie inzwischen, was sie gesagt hatte? Seit der Ankunft in Ravensheed würdigte sie ihn kaum eines Blickes. Und an der Dinnertafel starrte sie geistesabwesend vor sich hin und schien nicht zu wissen, was sie aß oder worüber die anderen sprachen.

Devon betrachtete ihre sanft gerundeten Brüste unter dem Seidenkleid. Als er sich vorstellte, er würde dieses weiche Fleisch umfassen, stöhnte er beinahe und griff nach seinem Weinglas. Im selben Moment redete Amelia ihn an. In seiner Verwirrung stieß er gegen das Glas, und der Wein ergoss sich über den Tisch in Sarahs Richtung.

Aus ihren Gedanken gerissen, sprang sie erschrocken auf. Auch Devon erhob sich. „Verdammt! Tut mir leid …“ Hastig stellte er das Glas auf. „Ist der Wein auf dein Kleid geflossen?“

„Nein.“ Nervös lächelte sie ihn an. Zum ersten Mal an diesem Abend erwiderte sie seinen Blick. „Beruhige dich, es ist nichts passiert.“

„Gut.“ Unverwandt schaute er sie an, und sein Puls beschleunigte sich. Hinter ihm erklang ein Räuspern. Erst jetzt merkte er wieder, dass sie nicht allein waren. „Nur ein kleines Missgeschick."

„Das haben wir gesehen", kicherte Amelia.

„Ich fürchte, mein Bruder hat nicht aufgepasst", seufzte Jessica.

„Ja", fügte Adam hinzu, „er ist schon den ganzen Abend sehr unaufmerksam. Zumindest schenkt er *uns* keine Beachtung."

Inzwischen hatte ein Lakai den verschütteten Wein weggewischt, und Devon runzelte die Stirn. „Vielleicht sollten wir das Dinner fortsetzen", schlug er mit gepresster Stimme vor.

„Leider sind wir schon fertig", wandte Sarah ein.

„Ah, ich verstehe. Also möchten sich die Damen in den Salon zurückziehen." Er kam sich wie ein Narr vor.

„Wenn du nichts dagegen hast …"

„Gar nichts."

Während sie den Speiseraum verließ, von Jessica und Amelia gefolgt, vermied sie es geflissentlich, in Devons Richtung zu schauen. Er starrte ihr nach und überlegte, welch großen Mut sie aufgeboten haben musste, um ihm zu gestehen, sie würde ihn gern verführen. Und er hatte sie abgewiesen. So wie auf dem Mittsommernachtsball.

Offensichtlich war es jetzt an ihm, die Initiative zu ergreifen.

Unfähig, die Konversation zwischen Amelia und Jessica noch länger mit anzuhören, erhob sich Sarah aus dem Sessel. Ihr Blick streifte die Uhr auf dem Kaminsims. Wenn die letzten Abende eine Schlussfolgerung zuließen, würden die Männer bald in den Salon kommen. „Ich glaube, ich werde schlafen gehen."

„So früh?", fragte Amelia verwundert, und Sarah zwang sich zu einem Lächeln.

„Das Picknick hat mich ein bisschen ermüdet.“

„Dann wünsche ich dir eine gute Nacht, liebe Sarah“, sagte Jessica.

Amelia stand auf. „Gleich bin ich wieder da, Jessica. Ich muss nur kurz mit meiner Kusine reden.“ Sie begleitete Sarah in die Halle und fragte, sobald die Salontür hinter ihnen ins Schloss gefallen war: „Was ist passiert? Erst verschwindest du mit Devon zwischen den Büschen, danach schaut er drein, als hätte ihm jemand einen Schürhaken über den Kopf geschlagen, und beim Dinner sagt er kaum ein Wort …“

Verzweifelt rang Sarah die Hände. „O Amelia, ich habe etwas Schreckliches getan – ich gestand ihm, ich würde ihn gern verführen.“

Amelia blinzelte. „Nun, das erklärt einiges. Und was hat er geantwortet?“

„Dass wir später darüber sprechen sollten“, erwiderte Sarah zerknirscht. „Mein Gott, ich ertrage es kaum, ihn anzuschauen. Sicher hält er mich für verrückt – oder schamlos.“

Lachend schüttelte Amelia den Kopf. „Das bezweifle ich, nachdem er dich während des ganzen Dinners angestarrt und vor lauter Verwirrung seinen Wein verschüttet hat. Wahrscheinlich war er einfach nur überrascht. Und das müsste ein Vorteil für dich sein. Jedenfalls solltet ihr ein klärendes Gespräch führen.“

„Ich hatte gehofft, wir könnten es verschieben. Vorzugsweise bis zum Ende des Jahrhunderts.“

„O nein! Du musst *jetzt* mit ihm reden, solange er noch ein bisschen durcheinander ist. Konfuse Männer sind viel nachgiebiger. Nun geh schon!“, drängte Amelia und versetzte ihrer Kusine einen sanften Stoß.

Sarah nickte beklommen und durchquerte die Halle. In wachsender Angst blickte sie der Nacht entgegen, die ihr bevorstand. Natürlich wusste sie, was im Ehebett geschah. Darüber hatte die Mutter sie vor dem Tod behutsam aufgeklärt. Und Devons Umarmungen hatten den Eindruck erweckt, vielleicht wäre es gar nicht so unangenehm.

Aber wenn er nicht zu ihr kam? Dann würde sie bis zum nächsten Morgen genug Zeit finden, um sich eine Entschuldigung für ihr absurdes Verhalten auszudenken.

Mit schnellen Schritten ging sie zu ihrem Zimmer. Vielleicht konnte sie das Problem am besten lösen, wenn sie sich möglichst früh zurückzog. Falls Devon eine Aussprache anstrebte, würde sie sich schlafend stellen. Zum Glück war er nirgendwo zu sehen. Hastig schloss sie ihre Tür hinter sich, so erleichtert, als wäre sie soeben einem Feind entflohen. Merlin sprang aus seinem Korb, der im Ankleideraum stand, und strich ein paar Mal um ihre Beine herum. Dann begab er sich wieder zur Ruhe. Sie läutete nach Liza, die ihr beim Auskleiden half, und schlüpfte in ein Nachthemd.

Kurz nachdem die Zofe das Zimmer verlassen hatte, klopfte es an der Tür. „Sarah?“, rief Devon. „Wir müssen miteinander reden.“

Sekundenlang schloss sie die Augen. O Gott, wenn sie sich nicht rührte, würde er sich vielleicht entfernen …

„Mach die Tür auf, Sarah! Ich weiß, dass du noch nicht schläfst. Gerade bin ich deiner Zofe begegnet, und sie sagte mir, sie hätte dir eben erst beim Auskleiden geholfen.“ Ungeduldig fügte er hinzu: „Bitte, Sarah, ich muss mit dir reden!“

Offenbar gab es kein Entrinnen. Wenn sie so tat, als wäre sie nicht da, würde sie sich wie eine Närrin fühlen. Widerstrebend öffnete sie die Tür. Die Arme vor der Brust verschränkt, stand Devon im Flur. Zu ihrer Verblüffung trug er kein Jackett und keine Weste, nur seine Hosen und das am Kragen geöffnete Leinenhemd.

„Das dachte ich mir, Sarah. Du bist noch wach. Darf ich hereinkommen?“

„Wenn du willst ... Ich bin sehr müde. Deshalb wollte ich etwas früher schlafen gehen." Zögernd trat sie beiseite, um ihn hereinzulassen. Nur mit einem Nachthemd aus Batist bekleidet, das offene Haar auf den Schultern, fühlte sie sich wehrlos und verletzlich.

„Es dauert nicht lange", versprach er und schloss die Tür hinter sich. Dann lehnte er sich dagegen.

Mit weichen Knien ging sie zum Bett – in der Hoffnung, sie könnte etwas klarere Gedanken fassen, wenn sie sich von ihm entfernte. „Möchtest du ... etwas Besonderes mit mir besprechen?"

„O ja." Aufmerksam beobachtete er ihr Gesicht, als versuchte er ihre Gedanken zu lesen. „Gilt dein Angebot immer noch?"

„Mein ... mein Angebot?", stammelte sie.

„Erinnerst du dich nicht? Heute Nachmittag, am Ufer des Bachs, hast du mir mitgeteilt, du würdest mich gern verführen."

„Ach, *das* meinst du. Eigentlich war das kein Angebot, nur eine Feststellung."

„Dann sollte ich vielleicht fragen, ob diese Feststellung immer noch deiner Absicht entspricht."

Atemlos starrte er sie an. Würde er sie wirklich beim Wort nehmen? Bei diesem Gedanken begann sie zu zittern.

„Nun, Sarah? Möchtest du mich immer noch verführen?"

„Ich ... ich weiß nicht ..."

„Das dachte ich mir", erwiderte er und schlenderte zu ihr. „Weil du mir seither kaum einen Blick gegönnt hast. Vielleicht sollten wir schrittweise vorgehen. Ich glaube, dann würde dir die Entscheidung etwas leichter fallen."

„Schrittweise? Was für Schritte meinst du?" Als sie zurücktrat, stießen ihre Kniekehlen gegen die Bettkante, und sie sank auf die Matratze.

„Wir könnten mit einem Kuss anfangen."

„Mit … einem Kuss?"

„Schau mich nicht so entsetzt an! Das haben wir schon mehrmals versucht. Und wenn ich mich recht entsinne, hattest du nichts dagegen einzuwenden."

„Nicht allzu viel …"

„Danach gehen wir noch einen Schritt weiter."

„Welchen?"

„Das wirst du wissen, wenn's so weit ist. Also, wollen wir beginnen?"

Zu ihrer Überraschung sah sie, wie sich seine Wangen röteten. Trotz seiner Nonchalance war er doch nicht so selbstsicher, wie er sich gab. Dachte er, sie würde ihn ebenso abweisen wie Mary? Nein, das würde sie ihm nicht antun. Außerdem begehrte sie ihn, im Gegensatz zu seiner ersten Frau.

Angespannt wartete er auf ihre Antwort.

„Ja", wisperte sie, „versuchen wir's."

Er setzte sich zu ihr, seine grünbraunen Augen verdunkelten sich, und er legte einen Arm um ihre Schultern. „Der erste Schritt …" Behutsam glitt sein Mund über ihren. So hatte er sie noch nie geküsst – so verführerisch …

Ihre Finger schlangen sich in sein dichtes Haar. Als er mit ihr in die Kissen sank und sich neben ihr ausstreckte, protestierte sie nicht. Fürsorglich schob er ihr verletztes Handgelenk zur Seite, und nach einer Weile legte er sich halb auf sie.

Feurige Küsse zogen eine feuchte Spur über ihren Hals und nahmen ihr den Atem. Dann streifte Devon den rechten Ärmel ihres Nachthemds nach unten, um ihre Schulter zu entblößen, und presste seine Lippen auf das kleine Muttermal oberhalb ihrer Brust. Sie grub ihre Finger in die harten Muskeln seines Nackens und schmiegte sich an ihn.

Nach einer Weile hob er den Kopf. „Jetzt bist du dran."

„Was meinst du?", fragte sie erstaunt.

„Mach mit mir, was dir beliebt." Wachsende Leidenschaft verschleierte seinen Blick. Zärtlich streichelte er das Muttermal, das sein Mund soeben berührt hatte. „Diese Stelle wollte ich schon gestern Abend küssen. Nun musst *du* dir etwas aussuchen, das dir gefällt. Dies ist der nächste Schritt."

Durfte sie wirklich mit ihm machen, was ihr beliebte? Auf solche Gedanken war sie nie gekommen. „Dein Hemd …" Das erschien ihr einigermaßen unverfänglich – obwohl sie sich nicht sicher war, weil sie die intime Nähe seines kraftvollen Körpers und eine seltsame Hitze zwischen ihren Beinen spürte.

„Soll ich's ausziehen?"

„Ja", stimmte sie zu und beobachtete, wie er sich aufrichtete und die Knöpfe bis zur Mitte öffnete. Dann streifte er das Hemd über seinen Kopf. Fasziniert betrachtete sie seine breite muskulöse Brust.

Devon streckte sich neben ihr aus. „Jetzt musst du mich berühren."

Schüchtern ließ Sarah ihre Hand über seine Brust wandern. Als sich ihre Finger weiter hinabwagten, bis zu seinem flachen Bauch, zuckte er stöhnend zusammen. Sofort hielt sie inne. „Habe ich was falsch gemacht?"

„Nein … Aber mit solchen Liebkosungen bringst du mich um den letzten Rest meiner Selbstkontrolle." Mühsam rang er nach Luft. Und plötzlich spürte sie an ihrem Schenkel, wie erregt er war.

Erstaunt über die Macht, die sie auf ihn ausübte, strich sie über seine Wange, und er presste ihre Hand an seine Lippen. „Du bist so schön. Weißt du, wie inständig ich mir gewünscht habe, dich zu umfangen und unter mir zu spüren?"

„Ist das der nächste Schritt?"

„Einer der nächsten", erwiderte er lächelnd. „Hast du etwas dagegen, wenn ich dich berühre?"

„Nein." Allmählich wurde sie ungeduldig. Ihr ganzer Körper prickelte und schien sich nach Devons Händen zu sehnen.

Durch die dünne Baumwolle des Nachthemds hindurch umkreiste sein Daumen eine ihrer Brustspitzen. Als er die Knospe mit seiner Zunge reizte, stockte Sarah der Atem. Von exquisiten Gefühlen erfasst, seufzte sie leise. Und dann wanderten seine Lippen an ihrem Hals hinauf, kehrten zu ihren zurück. Er ließ die Hand unter ihr Nachthemd gleiten, liebkoste eine Kniekehle, die Innenseite eines Schenkels, während er mit dem Knie ihre Beine auseinanderschob. Langsam näherten sich seine Finger jener Stelle, die immer heftiger pulsierte, und bereiteten ihr eine unbekannte süße Qual. Voller Sehnsucht nach einer beglückenden Erlösung, hob sie die Hüften.

Aber da entfernte er seine Hand, richtete sich auf, und sie blinzelte verwirrt. Von heißer Begierde erfasst, bebte ihr ganzer Körper. „Jetzt kommt der nächste Schritt", erklärte Devon. Als er seine Hosen öffnete, schaute Sarah hastig weg. Sekunden später lag er wieder neben ihr, zog sie an sich, und es spielte keine Rolle mehr, welchen Schritt sie gerade vollführten.

Cedric Blanton betastete eine Sèvresvase. Wenn alles gut ging, würde er sich bald so kostbares Porzellan leisten können. Ganz Kentwood war exquisit und geschmackvoll eingerichtet. Als er Schritte hörte, drehte er sich um. Charles Kenton stand in der Tür des Salons.

„Was für eine schöne Porzellansammlung!", bemerkte Cedric und musterte Kentons ausdrucksloses Gesicht. Was mochte der Mann denken?

„Sie gehört meiner Mutter", erwiderte der Hausherr kühl. „Haben Sie etwas mit mir zu besprechen?"

„Ja, in der Tat. Am besten komme ich sofort zur Sache. In diesen letzten Wochen habe ich die Gesellschaft Ihrer Schwester sehr genossen. Sie ist nicht nur schön, sondern auch warmherzig und liebenswert. Vielleicht ist es zu früh, über meine Emotionen zu sprechen. Aber ich kann mich einfach nicht länger gedulden, und so möchte ich um Miss Carolines Hand anhalten."

„Diesen Antrag muss ich ablehnen."

„Darf ich fragen, warum?"

„Aus mehreren Gründen. Vielleicht genügt der Hinweis, dass Sie im Ruf eines Mitgiftjägers stehen, Sir. Selbst wenn meine Schwester Ihre Gefühle erwidern würde, dürfte ich einer solchen Verbindung nicht zustimmen."

Nur mühsam bezähmte Cedric seine Wut. „Würden Sie mir verraten, wer mich in so übler Weise verleumdet hat?" Doch das wusste er bereits.

„Das spielt wohl keine Rolle. Wenn Sie mich jetzt entschuldigen – ich bin beschäftigt."

Erbost stürmte Cedric aus dem Haus, stieg auf den Sitz seiner Karriole und ließ die Peitsche lauter knallen als nötig. Erschrocken galoppierte das Gespann die Zufahrt hinab, und der Wagen verfehlte nur um Haaresbreite einen Torpfosten. O ja, er würde sich rächen und Huntington vernichten, indem er ihn an der verwundbarsten Stelle traf.

Lächelnd blickte Sarah auf, als Sally das Zimmer betrat. Sie hatte lange geschlafen und im Bett gefrühstückt. Soeben hatte Liza ihr in ein geblümtes Musselinkleid geholfen.

„Seine Lordschaft wünscht Sie im Arbeitszimmer zu sehen", verkündete Sally.

„Danke." Sarah spürte, wie ihr Herz schneller pochte. Niemals hätte sie erwartet, dass sie in den Armen eines Mannes ein so ekstatisches Glück finden würde. Aber jetzt erschien ihr die vergangene Nacht irgendwie unwirklich – vor allem, weil Devon verschwunden gewesen war, als sie am Morgen die Augen geöffnet hatte. Aber die Bettwäsche roch immer noch nach ihm. Und ihr Nachthemd lag am Boden. Also konnte ihr Liebesglück kein Traum gewesen sein.

Wenig später betrat sie das Arbeitszimmer. Er stand hinter seinem Schreibtisch. „Hoffentlich hast du gut geschlafen, Sarah."

„O ja, sehr gut", antwortete sie enttäuscht. Würde er zu jener kühlen Förmlichkeit zurückkehren? Vielleicht hatte die letze Nacht für ihn nur die Erfüllung seiner lustvollen Wünsche bedeutet. „Wolltest du etwas mit mir besprechen?", fragte sie höflich.

„Ja." Er ging um den Schreibtisch herum. „Komm doch näher." Sie gehorchte, und plötzlich lächelte er. „So ist's besser", flüsterte er, neigte sich hinab und küsste sie voller Leidenschaft.

„Devon …", flüsterte sie atemlos. „Die Tür ist nicht geschlossen."

„Und wenn schon … Ich glaube, weder meine Schwester noch deine Kusine wären schockiert, wenn sie unseren Kuss beobachten würden. Darauf haben sie lange genug gewartet."

„Ja, aber …"

Ein neuer Kuss verschloss ihr den Mund. Langsam wanderten seine Lippen an ihrem Hals hinab. „Eigentlich wollte ich dich bitten, mit mir auszufahren. Aber vielleicht sollten wir uns stattdessen zurückziehen."

„Jetzt?" Bei diesem Gedanken wurde ihr fast schwindlig. „Ist das nicht ungehörig?" Wenn das Personal merkte, dass sie sich mit Devon um elf Uhr vormittags im Schlafzimmer einschloss …

„Zweifellos", stimmte er mit einem mutwilligen Lächeln zu. „Andererseits – wir sind verheiratet. Aber ich wollte dich nur ein bisschen necken. Nun, wollen wir ausfahren?"

„Sehr gern. Allerdings nur, wenn du dich anständig benimmst."

„Tut mir leid, das kann ich dir nicht versprechen."

Eine dreiviertel Stunde später fuhren sie in Devons Karriole die Zufahrt hinab. Plötzlich bewegte sich die Decke zu Sarahs Füßen. „Devon! Halt an!"

„Was ist denn los?", fragte er und zügelte das Gespann.

„Ich fürchte, wir haben einen blinden Passagier", seufzte sie, bückte sich und zog die Decke beiseite. Mit seinen grüngelben Augen blickte Merlin zu ihr auf.

„Zum Teufel, Sarah", fluchte Devon, „ich dachte schon, dir wäre übel geworden. So darfst du mich nie wieder erschrecken." Vorwurfsvoll starrte er Merlin an. „Ich hätte mir denken können, dass er's wieder versuchen würde. Aber heute kann ich deinen Aufpasser wirklich nicht gebrauchen."

Sarah hob den Kater hoch und presste ihn an sich. „Bitte, bringen wir ihn zurück. Ich will ihn nicht am Straßenrand aussetzen."

„Nicht einmal ich wäre so herzlos, meine Liebe", erwiderte er und lenkte die Pferde zum Stall zurück. Dort drückte Sarah den sich wehrenden Kater einem Reitknecht in die Hand, der ihr versicherte, er würde ihn sofort ins Haus bringen.

Während sie ohne weitere Zwischenfälle der Straße folgten, die das Landgut Ravensheed begrenzte, warf Devon seiner Frau einen kurzen Blick zu. „Zu deiner Beruhigung, gestern sprach ich mit Kenton. Er erklärte mir, er habe Blantons Interesse an Caroline längst bemerkt. Selbst wenn ich ihn nicht gewarnt hätte, würde er seine Schwester niemals mit dem Mann verheiraten. Offenbar hat auch Kenton einige Gerüchte über Blantons Eskapaden gehört und seine

Schwester bereits angewiesen, die Gesellschaft des Mannes zu meiden."

„Vielen Dank, Devon", erwiderte Sarah erleichtert. „Nun muss ich mir keine Sorgen mehr machen."

„Solange sich Blanton in dieser Gegend herumtreibt, darfst du das Haus nicht allein verlassen. Ich traue ihm nicht über den Weg."

„Was kann er mir denn jetzt noch anhaben?" Doch dann erinnerte sie sich, wie wütend Blanton am Vortag gewesen war, als sie Merlin in Carolines Arme gelegt hatte.

„Nun – wir wissen nicht, wer dich die Turmtreppe hinabgestoßen hat", antwortete Devon zögernd.

„Glaubst du, das wäre Blanton gewesen?", fragte sie schaudernd. Im Lauf der Zeit hatte sie sich eingeredet, der Schlag auf ihren Rücken wäre nur Einbildung gewesen.

„Möglich wäre es. Bis jetzt hat dein Bruder nicht herausgefunden, ob Blanton damals in der Nähe des Turms war. Und er konnte ihm auch kein Geständnis entlocken."

„Nicholas?" Verwirrt runzelte Sarah die Stirn. „Er schien sich großartig mit Blanton zu verstehen. Deshalb war ich etwas beunruhigt."

„Dein Bruder nimmt nur an Filbys Hausparty teil, um Blanton im Auge zu behalten. Wie Nicholas mir erklärt hat, hoffte er, das Vertrauen des Mannes zu gewinnen. Dann würde Blanton ihm einiges erzählen."

„Ist es wirklich nötig, so viel Aufhebens um diesen Mann zu machen?", fragte Sarah unbehaglich.

„O ja, er könnte gefährlich werden. Und dein Bruder möchte sicher gehen, dass er die Umgebung von Ravensheed verlässt, bevor er Unheil stiftet. Nicholas sorgt sich um deine Sicherheit. Ebenso wie ich", fügte Devon leise hinzu. „Deshalb beobachtet er Blanton, und ich beschütze dich. Vor allem jetzt, nachdem du genesen und wieder voller Tatendrang bist.

Versprich mir, niemals allein auszugehen."

Sarah wollte protestieren. Aber als sie die unverhohlene Sorge in seinem Blick sah, besann sie sich anders. „Ja, ich gebe dir mein Wort."

Am Ufer eines Bachs, im Schatten hoher Bäume, zügelte Devon die beiden Pferde. „Bald kommt mein Reitknecht hierher, und wir können ein bisschen spazieren gehen. Ich kenne ein romantisches, abgeschiedenes Plätzchen." Lächelnd neigte er sich zu ihr. Da krachte ein Schuss, und sie fuhren erschrocken auseinander. „O Gott!", stöhnte er. „Ich hatte Filbys Jagdausflug vergessen. Vielleicht sollten wir uns ein ruhigeres Fleckchen Erde suchen ..."

Und dann krachte es noch einmal. Blitzschnell stieß Devon seine Frau nach unten, und in der nächsten Sekunde sauste etwas über ihre Köpfe hinweg. Mit einem schrillen Wiehern ging das Gespann durch, und es dauerte eine Weile, bis Devon die verängstigten Tiere unter Kontrolle brachte. Sein Gesicht war aschfahl.

„Mein Gott, Sarah, alles in Ordnung?"

„Ja ..." Sie zitterte am ganzen Körper. „Und du?"

„Mir ist nichts passiert", beteuerte er und nahm sie in die Arme.

„Huntington! Was zum Teufel ist geschehen?" Sir Ralph Filby rannte zwischen den Bäumen hervor, gefolgt von Charles Kenton. „Ich sah Ihre Pferde durchgehen und dachte, Lady Huntington wäre vom Wagen gefallen."

„Nein, das konnte ich glücklicherweise verhindern", stieß Devon zwischen zusammengebissenen Zähnen hervor und drückte Sarah noch fester an sich. „Jemand hat auf uns geschossen. Hätte ich Sarah nicht hinuntergestoßen, wäre sie getroffen worden."

„Mein Gott!", rief Charles Kenton. „Wer könnte so unvorsichtig sein?"

„Wenn es ein Versehen war“, erwiderte Devon. „Wer ist sonst noch bei Ihnen?“

„Glauben Sie etwa, es wäre kein Unfall gewesen?“, fragte Sir Ralph.

„Das will ich herausfinden“, entgegnete Devon. Nur widerstrebend ließ er Sarah los.

Aus dem Wald drangen Stimmen, dann tauchte Nicholas auf. Mit einem kurzen Blick erfasste er die Situation und erblasste. „Was ist passiert!“, rief er und rannte zu der Karriole. „Sarah …“

„Sorg dich nicht, mir geht's gut.“

„Huntington? Was war los?“

„Jemand hat auf uns geschossen – entweder um uns zu treffen oder die Pferde scheu zu machen. Wo steckt Blanton?“

„Keine Ahnung …“ Erbost runzelte Nicholas die Stirn. „Vorhin war er noch bei uns. Dann erlegte er einen Vogel und ging mit Branley davon, um die Beute zu holen. Als die beiden nicht zurückkehrten, wollte ich sie suchen. Aber sie sind verschwunden.“

„Jetzt bringe ich Sarah nach Hause“, erklärte Devon, „dann halten wir beide Ausschau nach Blanton.“

Bestürzt trat Charles Kenton einen Schritt näher. „Glauben Sie, Blanton hätte mit Absicht auf Sie geschossen?“

„Daran zweifle ich nicht.“

„Wenn das so ist, werde ich mich an der Suche beteiligen. Heute hielt Blanton um Carolines Hand an, und ich wies ihn ab. Natürlich war er wütend. Wahrscheinlich hätte er mich am liebsten in meinem eigenen Salon niedergeschlagen.“

„Heißt das – Blanton schießt auf *Menschen*?“, stammelte Sir Ralph fassungslos.

„Unter anderem.“

„Der Kerl war mir von Anfang an unsympathisch. Neulich ertappte ich ihn in einem dunklen Hausflur, als er sich gerade an eins meiner Dienstmädchen heranmachte. Hätte ich ihn bloß niemals zu meiner Hausparty eingeladen! Jetzt ist das Maß voll, ich werde ihm die Tür weisen."

„Da habe ich noch eine bessere Idee", warf Nicholas ein. „Wir müssen ihn zwingen, die Grafschaft zu verlassen."

„Was uns sicher gelingen wird", fügte Devon hinzu.

21. KAPITEL

Cedric Blanton verließ Sir Ralphs Arbeitszimmer, eilte zur Haustür hinaus und zu seinem Wagen, den ein Lakai gerade mit dem Gepäck belud. Von kaltem Zorn durchdrungen, stieg Cedric ein. Gewiss, er würde abreisen – wenn er seinen Rachedurst gestillt hatte. Ganz in der Nähe lag ein kleiner Gasthof, wo er sich einquartieren würde, kein besonders respektables Haus. Aber Crump, der Wirt, war ihm einen Gefallen schuldig.

Natürlich musste er erst einmal an Lady Huntington herankommen. Nach dem Zwischenfall am Vortag würde ihr Mann sie zweifellos nicht aus dem Haus lassen, bis er, Cedric, aus dieser Gegend verschwunden war. In die Polsterung zurückgelehnt, starrte er gedankenverloren auf die Straße. Und dann entdeckte er drei Frauen, die vor seiner Kutsche dahinschlenderten. Caroline Kenton und Lady Jessica erkannte er sofort. Die andere war zweifellos ein Dienstmädchen.

Nun wusste er, was er tun musste. Er brauchte Lady Huntington nicht mehr, denn ihr Ehemann konnte auch auf andere Weise vernichtet werden. Sobald er an den Frauen vorbeigefahren war, befahl er seinem Kutscher anzuhalten. Lächelnd stieg er aus dem Wagen. „Guten Tag, Lady Jessica, Miss Kenton."

Sarah betrachtete ihr Aquarell – das erste, das sie seit der Verletzung ihres Handgelenks malte. Als Vorlage benutzte sie eine Skizze von Merlin. Die hatte sie schon vor ein paar Tagen angefertigt. Keines dieser Werke gefiel ihr. Aber sie lenkte sich wenigstens von den Ereignissen des vergangenen Tages ab.

Nicholas und Devon waren nach Ravensheed zurückgekehrt, nachdem sie vergeblich nach Blanton gesucht hatten. Wie Mr. Branley berichtete, hatte er ihm geholfen, die Jagdbeute zu bergen, ihn dann aus den Augen verloren und sich im Wald verirrt. Eine Stunde später war er in Harrowood eingetroffen.

Gestern Abend hatte ihr Devon erneut verboten, das Haus zu verlassen, ehe sie Blanton aufgespürt hatten. Nicht einmal in Begleitung durfte sie sich hinauswagen. Sie seufzte irritiert. Womöglich musste sie mehrere Tage in diesen vier Wänden verbringen.

Amelia blickte von ihrem Buch auf. „Sicher leidest du unter deiner Gefangenschaft. Willst du nicht für eine Weile zu mir ziehen? Darüber habe ich schon mit Devon gesprochen, und er meint, bei John und mir wärst du besser aufgehoben, solange Blanton eine Gefahr darstellt."

„Das ist sehr freundlich von dir", erwiderte Sarah automatisch. Der schreckliche Zwischenfall überschattete das Glück jener Liebesnacht. Jetzt verhielt sich ihr Mann wieder so kühl und unnahbar wie zuvor – als hätte er sie niemals leidenschaftlich umarmt.

„Wenn du willst, können wir schon morgen aufbrechen. Nicholas wird uns begleiten."

„Wie nett …", flüsterte Sarah, den Tränen nahe.

Verblüfft wandten sich beide zur Tür der Bibliothek, die plötzlich aufflog. Caroline stürmte herein, das Haar zerzaust, die Augen voller Angst.

Sarah sprang erschrocken auf. „Was ist denn los?"

„O Gott, er hat sie entführt! Und ich bin schuld daran! Niemals hätte ich gedacht …" Aufgeregt rang Caroline nach Atem.

„Wer?", fragte Sarah, von einer bösen Ahnung erfasst. „Wo ist Jessica?"

„Mr. Blanton – er hat sie einfach gepackt …", kreischte Caroline hysterisch.

„Bitte, nehmen Sie sich zusammen!", flehte Sarah und ergriff den Arm des verzweifelten Mädchens. „Was ist geschehen?"

Mühsam unterdrückte Caroline ein Schluchzen. „Wir … wir wanderten die Straße hinab. Da hielt seine Kutsche, und er fragte, ob wir mit ihm ausfahren wollten. Das lehnten wir ab, und da zerrte er Jessica in den Wagen. Ich versuchte ihn zurückzuhalten. Aber er stieß mich beiseite, und sie fuhren davon. Meine Zofe Betsy schrie wie am Spieß und hörte nicht auf. Schließlich ließ ich sie stehen. Heute ist Charles nicht daheim, und so lief ich hierher.

Sarah starrte Amelia an. „Um Himmels willen! Devon und Adam sind auch nicht da … Am besten wende ich mich an Nicholas."

„Soll ich dich begleiten?", erbot sich Amelia, die leichenblass geworden war.

„Nein, jemand muss hier auf Devon und Adam warten." Sarah rannte zur Tür, wo sie beinahe mit ihrem Bruder zusammenstieß.

„Großer Gott, was ist denn passiert?", rief er.

„Blanton hat Jessica entführt!", erklärte sie und umklammerte seinen Arm. „Das hat Caroline uns soeben erzählt. Und Devon ist nicht da. Gerade wollte ich zu dir … Du musst uns helfen!"

„Beruhige dich und fang noch einmal von vorn an." Nachdem Sarah, Caroline und Amelia die Ereignisse zu dritt geschildert hatten, nickte er grimmig. „Ich fahre sofort hinterher. Wenn mich nicht alles täuscht, weiß ich, wohin Blanton gefahren ist."

„Nimm mich mit, Nicholas!", bat Sarah.

Zögernd stimmte er zu. „Also gut … Bist du bereit?"

„Ja, ich hole nur rasch meinen Hut und meine Pelisse. Weißt du wirklich, wo Blanton steckt?"

„In einem Gasthof namens Crow Inn. Den hat er einmal erwähnt."

Amelia begleitete die Geschwister noch bis zur Haustür.

„Sobald Devon und Adam zurückkommen, gebe ich ihnen Bescheid."

Nachdem die Karriole der Straße eine knappe Viertelstunde lang gefolgt war, ertönte ein lautes Miauen.

„Was zum Teufel ist das?", fragte Nicholas.

„O nein!", stöhnte Sarah. Wieder einmal bewegte sich die Decke zu ihren Füßen. Sie schob sie beiseite und starrte in ein gelbes Augenpaar. „Merlin, mein Kater – er fährt so gern aus."

„Den kann ich nun wirklich nicht gebrauchen. Setz ihn ab."

„Nein, dann würde er sich verirren", protestierte sie. „Außerdem ist er ein Geschenk von Devon. Obwohl er Katzen nicht mag ..."

Grinsend schüttelte Nicholas den Kopf. „Dann muss er bis über beide Ohren in dich verliebt sein."

„Hoffentlich springt er nicht vom Wagen, wenn er auf fremdes Terrain gerät", seufzte sie und zog die Decke über Merlin, der entrüstet fauchte.

Wenig später holten sie einen Pferdekarren ein, auf dem ein Korb voller Rüben stand. Nicholas rief dem verwirrten Fahrer zu, er möge anhalten, lenkte die Karriole an ihm vorbei und zügelte das Gespann. Dann reichte er seiner verdutzten Schwester die Zügel und stieg vom Sitz.

„Was hast du vor?"

Ohne zu antworten, eilte er zu dem Fahrer des Karrens und sprach mit ihm. Als er zurückkam, hielt er den Korb in der Hand. „Nimm das, Sarah."

Erst jetzt verstand sie, was er bezweckte. „O Nicholas, das ist eine fabelhafte Idee!"

„Viel Zeit haben wir nicht. Pack deinen Merlin hinein und deck ihn zu."

Kurzerhand verfrachtete sie den empörten Kater in dem Korb, breitete die Decke über ihn, und sie fuhren weiter.

Anderthalb Stunden später hielten sie im Hof des Crow Inn. Dort stand nur eine einzige Kutsche. Ein ausgemergelter Hund schlich umher, der ihnen kaum einen Blick gönnte. Nicholas sprang vom Sitz, und Sarah folgte ihm unbehaglich. Als sie beobachtete, wie er sein Pistole zog, wuchs ihre Angst. Da sie befürchtete, Merlin würde die Flucht ergreifen, trug sie den Korb ins Haus.

Ein misstrauischer Wirt kam ihnen entgegen. Nachdem er Sarah und Nicholas gemustert hatte, grinste er spöttisch. „Heute kann ich mich kaum vor feinen Gentlemen und ihren Ladies retten. Wahrscheinlich wollen Sie auch einen Privatsalon mieten. Oder nur ein Schlafzimmer?“

Unter Nicholas eisigem Blick erstarb das Lächeln des schäbig gekleideten Individuums. „Da irren Sie sich. Wir suchen einen Mann und eine junge Dame.“

„Habe ich nicht gesehen.“

„Wem gehört die Kutsche da draußen?“

„Welche Kutsche?“

„Ich würde gern Ihre Gäste sehen.“

„Tatsächlich?“ Herausfordernd verschränkte der Wirt seine Arme vor der Brust. „Aber ich werde Ihnen nicht erlauben, die Herrschaften zu stören.“

„Nein?“ Nick packte ihn am Kragen und stieß ihn gegen die Wand. „Führen Sie mich sofort zu diesen Leuten!“

Sarah hatte eine geschlossene Tür bemerkt. Hastig stellte sie den Korb auf eine Bank. „Wer ist das drin?“, rief sie.

„Hilfe! Bitte!“, hörte sie Jessica schreien.

„Still!“

Kaltes Entsetzen krampfte Sarahs Herz zusammen, als sie Blantons Stimme erkannte.

Sofort ließ ihr Bruder den Wirt los, der ein paar Sekunden

lang taumelte, bevor er sein Gleichgewicht wiederfand.

Entschlossen rannte Nicholas zu der Tür und stieß sie auf. Mitten im Zimmer stand Cedric Blanton, einen Arm um Jessicas Taille geschlungen, und hielt ihr ein Messer an die Kehle. Bei Nicholas' Anblick kniff er die Augen zusammen. „Und ich dachte, Sie wären kein Spielverderber."

In ihrer Todesangst wagte Jessica kaum zu atmen. Nicholas hob die Pistole und zielte auf Blanton. „Wenn ich auch kein Tugendbold bin – sobald unschuldige Mädchen entführt werden, hört für mich der Spaß auf. Lassen Sie Jessica los!"

„Das habe ich nicht vor", erwiderte Blanton und lachte höhnisch. „Huntington hat sich oft genug eingemischt. Diesmal habe ich die Oberhand gewonnen. Wenn Sie beiseite treten, werden die Dame und ich unsere Reise fortsetzen. Oder Sie möchten lieber mit ansehen, wie ich ihren schönen Hals durchschneide. Werfen Sie Ihre Pistole hier herüber!"

„Glauben Sie wirklich, ich lasse Sie gehen? Eher sehen wir uns in der Hölle wieder."

„Vielleicht schicke ich die Dame vorher in den Himmel", spottete Blanton. „Tun Sie lieber, was ich sage. Geben Sie mir Ihre Pistole."

Nach kurzem Zögern warf Nicholas die Waffe zu Boden. Blanton lachte triumphierend. „Schieben Sie das Schießeisen mit Ihrem Fuß zu mir."

Als Nicholas den Befehl missachtete, drohte die Klinge Jessica die Haut aufzuritzen, und sie stöhnte hilflos.

Dieser Schmerzenslaut brach Sarah fast das Herz. Entschlossen sprang sie vor Nicholas, und Blanton starrte sie mit schmalen Augen an. „Ah, Lady Huntington! Freut mich, Sie wieder zu sehen."

„Bitte, lassen Sie meine Schwägerin los."

„Sarah …", hauchte Jessica.

„Warum sollte ich?" Blantons Lippen verzerrten sich zu

einem grausamen Lächeln. „Wo ich doch so dringend eine Ehefrau brauche, vorzugsweise eine mit üppiger Mitgift."

„Auf diese Weise werden Sie meinem Ehemann keinen einzigen Shilling entlocken", warnte Sarah.

„Nein? Dann vielleicht ein Lösegeld. Außerdem werde ich meine Rache in vollen Zügen genießen."

Sarah holte tief Atem. „Können wir eine andere Vereinbarung treffen? Lassen Sie Jessica frei. Nehmen Sie an ihrer Stelle mich gefangen. Dann würde Ihnen nicht nur mein Ehemann eine beträchtliche Summe zahlen, sondern auch mein Großvater. Nicht wahr, Nicholas?"

„Nein, Sarah, das darfst du nicht …", klagte Jessica.

„Was meinst du, Nicholas?", fragte Sarah. Flehend schaute sie ihn an.

„Ja, das wird er tun", bestätigte ihr Bruder.

„Also gut. Falls Sie versuchen, mich hereinzulegen, werde ich nicht zögern, Lady Huntington zu töten, Lord Thayne. Und jetzt schieben Sie die Pistole herüber. Mit Ihrem Fuß." Er wartete, bis Nicholas widerstrebend gehorchte. Dann wandte er sich zu Sarah. „Kommen Sie hierher."

„Gleich …" Sarah ergriff den Korb und überreichte ihn Nick. „Bitte, pass auf ihn auf."

Mit weichen Knien ging sie zu Blanton, der sie am Arm packte und zu sich heranzog. Unsanft stieß er Jessica zur Tür, wo sie sich verzweifelt umdrehte. „O Sarah, du darfst nicht … Devon …"

„Sorg dich nicht", erwiderte Sarah, „mir wird schon nichts passieren." Aber als sie den kalten Stahl an ihrer Kehle spürte, drohten ihre Sinne zu schwinden.

Schmerzhaft umfing Blantons Arm ihre Taille. „Verschwinden Sie, Thayne, und nehmen Sie Lady Jessica mit. Und seien Sie gewarnt! Auch ich besitze eine Pistole. Also machen Sie keine Dummheiten. Sonst ist es um die schöne

Lady Huntington geschehen.“ Entsetzt schnappte Jessica nach Luft, und Sarah schloss sekundenlang die Augen. „Machen Sie die Tür zu!“, fuhr er fort. „Sie haben fünf Minuten Zeit, um das Weite zu suchen. Wenn Ihr Wagen dann immer noch im Hof steht …“ Unheilvoll schienen die unausgesprochenen Worte den Raum zu erfüllen.

„Wenn Sie meiner Schwester auch nur ein Haar krümmen, werde ich Sie töten“, drohte Nicholas.

„Wenn es dazu kommt, hätte ich wenigstens meinen Rachedurst gestillt, und das ist es mir wert. Raus mit Ihnen!“

Den Korb im Arm, schloss Nicholas langsam die Tür.

Blanton senkte das Messer, aber er hielt Sarah immer noch fest. Sein unangenehmer Körpergeruch stieg ihr in die Nase, und sie würgte krampfhaft. „Nun sind wir allein, meine Liebe Lady Huntington. Möchten Sie mit mir kommen? Ich habe mir oft vorgestellt, wie charmant sie meine Dinnertafel zieren würden – oder mein Bett.“

„Niemals!“ Mühsam zwang sie sich zur Ruhe. „Es wäre besser, Sie würden mich gehen lassen.“

„O nein. Ich fürchte, Thayne wird einen törichten Entschluss fassen, um Sie zu retten. Und ich vermute, Ihr Ehemann wird bald auftauchen. Wie ich mich auf diese Begegnung freue … Setzen Sie sich, meine Teure.“ Er nahm eine Pistole vom Tisch und richtete sie auf Sarahs Brust. Zitternd sank sie auf einen Stuhl. Was hatte Blanton vor? Würde er sie erschießen? Oder Devon?

Durch das offene Fenster hörte sie Stimmen. Neues Entsetzen beschleunigte ihren Puls.

Triumphierend schaute Blanton hinaus. „Ah, sehr gut! Soeben ist Ihr Ehemann mit Lady Jessicas liebevollem Bräutigam eingetroffen.“ Er packte ihre Hand und zerrte Sarah auf die Beine.

Jetzt erklangen Schritte vor der Tür. Schweren Herzens

erkannte sie Devons Stimme.

„Wo zum Teufel ist meine Frau?“ Die Tür öffnete sich, und Devon erschien auf der Schwelle. Wütend zielte er mit einer Pistole auf Blantons Kopf. „Lassen Sie Sarah sofort los, verdammt!“

„Eher würde ich sie töten.“ Lachend hielt Blanton seine Waffe an Sarahs Schläfe. „Lassen Sie Ihr Schießeisen lieber fallen.“

Klirrend landete Devons Pistole am Boden.

„Schon wieder diese Szene ... Allmählich wird's langweilig. Schieben Sie die Waffe mit dem Fuß hierher.“ Devon gehorchte, und Blanton beförderte die Pistole mit einem Fußtritt hinter sich. „Jetzt kommen Sie herein und schließen Sie die Tür.“

Langsam trat Devon ein. „Lassen Sie meine Frau los!“

„Noch nicht“, erwiderte Blanton. „Bedauerlicherweise wird sich ein Unfall ereignen, Mylord. Ein Kampf, bei dem ich Sie erschießen muss – natürlich in Notwehr.“

Die Arme vor der Brust verschränkt, lehnte sich Devon an die Wand. „Damit werden Sie kein Glück haben. Es gibt zu viele Zeugen. Zum Beispiel meine Frau. Dann der Wirt, ganz zu schweigen von Lord Thayne, meiner Schwester und Adam Henslowe.“

„Nun, der Wirt wurde großzügig bezahlt. Und der Unfall wird nicht hier stattfinden. Die Tür an Ihrer Seite führt direkt zum Hof. Jetzt gehen wir hinaus. Zuerst Sie, dann ich mit Ihrer schönen Frau. Sollten Ihre Freunde einen unbedachten Rettungsversuch unternehmen, werden Sie das einzigartige Vergnügen genießen, Ihre Gemahlin sterben zu sehen.“

„Vorher werde ich Sie töten“, entgegnete Devon leise.

Vor Angst halb von Sinnen flehte Sarah: „Wenn ich Sie begleite und alles tue, was Sie wollen, lassen Sie meinen Mann dann gehen?“

„Nein“, erwiderte Blanton und lächelte sanft. „Diesen Augenblick habe ich so lange herbeigesehnt. Endlich werde ich Ihren Gatten ins Jenseits befördern, nachdem er meine Pläne viel zu oft vereitelt hat.“ Er presste sie noch fester an sich und schwenkte die Pistole. „Gehen Sie hinaus, Mylord. Und keine falsche Bewegung!“

Ehe Devon gehorchen konnte, öffnete sich die Tür einen Spaltbreit, und Sarah hörte ein vertrautes Miauen.

„Was zum Teufel ist das?“, rief Blanton.

Mit hoch erhobenem Schwanz stolzierte Merlin auf Sarah zu.

Erschrocken riss Blanton die Augen auf. „Eine gottverdammte Katze – die werde ich sofort beseitigen!“, schrie er und zückte die Pistole. Und dann musste er niesen.

„Nein!“ Mit aller Kraft trat Sarah auf seine Zehen und versuchte ihm die Waffe aus der Hand zu schlagen. Im selben Moment kletterte Merlin auf den Tisch. Aus dem Gleichgewicht gebracht, taumelte Blanton nach hinten und riss Sarah mit sich. Die Ohren gespitzt, beobachtete Merlin die beiden. Dann sprang er vom Tisch, direkt in Sarahs Arme.

„Tot und Teufel!“, kreischte Blanton und ließ sie so abrupt los, dass sie erneut schwankte.

Blitzschnell schlang Devon seine Arme um Blanton und versuchte ihm die Waffe zu entwinden. Da rammte Blanton ihm einen Ellbogen in die Rippen. Stöhnend wich Devon zurück, und Sarah wusste, dass sie die Initiative ergreifen musste. Hastig schaute sie sich um und entdeckte Devons und Nicholas’ Pistolen unterhalb des Fensters. Doch die beiden Männer, in einen erbitterten Kampf verstrickt, versperrten ihr den Weg zu den Waffen. Da setzte sie ihren nächstbesten Gedanken in die Tat um und schleuderte Merlin auf Blantons Rücken. Die Krallen des Katers gruben sich in den Nacken ihres Feindes. Schreiend versuchte Blanton, den Kater abzuschütteln, graue

Haare flogen nach allen Seiten, dann sprang ein indignierter Merlin zu Boden und flüchtete unter den Tisch.

Blindlings rieb sich Blanton die Augen, stolperte über den Stuhl und stürzte direkt vor Sarahs Füße. Die Pistole flog aus seiner Hand, und Sarah griff danach. Mit zitternden Fingern zielte sie auf seine Stirn. „Keine Bewegung! Oder ich … ich schieße!“

Im nächsten Augenblick stand Devon neben ihr und entriss ihr die Waffe. „Setz dich!“

Im selben Moment öffnete sich die Tür, und Nicholas stürmte herein, eine alte Schrotflinte in der Hand, dicht gefolgt von Adam und Sarahs Großvater. Ungläubig starrte sie den Earl an.

Seelenruhig trat Lord Monteville ein und blickte auf Blanton hinab. Auch er hielt eine Pistole in der Hand. „Offenbar ist alles unter Kontrolle. Sei so freundlich und hol einen Strick, Nicholas. Wenn wir Mr. Blanton gefesselt haben, wird er keinen Schaden mehr anrichten. Aber ich nehme an, er wird uns ohnehin keinen Ärger mehr machen.“

Mühsam setzte sich Blanton auf, und sein Versuch, den Earl wütend anzustarren, wurde von seinen geschwollenen Augen erheblich beeinträchtigt.

Devon zog seine Frau erleichtert an sich. Bevor er sie küssen konnte, rannte Jessica ins Zimmer. Merlin miaute vernehmlich, kroch unter dem Tisch hervor und hüpfte auf den Stuhl. In aller Ruhe begann er sein Fell zu putzen und erweckte den Anschein, hier wäre nichts Besonderes geschehen.

22. KAPITEL

Devon schaute auf Merlin hinab, der neben ihm in einem Ohrensessel kauerte und selbstgefällig schnurrte, als wüsste er, dass er der Held des Tages war.

„Niemals hätte ich gedacht, ich würde Sarahs oder mein eigenes Leben einem Kater verdanken“, seufzte Devon. Soeben hatten sie das Dinner im Speiseraum von Ravensheed beendet und sich im Salon versammelt. Adam saß mit Jessica auf dem Sofa, einen Arm um ihre Schultern gelegt, und erweckte den Eindruck, er wollte sie nie wieder loslassen. Vor dem Kamin standen Nicholas und Lord Monteville. Und Sarah hatte mit Amelia auf einer Chaiselongue gegenüber von Devon Platz genommen.

„Wenn ich mir vorstelle, dass ich Sarah beinahe gezwungen hätte, ihren Kater am Straßenrand auszusetzen ...“ Nicholas lachte kurz auf. „Wenn ich auch wusste, dass Blanton Katzen verabscheute, übrigens alle Tiere –, ich hatte keine Ahnung, warum. Sonst hätte ich Merlin schon früher ins Zimmer geschickt.“

„Beinahe hätte Blanton ihn erschossen“, betonte Sarah vorwurfsvoll.

Devon hob die Brauen. „Was dir größeren Kummer zu bereiten schien als seine Absicht, *mich* zu erschießen ...“

„Wie du dich vielleicht erinnerst, bot ich ihm an, ihn zu begleiten, wenn er dich gehen lässt.“ Ihr Leben lang würde sie nicht vergessen, welch schreckliche Angst ihr Blantons mörderischer Plan eingejagt hatte.

„Ja, das hast du getan, Liebes“, bestätigte Devon lächelnd.

Die plötzliche Glut in seinen Augen ließ sie erröten. Hastig schaute sie weg. Gähnend erhob sich Amelia. „Für heute habe ich genug Aufregungen erlebt. Jetzt will ich nur noch schlafen und von meinem Zuhause träumen, wo's viel ruhiger zugeht.“

„Diesem Beispiel werde ich folgen“, verkündete Nicholas und stellte sein leeres Glas auf den Tisch. Beim Dinner hatte er Devons Einladung angenommen, in Ravensheed zu übernachten.

„Ich glaube, ich habe dir noch gar nicht richtig gedankt“, sagte Devon, stand auf und streckte seine Hand aus, die Nicholas nach kurzem Zögern schüttelte.

Dann wandte er sich zu seiner Schwester, neigte sich hinab und küsste ihre Stirn. „Ein Glück, dass dir nichts Schlimmeres zugestoßen ist.“

Die Augen voller Tränen, presste sie seine Hand an ihre Wange. „Auch ich muss dir danken.“

„Und ich dir, Sarah!“ Jessica sprang auf, eilte zu ihr und nahm sie in die Arme. „Wie tapfer du warst.“

„Nicht tapferer als du“, flüsterte Sarah und erwiderte die Umarmung. „Schlaf gut.“

„Das will ich versuchen. Ich … ich liebe dich. Schon immer habe ich mir eine Schwester gewünscht.“

„Ich ebenfalls. Jetzt habe ich eine gefunden.“

„Nochmals vielen Dank.“ An Adams Seite verließ Jessica den Salon. Inzwischen waren Amelia und Nicholas bereits hinausgegangen.

„Das ist wohl mein Stichwort“, bemerkte der Earl. „Übrigens kam ich nicht nur in der Absicht hierher, Blantons teuflische Pläne zu durchkreuzen. Ich wollte feststellen, ob mich meine Ahnung nicht trog und ob ihr beide viel mehr füreinander empfindet, als ihr’s zugegeben habt. Welch ein Glück, dass es kein Irrtum war! Gute Nacht, mein Kind – Devon …“ Liebevoll strich er über Sarahs Wange und wandte sich zur Tür. Die Hand auf der Klinke, drehte er sich noch einmal um. „Und nun freue ich mich auf meinen ersten Urenkel.“ Leise schloss er die Tür hinter sich.

Verlegen stand Sarah auf und hob Merlin hoch. „Jetzt

werde ich mich auch zurückziehen. Gute Nacht, Devon."

„Sarah, ich muss dir etwas sagen."

„Kann es nicht warten?" Merlin wand sich in ihren Armen, und sie stellte ihn auf den Boden.

„Nein, es ist zu wichtig." Er reiche ihr seine Hand. „Komm mit mir."

„Wohin gehen wir?"

„Diesmal in *mein* Schlafzimmer." Mit einem viel sagenden Blick auf den Kater fügte er hinzu: „Bei einem so bedeutsamen Gespräch möchte ich nicht gestört werden."

Und so folgte sie ihm durch die mittlerweile vertraute Galerie und betrat zum ersten Mal sein Zimmer, das von einem wuchtigen Vierpfostenbett beherrscht wurde. Auf der Nachtkonsole brannte eine Kerze. Devon schloss die Tür hinter sich, und Sarah schaute ihn nervös an. Halb im Schatten, war seine Miene unergründlich. Sie fuhr mit ihrer Zunge über die Lippen. „Also, was willst du mir sagen?"

„Dass ich ..." Ehe sie wusste, wie ihr geschah, lag sie in seinen Armen, und ein leidenschaftlicher Kuss nahm ihr den Atem. Nach einer Weile hob er den Kopf. „O Sarah, du ahnst nicht, was in mir vorging, als ich dich in Blantons Gewalt sah! Wenn ich dich verloren hätte ..."

„Oder ich dich", wisperte sie und berührte sein Gesicht. „Ich liebe dich so sehr." Verblüfft starrte er sie an, und sie sprach rasch weiter. „Schon gut, ich werde dir nicht zur Last fallen und dich bedrängen."

„Was zum Teufel meinst du?"

„Ich fürchte, mein Geständnis ist dir peinlich."

Devon lachte leise. „Würde es dich trösten, wenn ich dir versichere, dass ich deine Gefühle erwidere?"

Durfte sie ihren Ohren trauen? „Du liebst mich?"

„Über alles. Das ist es, was ich dir sagen wollte. Aber ich wusste nicht, wie du's aufnehmen würdest. Glücklicherweise hast du's mir leicht gemacht." Zärtlich strich er ihr das Haar aus der Stirn. „Ich glaube, ich habe dich von Anfang an geliebt."

„Schon auf dem Verlobungsball der Henslowes?"

„Viel früher."

Entgeistert starrte sie ihn an. „Aber du hast mich immer so finster gemustert und bist mir aus dem Weg gegangen. Deshalb dachte ich, du würdest mich verabscheuen."

„Ich wollte einfach nicht wahrhaben, was du mir bedeutest. Tut mir leid, Sarah." Unsicher fügte er hinzu: „Ich fand, ich wäre deiner nicht würdig. Erst bei dem Picknick spürte ich, dass du mich nicht hasst, und schöpfte Hoffnung für uns beide. Ich bot dir meine Freundschaft an. Und dann hast du verkündet, du würdest mich gern verführen."

„Sicher warst du schockiert."

„Keineswegs", entgegnete er grinsend. „Nur überrascht – aber ich freute mich auf die Nacht. Dann bekamst du kalte Füße, und ich beschloss, die Dinge ein wenig zu beschleunigen."

„Darauf hast du dich gefreut?"

„O ja. Und *diese* Nacht sehne ich genauso ungeduldig herbei."

„Tatsächlich?", flüsterte sie, erinnerte sich an eine von Amelias Anweisungen und schlang hingebungsvoll die Arme um seinen Nacken. „Beginnen wir wieder mit dem ersten jener gewissen Schritte? Wenn ich die nächsten vergesse, musst du mir helfen."

„Mit dem größten Vergnügen."

Ihre Lippen fanden sich, und rings um Sarah schien die Welt zu versinken.

– ENDE –

Louise Allen

Zwischen Ehre und Verlangen

Roman

Aus dem Englischen von
Vera Möbius

MIRA®

1. KAPITEL

Ohne die Lider zu öffnen, wurde Amanda Clare sich zwischen Wachen und Träumen bewusst, dass es im Raum noch dunkel war. Daher sah sie keinen Anlass, das Bett zu verlassen, kuschelte sich, während sie jemanden neben sich ruhig und gleichmäßig atmen hörte, gemütlich unter das Plumeau und versuchte, wieder zu schlafen.

Plötzlich glaubte sie in den Armen eines Mannes, dessen Gesicht sie nicht erkennen konnte, zu liegen. Nur halbherzig wehrte sie seine Liebkosungen ab.

Nach einer Weile vernahm sie ein Klirren und fragte sich, wie viel Zeit inzwischen verstrichen sein mochte. Sie hörte jemanden am Kamin hantieren, einen Hahn krähen und irgendwo im Haus eine Tür zufallen. Sie furchte leicht die Stirn und drehte sich auf die Seite. Die Hand ausstreckend, stieß sie gegen die neben ihr ruhende Gestalt, rückte näher an sie heran und seufzte wohlig, als der Mann den Arm um sie legte und sie an sich zog.

Unvermittelt berührte sie mit den Zehenspitzen das Fußende des Bettes, das ihr eigenartig unvertraut vorkam, und merkte jäh, dass sie sich nicht bei sich zu Haus befand. Auch die zu ihr dringenden Laute entsprachen nicht gewohnten Geräuschen; das in den Raum dringende Licht fiel von der falschen Seite her ein, und keiner ihrer Dienstboten würde am frühen Morgen laut singen.

Verwirrt schlug sie langsam die Augen auf, starrte entsetzt auf den Mann neben sich und konnte sich nicht erklären, wie es möglich war, dass sie, die seit zwei Jahren Witwe war und ein untadeliges Leben geführt hatte, mit einem Fremden im Bett lag. Er schaute sie belustigt an, beugte sich über sie und drückte ihr einen Kuss auf den Mund. Ihr stockte der Atem, und erschrocken spürte sie das Herz schneller klopfen.

Verstört zuckte sie zurück, wich weit von ihm ab, die Bettdecke umklammernd, und verlor unversehens den Halt. Im nächsten Moment fand sie sich auf dem Fußboden wieder, richtete sich hastig auf den Knien auf und blickte furchtsam zwischen dem Unbekannten und der Zimmertür hin und her, bereit, sofort die Flucht anzutreten, falls er Anstalten machen sollte, sich ihr erneut zu nähern.

Verhalten fluchend setzte er sich auf, und im fahlen Morgenlicht sah sie, dass er dunkelbraunes, fast schwarzes Haar und grüne Augen hatte. Seine rechte Gesichtshälfte war blaugrün verfärbt und zerschrammt, und ächzend legte er die linke Hand um den rechten Arm. Sie erwog, sich zu erheben, beschloss dann jedoch, aus Sicherheitsgründen zu bleiben, wo sie war. Fassungslos fragte sie: „Wer sind Sie, und wieso befinden Sie sich in meinem Bett?"

„Dieselbe Frage könnte ich Ihnen stellen", antwortete Jared trocken. „Wie kommen Sie darauf, dass dies Ihr Bett ist?"

„Nun, das ist es nicht", erwiderte sie wahrheitsgemäß und stand auf. Geschwind wickelte sie die Bettdecke um sich und griff sich an die Schläfen, da sie auf einmal heftige Kopfschmerzen empfand: „Oh, mein Kopf! Wo bin ich? Was ist passiert?"

„Ich habe nicht die mindeste Ahnung", gestand Jared ehrlich, „und wüsste ebenfalls gern, wo wir hier sind. Irgendetwas Schreckliches muss geschehen sein. Sie müssen einen Schlag gegen das linke Auge erhalten haben, und meine rechte Schulter tut höllisch weh! Ich habe das Gefühl, sie mir ausgerenkt zu haben. Und beim Sprechen habe ich starke Schmerzen, ganz so, als hätte ich einen wuchtigen Hieb gegen das Kinn bekommen. Haben wir beide uns vielleicht geprügelt, oder sind wir mit den Stühlen aufeinander losgegangen?"

„Reden Sie keinen Unsinn!", antwortete Amanda unwirsch, ging zum Waschtisch und warf einen Blick in den

Spiegel. „Oh mein Gott!“, flüsterte sie erschüttert. „Ich sehe fürchterlich aus!“

„Erlauben Sie mir, Ihnen zu widersprechen“, sagte Jared schmunzelnd. „Ich finde Sie entzückend.“ Das war nicht übertrieben, denn sie hatte schönes, wenngleich jetzt ziemlich zerzaustes blondes Haar, sehr ausdrucksvolle braune Augen, eine kleine, keck gebogene Nase und volle, sinnlich wirkende Lippen. Ihr Kinn war vielleicht eine Spur zu spitz, was möglicherweise auf ein sehr selbstbewusstes, eigenständiges Wesen schließen ließ. „Allerdings muss ich einräumen“, fuhr er trocken fort, „dass Sie im Moment einen etwas mitgenommenen Eindruck machen, als hätte jemand Sie durch eine Dornenhecke …“

„Hecke!“, fiel Amanda ihm in jähem Begreifen ins Wort. „Nun erinnere ich mich! Wir saßen in der Postkutsche. Bald nachdem Sie zugestiegen sind, ist sie plötzlich von der Straße abgekommen und umgestürzt. Wir wurden heftig umhergeschleudert.“

„Dann ist es nicht erstaunlich, dass wir beide so zerschrammt und zerkratzt sind“, meinte Jared. „Aber es grenzt an ein Wunder, dass wir mit dem Leben davongekommen sind. Nur, wie sind wir in diese Kammer und zusammen ins Bett geraten? Wenngleich ich mich nicht darüber beschwere“, fügte er schwach lächelnd hinzu.

Amanda fand die letzte Bemerkung reichlich kühn, überging sie jedoch geflissentlich. Von Norwich aus hatte sie als einziger Passagier im Fahrzeug gesessen, bis dann in Felthorpe der Herr zugestiegen war. Es war ihr unangenehm gewesen, mit ihm allein zu sein, doch er hatte sie freundlich begrüßt, ihr gegenüber auf der anderen Wagenseite Platz genommen und sie nicht belästigt. Verstohlen hatte sie ihn aus dem Augenwinkel beobachtet und überlegt, wieso ein eleganter, sichtlich kostspielige Reitkleidung tragender Herr, der

Mitte zwanzig sein mochte, nicht mit einem eigenen Gefährt unterwegs war. Er war zu alt, um in Schimpf und Schande von einer Universität gejagt worden zu sein, und sein Äußeres hatte darauf schließen lassen, dass er nicht unvermögend war, es sei denn, er war erst vor kurzem in finanzielle Bedrängnis geraten.

Sie hatte den Eindruck gehabt, dass er sich ihrer Anwesenheit ebenso bewusst war wie sie sich seiner. Hin und wieder war sein amüsierter Blick auf sie gerichtet gewesen, und sie hatte das Bedürfnis verspürt, sich mit ihm zu unterhalten, um herauszufinden, um wen es sich handelte. Sie hatte jedoch darauf verzichtet, das Wort an ihn zu richten, weil das gänzlich unschicklich gewesen wäre.

Und dann war die Berline plötzlich schneller gefahren und ins Schwanken geraten. Der Mitreisende hatte sich zum Sichtfenster umgedreht, offenbar in der Absicht, den Kutscher etwas zu fragen. Als der Wagen ins Schleudern kam, war der Unbekannte aufgesprungen, hatte sich neben Amanda gesetzt und sie fest in die Arme genommen. Sie beide hatten den Halt verloren und waren umhergeschleudert worden.

„Wir waren die einzigen Reisenden", erklärte sie. „Andererseits müsste der Postillion doch wissen, dass wir nicht zusammen eingestiegen sind. Gleichviel, ich möchte mich bei Ihnen bedanken, Sir." Sie hielt inne, weil jemand an die Tür geklopft hatte.

„Herein!", rief Jared verwundert und erblickte gleich darauf eine grauhaarige Frau, die ihn und die Dame fröhlich anschaute.

„Guten Morgen, meine Herrschaften", sagte sie lächelnd. „Ich bin Mrs. Clay. Ich hätte nicht gedacht, Madam, dass Sie schon aufgestanden sind. Noch vorhin habe ich zu Neville, meinem Mann, gesagt, dass Ihnen und Ihrem Gatten wahrscheinlich sämtliche Knochen im Leib wehtun und Sie wohl bis mittags im Bett bleiben würden. Gut, gut! Ich werde Ihnen sogleich das Frühstück bringen."

„Danke, das wäre reizend von Ihnen", erwiderte Amanda freundlich. „Aber wenn Sie uns bitte vorher erklären würden, wo und wieso wir hier sind. Ich entsinne mich nur, dass wir einen Unfall hatten."

„Sie sind jetzt in Saxthorpe im ‚Goldenen Lamm', das seit zwanzig Jahren meinem Mann und mir gehört", sagte Barbara Clay stolz. „Ja, Sie hatten einen wirklich schrecklichen Unfall", fuhr sie ernst fort. „Mr. Jenkins hat während der Fahrt einen Herzanfall bekommen und ist auf dem Kutschbock gestorben. Als Neville ihn fand, war das Gesicht ganz geschwollen und rot. Und Mr. Johnson, der zweite Postillion, hat schwere Schädelverletzungen erlitten und sich ein Bein gebrochen. Er ist ganz wirr im Kopf. Natürlich haben wir sofort Dr. Hoskins und seinen Gehilfen herkommen lassen. Der Arzt ist jedoch zuversichtlich, dass der arme Mr. Johnson bald wieder auf dem Posten sein wird."

„Wie sind meine Gattin und ich hergekommen?", erkundigte sich Jared.

„Sie, Sir, waren bewusstlos", antwortete Barbara. „Für Sie war das von Vorteil, weil Dr. Hoskins Ihnen die Schulter einrenken musste. Ihre Gattin war ebenfalls ohnmächtig und kam nur kurz zu sich, als Neville und Bill sie aus den Wagentrümmern zogen, hat jedoch gleich wieder die Besinnung verloren. Sie hatte sich fest an Sie geklammert, als wolle Sie nie von Ihnen getrennt sein", setzte sie gerührt hinzu.

„So, so", murmelte Amanda.

Jared konnte sich ein Grinsen nicht verkneifen, verzog jedoch, als er ihren missbilligenden Blick auf sich gerichtet sah, sogleich in vorgetäuschtem Schmerz das Gesicht.

Sie konnte sich nicht erinnern, ob ihre Zofe, bevor sie zur Reise aufgebrochen war, ihr das Visitenkartenetui in die Tasche gesteckt hatte. „Ist mein Retikül gefunden worden?" wollte sie wissen.

„Nein, Madam", antwortete Barbara und schüttelte den Kopf. „Natürlich wurde die Umgebung der verunglückten Kutsche nach Ihren persönlichen Dingen abgesucht, aber leider hat man keinen Hinweis auf Ihre Identität gefunden, auch nicht in der Couverttasche Ihres Gatten, sodass Ihre Angehörigen bis jetzt nicht benachrichtigt werden konnten. Ihr Gepäck hat Bill heraufgebracht und dort vor die Kommode gestellt."

Amanda fand es sehr befremdlich, dass der Mitreisende keine Visitenkarten bei sich hatte. Da sie ihren Ehering trug, war es nicht verwunderlich, dass man sie und den Fremden für verheiratet hielt. Selbst die beiden Portemanteaux, die wie vom selben Hersteller gefertigt aussahen, erweckten den Eindruck, als seien sie gleichzeitig für ein Ehepaar gekauft worden. Andererseits war Amanda erleichtert darüber, dass ihre Identität nicht bekannt war, da so keiner ihrer Verwandten und Bekannten erfahren konnte, dass man sie nach einem Kutschenunfall ohnmächtig in den Armen eines Mannes gefunden hatte.

„Sehr liebenswürdig, Mrs. Clay", erwiderte sie höflich. „Würde es Ihnen etwas ausmachen, zunächst für mich und dann für meinen Gatten heißes Wasser heraufbringen zu lassen? Und ich wäre Ihnen sehr dankbar, wenn jemand ihm beim Ankleiden helfen und ihn rasieren könnte. Sobald ich mich präsentabel gemacht habe, werde ich zum Frühstück herunterkommen."

„Ihr Kleid, Madam, ist bereits abgebürstet worden und liegt hinter dem Wandschirm. Verzeihen Sie, aber mit wem habe ich die Ehre?"

„Mrs. Brown."

„Smith", sagte Jared einen Moment zu spät.

„Mr. Augustus und Mrs. Amanda Brownsmith aus London", fuhr sie geistesgegenwärtig fort. „Wir sind auf dem Weg zu Freunden in Holt."

Die Wirtin knickste und verließ den Raum.

„Ich bewundere Ihre schnelle Reaktionsfähigkeit", äußerte Jared beeindruckt. „Aber mussten Sie mich unbedingt ‚Augustus' taufen? Falls Sie sich für den kleinen Kuss rächen wollten, ist diese Strafe viel zu hart."

Derart jäh an die Intimität erinnert, spürte Amanda sich erröten und entgegnete ungehalten: „Sie sollten sich schämen, Sir! So etwas gehört sich nicht!"

„Sie müssen zugeben, Madam, dass ich unter den gegebenen Umständen sehr viel Zurückhaltung bewiesen habe", nahm er sich in Schutz. „Herein!", fügte er hinzu, weil jemand Einlass begehrte.

Mrs. Clay betrat die Kammer, ging zum Waschtisch und schüttete das mitgebrachte heiße Wasser aus dem kleinen Holzeimer in die Porzellankaraffe. Dann hängte sie die Handtücher über den Paravent und zog sich diskret zurück.

Misstrauisch beäugte Amanda den alten Wandschirm, in dem ein breiter Riss klaffte. Unsicher schaute sie zu ihrem Leidensgefährten und sah, dass er sich wieder auf dem Bett ausgestreckt und die Augen geschlossen hatte. Mit vor Schmerz verzerrter Miene bewegte er den rechten Arm und versuchte, ihn in eine für ihn bequemere Lage zu bringen. Er tat ihr leid, doch es würde sich trotzdem nicht vermeiden lassen, ihn zu bitten, unverzüglich abzureisen, um jeder Gefahr eines Skandals aus dem Weg zu gehen.

Rasch begab sie sich hinter den Paravent, legte das vermutlich der Wirtin gehörende Nachthemd ab und reinigte sich in aller Eile. Nachdem sie sich abgetrocknet hatte, kleidete sie sich an und setzte sich an den Frisiertisch. Nach einem erschütterten Blick in den Kippspiegel nahm sie den Kamm der bereitliegenden Toilettengarnitur zur Hand und begann, das zerzauste blonde Haar zu ordnen. Innerlich seufzend betrachtete sie sich und dachte daran, dass ihre Bewunderer ihr stets gesagt hatten, keine andere Frau habe so wunderschöne braune Augen wie sie. Jetzt war der Ausdruck müde, und auch ihr schmales, ovales Gesicht wirkte abgespannt. Im Allgemeinen war sie nicht eitel, doch nun ärgerte es sie, dass sie stark gerötete Schrammen auf der linken Wange hatte und ihr linkes Auge geschwollen und blau verfärbt war.

Beklommen beendete sie die Morgentoilette, stand auf und ging um den Wandschirm. Sofort bemerkte sie, dass der Mann sie anerkennend anschaute, und stellte sich auf weitere unpassende Äußerungen ein.

„Je eher wir dieses Gasthaus verlassen, desto besser“, sagte er ruhig. „Ich hoffe, man kann mir hier eine Kutsche vermieten. Haben Sie es noch weit bis zu Ihrem Reiseziel?“

„Nein“, antwortete Amanda. „Ich wohne in der Nähe von Holt.“

„Ist es zu viel verlangt, Mrs. Brownsmith, Sie um Ihren richtigen Namen zu bitten?“, fragte Jared und sah sie belustigt an.

„Ich bin Mrs. Amanda Clare und lebe in Upper Glaven Hall. Und wer sind Sie?“

„Wenn ich das wüsste“, antwortete Jared seufzend. „Ich kann mich beim besten Willen nicht erinnern, wer ich bin.“

„Wie bitte?“ Entgeistert starrte sie ihn an.

„Ich versichere Ihnen, dass ich Sie nicht belüge. Wahrscheinlich habe ich durch den Schlag auf den Kopf mein Gedächtnis verloren. Zum Glück hat mein Geist sich jedoch nicht verwirrt.“

„Wann ist Ihnen aufgefallen, dass Sie Erinnerungslücken haben?“

„Das habe ich in dem Moment gemerkt, als Sie im Bett so

verstört von mir abgerückt sind. Ich konnte mich nicht entsinnen, wer Sie sind, und habe entsetzt festgestellt, dass mir auch mein Name entfallen ist. Wie peinlich, wenn ein Mann nicht mehr weiß, mit wem er die Nacht verbracht hat …“

„Ach, lassen Sie das!“, fiel Amanda ihm unwirsch ins Wort. „Das ist jetzt wirklich nicht der richtige Augenblick, um die Sache ins Lächerliche zu ziehen! Was machen wir nun?“

„Ich hoffe, dass ich, wenn ich mich gestärkt habe, konzentrierter denken kann“, erwiderte Jared seufzend.

Jemand klopfte an die Tür, und auf Amandas Geheiß betrat Mrs. Clay mit einem jungen Mann den Raum.

„Das ist Bill, unser Laufbursche“, stellte Barbara ihn vor. „Er wird Ihrem Gatten bei der Morgentoilette behilflich sein. Und Ihr Frühstück steht bereit, Mrs. Brownsmith.“

„Danke“, sagte Amanda, verließ die Kammer und wurde im Parterre von einem Hausmädchen in das von der Morgensonne erhellte Privatzimmer gebracht. Sie setzte sich an den Tisch und widmete sich, da sie sehr hungrig war, eifrig dem Essen.

Es dauerte nicht lange, bis jemand an die Tür klopfte und gleich darauf ihr Schicksalsgenosse im Raum erschien. Er war rasiert und machte in seiner eleganten Garderobe erneut einen stattlichen Eindruck. Den rechten Arm trug er jetzt in einer Schlinge, und außerdem hinkte er leicht, als er sich dem Tisch näherte.

„Oh, haben Sie sich auch am Bein verletzt?“ fragte Amanda besorgt.

„Das Gelenk ist verstaucht“, antwortete er leichthin. „Gestatten Sie?“

„Bitte!“, sagte sie freundlich und läutete mit der Tischglocke.

Er nahm auf dem freien Stuhl Platz und erkundigte sich: „Haben Sie, abgesehen von den Prellungen im Gesicht, durch den Unfall noch andere Schäden erlitten?"

„Nein", äußerte sie ehrlich und wandte sich an die Wirtin, die soeben eintrat. „Das Frühstück war ausgezeichnet, Mrs. Clay", fuhr sie lobend fort. „Bringen Sie meinem Mann bitte das Gleiche."

„Sehr wohl, Mrs. Brownsmith", erwiderte Barbara, knickste leicht und zog sich zurück.

„Ist Ihnen mittlerweile eingefallen, wer Sie sind?" fragte Amanda wissbegierig.

„Nein", gestand Jared bedrückt. „Aber ich habe über Ihre Lage nachgedacht, Mrs. Clare. Wenn Ihr Gatte erfährt, dass Sie mit einem Mann die Nacht im selben Bett verbracht haben, wird er gewiss nicht sehr erbaut sein. Vielleicht würde er in Anbetracht der Umstände, die zu dieser ungewöhnlichen Situation geführt haben, nachsichtig sein, wenn er wüsste, wer ich bin, und ich ihm mein Wort gäbe, dass nichts Ehrenrühriges geschehen ist. So jedoch sehe ich mich außer Stande, ihm meinen Namen zu nennen, und ein Duell ist vorläufig auch ausgeschlossen, weil ich den rechten Arm nicht benutzen kann."

Einen Augenblick lang zog Amanda in Betracht, einen wutschnaubenden Ehemann zu erfinden, hielt sich dann indes vor, das sei niederträchtig, denn schließlich hatte sie ihrem Gegenüber viel zu verdanken. „Mein Gatte hätte nie an meinem Wort gezweifelt", sagte sie ehrlich, „ganz gleich, wie heikel die Lage gewesen wäre. Ich kann Ihnen versichern, dass er, wäre er jetzt hier, Ihnen dafür danken würde, dass Sie mich vor Schlimmerem bewahrt haben."

„Sie sprechen von ihm in der Vergangenheit", bemerkte Jared erstaunt. „Lebt er nicht mehr?"

„Nein", antwortete Amanda. „Ich bin seit zwei Jahren verwitwet."

„Das tut mir leid", murmelte Jared. „An wen aus Ihrer

Familie soll ich mich dann wenden, um die gestrigen Ereignisse zu erklären und mein Bedauern darüber auszudrücken?“

„An niemanden“, sagte Amanda ruhig. „Ich habe keine Eltern mehr, und auch keine Geschwister. Humphrey Clare, der Cousin und Erbe meines verstorbenen Mannes, ist mein nächster männlicher Verwandter, und ihn geht dieser Vorfall nichts an“, fügte sie mit einer gewissen Schärfe hinzu, weil er es genießen würde, sie in eine skandalöse Geschichte verwickelt zu wissen. Dazu wollte sie ihm jedoch keinesfalls Gelegenheit geben. „Ich fürchte nicht um meinen guten Ruf“, fuhr sie gelassen fort, „vorausgesetzt, ich bin wachsam und habe nicht noch einmal solches Pech. Wenn ich in Holt bin, ist es nicht schwer für mich, nach Haus zu kommen. Aber wohin wollen Sie? Ich bedauere, Sie bitten zu müssen, mit mir abzureisen, denn es sähe sehr seltsam aus, wenn ich das Gasthaus ohne Sie verlasse.“

Es wurde wieder an die Tür geklopft, und gleich darauf erschien die Wirtin mit dem für Jared bestimmten Frühstück. Er wartete, bis sie das Zimmer verlassen hatte, und äußerte stirnrunzelnd: „Vielleicht trägt meine Kleidung dazu bei herauszufinden, wer ich bin.“

„Das ist ein guter Einfall!“, meinte Amanda. „Ihre Garderobe wurde offensichtlich von einem exzellenten Schneider und Schuhmacher angefertigt. Vielleicht sollten Sie zu einem Ihrer Lieferanten fahren, wo man Sie dann sofort mit Ihrem Namen begrüßen wird.“

„Das hat viel für sich“, räumte Jared ein. „Dann wüsste ich auf der Stelle, wer ich bin, oder ich könnte Nachforschungen über mich anstellen.“

„So weit, so gut, aber was ist, wenn man Sie bei Weston oder Lobb mit ‚Guten Tag, Eure Lordschaft‘ empfängt?“ wandte Amanda ein. „Sie können sich schlecht danach erkundigen, welcher Lord Sie sind."

„Hm, daran habe ich nicht gedacht", musste Jared zugeben. „Natürlich wäre es einfacher, wenn man mich mit ‚Eure Gnaden' anspräche, denn dann ist die Auswahl nicht so groß!"

„Können Sie bitte etwas ernsthafter sein?" äußerte Amanda vorwurfsvoll, begann jedoch, die Situation amüsant zu finden. Sie war froh, dass ihr Begleiter kein mürrischer Griesgram war. „Ich bin davon überzeugt, dass Sie kein so hoch stehender Adliger sind, weil ich glaube, alle Herzöge in Ihrem Alter zu kennen. Oder meinen Sie, ein Aristokrat zu sein? Kommt es Ihnen seltsam vor, wenn man Ihnen nicht die erforderliche Ehrerbietung entgegenbringt?"

„Noch kann ich das nicht beurteilen", antwortete Jared trocken. „Ich muss mich erst daran gewöhnen, als einfacher Mr. Augustus Brownsmith eingestuft zu werden."

Amanda überging die Spitze und erwiderte: „Natürlich könnten Sie sich in Holt einquartieren und die Zeitungen aus London nach einer Annonce durchsehen, die Ihre Angehörigen vielleicht auf der Suche nach Ihnen aufgegeben haben. Schließlich muss Ihre Gattin vor Angst um Sie außer sich sein."

„Meine Gattin?" wiederholte Jared perplex.

„Kommt die Vorstellung, verheiratet zu sein, Ihnen so abwegig vor? Sie sind alt genug, Sir, um eine eigene Familie zu haben."

„Ich bin sicher, dass ich nicht vermählt bin", entgegnete Jared aus fester Überzeugung. „Sonst müsste ich doch eine gewisse Unruhe verspüren, nicht wahr?"

„Möglicherweise sind Sie kein guter Ehemann", vermutete Amanda und sah ihr Gegenüber unwirsch die Stirn furchen. „Sind Sie denn nicht im Mindesten um jemanden beunruhigt?"

„Ja, um Sie", antwortete Jared ehrlich. „Unsere Situation

als solche ist eher aufregend. Ich habe nämlich das Gefühl, früher oft gelangweilt gewesen zu sein."

„Das ist interessant", meinte Amanda. „Als Sie in Felthorpe zugestiegen sind, hatte ich den Eindruck, dass Sie guter Dinge waren und froh, etwas für Sie Unangenehmem entronnen zu sein. Im Übrigen habe ich mich gewundert, dass Sie mit einer Postkutsche reisten."

„Auch für mich ist das ein Rätsel", gab Jared zu. „Irgendwie habe ich das Gefühl, dass ich normalerweise nicht mit Postkutschen fahre. Wie dem auch sei, ich habe nicht die Absicht, erneut auf dieses Verkehrsmittel zurückzugreifen. Ich halte es für das Beste, wenn ich hier einen Wagen miete und uns nach Holt bringe. Dort kann ich mir eine Berline besorgen, darin nach London weiterfahren und mich in einem Hotel einlogieren."

„Im ‚Grillon'?"

„Nein, im ‚Clarendon', weil man da besser speist."

Überrascht schaute Amanda den Unbekannten an und sagte hoffnungsvoll: „Wenn Sie das so genau wissen, müssen Sie sich doch an etwas erinnern!"

„Leider ist das ein Trugschluss", widersprach Jared ernst. „Ich weiß nicht einmal, wie das Hotel aussieht. Aber wenn ich mich dort einfinde, besteht die Möglichkeit, dass jemand mich erkennt und mich mit meinem Namen begrüßt."

„Falls Sie bis dahin nicht die Hälfte Ihrer Bekannten brüskiert haben, weil sie von Ihnen nicht zur Kenntnis genommen wurden", warf Amanda ein.

„Sie verstehen es prächtig, mich aufzumuntern!", erwiderte Jared trocken, griff in die Innentasche des Gehrocks und zog die Couverttasche heraus. Er klappte sie auf und stellte befremdet fest, dass sie leer war. „Hm!", äußerte er irritiert. „Ich hätte schwören können, dass wir es hier mit anständigen Wirtsleuten zu tun haben. Nun frage ich mich, wie ich den

Arzt honorieren, die Rechnung begleichen und einen Wagen mieten soll." Er betastete die Seitentasche, spürte den Geldbeutel und nahm ihn an sich. Nachdem er ihn aufgezogen und den Inhalt auf den Tisch geschüttet hatte, stellte er fest, dass er nur eine Guinea und etwas Kleingeld besaß.

Unbehaglich schaute Amanda ihn an und sagte bedächtig: „Wären wir nicht, wie Mrs. Clay uns mitgeteilt hat, von ihrem Mann und einem Helfer aus der zertrümmerten Kutsche gezogen worden, läge der Verdacht nahe, dass jemand Sie ausgeraubt hat. Zum Glück dürfte das vorhandene Geld reichen, um die hier entstandenen Kosten zu begleichen. In Holt werde ich Ihnen dann aushelfen, damit Sie nach London fahren können."

„Das kommt nicht infrage!", weigerte sich Jared. „Ich werde mir nichts von Ihnen leihen, da ich keine Ahnung habe, ob ich Ihnen das Geld zurückgeben kann."

„Sie tragen einen goldenen Siegelring", bemerkte Amanda. „Ist etwas eingraviert, das Ihnen helfen könnte, sich zu erinnern?"

„Nein, auf dem Stempel befindet sich nur ein ‚J'", antwortete Jared bedauernd.

„Hm, das kann alles Mögliche bedeuten", murmelte sie enttäuscht. „Es könnte sich um den Anfangsbuchstaben Ihres Vornamens oder Familiennamens handeln. Nun, zumindest habe ich jetzt einen Ansatzpunkt, um Sie mit einem Namen ansprechen zu können. Ich werde Sie Jay Brownsmith nennen. Kommen Sie! Ich habe einen Plan."

Als sie Anstalten machte, sich zu erheben, stand Jared auf und war ihr behilflich. Dann ergriff er ihre Hand, hob sie zum Kuss an die Lippen und sagte anerkennend: „Sie sind mutig und tatkräftig. Das gefällt mir."

„Ach, Unsinn!", entgegnete sie lächelnd und bemühte sich, nicht zu zeigen, wie sehr die galante Geste und das Kompliment sie erfreuten. „Meine Freunde behaupten ganz etwas anderes von mir. Sie finden mich bestimmend und herrisch. So, und nun sollten wir die Rechnung begleichen und dann aufbrechen."

Gemeinsam verließ man das Privatzimmer, und auf die Bitte, ein Fahrzeug zur Verfügung zu stellen, wurde Jared ein Gig mit einem ruhigen Pferd überlassen. Er entlohnte den Wirt, begab sich mit Mrs. Clare zum Wagen und wartete, bis der Laufbursche das Gepäck untergebracht und ihr in den Einspänner geholfen hatte. Dann setzte er sich neben sie und überließ ihr in weiser Voraussicht die Zügel.

Sie winkte den Wirtsleuten zu, trieb den Braunen an und lenkte ihn vom Hof.

Nach einer Weile bemerkte Jared anerkennend: „Sie kutschieren sehr gut, Mrs. Clare."

„Ach, ein gefügiges Pferd, ein gut gewarteter Wagen und eine leere Straße sind keine Herausforderungen", antwortete sie schmunzelnd. „Mein Mann hat mich gelehrt, wie man vierspännig fährt. Seit ich verwitwet bin, benutze ich indes nur Zweispänner. Es ziemt sich nicht, auf dem Land zu viel Aufsehen zu erregen, da man sonst ins Gerede gerät."

„Nicht nur auf dem Land sind die Leute engstirnig", meinte Jared. „Verzeihen Sie meine Neugier, aber warum sind Sie überhaupt mit der Postkutsche gefahren?"

„Der Grund ist schnell erklärt, obwohl die Sache etwas peinlich für mich ist", antwortete Amanda heiter. „Ich war in Norwich zum Einkaufen und habe so viel Geld ausgegeben, dass ich mir kein Mietfahrzeug nehmen konnte. Und meine Zofe ist mit Mr. Gourley, den wir zufällig getroffen haben, nach Haus gefahren. Sie ist sehr gut mit seinen Töchtern befreundet, sodass ich keine Bedenken hatte." Sie unterließ es, Mr. Brownsmith mitzuteilen, dass Kate offenbar viel für Mr. Gourleys ältesten Sohn Thomas empfand und sie ihr erlaubt hatte, bei der Familie zu übernachten, falls sie dazu eingeladen werden würde. „Zur Bank wollte ich nicht gehen“, fuhr sie fort, „weil ich bereits eine beträchtliche Summe abgehoben hatte und Mr. Greenwich mir, da er es gut mit mir meint, bestimmt vorgehalten hätte, ich müsse etwas sparsamer sein.“

„Ein weiser Mann!“, erwiderte Jared auflachend.

„Wie man es nimmt“, äußerte Amanda gedehnt. „Man könnte ihn auch für geizig halten. Ich bin Ihrer Gattin wegen beunruhigt“, fügte sie übergangslos hinzu. „Sie muss sehr in Sorge um Sie sein.“

„Wieso? Es ist doch gar nicht sicher, dass ich verheiratet bin. Und außerdem haben Sie beim Frühstück vermutet, ich sei möglicherweise kein guter Ehemann. Dann wäre es doch nicht verwunderlich, wenn meine Gemahlin, falls es sie gibt, froh über meine Abwesenheit ist. Oder sie rechnet noch nicht mit meiner Heimkehr, weil ich mich auf einer längeren Reise befinde.“

„Kommt Ihnen denn keine Frau in den Sinn?“

„Oh ja!“, antwortete Jared grinsend. „In Gedanken sehe ich mehrere hübsche Damen, von denen jedoch keine als meine Gattin infrage kommt.“

„So, so“, murmelte Amanda und sah eine Chaise ihr entgegenkommen. Sie wartete, bis sie fast auf gleicher Höhe war, und wandte sich dann schnell ihrem Begleiter zu. Sobald die Kutsche am Gig vorbei war, erklärte Amanda: „Ich wollte vermeiden, dass jemand mich erkennt.“

„Das ist begreiflich“, sagte er verständnisvoll. „Ich glaube, es ist besser für Sie, wenn Sie mich hier absetzen. Wie ich sehe, ist es nicht mehr weit bis Holt, sodass ich den letzten Rest des Wegs zu Fuß zurücklegen kann.“

„Und wie wollen Sie nach London kommen?“ fragte sie, ohne auf den Wunsch des Unbekannten einzugehen. „Sie haben nicht einmal genügend Geld bei sich. Außerdem haben

Sie sich das Fußgelenk verstaucht."

„Gleichviel, ich muss Rücksicht auf Ihren Ruf nehmen und möchte Sie daher nicht länger belästigen. Sie haben ohnehin schon genug für mich getan."

„Ach, das ist nicht der Rede wert", widersprach Amanda, lenkte das Pferd auf einen von dichtem Gebüsch gesäumten Seitenweg und wendete auf einer breiten freien Fläche. Dann hielt sie den Braunen an und sagte, während sie ihrem Begleiter die Zügel übergab: „Der Plan, von dem ich vorhin gesprochen habe, wird es Ihnen ermöglichen, wieder zu Kräften zu gelangen und hoffentlich auch Ihr Erinnerungsvermögen zurückzugewinnen, und zwar in angenehmer Umgebung und ohne nennenswerte Ausgaben zu erzeugen."

Jared hielt die Stränge mit der linken Hand und erkundigte sich verblüfft: „Warum in aller Welt wollen Sie sich weiterhin mit mir belasten?"

„Freunden sollte man stets behilflich sein", antwortete Amanda beim Verlassen des Gigs.

„Bin ich ein Freund?" fragte Jared erstaunt. „Sie kennen mich doch kaum!"

„Sie haben mich, als die Postkutsche umstürzte, vor größerem Schaden bewahrt", erklärte sie, „und dafür bin ich Ihnen Dank schuldig. So, und nun hören Sie mir gut zu. Das Haus, dessen Dach Sie hinter den Bäumen sehen können, ist ein Gasthof, der ‚Zum Halbmond' heißt und meinem früheren Stallmeister William Bream gehört, der den Dienst quittiert hat, nachdem der Vetter meines Mannes den Besitz geerbt hatte. Das Gebäude war in sehr schlechtem Zustand und hatte keine gute Klientel. Mr. Bream hat es renoviert und ihm zu einem besseren Ruf verholfen, sodass es seit etlichen Monaten von einer ordentlichen Kundschaft frequentiert wird."

„Was soll ich dort?" wunderte sich Jared. „Wollen Sie mich als Küchenjungen oder Stallknecht empfehlen?"

„Natürlich nicht!“, antwortete Amanda kopfschüttelnd. „Ich bezweifele, dass Sie der einen wie der anderen Aufgabe gerecht würden. Nein, Mr. Bream benötigt jemanden, der ihm die Buchführung macht. Daher beabsichtige ich, ihn zu bitten, Sie gegen Kost und Logis einzustellen. Ich hoffe sehr, dass Sie in einigen Tagen nicht mehr an Gedächtnisschwund leiden und es uns gelingt, Ihnen zu Ihrem früheren Leben zu verhelfen.“

Jared bändigte das unruhig gewordene Pferd, sah dann Mrs. Clare an und erwiderte trocken: „Sie haben ein bestimmendes Wesen, Madam!“

„Das weiß ich“, räumte sie fröhlich ein. „Humphrey hält diesen Wesenszug für eine meiner schlimmsten Charaktereigenschaften.“

„Erlaubt er sich immer, Sie derart unhöflich zu kritisieren?“

„Leider ja, denn er ist jetzt das Oberhaupt der Familie. Ich gebe zu, dass ich oft eine Plage für ihn bin. Wahrscheinlich wäre es ihm lieber, ich würde manchmal Schwäche zeigen, mich an seiner Brust ausweinen und seinen Rat suchen. Aber reden wir nicht mehr von ihm. Werden Sie tun, was ich Ihnen vorgeschlagen habe?“

„Ja“, versprach Jared.

„Gut, dann lassen Sie mir eine Weile Zeit, damit ich zu Mr. Bream gehen und ihm die Situation erklären kann. Dann folgen Sie mir“, fügte sie hinzu, raffte die Röcke und eilte den zum Gasthaus führenden Pfad entlang, sorgfältig darauf achtend, von niemandem gesehen zu werden.

Einem Impuls folgend, warf sie einen Blick zurück und sah den Fremden ihr hinterherschauen. Unwillkürlich erinnerte sie sich daran, wie angenehm es beim Wachwerden gewesen war, ihn an sich zu spüren, und welche wohligen Regungen sie bei seinem kurzen Kuss empfunden hatte. Sie hielt sich vor, töricht zu sein, denn er war wahrscheinlich verheiratet und hatte Kinder. Oder er war ein Frauenheld, der viele Liebschaften hatte. Im Übrigen würden sich ihrer beider Wege nicht mehr kreuzen, sobald er sein Erinnerungsvermögen zurückerlangt hatte.

2. KAPITEL

Erfreut, Mrs. Clare zu sehen, ging William Bream ihr auf dem Stallplatz entgegen, doch sein Lächeln schwand, als er ihr geschundenes Gesicht bemerkte. „Sind Sie gestürzt, Madam?“ erkundigte er sich betroffen. „Bitte kommen Sie ins Haus. Ich werde sofort den Doktor holen lassen.“

„Nein, das ist nicht nötig, Mr. Bream“, lehnte sie den Vorschlag auf dem Weg ins Entree ab. „Ich hatte gestern einen Unfall mit der Postkutsche, bin jedoch zum Glück nicht schwer verletzt. So, nun hören Sie mir zu, und unterbrechen Sie mich nicht, denn ich darf keine Zeit verlieren. In wenigen Augenblick wird ein Herr eintreffen, und ich möchte, dass Sie ihn als Buchhalter beschäftigen.“

Zunehmend befremdet hörte William sich an, welche Umstände zu diesem ungewöhnlichen Ansinnen geführt hatten, und äußerte schließlich fassungslos: „Aber Mrs. Clare, das geht nicht! Sie können nicht von mir erwarten, dass ich einen Fremden einstelle, dessen Identität unbekannt ist! Vielleicht ist der Mann von vornehmer Herkunft und verargt es mir später, dass ich ihn mit einer solchen Aufgabe betreut habe.“

„Sie sollen ihn nicht engagieren, sondern ihm lediglich zum Ausgleich dafür, dass er Ihnen mit den Abrechnungen behilflich ist, Kost und Logis gewähren!“, erwiderte Amanda hitzig. „Ich möchte ihn in der Nähe wissen und von Ihnen erfahren, ob er ein für mich geeigneter Umgang ist. Ich verlasse mich auf Sie und Ihre ausgezeichnete Menschenkenntnis.“

„Es hat keinen Sinn, Madam, mir schöntun zu wollen!“, entgegnete William unwirsch. „Ich weiß nicht, was Ihr Gatte dazu sagen würde, könnte er Sie jetzt hören!“

„Er würde Ihnen dafür danken, dass Sie meinem Wunsch entsprechen und mir helfen, meine moralische Verpflichtung jemandem gegenüber wahrzunehmen, der mich bei dem Unfall vor größerem Schaden bewahrt hat und dabei selbst stark verletzt wurde. Oh, ich höre das Gig auf den Hof fahren! Bitte, Mr. Bream, gehen Sie zu Mr. Brownsmith, ehe ein Stallknecht zu ihm kommt, und bringen Sie ihn her."

„Wie Sie wünschen, Mrs. Clare", gab William nach und ging zu dem Einspänner.

Amanda schaute ihm hinterher und hielt sich vor, dass Mr. Bream, falls er einen schlechten Eindruck von dem Fremden gewann, ihn sofort wegschicken würde, ganz gleich, welche Einwände sie erheben mochte. Er schien jedoch nichts gegen ihn zu haben, da er sich umdrehte, Everett Payne zu sich rief und dann das Gepäck aus dem Kasten nahm. Ihr Reisegefährte stieg vorsichtig vom Kutschbock, verzerrte indes vor Schmerz das Gesicht, als er mit dem linken Bein auftrat.

Humpelnd ging er in den Vorraum der Schenke und sagte belustigt: „Die Prüfung, der Ihr Mr. Bream mich unterzogen hat, muss ich bestanden haben, denn sonst hätte er mich wohl nicht zu Ihnen gelassen."

„Ich habe volles Vertrauen zu ihm", erwiderte Amanda ruhig. „Ich bin nur eine Frau und könnte mich in Ihnen täuschen. Daher muss ich mich auf seinen Scharfblick verlassen."

„Sie sollten nicht so viel auf die Wertmaßstäbe Ihres Stallmeisters geben", entgegnete Jared kopfschüttelnd.

William gesellte sich zu den Herrschaften und verkündete: „Zum Glück ist meine beste Kammer frei, Sir. Ist das alles Ihr Gepäck?"

„Nein, ich habe nur einen Portemanteau. Der andere gehört Mrs. Clare."

„Würden Sie mir Ihr Buggy ausleihen, Mr. Bream, und dafür sorgen, dass das Gig zum ‚Goldenen Lamm' nach Saxthorpe zurückgebracht wird?" bat Amanda höflich. „Ich würde den Wagen ungern von zu Haus aus zurückschicken, damit mein Stallknecht sich nicht wundert, wenn im ‚Goldenen Lamm‘ von Mr. und Mrs. Brownsmith die Rede ist.“

„Überlassen Sie das getrost mir, Mrs. Clare“, erwiderte William. „Ich werde Sie auch gleich heimfahren, sobald Mr. Brownsmith untergebracht ist, da ich nicht möchte, dass Sie in Ihrem Zustand allein unterwegs sind. Hoffentlich werden wir von niemandem gesehen, denn sonst würden die Leute sich gewiss über Ihr arg in Mitleidenschaft gezogenes Gesicht wundern. Entschuldigen Sie mich bitte einen Moment. Ich hole nur Mrs. Mallett her, damit sie sich um Mr. Brownsmith kümmern kann.“

Sobald der Wirt gegangen war, sagte Jared bewundernd: „Sie sind eine sehr ungewöhnliche junge Dame, Mrs. Clare, vernünftig und praktisch eingestellt. Jede andere Frau würde gewiss Zustände bekommen, wenn sie so aussähe wie Sie. Glücklicherweise wird es nicht lange dauern, bis die Verfärbungen um Ihr Auge abgeklungen sind. Und die Schramme in Ihrem hübschen Gesicht wird auch bald abgeheilt sein und keine Narbe hinterlassen.“

„Sie sind ein Schmeichler“, erwiderte Amanda lächelnd und senkte den Blick, um nicht zu zeigen, wie angenehm ihr die Komplimente waren. „In meinem Alter verfügt man bereits über einige Lebenserfahrung und neigt nicht mehr so schnell dazu, die Contenance zu verlieren.“

„Versprechen Sie mir etwas?“ fragte Jared eindringlich.

„Das hängt davon ab, was Sie von mir wollen“, antwortete Amanda ausweichend.

„Ich möchte, dass Sie, wenn Sie zu Haus sind, den Doktor kommen lassen und seine Ratschläge befolgen.“

„Vielleicht“, erwiderte sie gleichmütig, sah Mr. Bream zurückkehren und unwirsch die Stirn furchen, vermutlich deshalb, weil sie und Mr. Brownsmith sehr nah beeinander standen.

„Wir können fahren, Madam“, kündigte William an. „Miss

Porter ist gewiss in großer Sorge um Sie."

„Vermutlich!", stimmte Amanda zu und zog die Handschuhe an. „Miss Porter ist meine Gesellschafterin und Vertraute", wandte sie sich erklärend an Mr. Brownsmith. „Wir passen wunderbar zusammen, denn sie achtet stets auf die Form, ohne mich jedoch dadurch einzuengen. Sie ist immer für mich da, doch wenn ich sie nicht benötige, befasst sie sich mit dem Park und hält die Gärtner auf Trab. So, und nun muss ich fort", fügte sie lächelnd an. „Ruhen Sie sich aus. Morgen komme ich wieder her, um zu sehen, wie es Ihnen ergeht."

Jared ergriff ihre Hände und erwiderte warmherzig: „Ich weiß Ihre Anteilnahme sehr zu schätzen, Mrs. Clare, halte es indes für besser, dass Sie auf Ihren guten Ruf achten und mich morgen nicht aufsuchen. Wenn Sie gestatten, werde ich Ihnen in einigen Tagen die Aufwartung machen."

„Gern", willigte Amanda ein, verließ das Haus und begab sich zum Buggy.

William half ihr in den Wagen und furchte die Stirn, als sie sich, bevor sie Platz nahm, umdrehte und dem in der offenen Haustür stehenden Mr. Brownsmith zuwinkte. Er stieg ein, ergriff die Zügel und trieb das Pferd an.

Zum Glück begegnete man im Ort niemandem, den Amanda kannte, und da Mr. Bream zügig kutschierte, war man bald auf der nach Norden führenden Landstraße. Schon einige Zeit konnte man hin und wieder hinter den Baumwipfeln die Schornsteine und Dächer von Upper Glaven Hall erkennen, und es dauerte nicht lange, bis Mr. Bream das Pferd auf die lange Allee lenkte, die zu dem im klassizistischen Stil erbauten Herrenhaus verlief.

Kaum vor dem von Säulen getragenen Portikus angekommen, wurde das Portal geöffnet, und Amanda sah Kate mit sichtlich erleichterter Miene an dem überrascht herüberschauenden Butler vorbeilaufen.

Kate rannte die Freitreppe hinunter, hielt keuchend beim Buggy an und äußerte echauffiert: „Endlich sind Sie zurück, Madam! Wir alle waren in großer Aufregung um Sie. Um Himmels willen, was ist passiert?“ fügte sie erschrocken beim Anblick des verunstalteten Gesichts ihrer Herrin hinzu.

„Es besteht kein Grund zur Besorgnis, Kate“, antwortete Amanda beschwichtigend und erblickte die eilig zum Einspänner strebende Miss Porter. Sie wartete, bis sie bei ihr war, und sagte dann rasch: „Guten Morgen, Jane. Starr mich nicht so erschüttert an! Auf der Rückfahrt von Norwich hatte die Postkutsche einen Unfall, sodass ich gezwungen war, die Nacht in einem Gasthaus zu verbringen. Die Prellungen, die ich erlitten habe, sehen jedoch schlimmer aus, als sie sind.“

„Das beste Mittel, um die Schwellung zum Abklingen zu bringen, ist Gänsefett“, meinte Jane, „und die Schrammen auf der Wange werde ich mit Ringelblumensalbe behandeln.“

Amanda nickte zustimmend, ließ sich von ihrer Zofe aus dem Wagen helfen und sagte dann: „Bringen Sie mein Gepäck ins Haus, Kate. Ich möchte Mr. Bream nicht länger aufhalten. Vielen Dank, Sir, dass Sie mich hergebracht haben“, fügte sie freundlich hinzu. „Bitte fügen Sie die Kosten für die Rückführung des Gigs nach Saxthorpe und eventuelle Mehrausgaben für Mr. Brownsmith meiner Rechnung hinzu. Ich bitte Sie jedoch, ihm nicht zu sagen, dass ich für ihn aufkomme.“

„Geben Sie gut auf sich Acht, Madam“, erwiderte William ernst, „und damit meine ich nicht nur Ihre Gesundheit. Auf Wiedersehen, meine Damen.“

Kate nahm den Portemanteau an sich und folgte Mrs. Clare und Miss Porter ins Haus.

In ihrem Ankleidezimmer angekommen, nahm sie den ramponierten Hut ab, warf ihn achtlos auf die Kommode und zog die Handschuhe aus. „Ich weiß, du platzt vor Neugier, Jane“, sagte sie lächelnd, während sie die Handschuhe neben die Schute legte. „Die Rückfahrt verlief ganz normal, bis die Postkutsche plötzlich ins Schlingern geriet und in den Straßengraben stürzte. Alle Insassen wurden furchtbar durch den Wagen geschleudert, und dabei habe ich mir die Prellungen zugezogen."

„Wie gut, dass du nicht schwerer verletzt wurdest", warf Jane ein. „Und wie ist es mit den anderen Leuten?"

Da Amanda den Eindruck erwecken wollte, es hätten nicht nur sie und Mr. Brownsmith in der Berline gesessen, antwortete sie ausweichend: „In dem Gasthaus, in dem wir übernachten mussten, haben wir erfahren, dass Mr. Jenkins, der Kutscher, während der Fahrt an einem Herzanfall gestorben ist. Mr. Johnson, der zweite Postillion, konnte sich nicht mehr festhalten und prallte beim Sturz auf die Erde so hart auf, dass er ohnmächtig liegen blieb. Ein Reisender wurde am Bein und an der Schulter verletzt, doch zum Glück nicht gravierend. Ich weiß, es war dumm von mir, mit der Postkutsche zu fahren", fügte sie einsichtig hinzu. „Ich wäre dir, Jane, und Ihnen, Kate, dankbar, wenn Sie die Geschichte von meinem Missgeschick für sich behielten." Sie befürchtete indes, die Nachricht vom Unfall würde sich sehr schnell in der Umgebung verbreiten, hoffte jedoch inständig, niemand möge erfahren, dass sie unter falschem Namen die Nacht mit einem Fremden im „Goldenen Lamm" zugebracht hatte. „So, und nun möchte ich baden, Kate", fuhr sie fort, „und anschließend etwas Warmes essen. Danach werde ich mich ausruhen."

Als Amanda die Lider aufschlug, sah sie, dass der Abend bereits dämmerte. Sie betätigte den neben dem Bett angebrachten Klingelzug, dachte im gleichen Moment an Mr. Brownsmith und fragte sich, wie es ihm ergehen mochte. Erstaunt stellte sie fest, dass ihr nicht sehr viel daran lag herauszufinden, wer er in Wirklichkeit war, da er dann abreisen und sie ihn nie wiedersehen würde. Sie wünschte sich jedoch, weiterhin Umgang mit ihm pflegen zu können, denn sie fühlte sich sehr zu ihm hingezogen. Sie mochte seinen trockenen Humor, seine umgängliche Art und fand ihn überaus attraktiv, vor allem seine ausdrucksvollen grünen Augen. Darüber hinaus beeindruckte sie, mit welcher Fassung er seinen Gedächtnisverlust ertrug.

„Herein!“, rief sie, als jemand an die Schlafzimmertür klopfte.

Kate trat ein, schloss die Tür, knickste und erkundigte sich: „Fühlen Sie sich besser, Madam?“

„Ja“, antwortete Amanda. „Ich werde zum Essen herunterkommen. Bitte legen Sie mir mein dunkelgrünes Seidenkleid heraus.“

„Sehr wohl, Madam“, erwiderte Kate und ging ins Ankleidekabinett.

Amanda stand auf, folgte ihr und betrachtete sich im Pilasterspiegel. Sie wirkte etwas erholter, doch die linke Augenpartie war nach wie vor blau-grün verfärbt, und die Schrammen zeichneten sich deutlich auf der Wange ab.

„Hast du bei den Gourleys übernachtet, Kate?“ fragte sie beiläufig, während sie sich von ihr aus dem Nachthemd helfen ließ.

„Ja, Madam“, antwortete Kate und begann mit dem Ankleiden der Herrin.

Amanda sah sie leicht erröten. „Sind alle Familienmitglieder wohlauf?“ wollte sie wissen.

„Ja, Madam“, wiederholte Kate.

Amanda wunderte sich, warum ihre Zofe Thomas nicht erwähnte, und hatte den Eindruck, dass etwas nicht stimmte. Sie nahm sich vor, bei Gelegenheit zu den Gourleys zu fahren, die als Pächter auf dem zu Upper Glaven Hall gehörenden Besitz lebten, und sich diskret zu erkundigen, ob es zwischen Kate und Thomas zu einem Zerwürfnis gekommen war. Schweigend zog sie das grüne Kleid an und setzte sich dann an den Toilettentisch, damit die Zofe sie frisieren konnte.

„Ich habe Mr. und Mrs. Gourley nicht erzählt, dass Sie für die Heimfahrt die Postkutsche genommen haben, weil ich dachte, das sei Ihnen vielleicht nicht recht, sondern lediglich erwähnt, Sie hätten mir einen freien Abend gewährt“, fuhr Kate fort und begann, ihrer Herrin das Haar zu richten.

„Danke, das war sehr vorausschauend von Ihnen.“

„Ich habe nur beherzigt, Madam, dass Sie mir oft genug geraten haben, nicht geschwätzig zu sein.“

„Sehr vernünftig“, meinte Amanda. Das Mädchen hatte indes so bedrückt ausgesehen, dass sie sich versucht fühlte, sie auf der Stelle nach dem Grund für ihre Niedergeschlagenheit zu fragen. Da die Zofe mit ihrer Arbeit fertig war, sagte Amanda: „Gehen Sie jetzt, und richten Sie Mrs. Howlett aus, dass ich um sieben Uhr essen möchte.“

„Wie Sie wünschen, Madam“, erwiderte Kate, knickste und verließ den Raum.

Amanda begab sich in den Damensalon und traf dort ihre einen Brief lesende Gesellschafterin an.

Jane legte das Schreiben zur Seite, stand auf und erkundigte sich: „Hast du dich etwas erholt, meine Liebe?“

„Ja“, antwortete Amanda freundlich. „Bitte beunruhige dich meinetwegen nicht. Erzähl mir lieber, wie du den gestrigen Tag verbracht hast.“

„Dein Cousin kam überraschend zu Besuch“, erwiderte Jane. „Er wollte unbedingt wissen, warum du nach Norwich gefahren bist. Es versteht sich von selbst, dass ich ihm gesagt habe, das entziehe sich meiner Kenntnis. Zum Glück hat er sich bald verabschiedet.“

„Es tut mir leid, dass du dich allein mit ihm befassen musstest“, sagte Amanda bedauernd. „Weißt du zufällig, wann

Kate nach Haus gekommen ist? Heute wirkt sie eigenartig niedergeschlagen auf mich."

„Sie war am Spätvormittag hier", erklärte Jane, „und hat mir erzählt, sie sei über Nacht bei den Gourleys gewesen. Du hast recht, sie macht tatsächlich einen etwas angegriffenen Eindruck. Möglicherweise ist sie sehr spät ins Bett gekommen, weil sie sich zu lange mit ihnen unterhalten hat."

„Ich habe das Gefühl, dass etwas anderes dahinter steckt", meinte Amanda, „und werde versuchen, sie morgen auszuhorchen."

Vormittags ließ Amanda ihre Zofe zu sich ins Boudoir rufen und sagte übergangslos: „Es ist unübersehbar, Kate, dass etwas Sie belastet. Möchten Sie sich mir anvertrauen?"

Sie hatte damit gerechnet, dass Kate ihr berichten würde, sich mit Thomas Gourley oder mit einer anderen Angestellten gestritten zu haben, und war daher sehr erstaunt, als die Zofe in Tränen ausbrach. Bestürzt bemühte sie sich, das Mädchen zu beruhigen, doch das gelang ihr nicht.

„Ich hätte nie ...", begann Kate schluchzend. „Kein Charakter ... Ich wünschte, ich wäre tot ..."

„Was soll das heißen?" fragte Amanda betroffen. „Sie müssen sich schon deutlicher ausdrücken, damit ich Ihnen helfen kann."

„Niemand kann mir helfen!", äußerte Kate kläglich. „Am liebsten würde ich sterben!"

„Hören Sie endlich auf, solchen Unsinn zu reden!", erwiderte Amanda ungehalten. „Das meinen Sie nicht ernst! Also, was ist passiert? Haben Sie ein Zerwürfnis mit Thomas Gourley gehabt?"

„Wenn es nur das wäre, Madam!", antwortete Kate traurig. „Nein, ich bin ... oh, bitte, schimpfen Sie mich nicht aus! ... Ich bin ... guter Hoffnung, und Sie werden mich gewiss nicht bei sich behalten wollen. Dann muss ich ins Armenhaus, kann nicht mehr als Zofe arbeiten und komme auch nie nach London!“

„Oje, Kate!“, murmelte Amanda erschüttert, nahm Kate in die Arme und streichelte ihr beruhigend den Rücken. „Natürlich werde ich Sie nicht entlassen! Der junge Mr. Gourley muss Sie heiraten, und ich glaube, dass Sie mit ihm sehr glücklich werden. Haben Sie ihm schon gesagt, dass Sie ein Kind von ihm bekommen?“

„Nein, Madam“, gestand Kate bedrückt. „Ich war mir nicht sicher, ob ich empfangen habe. In Norwich habe ich dann eine Hebamme aufgesucht, die mich nicht kennt, und sie bestätigte mir, dass ich schwanger bin.“

„Warum haben Sie Thomas Gourley denn gestern Abend nicht anvertraut, dass Sie in anderen Umständen sind?“ wunderte sich Amanda, ließ Kate los und schaute sie befremdet an.

„Miss Bridges war bei ihm, und er hat schamlos mit ihr kokettiert!“, entrüstete sich Kate. „Ich bin überzeugt, dass sie nicht die Einzige ist, mit der er liebäugelt. Ach, ich habe mich in ihm getäuscht! Wahrscheinlich will er mich gar nicht zur Frau. Ich jedenfalls heirate ihn nicht, wenn er mich nicht haben will!“

„An Ihrer Stelle würde ich mich nicht so über Joan Bridges aufregen, denn sie macht jedem jungen Mann schöne Augen. Es ist verständlich, wenn derjenige, den sie betört, sich dann nicht lange ziert. Sollte Thomas Gourley sich tatsächlich weigern, Sie zu heiraten, stehen Sie natürlich vor einer unerwarteten Situation, mit der wir uns dann befassen müssen. Ich bin jedoch sicher, dass er um Ihre Hand anhält. Und damit Sie ein Heim haben, überlasse ich Ihnen beiden nach der Hochzeit das Pförtnerhaus vom Südtor mit dem dazugehörenden kleinen Garten. Ich weiß, es muss in Stand gesetzt werden, aber das lässt sich schnell und ohne große Kosten bewerkstelligen.“

„Vielen Dank, Madam“, erwiderte Kate erleichtert. „Aber ich hatte mir so gewünscht, Zofe zu bleiben und eines Tages in London bei einer vornehmen Familie zu arbeiten.“

„Wie man sich bettet, Kate, so liegt man“, erwiderte Amanda kühl. „So, und nun waschen Sie sich die Augen mit kaltem Wasser aus, und dann können Sie zu Ihrem Thomas fahren und ihm die Neuigkeit erzählen. Je früher er das weiß, desto schneller können wir die nötigen Vorkehrungen treffen.“

Kate knickste und verließ den Raum.

Nur einen Moment später klopfte jemand an die Tür, und auf Amandas Geheiß betrat ihre Gesellschafterin den Salon.

„Du meine Güte!“, sagte sie, während sie die Tür schloss. „Was ist denn mit Kate nicht in Ordnung? Ihr Schluchzen war bis in den Korridor zu hören.“

„Thomas Gourley hat sie geschwängert“, antwortete Amanda ernst. „Bitte behalte das für dich, Jane. Ich bin sicher, er wird nicht erfreut sein, wenn er das hört. Ich schätze ihn jedoch als so ehrenhaft ein, dass er Kate heiraten wird. Sollte ich mich wider Erwarten in ihm täuschen, werde ich für sie eine Lösung finden müssen, wie sie ihr Kind im Geheimen zur Welt bringen kann und dann, um den Schein zu wahren, in der Öffentlichkeit als junge Witwe auftritt.“

„Hoffentlich weiß der junge Mr. Gourley, was sich gehört“, erwiderte Jane skeptisch. „Es tut mir leid, meine Liebe, dass du dich nach den gestrigen Strapazen mit einem so unangenehmen Problem befassen musst.“

„Oh, ich fühle mich bereits viel besser“, sagte Amanda ehrlich.

„Das freut mich zu hören“, äußerte Jane zufrieden. „Wie viele Reisende waren außer dir und dem von dir erwähnten Herrn in der Postkutsche?“

Amanda entschied sich, die Wahrheit zu sagen. „Er und

ich waren die einzigen Insassen", gestand sie freimütig. „Mach kein so entsetztes Gesicht, Jane! Er hat sich tadellos benommen, bis zum Unfall Distanz zu mir gewahrt und mich erst dann, als der Wagen ins Schleudern geriet, schützend an sich gerissen."

„Nun, zumindest hat er Geistesgegenwart bewiesen", meinte Jane. „Sonst wärst du gewiss nicht nur mit einem blauen Auge und einigen Schrammen davongekommen. Sah er wenigstens gut aus?" fügte sie schmunzelnd hinzu.

„Ja", bestätigte Amanda lächelnd. „Er ist sehr attraktiv. Aber was hat das damit zu tun, dass ich dank seiner Hilfsbereitschaft nicht schwerer verletzt wurde? Er wird mir ohnehin nicht mehr begegnen."

„Nein, damit ist wohl nicht zu rechnen", erwiderte Jane trocken.

Amanda war sich bewusst, dass der Vetter ihres verstorbenen Gatten, dessen Mutter und etliche Mitglieder der Gesellschaft sie für eigenmächtig, starrsinnig und selbstherrlich hielten und Anstoß daran nahmen, wie sie lebte und den ihr von Frederick vererbten Besitz verwaltete. Sie gab jedoch nichts auf die Meinung der Leute, da sie den Standpunkt vertrat, sie müsse hilfsbereit sein, auch wenn das gelegentlich den Eindruck erweckte, dass sie sich ungebührlich einmischen würde.

Die Erkenntnis, dass sie Mr. Brownsmith Dank schuldig war und er ihrer Unterstützung bedurfte, bewog sie, die Möglichkeit in Betracht zu ziehen, zu ihm zu fahren und sich zu erkundigen, ob er sich inzwischen an irgendetwas erinnerte. Natürlich war das ausgeschlossen, und sie tröstete sich mit dem Gedanken, dass sie bestimmt irgendwann eine Nachricht von ihm erhalten werde, in der er ihr mitteilte, er habe sein Erinnerungsvermögen zurückerlangt und sei bereits auf dem Weg nach London.

Dennoch sehnte sie sich danach, ihn wiederzusehen, und musste sich zwingen, nicht ständig an ihn zu denken, während sie ihren Morgenspaziergang im Park unternahm. Zufrieden lächelnd dachte sie an ihre Zofe, die am vergangenen Tag strahlend vom Besuch bei den Gourleys zurückgekehrt war und erfreut verkündet hatte, Thomas werde sie heiraten. Das bedeutete, dass sie jetzt die Instandsetzungsarbeiten am Torhaus veranlassen und sich eine neue Zofe suchen musste.

Amanda schlenderte zur Orangerie, in der sie sich bei warmem Wetter oft lesend oder stickend in Janes Gesellschaft aufhielt. Plötzlich hörte sie vom Reitplatz her Wiehern und gleich darauf die Stimme eines Stallknechts, der einen Besucher begrüßte. Neugierig geworden, machte sie kehrt und überlegte, wer gekommen sein mochte. Vielleicht war Jane zurückgekehrt, die gleich nach dem Frühstück nach Wiveton zum Pfarrer gefahren war. Oder Humphrey war unerwartet eingetroffen.

Es handelte sich jedoch weder um die Freundin noch den angeheirateten Vetter, sondern zu Amandas großer Überraschung und Freude um Mr. Brownsmith, der um die Ecke des Gewächshauses bog. Amanda spürte das Herz schneller schlagen, blieb stehen und schaute erwartungsvoll Mr. Brownsmith entgegen. Er hinkte nicht mehr, sondern kam federnden Schritts auf sie zu. Den Daumen der rechten Hand, die er nicht mehr in der Schlinge trug, hatte er in die Weste gehakt und die Reitgerte in den rechten Stiefel gesteckt.

Er hielt vor ihr an, nahm die Jockeykappe ab und verneigte sich. „Guten Morgen, Mrs. Clare“, sagte er höflich. „Wie geht es Ihnen?“

„Ich fühle mich sehr viel besser, Sir“, antwortete sie freundlich. „Natürlich tun die Prellungen noch etwas weh, und ich befürchte, es wird eine Weile dauern, bis ich wieder so normal aussehe, dass ich mich in der Öffentlichkeit blicken lassen kann. Und wie ist Ihre Verfassung?“

„Danke, gut“, sagte Jared. „Ich kann wieder richtig auftreten, aber den rechten Arm noch nicht voll belasten. Deshalb hat Mr. Bream mir sein gefügigstes Pferd zur Verfügung gestellt, damit ich herkommen konnte.“

„Möchten Sie, da das Laufen Ihnen keine Mühe mehr bereitet, einen Spaziergang im Park unternehmen?“ schlug Amanda vor.

„Ja, gern“, willigte Jared ein, reichte ihr den linken Arm und ging langsam mit ihr an der Orangerie vorbei.

„Es ist nicht mein Verdienst, dass hier alles so hübsch aussieht“, gestand sie ehrlich. „Miss Porter, meine Gesellschafterin, kümmert sich um die Anlagen.“

„Sie scheint eine Begabung für Landschaftsgärtnerei zu haben“, meinte Jared lächelnd.

„Ja“, bestätigte Amanda. „Ist Ihr Gedächtnis mittlerweile zurückgekehrt?“

„Nein“, antwortete er bedauernd. „Auf dem Ritt hierher ist mir jedoch der Gedanke gekommen, dass ich Landbesitzer sein muss, da ich den Zustand der Felder und Gehöfte mit großem Interesse wahrgenommen habe. Bei dem morastigen Stück Land, das ungefähr eine halbe Meile straßenaufwärts liegt, habe ich mich gewundert, warum es bisher nicht entwässert wurde.“

„Offenbar ist Ihre Vermutung, Grundeigentümer zu sein, berechtigt“, erwiderte Amanda. „Allerdings hilft sie Ihnen nicht weiter, um herauszufinden, wer Sie sind, denn viele Herren haben Landbesitz. Oh, warten Sie bitte einen Moment“, fügte sie hastig hinzu, weil sie eine Kutsche die Auffahrt herunterkommen hörte, und hielt Mr. Brownsmith am Arm fest.

Überrascht blieb er stehen und fragte verwundert: „Was haben Sie, Madam?“

Sie sah die Chaise vor dem Hauptportal halten. Humphrey stieg aus und eilte die Stufen zum Portal hinauf. Der Butler ließ ihn ein. „Mein angeheirateter Vetter ist soeben eingetroffen“, antwortete sie leise, „und ich möchte nicht, dass er uns sieht.“ Sie wartete, bis er, sichtlich verärgert, aus dem Haus kam, zu seiner Kutsche ging und unschlüssig davor stehen blieb. Im gleichen Moment erblickte sie den von einem Bediensteten kutschierten Landauer, der in rascher Fahrt die Allee entlangrollte und hinter Humphreys Kutsche anhielt. „Auch das noch“, murmelte sie, als sie Jane aussteigen sah.

„Wer ist die Dame?“ erkundigte sich Jared.

„Das ist Miss Porter, meine Gesellschafterin“, erklärte sie und beobachtete, wie Jane und Humphrey sich nach einem kurzen Gespräch in ihre Richtung in Bewegung setzten. Hastig bedeutete sie Mr. Brownsmith, sich mit ihr hinter eine immergrüne Hecke zurückzuziehen, legte warnend den Zeigefinger auf die Lippen und flüsterte dann beschwörend: „Schnell zum Pavillon, Sir!“

Sie ergriff ihn bei der Hand, zog ihn mit sich zu dem Sommerhäuschen und hatte es kaum erreicht, als sie zu ihrem Schreck von der zweiten dorthin führenden Promenade Stimmen vernahm. Ihr war klar, dass Humphrey und Jane sie nun vom Weg her sehen mussten, da das Kavaliershaus abgeschlossen war und sie die hintere Seite nicht mehr unbemerkt erreichen konnte.

„Zurück!“, raunte Jared ihr angesichts ihres verzweifelten Blicks eindringlich zu, machte kehrt und lief mit ihr zu der nur wenige Schritte entfernten Marmorbank.

„Ich komme mir vor, als würden wir mit Humphrey und Jane Verstecken spielen“, äußerte sie kichernd.

Um sie zum Schweigen zu bringen, neigte Jared sich spontan zu ihr, drückte sie an sich und gab ihr einen Kuss.

Unwillkürlich zuckte sie zusammen, fand seine Zärtlichkeiten jedoch so überwältigend, dass sie sie entzückt genoss.

Er war sich indes der drohenden Gefahr bewusst, löste sich rasch von Mrs. Clare und bog hastig in den in der Hecke eingelassenen Bogengang ein.

Verblüfft schaute Amanda einen Augenblick lang hinter ihm her, setzte sich dann vor Aufregung zitternd auf die Bank und legte die Hand auf die bebenden Lippen. Ihr blieb keine Zeit, sich zu fassen, da Humphrey und Jane in Sicht kamen und sie bemerkten.

„Oh, du bist hier!“, rief Jane überrascht aus. „Mr. Clare hatte mir gesagt, du seist nicht daheim. Und da er wissen wollte, wie die im Herbst vor dem Pavillon eingesetzten Tulpen ...“

„Du lieber Himmel, Amanda!“, fiel Humphrey Miss Porter ins Wort. „Was ist mit deinem Gesicht passiert?“

Amanda erhob sich, ging auf die beiden zu und überlegte, ob sie ihm eine beschönigte Geschichte des Unfalls erzählen solle, falls ihm diese Neuigkeit bereits zu Ohren gekommen war, oder ob sie ihm besser eine ausweichende Antwort gab. „Ich bin unglücklich gestürzt, Humphrey“, sagte sie wahrheitsgemäß. „Die Sache sieht jedoch schlimmer aus, als sie ist.“

„Gestürzt?“ wiederholte er stirnrunzelnd, blieb vor ihr stehen und starrte sie an. Er fand sie äußerst begehrenswert, nahm jedoch Anstoß an ihrer direkten, zupackenden Art. Zudem war sie ihm zu intelligent und selbstständig. Vor allem ärgerte es ihn, dass Frederick ihr alles hinterlassen hatte, was nicht festvererblich war, da er den Standpunkt vertrat, dass der gesamte Besitz seines Vetter ihm hätte zufallen müssen. Seine Mutter bestätigte ihn in seiner Kritik und konnte daher nicht begreifen, dass er sich dennoch zu Amanda hingezogen fühlte. Sie erwartete von ihm, dass er den Umgang mit der angeheirateten Cousine auf ein Minimum beschränkte. Im Allgemeinen fügte er sich ihren Wünschen, doch da er Amanda äußerlich reizvoll fand und hoffte, sie und damit auch die ihm entgangenen Ländereien zu gewinnen, widersetzte er sich hin und wieder den Vorstellungen seiner Mutter.

Es wunderte ihn, dass Amanda einen so gelösten, fast glücklichen Eindruck machte und ihre Augen seltsam glänzten. Überzeugt, sie freue sich über sein unerwartetes Erscheinen, lächelte er sie gewinnend an und erkundigte sich besorgt: „Wieso bist du gestürzt?"

Es kostete sie Selbstüberwindung, nicht vor ihm zurückzuweichen. Sie mochte ihn nicht, und nach dem berauschenden Erlebnis mit Mr. Brownsmith war er ihr mehr zuwider denn je. Die Art, wie er sich als Familienoberhaupt aufführte, fand sie lächerlich, und es ärgerte sie, dass sie ständig seinen Beanstandungen ausgesetzt war. „Ach, das war ein Missgeschick", antwortete sie leichthin. „Natürlich werde ich mich nicht in der Öffentlichkeit sehen lassen, solange mein Gesicht noch verunstaltet ist, da ich jedes Gerede und aufdringliche Fragen vermeiden will."

„Das ist sehr vernünftig", stimmte Humphrey zu. „Ich habe oft zu meiner Mutter gesagt, dass es dir gut anstehen würde, dich hier auf dem Land umsichtiger zu verhalten."

Im Stillen schüttelte Amanda über ihn den Kopf, denn er erweckte gern den Eindruck, dass er in London in den besten Kreisen verkehrte und nur hier blieb, um sich um seinen Landsitz zu kümmern. Sie war überzeugt, dass er schrecklich übertrieb, wenn er von seinen angesehenen Bekanntschaften in der Stadt sprach.

Plötzlich hörte er Hufschlag auf der Allee, schaute irritiert Amanda an und fragte verwundert: „Wer kann das gewesen sein?"

„Ich habe keine Ahnung", antwortete sie, wenngleich sie sich denken konnte, dass Mr. Brownsmith fortgeritten war.

„Vermutlich war das jemand aus dem ‚Halbmond'", warf

Jane ein. „Auf dem Heimweg bin ich an Mr. Payne vorbeigekommen, der hierher unterwegs war. Wahrscheinlich hat er eine Nachricht von Mr. Bream überbracht."

Amanda warf ihrer Gesellschafterin einen dankbaren Blick zu.

„Was will Mr. Bream von dir?" echauffierte sich Humphrey. „Er soll sich um seine Angelegenheiten kümmern. Seit er in Fredericks Testament so großzügig bedacht wurde, hält er sich für etwas Besseres, obwohl er früher nur Stallmeister war. Es schickt sich nicht, meine liebe Amanda, dass du Umgang mit einem Schankwirt pflegst!"

„Die Sache geht dich zwar nichts an, Humphrey, aber er liefert das Bier für meine Angestellten", erwiderte Amanda kühl. „Bleibst du zum Mittagessen?"

Er pflegte es stets so einzurichten, dass Amanda ihn entweder zum Lunch oder zum Dinner einladen musste. „Ja, gern", antwortete er rasch.

Man begab sich ins Haus, und Humphrey suchte den Salon auf, um dort auf die Damen zu warten, die sich die Hände reinigen wollten. Es dauerte nicht lange, bis sie erschienen, und gleich darauf verkündete Howlett, der Butler, es sei angerichtet zu Tisch.

„Habt ihr endlich eine neue Köchin gefunden?" erkundigte sich Amanda beim Essen.

„Leider nein", sagte Humphrey bedauernd. „Seit die Howletts uns verlassen haben, weil sie lieber bei dir arbeiten wollten, musste meine arme Mutter eine Reihe von unfähigen, faulen und unsauberen Frauen ertragen, die für die Küchenarbeit vollkommen ungeeignet waren. Der Ärger, den diese inkompetenten Personen ihr gemacht haben, schadet ihrer Gesundheit. Aber auf dem Land kann man nicht erwarten, adäquates Personal zu bekommen."

Amanda wusste genau, dass die Dienstboten in Kelling

House es nicht bei Humphrey aushielten, weil dessen Mutter sich ständig in alles einmischte, nörgelte und mit nichts zufrieden war. „Du solltest heiraten, Humphrey“, schlug sie ihm in süffisantem Ton vor, „damit deine Gattin deine Mutter entlasten kann.“

Er ließ den Blick durch den Raum schweifen, schließlich auf Amanda verweilen und äußerte, Überraschung heuchelnd: „Das ist ein guter Einfall. Ich werde darüber nachdenken.“

Jäh begriff Amanda, dass sie unvorsichtig gewesen war. Humphrey hatte ihre spöttische Bemerkung für bare Münze genommen und glaubte nun offenbar, sie sei an ihm interessiert. Hastig wechselte sie das Thema und achtete bis zum Ende des Mahls darauf, dass die Rede nicht mehr auf verfängliche Dinge kam. Erleichtert hob sie schließlich die Tafel auf und war froh, als er verkündete, bedauerlicherweise müsse er nun fort. Sie begleitete ihn mit Jane in die Eingangshalle und verabschiedete sich höflich von ihm.

Kaum hatte Howlett die Haustür hinter ihm geschlossen, raunte Jane der Freundin zu: „Du meine Güte, Amanda! Was hast du jetzt angerichtet?“

„Hoffentlich kommt Humphrey nicht auf den Gedanken, mir den Hof zu machen“, antwortete Amanda seufzend auf dem Weg zur Treppe. „Wenn er vernünftig ist, wird er begreifen, dass ich nicht die richtige Frau für ihn bin. Nicht umsonst hat er dauernd etwas an mir auszusetzen.“

Jane schwieg, bis man im Salon Platz genommen hatte, und äußerte dann trocken: „Wenn du deine Meinung über Mr. Clare nicht geändert hast, meine Liebe, frage ich mich, warum du, als wir dich vorhin im Park trafen, so aufgeregt warst.“

„Ich?“ Befremdet schaute Amanda ihre Gesellschafterin an. „Falls du glaubst, ich hätte mich über Humphreys Besuch gefreut, dann bist du im Irrtum. Du weißt sehr gut, dass ich ihn impertinent und lästig finde. Reden wir nicht mehr über ihn", fügte sie beiläufig hinzu. „Ich bin dir dankbar, Jane, dass du mir mit dem Hinweis, Mr. Payne sei fortgeritten, aus der Verlegenheit geholfen hast. In dem Moment habe ich wirklich nicht gewusst, wie ich reagieren soll."

„Ich nehme an, in Wirklichkeit hat es sich um Mr. Brownsmith gehandelt, nicht wahr?" fragte Jane neugierig.

„Ja", bestätigte Amanda und mied den Blick ihrer Freundin. „Er hat im ‚Halbmond' Quartier genommen."

„Wie bitte? Das ‚Weiße Ross' wäre für einen Mann von Stand doch sicher geeigneter."

Plötzlich hatte Amanda Hemmungen, über ihn zu reden. Da sie Jane jedoch vertraute, überwand sie das Unbehagen und äußerte wahrheitsgemäß: „Er wohnt dort, weil er zurzeit mittellos ist und ich Mr. Bream vorgeschlagen habe, ihn gegen Kost und Logis als Buchhalter zu beschäftigen."

Die Sache wurde immer geheimnisvoller. „Als Buchhalter?" wiederholte Jane verblüfft. „Ein vornehmer Herr? Wieso hat er kein Geld? Er hat doch die Passage in der Postkutsche bezahlt?"

„Ja, aber seine Barschaft ist sehr gering", erwiderte Amanda. „Den Grund dafür kann er sich nicht erklären, weil er bei dem Unfall einen Schlag auf den Kopf erhalten und das Gedächtnis verloren hat. Vielleicht hätte er sich schützen können, wäre er nicht so hilfsbereit gewesen, mich vor Schaden zu bewahren."

„So, so", murmelte Jane. „Er ist also ein gut aussehender, mutiger und tatkräftiger Herr, der sich nicht erinnern kann, kein Geld hat, sich mit dir im Park trifft und dir aus Gründen, die du besser kennst als ich, die Röte in die Wangen treibt. Was soll ich davon halten? Du kennst ihn doch kaum, Amanda! Er könnte ein Frauenheld sein! Oder er ist verheiratet. Vielleicht war er in der Postkutsche, weil er seinen Gläubigern entgehen wollte. Was ist vorgefallen, weswegen du so erregt warst? Hat er dich geküsst?"

Amanda entschloss sich, die Wahrheit zu sagen. „Ja", gestand sie ehrlich. „Und ich habe in Saxthorpe im ‚Goldenen Lamm' die Nacht mit ihm verbracht."

„Was hast du getan?" Entgeistert schaute Jane die Freundin an. „Ich hoffe sehr, du meinst damit, dass ihr in getrennten Zimmern geschlafen habt!"

„Nein, ich lag mit ihm im selben Bett", entgegnete Amanda gelassen. „Sieh mich nicht so fassungslos an, Jane. Der Mann, den ich Mr. Brownsmith nenne, und ich waren bewusstlos, als wir aus den Trümmern der Kutsche gerettet wurden, und man hat uns, wie die Wirtin mir am nächsten Morgen berichtete, für ein Ehepaar gehalten." Sie erläuterte, wie es zu dem angenommenen Namen gekommen war, und fügte hinzu: „Es hätte einen sehr seltsamen Eindruck gemacht, wären Mr. Brownsmith und ich nicht gemeinsam aus Saxthorpe abgereist. Und ich kann dir versichern, dass er sich bis zu diesem Moment tadellos benommen hat. Den Kuss, den er mir im Bett gegeben hat …"

„Er hat dich im Bett geküsst?"

„Ja, aber ich nehme an, dass er mich in diesem Augenblick mit einer anderen Frau verwechselt hat."

„Hm, wohl kaum, denn sonst hätte er dich vorhin nicht ein weiteres Mal geküsst", entgegnete Jane kopfschüttelnd. „Was denkt er sich dabei? Wie kann er dich derart belästigen, wenn er nicht weiß, ob er irgendwie gebunden oder überhaupt für dich annehmbar ist!"

„Annehmbar?" wiederholte Amanda befremdet. „In welcher Hinsicht, Jane? Er und ich haben lediglich einige flüchtige Zärtlichkeiten miteinander ausgetauscht. Ganz abgesehen davon, glaubt er, weder vermählt noch verlobt zu sein."

„Nun, das wird sich herausstellen!", erwiderte Jane entrüstet.

„Was hast du vor?" fragte Amanda bestürzt.

„Ich bin zwar nicht verheiratet, aber älter und erfahrener als du und mir meiner Verantwortung bewusst“, antwortete Jane etwas ruhiger. „Daher werde ich ein ernstes Gespräch mit Mr. Brownsmith führen.“

„Nein, das lässt du sein!“, ereiferte sich Amanda. „Das wäre entsetzlich peinlich für mich!“

„Entweder du erlaubst mir, mit ihm zu sprechen, oder ich muss mich Rat suchend an Mr. Madison oder Mr. Clare wenden“, erwiderte Jane ungerührt.

„Also gut“, gab Amanda widerstrebend nach. „Ich bin einverstanden. Wann willst du zum ‚Halbmond‘ fahren?“

Jane wunderte sich flüchtig über das rasche Nachgeben der Freundin, hielt sich dann jedoch vor, Amanda sei zur Vernunft gekommen. „Morgen um zehn Uhr“, antwortete sie und stand auf. „Und nun entschuldige mich bitte. Ich möchte in aller Ruhe darüber nachdenken, wie ich die ungewohnte Situation am besten handhabe.“

Amanda nickte und sagte sich, während sie sich erhob und zum Schreibtisch ging, sie müsse Jane um jeden Preis davon abhalten, mit Mr. Brownsmith zu reden. Andernfalls kam er möglicherweise auf den Gedanken, sie sei so sehr in ihn verliebt, dass sie ihre Freundin zu ihm geschickt hatte, damit diese sich für sie verwendete.

Sie schrieb eine Nachricht, Mr. Brownsmith möge ihr bitte pünktlich um zehn Uhr am nächsten Vormittag die Aufwartung machen und niemanden wissen lassen, wohin er geritten sei, sondern lediglich erwähnen, er würde gegen elf Uhr zurückkommen. Da er auf keinen Fall die Hauptstraße nehmen dürfe, solle er sich von Mr. Bream den Weg über die Felder erklären lassen. Hastig unterzeichnete sie das Billett, schob es in einen Umschlag und hoffte, während sie ihn versiegelte, dass Jane, wenn sie vom Wirt erfuhr, sie müsse ein Stündchen auf Mr. Brownsmith warten, gewiss nicht sofort umkehren würde. Sie baute darauf, dass ihr morgen Vormittag die richtigen Worte einfallen würden, um ihm die Dringlichkeit ihrer Bitte überzeugend erklären zu können.

Amanda nahm den Brief an sich, stand auf und warf einen Blick auf das über dem Schreibtisch angebrachte Porträt ihres verstorbenen Gatten. Es war sehr lebensecht, besonders der weiche Ausdruck in den Augen, die er über das weite, von ihm so geliebte Land gerichtet hielt. Kurz vor seinem Tod hatte er eines Tages geäußert, Amanda solle sich, wenn er nicht mehr da sei, einen zweiten Gatten suchen, der sie liebte und glücklich machen würde. Sie hatte ihm widersprechen wollen, war jedoch mit einer schwachen, sie erschütternden Geste zum Schweigen gebracht worden. Er habe ihr bis auf das festvererbliche Haus samt dem zugehörigen Gehöft alles vermacht, hatte er hinzugefügt, sodass sie gut versorgt sein würde.

Nach seinem Ableben hatte sie ihn von Herzen betrauert und erst nach einem Jahr angefangen, wieder Freude am Leben zu haben. Sie hatte sich intensiv mit der Leitung des Besitzes befasst und war stets bemüht gewesen, ihr Bestes zu geben.

Nachdenklich betrachtete sie das Bildnis und hatte unvermittelt das Gefühl, jetzt sei der Zeitpunkt gekommen, Fredericks Wunsch zu entsprechen und, anders als bisher, für eine Veränderung in ihrem Leben offen zu sein. Die Männer, die ihr in der Zwischenzeit begegnet waren, hatten ihr nicht viel bedeutet. Nun hatte sie jedoch Mr. Brownsmith kennen gelernt und gemerkt, dass sie sich sehr zu ihm hingezogen fühlte. Gewiss, sie kannte seinen Familienstand nicht und hätte daher Distanz zu ihm wahren müssen, aber dazu war sie nicht fähig.

Sie ging zur Tür, betätigte den daneben angebrachten Klingelzug und öffnete sie. Dem einige Augenblicke später erscheinenden Butler händigte sie das Couvert aus und trug ihm auf, es unverzüglich zum „Halbmond“ bringen zu lassen. „Ist Mr. Pococke noch da?“ erkundigte sie sich angelegentlich.

„Und wenn ja, wo finde ich ihn?“

„Er ist in der Remise, Madam, und bespricht mit Mr. Crossmann das Decken des Daches.“

„Danke, Howlett, ich benötige Sie nicht mehr“, erwiderte sie.

Er verbeugte sich und zog sich zurück.

Amanda zog die Salontür hinter sich zu, begab sich ins Freie und traf den Verwalter im Gespräch mit dem Handwerker an. Sie ließ sich von ihm über die zu erwartenden Kosten und die voraussichtliche Beendigung der Instandsetzungsarbeiten informieren, plauderte noch eine Weile mit den Männern über gemeinsame Bekannte und kehrte dann ins Haus zurück. Zu ihrer großen Überraschung kam Howlett mit einem Silbertablett auf sie zu, auf dem ein verschlossener Umschlag lag.

„Das wurde soeben von einem jungen Mann abgegeben, Madam, der sagte, er komme vom ‚Halbmond‘“, erklärte der Butler und verbeugte sich leicht.

Seine Miene war ausdruckslos, doch sein Tonfall ließ Amanda vermuten, dass er den Vorgang befremdlich fand. Sie nahm die Nachricht entgegen, steckte sie ein und erwiderte leichthin: „Lassen Sie bitte in zwanzig Minuten servieren, Howlett.“

„Sehr wohl, Madam“, sagte er höflich und begab sich in den Dienstbotentrakt.

Amanda eilte in ihr Boudoir, nahm die in einer ihr unbekannten Handschrift an sie adressierte Mitteilung aus der Gürteltasche und riss das Couvert auf. Rasch zog sie das Blatt Papier heraus, entfaltete es und las:

„Es wird mir ein Vergnügen sein, Mrs. Clare, Ihrer Bitte zu entsprechen. J.“

3. KAPITEL

„Meine liebe Amanda“, sagte Jane nach dem Frühstück, „ich bin sicher, du weißt, dass ich nie gegen deine Interessen handeln würde. Ich kann jedoch nicht zulassen, dass du ahnungslos in eine für deinen guten Ruf und deinen Seelenfrieden höchst gefährliche Situation gerätst. Deshalb sehe ich es als meine Pflicht an, Mr. Brownsmith klar zu machen, dass er dich in Ruhe lassen soll. Solltest du der Ansicht sein, dass ich meine Grenzen überschreite, dann hätte ich Verständnis dafür, wenn du dich von mir trennen würdest.“

Amanda stand auf, ging zur Freundin und legte ihr beruhigend die Hand auf die Schulter. „Natürlich bin ich dir nicht böse, Jane“, erwiderte sie freundlich, „denn mir ist klar, dass du nur deinem Gewissen folgst.“ Sie hatte leichte Schuldgefühle, weil sie Jane hinterging und eine moralische Schwäche zeigen musste, vor der die Freundin sie bewahren wollte.

Jane erhob sich, ging mit ihr ins Entree und verabschiedete sich von ihr. Dann verließ sie das Haus, stieg ins Gig und fuhr los.

Amanda hörte die Kutsche abfahren, trug Howlett auf, Kate zu ihr zu rufen, und wartete, bis die Zofe bei ihr war. „Ich habe gestern vergessen, Mr. Clare ein Kochrezept für seine Mutter mitzugeben“, erklärte sie, zog es aus der Gürteltasche und übergab es Kate. „Bitte bringen Sie es umgehend nach Kelling House, und ich habe nichts dagegen, wenn Sie auf dem Rückweg Mrs. Gourley einen Besuch machen wollen.“

„Danke, Madam“, erwiderte Kate, knickste und eilte in den Dienstbotentrakt.

Amanda überlegte, ob sie in der Halle bleiben und auf Mr. Brownsmith warten solle. Sie hatte sich soeben entschieden, ins Speisezimmer zu gehen, als sie jemanden am Portal läuten hörte. „Wer mag das sein?" fragte sie, Ahnungslosigkeit vortäuschend. Kaum hatte Howlett dem Besucher geöffnet, näherte sie sich ihm und sagte: „Oh, guten Morgen, Mr. Brownsmith. Bitte treten Sie ein. Wie reizend, dass Sie mir die Aufwartung machen."

„Guten Morgen, Mrs. Clare", erwiderte Jared höflich, übergab dem Butler Hut und Handschuhe und schloss sich ihr dann an.

„Wenn Sie mir bitte folgen würden", forderte Amanda ihn auf, führte ihn in den Empfangssalon und ließ absichtlich die Tür einen Spaltweit auf. Sie lud ihn zum Platznehmen ein und setzte sich in einen Sessel.

„Keine Anstandsdame?" wunderte er sich, während er sich auf dem Sofa niederließ. „Was hat die Geheimnistuerei zu bedeuten?"

„Ich wollte Sie unter vier Augen sprechen", antwortete Amanda, schaute ihn an und senkte dann den Blick. Sie hatte geahnt, das Gespräch werde ihr nicht leicht fallen, und nun wusste sie tatsächlich nicht, wie sie es beginnen sollte. Die Art, wie Mr. Brownsmith sie anschaute, irritierte und verunsicherte sie sehr.

„Hat die Sache mit dem Kutschenunfall zu tun?" erkundigte sich Jared. „Hat es sich bereits herumgesprochen, dass wir beide in den Trümmern gefunden wurden?"

„Nein, ich habe etwas anderes auf dem Herzen", sagte Amanda ehrlich.

Da sie nicht weitersprach, sah er sich im Salon um und bemerkte mehrere Porträts. „Ich nehme an, bei den Personen auf diesen Gemälden handelt es sich um Familienmitglieder", äußerte er fragend. „Insbesondere dieses Bild dort, auf dem der ältere Herr zu sehen ist, gefällt mir. Stellt es Ihren Vater dar?"

Verblüfft hob Amanda den Kopf und wiederholte: „Meinen Vater? Nein, Sir, das ist mein verstorbener Gatte."

„Verzeihen Sie, aber der Altersunterschied zwischen Ihnen und ihm muss beträchtlich gewesen sein."

„Ja", bestätigte Amanda. „Frederick war dreiunddreißig Jahre älter als ich. Ich habe ihn mit neunzehn Jahren geheiratet."

„Pardon, ich will nicht unverschämt wirken, frage mich indes, ob Sie eine Liebesheirat eingegangen sind."

„Nein", sagte Amanda freimütig. „Zunächst habe ich nicht viel für ihn empfunden außer Hochachtung und Sympathie. Er war jemand, dem man Respekt entgegenbringen musste."

„Ich weiß, ich bin indiskret, nehme mir jedoch die Freiheit, Sie zu fragen, was Sie zu dieser Ehe bewogen hat."

„Ich war nicht in der Lage …", begann Amanda zögernd und fing an, sich über Mr. Brownsmith zu ärgern. „Meine damalige Situation … Meine Mutter …"

„Ihre Mutter hat Sie zu dieser Verbindung genötigt?" warf Jared ein, obwohl ihm klar war, dass er zu weit ging.

„Niemand hat mich gezwungen, mich mit Frederick zu vermählen", erklärte Amanda ungehalten. „Ich habe eine Vernunftehe geschlossen, die im Verlauf der kurzen Zeit, die ich mit Frederick zusammen war, zu einer sehr glücklichen Zweisamkeit geführt hat. So, und nun lassen wir dieses Thema auf sich beruhen", fügte sie unwirsch hinzu.

Betreten schaute Jared sie an und überlegte, ob es nicht besser sei, sich zu verabschieden und zu gehen.

Plötzlich fiel ihr auf, dass sein Blick sich trübte und er jäh die Hand an die Stirn hob. „Was ist mit Ihnen?" fragte sie betroffen und dachte daran, zu läuten und jemanden zu Dr. Dalgleish zu schicken. Der Ausdruck in Mr. Brownsmith' Augen wurde jedoch sogleich wieder klar, sodass sie beruhigt war.

„Mir war einen Moment lang schwindlig", gestand er.

„Entschuldigen Sie, aber ich weiß nicht mehr, was Sie zuletzt gesagt haben."

„Sie erinnern sich nicht?" äußerte Amanda bestürzt.

„Ich entsinne mich, dass wir über Ihre Ehe sprachen und ich ärgerlich über das war, was Sie mir erzählt haben", antwortete Jared langsam. „Meine Entrüstung hatte indes weniger mit Ihnen und mehr mit etwas zu tun, das sich in meinem Leben ereignet haben muss."

„Sie wissen nicht, was es ist?"

„Nein", räumte er bedächtig ein, rieb sich müde die Schläfen und schaute ernst Mrs. Clare an.

„Aber an den Grund, weshalb Sie hier sind, erinnern Sie sich?" wollte sie wissen.

„Ja", sagte Jared nickend. „Sie hatten mich gebeten, Sie heute Morgen pünktlich um zehn Uhr aufzusuchen und niemanden wissen zu lassen, wo ich sei. Was bezwecken Sie mit dieser Vorsicht?"

„Das ist schnell erklärt", antwortete Amanda ruhig. „Miss Porter vermutet, dass Sie sich für mich interessieren, und ist kurz vor Ihrer Ankunft hier zu Ihnen gefahren, um Ihnen zu raten, mehr Rücksicht auf meinen guten Ruf zu nehmen. Sie hält sich jetzt im ‚Halbmond' auf."

„Oh, glaubt sie, ich sei ein Abenteurer, ein Hallodri?" fragte Jared halb belustigt.

„Ich hatte diesen Eindruck", gab Amanda verlegen zu. „Als sie mich gestern auf Sie ansprach, war ich in der unangenehmen Situation, ihr alles über den Unfall und den nächsten Morgen im ‚Goldenen Lamm' berichten zu müssen. Möglicherweise glaubt sie nicht, dass Sie an Gedächtnisschwund leiden. Jedenfalls hat sie mir vorgehalten, Sie könnten irgendwie gebunden oder ein Tunichtgut sein, der seinen Gläubigern entgehen will. Sie wollte Sie sprechen, um Ihnen nahe zu legen, sich mir fern zu halten."

„Wenn sie eine so schlechte Meinung von mir hat, wird es vermutlich nichts nützen, ihr zu sagen, ich hätte nicht das Gefühl, verheiratet zu sein“, erwiderte Jared amüsiert. „Und ich kann mir auch nicht denken, dass ich so hohe Schulden habe, um mich aufs Land absetzen zu müssen.“

„Sie könnte recht haben“, wandte Amanda sachlich ein.

„Das kann ich zur Stunde nicht beurteilen“, erwiderte Jared. „Sie haben mir indes noch nicht gesagt, warum Sie mich sprechen wollen.“

„Ich habe Sie hergebeten, um Miss Porter zuvorzukommen“, erklärte Amanda unbehaglich. „Ich wollte den Eindruck vermeiden, dass Sie denken, ich hätte sie zu Ihnen geschickt.“

„Warum hätte ich das annehmen sollen? Wenn Sie mich nicht sehen wollen, können Sie mir das doch mitteilen.“

„Gewiss“, stimmte Amanda zu. „Nachdem ich Ihnen jetzt den Grund für diese Unterredung erläutert habe, wüsste ich gern, was der Anblick des Porträts meines Gatten in Ihnen ausgelöst hat.“

Jared furchte die Stirn und versuchte angestrengt, sich zu erinnern. „Ich weiß noch, dass ich plötzlich eine junge blonde Dame zu sehen wähnte, die blaue Augen hatte, bemerkenswert schön war und sehr charmant lächelte. Mir ist eingefallen, dass sie einen alten Lebemann heiraten sollte, ich diese Ehe jedoch verhindern wollte. Das ist mir nicht gelungen, und darüber war ich sehr verärgert.“

„Wahrscheinlich hat die Tatsache, dass ich mit einem sehr viel älteren Mann vermählt war, diese Erinnerung in Ihnen hervorgerufen“, mutmaßte Amanda. „Es könnte sein, dass durch andere Äußerungen oder Gegenstände weitere Erinnerungen ausgelöst werden, durch die wir mit der Zeit herausfinden können, wer Sie sind. Sie hatten vermutet, meine Mutter könne mich zur Ehe mit Frederick gezwungen haben, eine Annahme, die weit von der Wahrheit entfernt ist. Er kannte die Umstände, die mich dazu veranlasst haben, seine Gattin zu werden. Und ich habe das ihm gegebene Versprechen, ihm eine gute Frau zu sein, nach besten Kräften erfüllt, ihn nicht nur geschätzt und gemocht, sondern mit der Zeit wirklich geliebt. Ich glaube, behaupten zu können, dass er mit mir glücklich war. Jedenfalls hat er es mir nie verargt, dass ich ihm keinen Erben geboren habe."

„Darf ich wissen, warum Sie ihn geheiratet haben?" warf Jared ein.

„Mein Vater starb, als ich zwölf Jahre alt war. Fünf Jahre später war nicht mehr zu übersehen, dass meine Mutter nicht gut gewirtschaftet hatte, da sie mir mein gesellschaftliches Debüt nicht ermöglichen konnte. Ich konnte immer sehr viel besser als sie mit Geld umgehen, und folglich hatte sie nichts dagegen, die Leitung des Besitzes in meine Hände zu legen. Ich bin sehr praktisch veranlagt und habe gespart, wo ich konnte, aber dennoch hat es stets an den nötigen Mitteln gefehlt. Irgendwann kam mir dann der Gedanke, ich müsse, um diesem unerfreulichen Zustand abzuhelfen, eine vorteilhafte Partie machen. Gewiss, ich hätte als Gesellschafterin oder Erzieherin arbeiten und mir so den Lebensunterhalt verdienen können. Mein Verdienst hätte jedoch nicht für meine Mutter und mich gereicht. Deshalb habe ich diesen Weg nicht eingeschlagen, sondern zwei Jahre lang Geld zurückgelegt, damit ich mein gesellschaftliches Debüt geben und dafür entsprechend ausgestattet sein konnte. Es gelang mir, einen entfernten Verwandten zu überreden, meinen Aufenthalt in London zu finanzieren, sodass ich schließlich an einer Saison teilnahm, meiner einzigen."

„Es könnte sein, dass wir uns damals begegnet sind", sagte Jared nachdenklich.

„Nein, das war nicht der Fall, denn ich hätte mich bestimmt an Sie erinnert", entgegnete Amanda. „Zudem war ich nicht auf vielen Bällen und auch nicht bei Almack's."

„Ich gehe davon aus, dass Sie in London Erfolg hatten", warf Jared ein.

„Wie man es nimmt", erwiderte sie lächelnd. „Ich habe zwei Anträge erhalten. Der erste Mann hat mir vorgeschlagen, seine Mätresse zu werden, und der zweite war Frederick. Außer diesen beiden Herren hat niemand mir große Beachtung geschenkt. Zudem musste ich bald feststellen, dass ich mir Illusionen gemacht hatte. Den Mann meiner Träume, der nicht auf der Suche nach einer reichen Frau war und mit mir vorlieb genommen hätte, gab es nicht. Ich war schrecklich unerfahren und blauäugig", fügte sie schmunzelnd hinzu.

„Und dann haben Sie sich für jemanden entschieden, den Sie nicht liebten."

„Richtig, aber Frederick empfand sehr viel für mich. Er war seit einigen Jahren Witwer, hatte keine Kinder, und bis er mich traf, trug er sich nicht mit der Absicht, sich ein weiteres Mal zu vermählen. Ich habe ihm gegenüber keinen Hehl daraus gemacht, dass ich ihn nur sympathisch fand, und ihm auch meine Lebensumstände beschrieben. Er meinte, beides sei für ihn nicht von Bedeutung, und bestand darauf, mich zu heiraten. Ich gebe zu, dass ich unschlüssig war, doch schließlich hat er mich davon überzeugt, wir beide könnten miteinander glücklich werden, und das hat sich bewahrheitet."

„Lebt Ihre Mutter noch?"

„Nein, sie starb ein Jahr nach meiner Hochzeit. Selbst wenn ich hätte ahnen können, dass ich sie verliere, wäre ich bereit gewesen, Fredericks Gattin zu werden. Ich habe mich nicht vermählt, um meiner Mutter ein Opfer zu bringen. Es war eine Vernunftehe, aus der dann eine wirklich harmonische Beziehung wurde."

„Wie ich gehört habe, wahren Sie das Andenken Ihres Mannes, indem Sie Ihren Besitz so leiten, wie er das getan hat."

Einerseits fühlte Amanda sich geschmeichelt, andererseits störte es sie, dass man über sie redete. „Ich weiß, etliche Leute, insbesondere ältere Damen der hiesigen Gesellschaft, missbilligen es, dass ich mich mit geschäftlichen Dingen befasse", erwiderte sie trocken.

„Sie sind wirklich eine ungewöhnliche Frau, die keine Rücksicht auf Konventionen nimmt", meinte Jared anerkennend. „Aber …"

„Mir war klar, dass Sie Einwände haben würden", unterbrach Amanda schmunzelnd. „Ich habe Sie um diesen Besuch gebeten, um Sie vor einer Moralpredigt zu bewahren, und nun werden Sie mir ins Gewissen reden."

„Keineswegs", entgegnete Jared ernst. „Nachdem ich jetzt weiß, wie zurückgezogen Sie leben, kann ich verstehen, dass Miss Porter um Ihren guten Ruf besorgt ist. Vorher habe ich Sie für eine weltgewandte und lebenslustige Frau gehalten."

„Ach, haben Sie gedacht, ich sei eine vergnügungssüchtige junge Witwe, mit der Sie ein leichtes Spiel haben würden?"

„Ehrlich gesagt, ja", antwortete Jared unumwunden.

„Sie sind ein Frauenheld, wie Miss Porter vermutet hat", erwiderte sie erheitert.

„Inzwischen habe ich meine Meinung über Sie jedoch geändert", fuhr er ruhig fort. „Ich denke nicht mehr daran, ein Techtelmechtel mit Ihnen zu haben."

„Wie beruhigend für Ihre arme Gattin", sagte Amanda auflachend. „Andererseits bedauere ich sie, weil sie mit jemandem verheiratet ist, der fast mittellos aufs Land fährt und dort Ausschau nach reichen jungen Witwen hält!"

„Wäre ich wirklich an Liebschaften interessiert, würde ich ganz gewiss nicht ohne das nötige Kleingeld aufbrechen", widersprach Jared belustigt. „Nein, für die Tatsache, dass ich mit fast leeren Taschen in der Postkutsche saß, muss es einen anderen Grund geben."

„Vielleicht leiden Sie noch immer darunter, dass Sie die von Ihnen erwähnte blonde junge Dame verloren haben“, meinte Amanda.

„Glauben Sie wirklich, ich hätte das jahrelang nicht verwunden?“ fragte Jared und furchte die Stirn. „Ich wüsste gern, wie lange dieser Vorfall zurückliegt, denn ich stehe unter dem Eindruck, damals sehr hilflos gewesen zu sein. Das spricht dafür, dass ich noch sehr jung gewesen sein muss. Gleichviel, was meine Beziehung zu Ihnen angeht, so befürchte ich, dass ich, sei ich nun verheiratet und Vater von mehreren Kindern oder ledig und romantischen Abenteuern nicht abgeneigt, nicht der richtige Umgang für Sie bin. Erst recht nicht, wenn ich an die Umstände unserer Begegnung denke.“

„Was wollen Sie damit sagen?“ fragte Amanda betroffen.

„Wir sollten uns nicht mehr sehen“, antwortete Jared ernst. „Natürlich stehe ich tief in Ihrer Schuld, weil Sie sich für mich verwendet haben, aber ich muss, obwohl ich Ihre Gesellschaft genieße, Rücksicht auf Ihr Ansehen nehmen.“

Amanda war zutiefst enttäuscht und fühlte sich den Tränen nahe. Da er zugegeben hatte, sie zu schätzen, konnte sie nicht begreifen, warum er sich von ihr trennen wollte. Um Contenance bemüht, erwiderte sie so gelassen, wie es ihr möglich war: „Ich billige Ihre Entscheidung, Sir. Dennoch wäre ich Ihnen dankbar, wenn Sie mir bei Gelegenheit schreiben und mich wissen lassen würden, wie es Ihnen ergeht. Versprechen Sie mir das?“

„Ja“, antwortete er, während er aufstand, und verneigte sich. „Leben Sie wohl, Mrs. Clare“, fügte er hinzu, ging zu ihr und hob ihre Hand zum Kuss an die Lippen. Dann wandte er sich rasch ab und begab sich zur Tür, die, ehe er sie erreicht hatte, plötzlich aufgestoßen wurde. Um nicht getroffen zu werden, wich er hastig zur Wand zurück.

„Den Weg zum ‚Halbmond‘ hätte ich mir ersparen können, Amanda“, sagte Jane beim Betreten des Raums. „Mr. Brownsmith war nicht da, und ich musste auf ihn warten. Er ist jedoch nicht, wie Mr. Bream mir versichert hat, gegen elf Uhr zurückgekommen. Vielleicht ist ihm eingefallen, wer er ist, und er hat sich entschlossen, den geheimnisvollen Zweck seiner Reise hierher zu verfolgen. Es tut mir leid, aber ich hege noch immer die größten Zweifel daran, dass er respektabel ist, ganz gleich, was du sagen magst.“

Nach einem entsetzten Blick auf die Freundin richtete Amanda die Augen flüchtig auf den hinter Jane stehenden Mr. Brownsmith, der sichtlich Mühe hatte, die Fassung zu wahren, und musste sich zwingen, nicht in Gelächter auszubrechen. Sie schaute wieder ihre Gesellschafterin an und fragte leicht vorwurfsvoll: „Für dich ist und bleibt er ein Hallodri, nicht wahr?“

„Du meine Güte, Amanda! Von wem hast du diesen Ausdruck gehört?“ entrüstete sich Jane.

„Von mir“, antwortete Jared laut und trat hinter der Tür hervor. „Ich bedauere, Miss Porter, dass ich Ihnen Ungelegenheiten bereitet habe.“

Entgeistert starrte Jane ihn an und spürte das Blut aus den Wangen weichen. „Un…ge…legenheiten?“ stammelte sie.

Amanda erhob sich und sagte belustigt: „Darf ich vorstellen? Mr. Jay Brownsmith. Miss Porter, meine Gesellschafterin.“

„Guten Tag, Sir“, äußerte Jane steif, während er sich leicht vor ihr verneigte. „Sie müssen sich nicht bei mir entschuldigen, denn schließlich konnten Sie nicht wissen, dass ich mit Ihnen sprechen wollte.“

Unwillkürlich fühlte Amanda sich erröten.

„Ich weiß jetzt, was Sie von mir halten, Miss Porter“, erwiderte er. „Zu Ihrer Beruhigung kann ich Ihnen mitteilen, dass Mrs. Clare und ich soeben über unsere Bekanntschaft gesprochen haben und zu dem Schluss gelangt sind, es sei besser, wenn ich auf den weiteren Umgang mit ihr verzichte."

„Oh!" Verdutzt schaute Jane Mr. Brownsmith an. „Sie haben sich mit ihr unterhalten, ohne dass zumindest ihre Zofe anwesend war?" fügte sie befremdet hinzu.

„Da es sich um ein sehr persönliches Gespräch handelte …", begann Jared.

„Du möchtest sicher etwas trinken", sagte Amanda gleichzeitig, ging zum Klingelzug und läutete. „Darf ich Sie einladen, uns Gesellschaft zu leisten, Sir?"

Irritiert blickte er zwischen Mrs. Clare und Miss Porter hin und her und antwortete nach einem Moment: „Ja, gern."

„Bitte setzen Sie sich wieder, Sir", forderte Amanda ihn auf.

Er wartete, bis die Damen Platz genommen hatten, und ließ sich dann in einem Fauteuil nieder.

„Mr. Brownsmith hat den Park bewundert, Jane", wandte Amanda sich an sie. „Ich habe ihm gesagt, die Gestaltung der Anlagen sei dein Werk. Herein!", fügte sie laut an.

Der Butler betrat den Salon, verbeugte sich und fragte: „Sie wünschen, Madam?"

„Servieren Sie bitte Tee, Howlett", antwortete sie.

„Sehr wohl, Madam", erwiderte er und zog sich zurück.

Amanda hatte das ungute Gefühl, er missbillige es, dass sie so lange unter vier Augen mit Mr. Brownsmith gesprochen hatte, und befürchtete, die Dienstboten, die hoffentlich noch nicht wussten, unter welchen Umständen sie und der Besucher sich zum ersten Mal begegnet waren, würden bereits über sie klatschen.

Sie wandte die Aufmerksamkeit wieder Mr. Brownsmith und ihrer Freundin zu und stellte fest, dass beide sich angeregt über Landschaftsgärtnerei unterhielten. Eine Weile hörte sie sehr erstaunt zu, bis Howlett mit dem Teewagen kam, servierte und sich wieder entfernte.

„Mich dünkt, Sir, dass Sie großes Interesse am Gärtnern haben", wandte sie sich dann verblüfft an ihn.

„Ich mag diesen Anschein erwecken, weil ich Ihren Park bewundert und Miss Porter fasziniert zugehört habe, aber ich kann mich nicht erinnern, je selbst auf diesem Gebiet tätig gewesen zu sein."

„Ich wünschte, ich wüsste, wie wir Ihrem Gedächtnis nachhelfen können", erwiderte Jane ernst.

Im Stillen lächelte Amanda über ihre Freundin, die in Bezug auf Mr. Brownsmith einen so jähen Sinneswandel vollzogen hatte. Da er einen guten Eindruck auf sie zu machen schien, hatte Jane offenbar nicht mehr das Bedürfnis, ihn von ihr zu trennen.

„Auch ich bin leider ratlos", gab er zu.

„Möglicherweise würde Ihr Erinnerungsvermögen zurückkehren, wenn Sie wieder einen heftigen Schlag auf den Schädel erhielten", meinte Jane und sah Mr. Brownsmith sie erschüttert anschauen. „Machen Sie kein so entsetztes Gesicht, Sir. Ich könnte wetten …"

„Eine Wette!", fiel er ihr aufgeregt ins Wort. „Jetzt entsinne ich mich, dass ich einer Wette wegen kaum Geld bei mir hatte."

„Fällt Ihnen ein, mit wem Sie sie abgeschlossen haben und wo?" erkundigte Amanda sich eifrig.

„Lassen Sie mich nachdenken", murmelte er. „Ja, ich erinnere mich, dass ich mit einigen Männern Karten gespielt habe und einer von ihnen mir vorgehalten hat, ich würde mich nicht so über seine knapp bemessene Barschaft mokieren, müsste ich zwei Wochen ohne mein Vermögen, meine Dienstboten und meine Visitenkärtchen auskommen."

„Ist das alles?" fragte Amanda enttäuscht. „Das hilft uns nicht sehr viel weiter."

„Nun, zumindest können wir unterstellen, dass ich begütert genug sein muss, um mir ein kostspieliges Auftreten leisten zu können", erwiderte Jared ruhig.

„Das trifft auf viele vornehme Herren zu", warf Jane ein. „Dennoch glaube ich, dass wir mit vereinten Kräften dazu beitragen können, Ihnen zu Ihrer Identität zu verhelfen."

„Mit vereinten Kräften?" wiederholte Amanda verdutzt.

„Nun, ich sehe keinen Grund, warum ich Mr. Brownsmith und dich nicht dabei unterstützen sollte", antwortete Jane lächelnd.

Amanda wusste nicht, was sie von dieser Kehrtwende halten sollte. Offensichtlich hatte Jane ihren Verdacht, Mr. Brownsmith sei ein Abenteurer, erstaunlich schnell fallen gelassen und wollte ihm jetzt nur noch aus seiner misslichen Lage helfen. Diese Entwicklung der Dinge kam etwas überraschend und bedeutete, dass Amanda weiterhin Kontakt zu ihm haben konnte, auch wenn das vielleicht nicht schicklich war. Sie überlegte noch, wie sie sich aus der Affäre ziehen könnte, als jemand an die Tür klopfte. „Herein", rief sie, froh über die Störung.

Der Butler betrat den Salon, verbeugte sich und sagte: „Mr. Clare wünscht Sie zu sprechen, Madam."

Es war ihr nicht genehm, den angeheirateten Vetter ausgerechnet jetzt empfangen zu müssen, aber es hätte keinen Sinn gehabt, sich verleugnen zu lassen. „Bitten Sie Mr. Clare herein", erwiderte sie.

„Sehr wohl, Madam", äußerte Howlett höflich und verließ den Raum.

Einen Moment später ließ er Humphrey eintreten. Ohne sich zu erheben, sagte Amanda kühl, während Mr. Brownsmith aufstand: „Guten Tag, Humphrey. Darf ich vorstellen? Mr. Clare. Mr. Brownsmith, der hier in der Gegend zu Besuch ist."

Die Herren begrüßten sich mit einer leichten Verneigung

und nahmen auf Mrs. Clares einladende Geste hin Platz.

Misstrauisch verengte Humphrey die Augen. Da er großen Wert auf Förmlichkeit legte, ärgerte er sich darüber, dass Amanda ihn zuerst dem Fremden vorgestellt hatte, ganz so, als sei dieser gesellschaftlich bedeutsamer. „Brownsmith?" wiederholte er nachdenklich. „Ist Ihre Familie in Hampshire ansässig, Sir?"

„Verzeihen Sie, wenn ich die Frage nicht beantworte", sagte Jared leichthin. „Ich halte mich hier unter anderem Namen auf, weil ich nicht möchte, dass meine Anwesenheit bekannt wird. Ich hoffe, Sie haben Verständnis."

„Natürlich", log Humphrey.

Amanda bewunderte Mr. Brownsmith' Geistesgegenwart und Reaktionsschnelligkeit.

„Kennen Sie Mrs. Clare schon lange?" wollte Humphrey wissen und sah prüfend Mr. Brownsmith an.

„Nein", gab Jared ehrlich zu. „Ich habe viel Gutes über sie gehört. Da sie in hohem Ansehen steht, wie sie ihr Anwesen bewirtschaften lässt, habe ich beschlossen, ihr die Aufwartung zu machen. Sie hat mich freundlicherweise empfangen und ausgiebig mit mir darüber gesprochen, welche Verbesserungen im Agrarbereich bisher von ihr durchgeführt wurden. Im Übrigen hat sie erwähnt, auch Sie seien ein passionierter Gutsbesitzer."

Sie glaubte, den Ohren nicht trauen zu können, und staunte über Mr. Brownsmith' Geschick, Humphrey für sich einzunehmen.

„Heißt das, Sie sind hier, um Ländereien zu begutachten, die Sie vielleicht kaufen möchten?" fragte Humphrey eifrig. „Dann kann ich gut verstehen, dass Sie inkognito unterwegs sind, damit der Preis pro Acre nicht steigt."

„Sie sind sehr scharfsinnig, Sir", antwortete Jared lächelnd.

„Danke", äußerte Humphrey geschmeichelt. „Sie können

sich auf meine Diskretion verlassen, Sir."

„Das freut mich zu hören", erwiderte Jared und stand auf. „Bitte entschuldigen Sie mich jetzt. Ich möchte Mrs. Clares Gastfreundschaft nicht über Gebühr in Anspruch nehmen. Ich weiß Ihr Entgegenkommen sehr zu schätzen, Madam", fügte er freundlich hinzu, während Miss Porter sich erhob, zum Klingelzug ging und läutete. „Wunschgemäß werde ich Sie wissen lassen, wie erfolgreich ich war."

Auch Amanda stand auf und äußerte warmherzig: „Ich hoffe, Sir, Sie erreichen sehr schnell, was Sie sich vorgenommen haben."

„Danke", sagte er schmunzelnd und hob ihre Hand zum Kuss an die Lippen.

Sie begleitete ihn zur Tür und raunte ihm zu: „Ich wünschte, Sie wären gegangen, bevor Miss Porter zurückkam."

„Sie sprechen mir aus der Seele", äußerte er gedämpft und leicht verstimmt. Dann drehte er sich um, wünschte den Herrschaften einen angenehmen Tag und ging an dem die Tür öffnenden Butler vorbei in den Korridor.

Sobald sie geschlossen war, kehrte Amanda zu ihrem Sessel zurück und nahm wieder Platz.

„Ein seltsamer Mensch!", sagte Humphrey. „Kaum hatte ich ihn nach seiner Herkunft gefragt, gab er mir diese ausweichende Antwort! Ich wüsste gern, wer er in Wirklichkeit ist!"

Im Stillen stimmte Amanda zu. Sie fühlte sich den Tränen nahe, weil sie den Entschluss gefasst hatte, Mr. Brownsmith nicht mehr zu sehen. In dem Moment, da sie sich dazu durchgerungen hatte, war diese Entscheidung ihr vernünftig erschienen, da sie davon ausgehen musste, dass er eines Tages sein Gedächtnis wiedererlangt haben und zu seinen Angehörigen zurückkehren würde. Offenbar hatte er sich mit ihrem Schritt abgefunden, denn sonst hätte er die letzte Bemerkung wohl nicht gemacht. Jetzt befürchtete sie indes, dass es ihr sehr schwer fallen würde, auf den Umgang mit ihm zu verzichten, da sie ihn zum ersten Mal in Gesellschaft erlebt und neue Einblicke in sein Wesen gewonnen hatte.

„Es geht uns nichts an, wer Mr. Brownsmith tatsächlich ist“, erwiderte Jane kühl.

„In einem Punkt war ich nicht seiner Meinung“, verkündete Humphrey. „Ich weiß, du bemühst dich nach besten Kräften, dein Land profitabel zu bewirtschaften, aber du tätest gut daran, die Leitung des Besitzes einem Mann anzuvertrauen. Von einer Frau kann man nicht erwarten, dass sie geschäftstüchtig ist.“

Amanda wusste zu genau, wie rückständig Humphrey bei der Bewirtschaftung seiner Ländereien war. Am liebsten hätte sie ihn gefragt, welchen Preis er im letzten Jahr für sein Getreide erzielt hatte, und ihm dann gesagt, wie hoch ihr Erlös gewesen war. Sie verzichtete jedoch darauf, ihn zu verärgern, und fragte beiläufig: „Glaubst du, dass es hier in der Gegend Grundeigentümer gibt, die an ihn verkaufen werden?“

„Ja“, bestätigte Humphrey. „Ich vermute indes, dass er nicht nur einige Parzellen, sondern ein großes Gut erstehen will. Das würde seinen Wunsch erklären, inkognito zu bleiben. Und ich bin überzeugt, er wird entsprechende Angebote erhalten, weil es in der Grafschaft tatsächlich einige Landbesitzer gibt, denen es finanziell nicht sehr gut geht.“

„Bislang habe ich nicht gehört oder gelesen, dass bestimmte Anwesen zum Verkauf stehen, Mr. Clare“, warf Jane ein.

„Was soll ich dazu sagen?“ fragte er achselzuckend. „Ich bin sicher, Mr. Brownsmith ist hier, um sich nach für ihn interessanten Objekten zu erkundigen. Natürlich wird er sich von gut informierten Einheimischen wie mir beraten lassen, ehe er sich mit dem zum Verkauf gezwungenen Eigentümer in Verbindung setzt und einen für ihn äußerst vorteilhaften Handel abschließt."

Plötzlich erkannte Amanda, warum sie Mr. Brownsmith in einem anderen Licht sah. Für Jane und Humphrey war er nur jemand, den sie kurz kennen gelernt hatten und über den sie wie über jede andere Zufallsbekanntschaft sprachen. Jane hielt ihn offenbar für intelligent, charmant und sympathisch, Humphrey wiederum für einen begüterten vornehmen Herrn, auf den er sichtlich neidisch war. Amanda hingegen sah etwas Besonderes in Mr. Brownsmith, einen Mann, der sie allein durch seine Ausstrahlung beeindruckte. Doch obwohl er ihr wichtig geworden war, hatte sie sich von ihm trennen müssen. Bedrückt hielt sie sich vor, sie müsse zu dieser Entscheidung stehen, denn sonst lief sie Gefahr, dass ihre Gefühle für ihn noch stärker wurden.

Ein lautes Räuspern brachte sie in die Gegenwart zurück. Sie sah Humphrey sie abwartend anschauen und dachte sich, dass er sie etwas gefragt haben musste. „Ja, natürlich", äußerte sie aufs Geratewohl.

„Dann ist die Sache für Montagabend abgemacht", sagte er zufrieden und erhob sich. „Wie schön, dass die Prellungen in deinem Gesicht so gut abklingen. Meine liebe Mutter würde sich bestimmt wundern, wie du dir die Verletzungen zugezogen hast."

Erneut ging Jane zum Klingelzug und läutete.

Humphrey verabschiedete sich und verließ den Salon.

„Er ist einfach unerträglich!", empörte sich Amanda. „Und auf was habe ich mich am Montagabend eingelassen, Jane?"

„Wir sind zum Dinner eingeladen", antwortete Jane trocken.

„Wir? Es ist schlimm genug, wenn ich Humphreys Gesellschaft und die seiner grässlichen Mutter ertragen muss, aber dir sollte das erspart bleiben. Wieso will er, dass du mitkommst?“

„Vermutlich hat er endlich begriffen, wie unhöflich es ist, wenn er mich dauernd ausschließt“, mutmaßte Jane. „Offenbar glaubt er, da er dir jetzt den Hof macht, auf mich als Anstandsdame angewiesen zu sein.“

„Er hat es nur auf meinen Besitz abgesehen!“, entgegnete Amanda ärgerlich. „Das finde ich erniedrigend! Ich wünsche ihm die Pest an den Hals, oder zumindest eine starke Grippe“, fügte sie boshaft mit einem Blick durchs Fenster in den herabrauschenden Regen hinzu.

„Das ist keine sehr christliche Einstellung, meine Liebe“, befand Jane schmunzelnd. „Mr. Brownsmith lässt sich gewiss von anderen Beweggründen als Fredericks Vetter leiten, wenn er deine Nähe sucht.“

„Warum erwähnst du ihn jetzt?“ fragte Amanda unwirsch. „Du weißt doch, dass er und ich übereingekommen sind, uns nicht mehr zu treffen. Das war es schließlich, was du wolltest.“

„Ja“, gab Jane zu. „Mittlerweile habe ich ihn jedoch kennen gelernt, und da ich mir etwas auf meine Menschenkenntnis einbilde, bin ich überzeugt, dass er es gut mit dir meint.“

„Das mag sein“, räumte Amanda widerstrebend ein. „Dennoch bleibe ich bei meiner Entscheidung, den Umgang mit ihm abzubrechen.“

Nachdenklich schaute Jane die Freundin an und war sicher, dass Amanda wortbrüchig werden würde.

Nach dem Frühstück ritt Amanda aus, wie gewöhnlich allein, obwohl Jane sich stets darüber entrüstete, dass sie keinen Stallknecht mitnahm. Sie wählte einen Weg durch die Marsch zur Küste, ließ den Grauschimmel gemächlich an den Klippen entlanggehen und hielt ihn schließlich an. Nachdem sie abgesessen war und die Zügel über den Sattel geworfen hatte, damit der Wallach sich nicht in ihnen verfing, schlenderte sie weiter, bemerkte plötzlich ein Stück voraus auf dem Sand abgelegte Kleidungsstücke und gleich darauf weit draußen im Meer einen Schwimmer.

Neugierig geworden, beobachtete sie ihn eine Weile, sah ihn zum Strand zurückkehren und aus dem Wasser kommen. Unwillkürlich erstarrte sie, als ihr klar wurde, dass er nackt war und es sich um Mr. Brownsmith handelte. Das Herz klopfte ihr schneller, und sie brachte es nicht über sich, den Blick abzuwenden, wie es sich gehört hätte. Zunehmend aufgeregter betrachtete sie seinen wunderbar gestählten Körper und schaute zu, wie er die Tropfen von sich schüttelte, sich langsam anzog und sich dann von ihr fortbewegte. Erleichtert atmete sie auf, weil sie befürchtet hatte, er könne ihre Richtung einschlagen und sie entdecken.

Hastig machte sie kehrt, eilte zum Pferd und schwang sich in den Sattel. So schnell wie möglich ritt sie heim. Erhitzt vom forschen Galopp, traf sie auf dem Reitplatz ein und ließ sich von Payne zu Boden helfen. Sie trug ihm auf, den Grauschimmel gut abzureiben, und betrat mit der unguten Vorahnung, sich erkältet zu haben, das Haus. Sie hatte soeben die Eingangshalle erreicht und wollte sich in die obere Etage begeben, als Jane ihr auf der Treppe entgegenkam.

„Nanu, warum ist dein Gesicht so gerötet?“ wunderte sich Jane.

„Ich habe das Gefühl, einen Schnupfen zu bekommen“, antwortete Amanda seufzend.

„Du zitterst ja!“, stellte Jane bestürzt fest. „Komm sofort nach oben, und leg dich ins Bett. Hoffentlich wirst du nicht ernstlich krank! Ich werde sofort Mrs. Howlett sagen, dass sie dir heiße Milch mit Honig macht!“

„Ja, danke“, erwiderte Amanda, suchte ihr Ankleidekabinett auf und läutete. Von der bald darauf erscheinenden Zofe ließ sie sich aus den Sachen und in ihr Nachthemd helfen, begab sich in ihr Schlafzimmer und ging zu Bett. Einige Zeit später kam die Freundin zu ihr, rückte einen Sessel heran und nötigte sie, das mitgebrachte Glas zu leeren.

Sie gab es ihr zurück, legte sich erschöpft zurück und schloss die Augen. Sogleich sah sie in Gedanken Mr. Brownsmith den Wellen entsteigen, seinen im Licht feucht glitzernden muskulösen Körper, und versuchte vergebens, das Bild zu verdrängen. Erschüttert wurde sie sich bewusst, dass sie sich in ihn verliebt hatte und ihn begehrte. „Nein, das darf ich nicht!“, äußerte sie laut, schlug erschrocken die Lider auf und sah Jane sie verdutzt anstarren.

„Du meine Güte!“, murmelte Jane betroffen. „Sie redet im Wahn!“ Hastig legte sie ihr die Hand auf die Stirn und stellte besorgt fest: „Du hast Fieber, Amanda. Ich werde unverzüglich den Arzt herbitten lassen.“

Hastig hielt Amanda die Freundin am Arm fest und entgegnete beschwörend: „Nein, das ist nicht nötig. Ich habe mich lediglich etwas verkühlt und bin sicher, dass ich morgen früh wieder auf dem Posten bin.“

„Wie du meinst“, erwiderte Jane widerstrebend.

„Danke“, äußerte Amanda zufrieden, ließ ihre Gesellschafterin los und schloss erneut die Augen. Sie hörte Jane den Raum verlassen, fand jedoch nicht die ersehnte Ruhe. Immer wieder dachte sie an Mr. Brownsmith, wie er sie im „Halbmond“ in die Arme geschlossen und geküsst hatte, und malte sich aus, wie es sein mochte, wenn sie sich ihm hingab. Sie stellte ihn sich sehr leidenschaftlich vor, stürmisch und zärtlich zugleich, und verglich ihn unwillkürlich mit Frederick, den sie stets als sehr rücksichtsvoll empfunden hatte. Jedenfalls hatte er nie dieses Begehren in ihr ausgelöst, das sie nun für Mr. Brownsmith empfand. Sie war überzeugt, dass Mr.

Brownsmith ihr Wonnen vermitteln würde, die sie mit Frederick nie erlebt hatte, und bereute mehr denn je, ihm gesagt zu haben, es sei für sie besser, ihn nicht wiederzusehen.

In der Kirche spürte Amanda noch immer die Nachwirkungen der sehr unruhig verbrachten Nacht. Zum Glück hatte sie sich nicht erkältet, aber sie fühlte sich matt und übernächtigt, kaum im Stande, dem Gottesdienst zu folgen, in dessen Verlauf das Aufgebot für Thomas Gourley und Kate Maugham zum ersten Mal verlesen wurde. Nach dem Amt verließ sie den Kirchenstuhl ihrer Familie und blieb im Mittelgang stehen, damit Humphrey, der Anstalten machte, mit ihr aus dem Gotteshaus zu gehen, seine Mutter ins Freie geleiten konnte.

Kaum hatte sie sich jedoch auf den Vorplatz begeben, hielt Irene Clare sie am Arm fest und sagte spitz, die Eheschließung ihrer Zofe mit dem jungen Mr. Gourley komme reichlich plötzlich und müsse einen bestimmten Grund haben.

„Wenn dem so wäre", entgegnete sie kühl, „dann hätte Thomas sich gewiss eine Sonderlizenz beschafft und sich unverzüglich mit Kate vermählt."

„Eine Sonderlizenz!", wiederholte Irene pikiert. „Dergleichen steht nur Personen von Stand zu!"

„Zweifellos", äußerte Amanda gleichgültig. „Im Übrigen muss ich dich darauf hinweisen, dass die beiden seit langem miteinander gehen. Folglich überrascht es mich nicht im Mindesten, dass sie jetzt heiraten werden. Aber natürlich bedauere ich, meine sehr tüchtige Zofe zu verlieren. Soll ich dich zur Kutsche bringen?"

„Ja, bitte", antwortete Irene und setzte sich in Bewegung. „Was weißt du über diesen Mr. Brownsmith, den Humphrey kürzlich bei dir kennen gelernt hat?" erkundigte sie sich spitz. „Ist er ein Betrüger?"

„Wie kommst du darauf?" fragte Amanda und spürte sich

vor Ärger erröten. „Nein, ich bin nicht gut über ihn informiert", setzte sie wahrheitsgemäß hinzu.

„Aber er war doch bei dir!", sagte Irene beharrlich.

„Ja", bestätigte Amanda unwirsch. „Warum hätte ich ihn abweisen lassen sollen, wenn er mir aus Höflichkeit die Aufwartung macht? Er interessiert sich sehr für zeitgemäße landwirtschaftliche Methoden, und mir war es ein Vergnügen, ihm über die Art, wie ich die Leitung meines Besitzes handhabe, Auskunft zu geben. Nicht minder interessiert hat er sich dann mit Humphrey unterhalten."

Das dem Sohn gezollte Lob besänftigte Irene etwas. „Humphrey ist wirklich auf dem neuesten Stand der Dinge", erwiderte sie stolz. „Nun, es ist beruhigend zu wissen, dass du einen so positiven Eindruck von Mr. Brownsmith hast, auch wenn du im Umgang mit Männern nicht sonderlich erfahren bist. Humphrey meinte, Mr. Brownsmith sei ein wahrer Gentleman."

„Ich stimme ihm zu", sagte Amanda gleichmütig und blieb vor der Kutsche des angeheirateten Vetters stehen. „Ich wünsche euch einen angenehmen Tag", fuhr sie fort, wartete, bis Humphrey seiner Mutter in den Wagen geholfen hatte, und ging dann zu ihrem Landauer, neben dem Jane auf sie wartete.

„Ich fand das Getue, das Mr. Clare vorhin in der Kirche um dich gemacht hat, äußerst peinlich für dich", sagte Jane kopfschüttelnd, während die Freundin einstieg, und folgte ihr dann. „So hat er sich noch nie in der Öffentlichkeit aufgeführt. Man hätte meinen können, dass du für ihn Vorrang vor seiner Mutter hast."

„Du hast recht", stimmte Amanda zu und lehnte sich, da der Zweispänner anfuhr, bequem zurück. „Die Absichten, die Humphrey auf mich hat, wären nicht deutlicher zu erkennen gewesen, wenn er das Aufgebot für unsere Hochzeit hätte aushängen lassen."

„Wie hat seine Mutter auf sein Benehmen reagiert?"

„Ich habe flüchtig wahrgenommen, dass sie missbilligend das Gesicht verzog", antwortete Amanda. „Glaubst du, dass er, wenn sie ihm von der Ehe mit mir abrät, auf sie hören wird?"

„Das bezweifele ich", sagte Jane ehrlich. „Zum einen findet er sich sehr attraktiv und begehrt dich, zum anderen hat er es auf deinen Besitz abgesehen."

„Wäre die Tatsache, dass er Fredericks Vetter ist, ein Hinderungsgrund für die Ehe mit mir?" fragte Amanda skeptisch.

„Nein", erwiderte Jane. „Er ist nicht in direkter Linie mit dir verwandt. Du wirst ihm die Wahrheit gestehen müssen. Er ist zwar etwas begriffsstutzig, aber wenn du mehrere Anläufe unternimmst, schaffst du es vielleicht, ihn zum Aufgeben zu bewegen. Erklär ihm in aller Deutlichkeit, ihr würdet nicht zueinander passen." Jane fiel auf, dass Amanda errötete, und fügte schmunzelnd hinzu: „Falls dieser Grund der einzige ist, der dich davon abhält, Mr. Clare zu heiraten."

4. KAPITEL

Im Bewusstsein, sehr vorteilhaft auszusehen, verließ Amanda die Kutsche, stieg die Freitreppe hinauf und lächelte Fisher an, der sie und ihre Gesellschafterin höflich ins Haus bat und zwei Lakaien anwies, den Damen die Mäntel abzunehmen. Dann geleitete er Mrs. Clare und Miss Porter in den Empfangssalon, wo sie bereits von der Herrschaft erwartet wurden. Höflich begrüßte Amanda die Hausherrin und deren Sohn und schaute sich in dem Raum um, in dem so oft ihre Gäste versammelt gewesen waren. Mindestens zwanzig Paare waren anwesend, und sie war froh, dass sie sich für diesen Anlass besondere Mühe mit ihrem Äußeren gegeben hatte. Einige der Geladenen hatte sie noch nie gesehen. Sie nahm jedoch an, dass die Menschen, die sich angeregt unterhielten, in der näheren Umgebung wohnten und sich kannten. Im Übrigen waren etliche Herren anwesend, die nicht in Begleitung zu sein schienen, sodass sie die Möglichkeit hatte, sich bei ihnen nach Mr. Brownsmith zu erkundigen.

Unvermittelt sah sie die Vikarsgattin sich aus einer kleinen Gruppe von Gästen lösen und mit einem jungen Mann auf sie zukommen. „Guten Abend, Mrs. Madison“, äußerte Amanda freundlich und schaute fragend deren Begleiter an.

„Guten Abend, Mrs. Clare“, erwiderte Aurelia lächelnd. „Darf ich vorstellen? Mein Neffe James Williams – Mrs. Clare.“

„Sehr erfreut“, murmelte Amanda.

Suchend sah James sich um und äußerte erfreut: „Da drüben ist ein Platz frei, Mrs. Clare. Würden Sie mir gestatten, Sie dorthin zu bringen?“

„Gern“, antwortete sie und schloss sich ihm an.

Er half ihr beim Platznehmen und wollte soeben ein Gespräch mit ihr beginnen, als drei andere Herren sich hinzugesellten. Er machte sie mit ihnen bekannt, und bald war sie mit ihnen in eine lebhafte Unterhaltung vertieft. Die Aufmerksamkeit, die man ihr schenkte, verwunderte sie, denn schließlich war sie nicht die einzige attraktive Frau im Raum. Sie genoss es indes, hofiert zu werden, und sah einige Damen ihr neidische Blicke zuwerfen.

Plötzlich erblickte sie am anderen Ende des Gesellschaftszimmers einen vor dem Marmorkamin stehenden Herrn, der ihr den Rücken zuwandte. Sie erkannte Mr. Brownsmith sofort, erstarrte unwillkürlich und hatte das Gefühl, alle Stimmen würden jäh leiser, drängten wie aus weiter Ferne zu ihr, bis sie glaubte, das Blut in den Ohren rauschen zu hören. Im nächsten Moment drehte er sich halb um und bemerkte sie.

Rasch ging Jared zu ihr, verneigte sich und äußerte galant: „Guten Abend, Madam. Erlauben Sie mir, Ihnen zu sagen, dass Sie ganz bezaubernd aussehen."

„Guten Abend, Sir", erwiderte sie, lächelte leicht und erhob sich. Nicht gewillt, mit ihm vor den anderen Gästen zu plaudern, entschuldigte sie sich bei ihnen, warf ihm einen abweisenden Blick zu und entfernte sich einige Schritte.

Jared folgte ihr und sagte irritiert: „Ich habe den Eindruck, Madam, dass Sie mich meiden wollen. Habe ich Sie irgendwie gekränkt?"

„Wie können Sie das fragen?" sagte sie ärgerlich, begrüßte kurz die an ihr vorbeigehende Mrs. Nowell und schaute dann verstimmt wieder Mr. Brownsmith an.

„Ich bitte um Vergebung, Madam", erwiderte er befremdet. „Ich weiß jedoch nicht, welchen Vergehens ich mich schuldig gemacht habe."

„Nein? Darf ich Ihnen den letzten Samstag in Erinnerung rufen?"

„Ach, meinen Sie die Tatsache, dass ich mir erlaubt habe, im Meer zu schwimmen. Ist das verboten? Oder ärgert es Sie, dass ich nicht zu Ihnen gekommen bin, nachdem ich Sie auf der Klippe gesehen hatte?“

„Ich weiß nicht, wann ich Ihnen dort aufgefallen bin …“, begann Amanda unsicher und hielt verlegen inne.

„Oh, da war ich noch im Wasser“, sagte Jared schmunzelnd.

„Sie wären doch wohl nicht … in Ihrem Zustand …“, stammelte sie verwirrt.

„Nein, natürlich nicht“, sagte er beruhigend. „Selbstverständlich hätte ich mich erst präsentabel gemacht. Gleichviel, ich war nicht sicher, ob Sie mich gesehen hatten, und fand es ratsamer, Ihnen jede Peinlichkeit zu ersparen. Deshalb habe ich Sie ignoriert.“

„Wie hätte ich Sie übersehen sollen?“ fragte Amanda kopfschüttelnd. „Weit und breit war niemand am Meer. Und außerdem lagen Ihre Sachen am Strand. Woher haben Sie den Abendfrack?“ setzte sie hinzu, um das ihr unangenehme Thema zu wechseln. „Oder haben Sie inzwischen jemanden gefunden, von dem Sie sich bereitwillig Geld vorstrecken ließen?“

„Die Abendgarderobe stammt von einem Gast des ‚Halbmondes‘, der dort ein Schäferstündchen hatte, seine Rechnung jedoch nicht begleichen konnte“, erklärte Jared belustigt. „Mr. Bream hat das Gepäck einbehalten, in der Hoffnung, den Inhalt zu Geld machen zu können, um so auf seine Kosten zu kommen. Die Hosen wurden für mich von seiner Frau etwas gekürzt, aber ich weiß, das Jackett spannt etwas über den Schultern.“

„Erwarten Sie, dass ich Ihnen jetzt ein Kompliment über Ihre Figur mache?“ warf Amanda spitz ein.

„Ich begreife nicht, warum Sie so gereizt sind“, wunderte sich Jared. „Es tut mir leid, wenn es Sie verlegen gemacht hat, mich aus dem Meer kommen zu sehen, aber das können Sie mir nicht anlasten. Ich bin willens, jede Rücksicht auf Ihren guten Ruf zu nehmen, doch Sie können nicht von mir erwarten, dass ich mir Ihretwegen eine Erkältung hole, weil ich so lange im kalten Wasser bleiben muss, bis Sie geruht haben, sich zurückzuziehen."

„Wieso waren Sie überhaupt am Strand?" fragte Amanda vorwurfsvoll.

„Ich bin Ihnen zwar keine Erklärung schuldig, will sie Ihnen aber trotzdem geben. Ich war mit Mr. Bream im Hafen von Blakeney, wo er geschäftlich zu tun hatte. Da er mich nicht benötigte, habe ich mich entschlossen, einen kleinen Spaziergang an der Küste zu machen, und mich von einem Fischer in die Bucht rudern lassen. Ich war noch nicht lange unterwegs, als mein verstauchter Fuß erneut zu schmerzen begann. Deshalb hielt ich es für besser, eine Weile zu schwimmen, damit die Schwellung des Gelenks durch das kalte Wasser zum Abklingen gebracht wird. Ich habe jedoch so gefroren, dass ich es nicht lange im Meer aushielt, und als ich zum Strand zurückkehrte, sah ich Sie."

„Sie hätten damit rechnen müssen, jemandem zu begegnen", warf Amanda tadelnd ein.

„Natürlich, denn schließlich ist die Bucht öffentliches Gelände", räumte Jared ein. „Allerdings konnte ich nicht ahnen, dass ich ausgerechnet Sie dort vorfinden würde. Ich hatte im Wasser bleiben wollen, bis Sie umgekehrt und zu Ihrem Pferd zurückgegangen waren. Leider haben Sie meine Absicht durchkreuzt, weil Sie keine Anstalten machten, bald gehen zu wollen."

„Ich hatte das Bedürfnis, über einiges nachzudenken", sagte Amanda indigniert.

„Hätten Sie das an anderer Stelle getan, wären Sie nicht in diese heikle Situation geraten", entgegnete Jared unwirsch. „Zudem begreife ich nicht, warum Sie sich derart echauffieren. Immerhin waren Sie verheiratet und wissen, wie ein Mann aussieht, wenn er unbekleidet ist."

„Sie überschreiten die Grenzen des Anstandes, Sir!", ereiferte sich Amanda und spürte die Hitze in die Wangen steigen. „Ich wäre Ihnen dankbar, wenn Sie sich zurückziehen würden!"

„Wie Sie wünschen", äußerte er steif, verneigte sich knapp und entfernte sich.

Erzürnt schaute sie ihm hinterher und sah, dass er sich zu einigen Herren gesellte, die sich mit Humphrey unterhielten. Im gleichen Augenblick kam Mr. Williams zu ihr. Zu aufgebracht, um sich mit ihm zu befassen, drehte sie sich um und gab vor, ihn nicht bemerkt zu haben.

„Kann ich etwas für Sie tun, Madam?" fragte er höflich und hielt neben ihr an. „Möchten Sie etwas trinken?"

Da sie nicht den ganzen Abend durchs Fenster in den Park starren konnte, wandte sie sich Mr. Williams zu und antwortete, um Gelassenheit bemüht: „Nein, danke, Sir."

„Leider kann man jetzt nicht viel vom Park erkennen", sagte er bedauernd, „doch bei Tageslicht bietet er einen sehr beeindruckenden Anblick."

„Ja", stimmte sie zu. „Von der Terrasse her hat man eine schöne Sicht auf den kleinen See, der sich sehr harmonisch in die Umgebung einfügt." Amanda war froh, dass sie sich langsam beruhigte, und ging höflich auf die weitere Unterhaltung mit Mr. Williams ein.

Als schließlich zu Tisch gebeten wurde, hatte sie die Fassung wiedergewonnen, ärgerte sich jedoch erneut, weil Mr. Brownsmith ihr an der Tafel schräg gegenübersaß. Sie beachtete ihn nicht und plauderte mit Mr. Gower, ihrem Nachbarn zur Rechten, einem Großgrundbesitzer, den Humphrey wahrscheinlich Mr. Brownsmith zuliebe eingeladen hatte und von dem es hieß, er müsse Land verkaufen, um die hohen

Schulden seines Sohnes begleichen zu können. Für jemanden, der sich in finanzieller Bedrängnis sah, war er erstaunlich gut gelaunt, sodass Amanda vermutete, es sei lediglich ein böswilliges Gerücht, dass er sich von einem Teil seines Besitzes trennen müsse.

Nach einiger Zeit wurde sie von Mr. Cohen in ein Gespräch über die Aufzucht von Pferden gezogen. Er war bei weitem nicht so unterhaltsam wie Mr. Gower, sodass ihre Aufmerksamkeit hin und wieder nachließ und sie sich versucht fühlte, über den Tisch hinweg zu Mr. Brownsmith zu sehen. Sie bezwang sich jedoch, bis sie schließlich dem Drang nicht mehr widerstehen konnte und die Augen auf Mr. Brownsmith richtete. Er redete mit Mr. Batesons Nichte, einer sehr hübschen jungen Dame, die sich auflachend über eine Bemerkung von ihm amüsierte. Er lächelte sie an und blickte so plötzlich zu Amanda herüber, dass sie nicht mehr die Zeit hatte, die Lider zu senken. Sein freundliches Lächeln schwand nicht, sodass Amanda sich dazu durchrang, es zu erwidern. Sie spürte das Herz schneller schlagen, wandte rasch Mr. Cohen das Gesicht zu und merkte, dass ihre Verärgerung auf Mr. Brownsmith verflogen war.

Natürlich konnte sie es ihm nicht verargen, dass sie ihn am Strand gesehen hatte. Sie hätte sich zurückziehen müssen. Außerdem hatte sie wirklich übertrieben reagiert. Schließlich konnte er nicht wissen, welche Art Ehe sie mit Frederick geführt hatte. Ihr war klar, dass sie sich bei ihm für ihr unangebrachtes Verhalten entschuldigen musste. Sie befürchtete jedoch, dann genötigt zu sein, ihm mehr über ihre Ehe anvertrauen zu müssen, als ihr lieb war.

Im Verlauf des Essens schaute sie noch mehrere Male zu ihm hinüber, ohne seinen Blick auf sich gerichtet zu sehen. Sie fragte sich, ob er nicht doch hin und wieder zu ihr herüberschauen mochte. Jedenfalls war sie sich seiner so stark bewusst, als hätte sie direkt neben ihm gesessen.

Schließlich hob Humphrey die Tafel auf, und die Damen schlossen sich seiner ins Gesellschaftszimmer gehenden Mutter an. Flüchtig betrachtete Amanda sich in einem Pilasterspiegel und staunte, dass man ihr die innere Erregung nicht ansah.

„Sie wirken so nachdenklich, Mrs. Clare", äußerte Iris verwundert.

„Ach, ich habe soeben daran gedacht, Miss Lockhart, wie sinnvoll es ist, dass man sich nicht immer anmerken lässt, was in einem vorgeht", erwiderte Amanda leichthin.

„Sie haben recht", sagte Iris zustimmend. „Beim Essen hat Mr. Brownsmith zwar sehr angeregt mit mir geplaudert, doch ich hatte den Eindruck, dass er in Gedanken ganz woanders war. Er ist ein Charmeur, nicht wahr?"

„Das kann ich nicht beurteilen, da ich ihn nicht gut kenne", antwortete Amanda ausweichend.

„Nein?" fragte Iris. „Sie haben sich jedoch vor dem Dinner sehr lange mit ihm unterhalten."

Innerlich zuckte Amanda zusammen und ärgerte sich, dass man sie und Mr. Brownsmith beobachtet hatte. „Richtig!", bestätigte sie kühl. „Wir hatten einen kleinen Diskurs über den Einfluss des Wetters auf die landwirtschaftlichen Erträge."

„Was für ein aufregendes Thema", sagte Iris ironisch.

„Interessant genug, um sich eine Weile damit zu beschäftigen", entgegnete Amanda. „Bitte entschuldigen Sie mich jetzt." Sie ließ Miss Lockhart stehen und gesellte sich zu ihrer Freundin.

„Mrs. Clare hat sich soeben sehr lobend über deine Abendtoilette geäußert", raunte Jane Amanda zu. „Ich befürchte, sie zieht dich jetzt doch als Gattin ihres Sohnes in Betracht."

„Gott bewahre mich!", erwiderte Amanda gedämpft.

„Ihre Ablehnung ist meine stärkste Waffe gegen Humphrey." Sie zögerte einen Moment und fuhr dann leise fort: „Ich habe mich vorhin aus ganz nichtigem Anlass mit Mr. Brownsmith gestritten."

„Wenn du glaubst, dich falsch verhalten zu haben, dann entschuldige dich bei ihm", riet Jane ihr und amüsierte sich im Stillen, da ihrer Ansicht nach ein aus unersichtlichem Grund entstehender Zwist zwischen einem Mann und einer Frau stets ein Zeichen dafür war, dass sie sehr aneinander interessiert waren.

„Das werde ich tun", versicherte Amanda und drehte sich halb um, weil in diesem Moment die Herren sich im Salon einfanden.

Irene klatschte in die Hände, um sich Gehör zu verschaffen, und sagte, sobald die Gespräche verstummt waren: „Es ist ein so wunderbarer lauer Abend, meine Herrschaften, dass ich es verständlich fände, wenn jemand sich im Park ergehen möchte. Natürlich sollte eine junge Dame, die sich mit einem Herrn ins Freie begibt, von einer verheirateten Frau begleitet werden."

Amanda sah Humphrey seine Mutter erfreut anlächeln und sich dann suchend im Raum umschauen. Ehe sie Gelegenheit hatte, sich ihm zu entziehen, kam er zu ihr.

„Ich würde gern mit dir einen kleinen Spaziergang machen, Amanda", sagte er und reichte ihr den Arm.

„Ich habe nichts dagegen, vorausgesetzt, wir sind nicht die Einzigen, die im Park promenieren", erwiderte sie kühl. „Ich bin nicht willens, meinen guten Ruf aufs Spiel zu setzen."

„Wie du siehst, verlassen bereits etliche andere Herrschaften den Raum", erwiderte Humphrey. „Also komm!"

Widerstrebend schloss sie sich ihm an und begab sich mit ihm auf die vom Licht des fast vollen Mondes erhellte große Terrasse.

Zielstrebig drängte Humphrey sie die Freitreppe hinunter zum Rondell und äußerte dabei sehnsüchtig: „Heute Abend bist du besonders schön, Amanda. Lass uns ein Stück in den Park gehen, damit ich dir auch auf andere Weise meine Bewunderung ausdrücken kann."

Ehe sie etwas erwidern konnte, bemerkte sie einen tief fliegenden Schatten. Erschrocken zuckte sie zurück und schrie auf: „Eine Fledermaus! Wie schrecklich!"

Humphrey war nicht darauf gefasst gewesen, dass sie so jäh zurückweichen und sich von ihm losreißen würde. Er verlor den Halt, griff nach der Balustrade, erreichte sie jedoch nicht und stürzte.

Amanda nutzte die Gelegenheit und lief, die Röcke raffend, zur anderen, im Schatten der Bäume liegenden Seite des Rondells. Verblüfft blieb sie stehen, weil sie unerwartet Mr. Brownsmith vor sich sah. „Sie?" fragte sie keuchend. „Ich wähnte Sie noch im Gesellschaftszimmer."

„Ich bin an der anderen Seite der Terrasse in den Park gegangen und habe zufällig gesehen, wie Sie sich Mr. Clare entzogen. Der Ärmste ist ziemlich hart auf seinem Allerwertesten gelandet", fügte er schmunzelnd hinzu.

Amanda blickte kurz zum Haus zurück, sah Humphrey jedoch nicht mehr. „Ich ... es tut mir leid, Mr. Brownsmith, dass ich mich vorhin so unvernünftig benommen habe", begann sie kleinlaut.

„Ich hätte mich nicht über Sie lustig machen dürfen", erwiderte er reumütig. „Aber hier ist nicht der richtige Ort, um dieses Gespräch fortzusetzen."

„Wir könnten in den Pavillon gehen", schlug Amanda vor. „Ich nehme nicht an, dass wir dort gestört werden."

„Gut", willigte Jared ein und schlenderte neben ihr zur Rotunde, deren weiße Säulen und vergoldete Kuppel sich hell vom dunklen Hintergrund abhoben. „Welch herrliche Aussicht“, meinte er und ließ den Blick über den im Mondschein schimmernden See schweifen.

„Ja“, stimmte Amanda zu, stieg die Stufen hinauf und setzte sich auf eine der halbrunden Marmorbänke.

Jared folgte ihr, nahm an ihrer Seite Platz und sagte ernst: „Ich bedauere, Madam, dass ich vorhin so ungalant war und Sie verärgert habe.“

„Nein, ich muss mich bei Ihnen entschuldigen“, entgegnete Amanda gefasst und nahm seine Nähe sehr bewusst wahr. Wenn sie nur ein kleines Stück zu ihm rückte, würden ihre Arme sich berühren. Unwillkürlich überlegte sie, wie er sich dann verhalten würde. „Ich hätte nicht so übertrieben reagieren und meine Selbstbeherrschung verlieren dürfen“, fuhr sie einsichtig fort und wandte ihm das Gesicht zu. „Ich weiß nicht, was plötzlich in mich gefahren war.“

„Manchmal kann man sich sein Benehmen wirklich nicht erklären“, erwiderte Jared ernst. „Sie ahnen nicht, was ich jetzt am liebsten tun würde.“

Verwirrt schaute sie ihn an.

„Ich bin nicht aus Stein, Madam“, gestand er in sprödem Ton. „Ich würde Sie gern in die Arme ziehen, leidenschaftlich küssen und Ihre bloße Haut streicheln. Ich sehne mich danach, Sie zu lieben.“

Amanda wagte nicht, etwas zu äußern, und starrte ihn nur wie gebannt an.

„Natürlich werde ich mich zurückhalten“, fuhr er fort, „weil ich weiß, dass ich Ihnen kein zweites Mal zu nahe treten darf. Ich befürchte, dass ich nie meine wahre Identität herausfinden werde.“

„Sie dürfen die Hoffnung nicht aufgeben“, entgegnete Amanda beschwörend. „Ich bin sicher, dass Sie eines Tages Ihr Erinnerungsvermögen zurückerlangen werden.“

„Und was ist, wenn ich dann erfahre, dass ich verheiratet

bin und Kinder habe?“ murmelte Jared bedrückt.

„Gewiss werden Sie sich freuen, wieder bei Ihrer Familie sein zu können“, antwortete Amanda und redete sich ein, dass es sie nicht schmerzen würde, ihn zu verlieren.

„Und was ist dann mit Ihnen?“

„Ich würde Ihre Freude teilen“, behauptete sie wider besseres Wissen und dachte daran, dass nicht jede Geschichte ein glückliches Ende hatte. Aus dem Bedürfnis, sich der für sie unerträglichen Situation zu entziehen und Mr. Brownsmith nicht noch länger in Gewissensnöte zu bringen, erhob sie sich und sagte entschieden: „Ich muss zur Gesellschaft zurück, Sir. Bitte warten Sie hier eine Weile, ehe Sie mir folgen. Leben Sie wohl.“

Rasch verließ sie den Pavillon, eilte ins Haus und hoffte, dass ihre lange Abwesenheit nicht aufgefallen sein möge. Zu ihrer Erleichterung wurde sie jedoch nicht gefragt, wo sie gewesen war.

Jane sah sie, ging zu ihr und äußerte verhalten: „Du meine Güte, Amanda! Was ist geschehen? Du wirkst so betroffen.“

„Humphrey hat versucht, mich in den Park zu locken“, antwortete Amanda wahrheitsgemäß.

„Dann ist es ratsamer, dass wir uns jetzt verabschieden“, meinte Jane. „Es tut mir leid für dich, dass der Abend einen so unerfreulichen Ausklang nimmt.“

Man bedankte sich bei den Gastgebern für die Einladung, wünschte ihnen eine angenehme Nacht und begab sich dann ins Entree. Amanda und Jane ließen sich von Bediensteten in die Mäntel und anschließend in ihre Kutsche helfen und traten den Heimweg an. Kaum war der Wagen angefahren, lehnte die Freundin sich bequem zurück und schloss die Augen.

Amanda hing den Gedanken nach und gestand sich ein, dass sie in der Gloriette starkes Verlangen nach Mr. Brownsmith empfunden hatte. Sie zweifelte nicht mehr daran, dass sie ihn liebte, fragte sich jedoch erneut, wer er in Wirklichkeit sein mochte. Ihre Gefühle galten einem Mann, dessen wahrer Name, Herkunft und gesellschaftlicher Hintergrund unbekannt waren. Sie wusste nicht einmal, ob er frei für sie war.

Es war ihr nicht entgangen, dass er sie begehrte, und das empfand sie als sehr schmeichelhaft. Leidenschaft allein genügte ihr aber nicht, da sie sich nach Liebe sehnte. Er hatte jedoch kein Wort darüber verloren, ob er sie liebte, und ohne diese Gewissheit wollte sie ihrem Verlangen nach ihm nicht nachgeben.

Amanda hatte vor, sich schriftlich bei Mrs. Clare für die Einladung zu bedanken, als sie in der Post einen Brief von ihr vorfand. Erstaunt machte sie ihn auf, zog das Kärtchen heraus und las den Text.

„Ich bin etwas verblüfft, Jane“, sagte sie dann und schaute zu ihrer Freundin hinüber. „Humphreys Mutter bittet mich, sie noch heute Morgen aufzusuchen, weil sie, wie sie schreibt, etwas Dringendes mit mir zu besprechen hätte. Ich habe angenommen, dass sie nach dem gestrigen Abend viel zu erschöpft ist, um sofort wieder Besuch zu empfangen.“

„Kannst du das nicht auf morgen verschieben?“ fragte Jane stirnrunzelnd. „Du siehst blass aus. Hast du schlecht geschlafen?“

„Nein“, antwortete Amanda und hätte am liebsten hinzugefügt, wie man wohl Ruhe finden könne, wenn man von einem Mann erfuhr, er begehre sie heißblütig und würde sie gern auf der Stelle lieben. „Du machst dir unnütz Sorgen um mich. Ich werde dem Wunsch von Humphreys Mutter entsprechen und nach Kelling House laufen, damit ich frische Luft bekomme.“

„Möchtest du, dass ich dich begleite?“ erkundigte sich Jane.

„Nein. Bitte bemühe dich nicht“, lehnte Amanda das Anerbieten ab. „Du machst einen unausgeschlafenen Eindruck, und es ist nicht nötig, dass du dich mir zuliebe anstrengst. Wahrscheinlich will Humphreys Mutter nur über irgendeine Belanglosigkeit mit mir reden."

„Wie du meinst", gab Jane nach und widmete sich wieder der Lektüre.

Amanda stand auf, ging in ihr Zimmer und kleidete sich zum Ausgehen an. Dann verließ sie das Haus, nahm die Abkürzung durch den Park nach Kelling House und traf eine Weile später dort ein. Immer wieder fand sie es seltsam, nicht ohne weiteres das Haus betreten zu können, in dem sie einst die Herrin gewesen war.

Auf ihr Klopfen hin wurde ihr von Fisher geöffnet, der sie höflich ins Entree bat, ihr die Pelisse abnahm und sie zu ihrer Überraschung in die Bibliothek führte. Kaum hatte sie den Raum betreten, wurde ihr bei Humphreys Anblick sofort klar, dass sie getäuscht worden war.

Er erhob sich, ging auf sie zu und sagte zufrieden: „Meine liebe Amanda …"

„Entschuldige, aber deine Mutter hat mich hergebeten", fiel sie ihm unwirsch ins Wort. „Ich verstehe nicht, warum Fisher mich dann hierher gebracht hat."

„Nein, es liegt kein Irrtum vor", erwiderte Humphrey lächelnd. „Mama hat dir auf meine Bitte hin geschrieben. Ich musste zu dieser kleinen List greifen, weil ich ungestört mit dir sprechen will."

„Ich habe kein Verständnis für dein Benehmen", äußerte Amanda ärgerlich. „Bitte lass deine Mutter oder zumindest ein Hausmädchen herkommen."

„Sie ist irgendwo in der Nähe", sagte Humphrey ausweichend.

„Ich bestehe darauf, dass sie sich zu uns gesellt!", forderte Amanda entschieden.

„Nein, das ist nicht nötig“, widersprach Humphrey, ergriff Amanda am Arm und zog sie zu einem Fauteuil. „Hier bist du nicht auf eine Anstandsdame angewiesen“, fügte er hinzu, während sie sich setzte.

„Was hast du auf dem Herzen?“ erkundigte sie sich ungehalten. „Ich wäre dir dankbar, wenn du dich kurz fassen könntest, denn Jane fühlt sich nicht sehr gut. Ich möchte sie nicht zu lange allein lassen.“

„Du nimmst entschieden zu viel Rücksicht auf eine Angestellte“, äußerte Humphrey unwirsch.

„Sie ist nicht nur meine Gesellschafterin, sondern auch meine Freundin“, erwiderte Amanda frostig und ärgerte sich darüber, dass er nicht Platz nahm, sondern hinter ihrem Sessel stand und ihr so ein Gefühl der Unsicherheit gab.

Impulsiv ging er nun um ihren Sessel herum zu ihr, beugte sich hinunter und ergriff ihre Hände. „Du bezauberst mich, Amanda, mein Liebling“, sagte er spröde.

„Lass das, Humphrey!“, erwiderte sie scharf. „Mach dich nicht lächerlich!“

„Ich empfinde so viel für dich, mein Schatz“, fuhr er, unbeirrt von ihren abwehrenden Worten, fort und hielt, obwohl sie sich sträubte, entschlossen ihre Hände fest. „Meine Bewunderung für dich ist so stark geworden, dass ich dich bitten möchte, meine Gattin zu werden.“

„Du?“ fragte Amanda spöttisch. „Du kritisierst doch dauernd mein Verhalten und meine Ansichten. Wieso bist du jetzt der Meinung, ich wäre die richtige Frau für dich?“

„Ich weiß, dass deine Eigenmächtigkeiten und deine Selbstherrlichkeit aufhören werden, sobald wir vermählt sind“, antwortete Humphrey überzeugt. „Du benötigst jemanden, der dich mit fester Hand leitet, die Aufsicht eines charaktervollen und energischen Ehemanns. Mein Heiratsantrag ist der Lohn dafür, dass Frederick, der so lange gekränkelt hat, von dir derart hingebungsvoll gepflegt wurde."

„Was für ein Blödsinn!", warf Amanda kopfschüttelnd ein. „Ich habe ihn geliebt und sehr geschätzt und es nie als reine Verpflichtung empfunden, für ihn da zu sein."

„Wie selbstbewusst du bist, Amanda", stellte Humphrey verstimmt fest. „Ich sehne mich danach, dich zu zähmen und Gehorsam zu lehren."

„Du tust mir weh!", sagte sie erzürnt. „Lass mich endlich los!"

Er beachtete ihre Aufforderung nicht, hob ihre rechte Hand an und bedeckte sie mit Küssen.

Ihr ekelte vor ihm, und verzweifelt versuchte sie, sich von ihm zu befreien. Jäh stand sie auf und versetzte ihm einen heftigen Stoß gegen die Brust.

Überrascht torkelte er einige Schritte zurück, ohne sie loszulassen, riss sie ungestüm an sich und schlang den rechten Arm um sie. Mit der linken Hand ihren Hinterkopf festhaltend, neigte er sich zu ihr und presste den Mund auf ihren.

Sie bog den Kopf zurück und wandte das Gesicht ab, doch Humphrey ließ nicht von ihr ab. Wütend trat sie ihm gegen das Schienbein, und da auch das nichts half, rammte sie ihm das Knie in den Schritt.

Er schrie auf, torkelte ächzend zurück und rang nach Atem.

Im Nu war sie an ihm vorbei, stieß die Tür auf und hastete in die Eingangshalle. „Meinen Mantel, Fisher!", befahl sie keuchend. Sie ließ sich von dem sie verstört anschauenden Butler in die Pelisse helfen und sagte dann boshaft: „Der Herr des Hauses dürfte eine Weile nicht im Stande sein, sich blicken zu lassen. Ich rate Ihnen, ihn nicht zu stören."

„Wie Sie meinen, Madam", erwiderte der Mann verblüfft, hielt ihr die Haustür auf und verbeugte sich höflich, als sie an ihm vorbeiging.

Amanda war den Tränen nahe, während sie durch den Park zum See strebte, um von dort die Abkürzung nach Upper Glaven Hall zu nehmen. Inständig hoffte sie, sich einigermaßen gefangen zu haben, ehe sie daheim eintraf, damit man ihr nicht ansah, wie erschüttert sie war. Als sie den kleinen, den Teich speisenden Fluss erreicht hatte, hockte sie sich ans Ufer, sorgsam darauf achtend, sich den Mantel nicht schmutzig zu machen, und hielt die Hände ins kalte Wasser.

Bedrückt dachte sie daran, dass innerhalb weniger Stunden zwei Männer sie für sich hatten haben wollen, jeder auf eine ganz andere Art und Weise. Mr. Brownsmith hatte ihr gestanden, sie zu begehren, ohne sie jedoch zu belästigen. Humphrey hingegen hatte ihr die Ehe angetragen und war wüst über sie hergefallen. Das würde sie ihm so schnell nicht vergessen. Noch immer taten ihr die Handgelenke von seinem harten Griff weh, und sie hatte das Gefühl, besudelt worden zu sein.

Sie richtete sich auf, nahm das Taschentuch aus der Gürteltasche und trocknete sich die Hände ab. Dann steckte sie es wieder ein, atmete tief durch und setzte den Weg zum Wehr fort. Plötzlich wurde sie sich gewahr, dass jemand sich dort im Gras ausgestreckt hatte und offenbar eingeschlafen war. Verwundert ging sie auf den Mann zu und erkannte beim Näherkommen Mr. Brownsmith.

Er hörte Schritte, öffnete die Lider und richtete sich halb auf den Ellbogen auf. „Oh, mit Ihnen habe ich hier nicht gerechnet, Mrs. Clare", sagte er überrascht und wollte sich erheben.

„Nein, Sie müssen nicht aufstehen", erwiderte sie. „Wieso sind Sie hier?"

„Ihr angeheirateter Vetter hat mich eingeladen, hier mein Glück zu versuchen", erklärte Jared lächelnd und wies flüchtig auf das neben ihm liegende Angelzeug.

„Hatten Sie Erfolg?" erkundigte sie sich und ließ sich einige Schritte von ihm entfernt im Gras nieder.

„Nein, leider nicht“, gestand er bedauernd. „Aber es ist gut, dass wir uns jetzt getroffen haben, Madam. Was unser gestriges Gespräch in der Gloriette …“

„Die Stimmung war dort gestern Abend sehr romantisch“, unterbrach Amanda ihn. „Ich bin sicher, alles, was Sie gesagt haben, ist darauf zurückzuführen.“

„Nein“, widersprach er ernst. „Aber es wird wohl ein Traum bleiben.“

Amanda wusste nicht, worauf Mr. Brownsmith sich mit der letzten Bemerkung bezog, nahm jedoch an, er befürchte, seine wahre Identität nie zu erfahren. „Manchmal werden Träume wahr“, erwiderte sie ruhig. „Das ist eine Frage der Umstände.“ Unvermittelt dachte sie daran, dass er auf ihrer beider Beziehung zueinander angespielt haben könne, und fuhr mit leicht bebender Stimme fort: „Wir sollten uns nicht wieder im Mondschein sehen und über Dinge reden, die zu sehr in der Schwebe sind. Sonst könnte es sein, dass am nächsten Morgen die harte Realität uns desillusioniert.“

„Sie haben recht“, stimmte Jared seufzend zu und bemerkte im gleichen Moment Mrs. Clares gerötete Handgelenke. „Was ist Ihnen widerfahren?“ fragte er betroffen.

Der teilnahmsvolle Ton, in dem er gesprochen hatte, überwältigte Amanda so, dass sie die Contenance verlor und aufschluchzte.

Sofort stand er auf, ging zu ihr und hockte sich neben sie. Er ergriff ihre rechte Hand, schaute auf die starke Rötung und presste flüchtig die Lippen zusammen. „Wer war das?“ wollte er wissen.

„Humphrey“, antwortete Amanda leise. „Er hat mir einen Heiratsantrag gemacht.“

„Wie bitte? Und dabei hat er Sie so grob angefasst?“ Jared ließ Mrs. Clare los, richtete sich auf und sagte gebieterisch:

„Warten Sie bitte hier. Ich werde zu ihm gehen und ihm deutlich zu verstehen geben, was ich von …“

„Nein, Sir“, fiel sie ihm ins Wort. „Das würde alles nur noch schlimmer machen.“

„Aber er hat Ihnen wehgetan!“, erwiderte Jared entrüstet. „Jemand muss ihn dafür zur Rechenschaft ziehen!“

„Ich möchte nicht, dass Sie sich einmischen“, bat Amanda inständig. „Glauben Sie mir, er wird so etwas nie wieder tun. Außerdem käme es zu einem höchst peinlichen Skandal, wenn Sie mit ihm in ein Handgemenge gerieten.“

„Ich habe nicht vor, ihm nur einen Nasenstüber zu verpassen, sondern die Absicht, ihn windelweich zu prügeln“, sagte Jared ehrlich.

„Um Himmels willen, unterlassen Sie das!“, erwiderte Amanda bestürzt. „Ich möchte nicht ins Gerede geraten. Im Übrigen wusste ich mich Humphreys sehr erfolgreich zu erwehren.“

„Ach ja? Wie haben Sie das getan?“ fragte Jared leicht belustigt.

„Das können Sie sich doch denken“, antwortete sie trocken.

„Nun, wenn Sie ihn dort getroffen haben, wo ich es vermute, dann dürfte er eine Weile außer Gefecht gesetzt gewesen sein“, äußerte Jared auflachend. „Wie schade, dass ich nicht anwesend war und das gesehen habe. Wie ist es dazu gekommen?“

Stockend berichtete Amanda ihm, was zwischen ihr und Humphrey vorgefallen war.

„Er ist ein Tölpel“, befand Jared, nachdem sie zu sprechen aufgehört hatte. „Kein Mann, der etwas auf sich hält, würde sich in dieser Weise seiner Angebeteten erklären.“ Erneut hockte er sich hin, hob Mrs. Clares Hand an die Lippen und hauchte ihr einen Kuss auf die Fingerspitzen. „So macht man das", fuhr er lächelnd fort und begann, mit dem Daumen sacht ihre Hand zu streicheln.

Sie fand seine Zärtlichkeiten wundervoll, fühlte einen wohligen Schauer über ihren Rücken rieseln und stöhnte genussvoll leise auf.

„Sie sehen, dass nicht die geringste Notwendigkeit besteht, so wüst mit einer Dame umzuspringen, wie Mr. Clare das getan hat, wenn man sie von seinen Gefühlen überzeugen möchte", sagte Jared schmunzelnd.

Verwirrt schaute Amanda ihn an, entzog ihm ihre Hand und senkte den Blick. „Versprechen Sie mir, Sir, dass Sie Humphrey unbehelligt lassen?" fragte sie befangen.

„Ja", versicherte Jared ihr und richtete sich auf. Er half ihr, sich zu erheben, und erkundigte sich dann: „Können Sie mir sagen, was Coke's Clippings ist?"

Irritiert schaute sie ihn an. „Wie kommen Sie jetzt darauf?" wunderte sie sich.

„Gestern Abend hat einer von Mr. Clares Gästen Coke's Clippings erwähnt", antwortete Jared. „Ich hatte plötzlich den Eindruck, der Name sei mir irgendwie vertraut. Natürlich konnte ich niemanden danach fragen, weil die Herrschaften, die mich für einen reichen Kaufinteressenten halten, sonst sehr befremdet gewesen wären."

„In Holkham Hall lebt ein gewisser Mr. Coke, der seinen Besitz in jungen Jahren von einem Verwandten geerbt hat", erklärte Amanda. „Da er nicht viel von Ackerbau und Viehzucht verstand, das Gut jedoch bewirtschaften wollte, hat er vor langer Zeit angefangen, sich anlässlich der Schafschur – nach ihm Coke's Clippings genannt – von den dazu von ihm eingeladenen Fachleuten gute Ratschläge geben zu lassen. Da er die Empfehlungen stets beherzigt hat, war er sehr erfolgreich, und mit der Zeit wurde diese Versammlung zu einem bedeutenden Ereignis, zu dem Leute, quer durch alle Gesellschaftsschichten und aus vielen Gegenden, sich einfinden. Er führt ein gastfreundliches Haus und hat oft Besucher vom Kontinent, sogar aus Amerika. Aus dem früher so ahnungslosen jungen Mann ist inzwischen ein Experte geworden, dessen Wissen sehr geschätzt wird."

„Nehmen Sie an dieser Zusammenkunft teil?"

„Ja, in jedem Jahr", antwortete Amanda. „Ich möchte sie um nichts in der Welt verpassen. Früher bin ich mit meinem Gatten hingefahren, und wir haben in Holkham Hall gewohnt. Seit seinem Tod bleibe ich jedoch nur noch einen Tag dort. Die Versammlung beginnt am nächsten Mittwoch", fügte sie hinzu. „Würden Sie mich begleiten?"

„Ja, gern", stimmte Jared zu. „Ich kann mir nicht erklären, warum der Name ‚Coke's Clippings' mir so geläufig ist, habe jedoch den Eindruck, dass ich in Holkham Hall herausfinden werde, warum ich hier bin. Wäre es Ihnen recht, wenn ich Sie am kommenden Mittwoch nach Holkham Hall kutschiere?"

„Nein, danke", lehnte Amanda höflich den Vorschlag ab. „Ich werde wie üblich mit Miss Porter hinfahren. Sollte ich plötzlich mit Ihnen gesehen werden, würde das nur zu Gerede führen. Ich meine jedoch, Sie sollten sich von Mr. Bream ein anderes, stattlicheres Pferd geben lassen, zum Beispiel den jungen Hengst, den er mich nie reiten lässt."

„Warum nicht?" warf Jared erstaunt ein.

„Das Tier sei nicht für eine Frau geeignet, weil es zu groß, zu kräftig und zu temperamentvoll ist", antwortete Amanda. „Er will es in diesem Jahr sattelgängig machen und dann vor der nächsten Jagdsaison zu einem guten Preis verkaufen."

„Hoffen Sie, dass Sie mich, falls er es mir zur Verfügung stellt, dazu überreden können, es unterwegs doch zu reiten?"

„Natürlich habe ich nicht diese Absicht!", erwiderte Amanda indigniert. „Ich habe lediglich gedacht, es würde Ihnen Spaß machen, den Hengst zu reiten. Allerdings haben Sie mich jetzt auf einen Gedanken gebracht. Ich könnte meinen Sattel mitnehmen und es doch einmal wagen …"

„Nein!", unterbrach Jared sie rasch. „Ich werde ganz gewiss nicht gegen Mr. Breams Wünsche verstoßen, auf dessen Urteilsvermögen ich mich verlasse."

„Ach, er ist viel zu besorgt um mich", entgegnete Amanda missmutig.

„Und nicht zu Unrecht, wie sich heute gezeigt hat", erwiderte Jared trocken.

„Du meine Güte! Sie tun gerade so, als sei ich von Wüstlingen umringt!", empörte sie sich. „Gleichviel! Wir treffen uns dann am Mittwoch um acht Uhr an der Kreuzung. Mr. Bream wird Ihnen erklären, wo das ist."

„Einverstanden! Bis Mittwoch", sagte Jared, „es sei denn, Sie sind vorher auf meine Hilfe angewiesen. Lassen Sie es mich wissen, falls Mr. Clare Sie erneut belästigt hat. Sie ahnen nicht, wie sehr es mich drängt, das Ihnen gegebene Versprechen zu brechen und Mr. Clare eine Tracht Prügel zu verabreichen."

Kopfschüttelnd verabschiedete Amanda sich von Mr. Brownsmith und setzte den Heimweg fort.

5. KAPITEL

Beschwingt kehrte Amanda nach Haus zurück. Das unerwartete Wiedersehen mit Mr. Brownsmith hatte sie erfreut und die Unterhaltung mit ihm ihren Ärger auf Humphrey verdrängt. Vor allem der Hinweis darauf, dass „Coke's Clippings" eine Bewandtnis für ihn zu haben schien, stimmte sie sehr zuversichtlich. Auf dem Weg zum Herrenhaus kam sie am Pavillon vorbei und beschloss, sich dort eine Weile auszuruhen.

Sie setzte sich im Schatten auf eine Marmorbank und gab sich zu bedenken, dass Mr. Brownsmith sich möglicherweise täuschte und sich in Holkham kein Hinweis auf seine Identität ergab. Oder er erfuhr, wer er war und weshalb er sich hier aufhielt, und erinnerte sich sogleich, dass er irgendwie gebunden war. Vielleicht änderte sich dann seine Einstellung zu ihr grundlegend. Amanda war sich bewusst, dass er sie begehrte, fragte sich indes, ob er sie von Herzen liebte. Möglicherweise hütete er sich davor, ihr seine innigen Gefühle zu gestehen, weil er befürchtete, dass er nicht für sie frei war.

Niedergeschlagen hielt sie sich vor, dass ihre Beziehung zu ihm wahrscheinlich ein für sie unglückliches Ende nehmen werde. Und der Gedanke, dass er zufrieden zu seiner Gattin oder Verlobten zurückkehren würde, stimmte sie keineswegs fröhlicher.

Plötzlich vernahm sie Schritte, schaute auf und sah Jane auf sie zukommen.

Jane blieb vor der kurzen Freitreppe stehen und erkundigte sich rücksichtsvoll: „Möchtest du allein sein, Amanda? Nanu, warum machst du ein so betrübtes Gesicht? Ist etwas Unangenehmes vorgefallen?"

„Ja", antwortete Amanda. „Komm herauf, und setz dich zu mir." Sie wartete, bis ihre Gesellschafterin sich neben ihr niedergelassen hatte, und fuhr dann fort: „Es ist besser, wenn ich dir die Geschichte hier berichte, damit nicht zufällig ein Dienstbote mich hört."

Sie erzählte, was sich in Kelling House zugetragen hatte, und hielt dann der Freundin ihr immer noch gerötetes Handgelenk hin. „Sieh dir das an, Jane!", fügte sie empört hinzu. „Man sollte es nicht für möglich halten, dass Humphrey sich derart vergessen konnte!"

„Schade, dass kein Mann da ist, der ihn dafür zur Rechenschaft ziehen kann!", äußerte Jane ärgerlich.

„Ich habe soeben einige Minuten damit verbracht, Mr. Brownsmith zu bewegen, Humphrey nicht zu verprügeln. Nach einigem Hin und Her hat er mir das schließlich versprochen. Ich bin ihm zufällig am Wehr begegnet und habe ihm, weil er gemerkt hat, wie echauffiert ich war, dummerweise den Grund für meine Aufregung genannt."

„Ich bin nicht so sicher, ob er seine Zusage einhalten wird", murmelte Jane skeptisch. „Ich wäre nicht überrascht, wenn er auf dem kürzesten Weg zu Mr. Clare gegangen ist und ihm zumindest gehörig die Meinung gesagt hat."

„Ich habe ihm zu verstehen gegeben, dass ich nicht in einen peinlichen Skandal verwickelt werden will", erwiderte Amanda ernst. „Also verlasse ich mich auf ihn. Nun stehe ich jedoch vor der Frage, wie ich mich verhalten soll, wenn Humphrey oder seine Mutter mich erneut einladen. Ich kann nicht gut absagen, denn das würde bestimmt Befremden auslösen. Und wenn er mir die Aufwartung macht, muss ich unbedingt darauf achten, jemanden bei mir zu haben. Mir graust es davor, ihm wieder zu begegnen."

„In Zukunft werde ich dich stets begleiten", sagte Jane entschlossen, „und mit dir im selben Raum sein, wenn er dich hier aufsucht. Und wenn wir ihm allein oder in Gesellschaft seiner Mutter irgendwo in der Öffentlichkeit über den Weg laufen, dann sind wir höflich, aber nicht zuvorkommend."

„Das wird ein untragbarer Zustand werden", meinte Amanda bedrückt. „Ich kann Humphrey und seine Mutter zwar nicht ausstehen, doch es widerstrebt mir, zu jemandem ein gespanntes Verhältnis zu haben."

„Vielleicht ist es nicht von langer Dauer", meinte Jane.

„Wie soll ich das verstehen?" fragte Amanda erstaunt.

„Nun, es könnte doch sein, dass Mr. Clare mit seiner Mutter verreist, zu Verwandten oder nach London, oder du fährst in die Stadt."

„Dafür sehe ich keinen Anlass", erwiderte Amanda verblüfft. „Oh, ehe ich es vergesse! Gestern Abend hat Mr. Brownsmith bei Humphrey einen anderen Gast über die Schafschur reden gehört und den Eindruck gewonnen, mit dem Ausdruck ‚Coke's Clippings' vertraut zu sein."

„Wie merkwürdig. Ist er sich dessen sicher?"

„Ja", bestätigte Amanda. „Er meint, wenn er an diesem Ereignis teilnimmt, dass er dann einen Hinweis darauf bekommt, wer er ist und weshalb er sich hier befindet. Daher habe ich ihn gebeten, mich am kommenden Mittwoch nach Holkham zu begleiten."

Belustigt schaute Jane die Freundin an, enthielt sich jedoch eines Kommentars.

Seit Tagen hatte Amanda nichts mehr von Humphrey oder Mr. Brownsmith gehört, lediglich zufällig im Stall von Flambough erfahren, Mr. Breams Buchhalter sei oft auf dem jungen Hengst gesehen worden, den er wunderbar zu bändigen verstehe.

Nach dem sonntäglichen Kirchgang bemerkte Amanda verstimmt, dass Humphreys Mutter, die bereits in ihrer Kutsche Platz genommen hatte, sie zu sich winkte. Widerstrebend ging sie zu ihr und sagte höflich: „Was hast du auf dem Herzen, Irene?"

„Das werde ich dir gleich sagen“, antwortete Irene kühl. „Entfernen Sie sich ein Stück vom Wagen, Wilkins!“, befahl sie dem Kutscher, wartete, bis er die Anweisung ausgeführt hatte, und beorderte dann Amanda zu sich.

Mit sehr gemischten Gefühlen nahm Amanda auf dem freien Sitz Platz.

„Was hast du dir dabei gedacht, Amanda, derart mit den Gefühlen meines Sohnes zu spielen?“ zischte Irene ihr zu.

„Wie bitte? Was meinst du damit? Er hat mir einen Heiratsantrag gemacht, den ich abgelehnt habe, weil ich nichts für ihn empfinde. Es wäre nicht in Ordnung gewesen, einen anderen Eindruck bei ihm zu erwecken.“

„Deine Antwort befremdet mich sehr, Amanda!“, erwiderte Irene spitz. „Schließlich hast du ihn monatelang ermutigt!“

„Ermutigt?“ wiederholte Amanda überrascht. „Ich habe nichts Dergleichen getan! Ich war höflich zu ihm, wie sich das gehört, denn schließlich ist er Fredericks Verwandter.“

Irene verengte die Augen und äußerte misstrauisch: „Irgendetwas muss dich anderen Sinns gemacht haben. Wahrscheinlich glaubst du, eine bessere Partie machen zu können, und strafst deshalb meinen lieben Sohn mit Missachtung! Nun, zumindest sind ihm jetzt über dich die Augen geöffnet worden. Unser aller gutem Ruf zuliebe hoffe ich, dass du weißt, was du tust, damit wir nicht plötzlich in einen schrecklichen Skandal geraten! Auf Wiedersehen, Amanda!“

Amanda war so aufgebracht, dass sie Humphreys Mutter nur einen erbosten Blick zuwarf, aufstand und den Wagen verließ, ehe der Kutscher ihr den Schlag öffnen konnte. Auf dem Weg zu ihrem Landauer grübelte sie darüber nach, ob sie und Mr. Brownsmith während des Aufenthaltes in Kelling House beobachtet worden waren. Hatte Humphreys Mutter gemerkt, dass sie sich zueinander hingezogen fühlten, und würde sie nun anfangen, Gerüchte über sie in die Welt zu setzen? Vielleicht wurde sie jetzt tatsächlich zu einer lebenslustigen Witwe abgestempelt und von allen Nachbarn, auf deren gute Meinung sie großen Wert legte, gesellschaftlich gemieden.

Es fiel Amanda schwer, den Ärger zu unterdrücken, sodass es sie nicht erstaunte, als Jane nach der Ankunft daheim unvermittelt fragte, was zwischen ihr und Humphreys Mutter vorgefallen sei. „Sie hat mir Vorwürfe gemacht, weil ich den Heiratsantrag ihres Sohnes zurückgewiesen habe", erklärte sie erbost. „Und dann hat sie sich zu der Behauptung verstiegen, ich hätte ihn ermutigt. So ein Unsinn!"

„Sie muss nicht ganz bei Trost sein", meinte Jane kopfschüttelnd. „Allerdings kann ich ihre Enttäuschung nachvollziehen, da sie sehr ehrgeizig ist und es sicher gern gesehen hätte, wenn dein Besitz und der deines angeheirateten Vetters vereint würden."

Am Montag erhielt Amanda ein Billett von Mr. Brownsmith, öffnete es mit dem Federmesser und zog die Büttenkarte heraus. „*Sehr verehrte Mrs. Clare*", las sie, „*ich weiß jetzt, wo wir uns am Mittwoch treffen werden, und werde pünktlich dort sein. Aber verzichten Sie bitte darauf, Ihren Sattel mitzubringen. Ich werde Ihnen ganz gewiss nicht erlauben, Mr. Breams jungen Hengst zu reiten. Mit den besten Empfehlungen, J.*"

Jane sah Amanda lächeln und war zufrieden. Doch dann fiel ihr ein, dass noch sehr viel nicht nach Plan verlaufen könnte.

Am Mittwoch herrschte emsige Betriebsamkeit. Die kleine Kutsche wurde mit allem beladen, was für den Aufenthalt in Holkham erforderlich war. Amanda hatte sogar daran gedacht, Garderobe zum Wechseln mitzunehmen, falls sie und Jane von Mr. Coke zum Essen nach Holkham Hall eingeladen wurden. Als man abfahrbereit war, stieg Flambough auf den Dienertritt, und Amanda trieb das Gespann an.

„Du meine Güte!", sagte Jane bestürzt und hielt sich erschrocken an der Seitenverkleidung des Wagens fest. „Musst du die Pferde so schnell laufen lassen?"

„Sie haben tagelang im Stall gestanden und müssen sich bewegen", antwortete Amanda schmunzelnd.

„Dich sticht wohl der Hafer?" fragte Jane kopfschüttelnd. „Du wirst dich sehr konzentrieren müssen, wenn du weiterhin so wagemutig kutschierst, und dann bist du in Holkham restlos erschöpft."

„Mr. Brownsmith ist der Ansicht, ich sei nicht imstande, mit einem temperamentvollen Pferd umzugehen", erwiderte Amanda fröhlich. „Ich werde ihm das Gegenteil beweisen, noch dazu mit einem Zweiergespann."

„Du bist unvernünftig, meine Liebe", sagte Jane vorwurfsvoll und hielt sich ängstlich fest. Die Tiere preschten voran, und so dauerte es nicht lange, bis die Kreuzung und der dort wartende Reiter in Sicht kamen.

Jared sah den Zweispänner heranrasen, Amanda geschickt die Pferde zügeln und einige Schritte vor ihm zum Stehen bringen. Er ritt zu ihr, zog die Jockeykappe und verneigte sich galant. „Guten Morgen, die Damen", begrüßte er sie höflich. „Wieso haben Sie es so eilig, Mrs. Clare?" wandte er sich dann an sie.

Sie ging nicht auf die Frage ein und erwiderte nur leichthin: „Warten Sie schon lange, Sir?"

„Nein, Madam", antwortete er lächelnd. „Ich bin erst seit einigen Minuten hier. Sie sind bemerkenswert pünktlich."

„Danke", erwiderte sie freundlich. „Gut! Dann brechen wir jetzt nach Holkham auf."

Jared ritt an der linken Seite des Zweispänners, beobachtete Mrs. Clare und stellte schon nach kurzer Zeit fest, dass sie ausgezeichnet zu kutschieren verstand.

Es entging ihr nicht, dass er sie wachsam kontrollierte, doch da er nichts äußerte, nahm sie an, er sei mit ihren Fahrkünsten zufrieden. Flüchtig wandte sie ihm die Aufmerksamkeit zu und meinte: „Das ist ein sehr rassiges Tier, das Mr. Bream Ihnen überlassen hat."

„In der Tat", stimmte Jared ihr zu. „Der Hengst hat Feuer und ist perfekt proportioniert. Ich werde versuchen, ihn Mr. Bream abzukaufen, falls heute alles so verläuft, wie ich mir das erhoffe."

Amanda konnte nicht weiter auf das Thema eingehen, da Flambough sonst das Gespräch mitgehört hätte. Sie hielt ihre Pferde zu mittlerem Trab an und schaute immer wieder neugierig zu Mr. Brownsmith hinüber, der auf dem Rotfuchs eine ausgezeichnete Figur machte. Er hielt die Zügel in der rechten Hand und hatte die linke mit der Reitpeitsche auf den linken Oberschenkel gelegt. Der Junghengst hatte tatsächlich ein lebhaftes Temperament, das Mr. Brownsmith indes gut zu bändigen vermochte.

Die Straße schlängelte sich durch die Marsch und führte durch kleine, belebte Küstenorte, in denen Amanda genötigt war, die Geschwindigkeit der Pferde zu drosseln. Schließlich sah sie nach einem Dorf ein langes freies Stück vor sich, schaute herausfordernd Mr. Brownsmith an und fragte beiläufig: „Was halten Sie von einem Wettrennen, Sir?"

„Ein guter Vorschlag", stimmte er zu, „vorausgesetzt, Miss Porter ist einverstanden."

Bestürzt sah Jane zwischen ihm und der Freundin hin und her und äußerte nach kurzem Zögern: „Ich werde das wohl nicht verhindern können, nicht wahr, Amanda?"

„Nein", sagte Amanda trocken.

„Aber nur bis zur nächsten Straßenbiegung“, wandte Jared ein.

„In Ordnung“, willigte Amanda ein. „Also los!“ Sie ließ die Pferde in starken Galopp fallen und hörte Flambough einen Jubelschrei ausstoßen. Da sie nicht wagte, sich nach Mr. Brownsmith umzudrehen, erkundigte sie sich eifrig: „Wo ist Mr. Brownsmith?“

„Ich habe keine Ahnung“, antwortete Jane verstört und starrte bang auf die vor ihr liegende Straße.

Im gleichen Moment nahm Amanda ihn aus dem Augenwinkel wahr, warf ihm einen Blick zu und sah ihn sich tief auf den Hals des Hengstes ducken. Ein Weilchen war er auf gleicher Höhe mit ihr, und da sie die Kurve unbedingt vor ihm erreichen wollte, knallte sie mit der Peitsche. Die Kutschpferde reagierten unverzüglich, griffen noch weiter aus und ließen den Rotfuchs hinter sich. Vergnügt lachte sie laut auf und war sicher, Mr. Brownsmith abgehängt zu haben.

Die Straßenbiegung kam rasch näher, und Amanda hörte das laute Schnauben des Rotfuchses. Unvermittelt wurde ihr klar, dass Mr. Brownsmith der Sieger sein würde, denn ihre Pferde waren viel mehr belastet als der Hengst. Dennoch versuchte sie, ihr Gespann in Führung zu halten, und bemerkte unversehens einen Karren, der rückwärts aus einem Seitenweg kam. Mr. Brownsmith stieß einen Warnschrei aus, doch der das Gefährt lenkende Landmann schien ihn nicht vernommen zu haben. Erschrocken schätzte sie die verbliebene Distanz ab und fragte sich, ob die Strecke lang genug sei, um noch rechtzeitig anhalten zu können.

Jared drehte sich halb zu ihr um und schrie: „Geben Sie ihnen die Peitsche!“

„Um Gottes willen!“, murmelte Jane entsetzt und klammerte sich mit beiden Händen fest.

Amanda hörte Flambough laut fluchen, trieb die Pferde

weiter an und schaffte es, in äußerst knappem Abstand vor Mr. Brownsmith an dem Hindernis vorbeizukommen.

In der Absicht, sie nicht zu behindern, hatte Jared den Hengst kurz verhalten und trieb ihn dann zum Sprung über den auf die Straße ragenden Teil des mittlerweile haltenden Karrens an. Mit einem hohen Satz nahm der Hengst die Hürde und galoppierte hinter dem schnaubenden, sich auslaufenden Gespann her.

Schließlich zügelte Amanda es und hielt aufgeregt an.

Jared lenkte den Rotfuchs zu ihr, brachte das Tier, dem der Schaum von den Lefzen troff, neben ihr zum Stehen und äußerte anerkennend: „Das war eine Meisterleistung, Mrs. Clare! Sie haben gewonnen."

„Danke", erwiderte sie, rückte sich die verrutschte Schute zurecht und zog die Schleife fester. „Sie wären jedoch der Sieger gewesen, hätte der Karren uns nicht behindert. Ist mit Ihnen alles in Ordnung, Flambough?" rief sie über die Schulter zurück.

„Ja, Madam", antwortete der Diener keuchend. „Alle Achtung, Sir", wandte er sich an Mr. Brownsmith. „Das war ein tollkühner Sprung!"

„Zum Glück ist alles gut gegangen", erwiderte Jared erleichtert.

Amanda wagte nicht, daran zu denken, was hätte passieren können, wenn er oder sie gegen den Karren geprallt wären.

Nach einer kurzen Verschnaufpause wurde die Reise fortgesetzt, und je näher man Holkham kam, desto dichter wurde der Verkehr auf der Straße. Amanda traf Bekannte, winkte ihnen fröhlich zu und wechselte im Vorbeifahren einige freundliche Worte mit ihnen. Ihr fiel auf, dass Mr. Brownsmith alle Leute mit großer Aufmerksamkeit anschaute, offenbar in dem Bemühen, ein ihm vertrautes Gesicht zu entdecken. Sie schloss sich der langen Reihe von Fahrzeugen an, die auf

Holkham Hall zuhielten, drehte sich nach einiger Zeit, als man dem Ziel nahe war, zu Flambough um und rief ihm zu, während sie das Gespann zum Halten brachte: „Übernehmen Sie jetzt die Zügel!“

Sobald die Kutsche stand, sprang der Reitknecht vom Dienertritt, ging zum Wagenschlag und öffnete ihn. „Soll ich Ihr Pferd mitnehmen, Sir?“ fragte er den absitzenden Mr. Brownsmith.

„Nein, das könnte unangenehm für Sie werden“, antwortete Jared und half erst Mrs. Clare, dann Miss Porter aus dem Zweispänner. „Ich werde den Rotfuchs am Zügel führen. Und was geschieht jetzt?“

„Zuerst müssen wir uns im Gästebuch eintragen, das in der Eingangshalle ausliegt“, erklärte Amanda. „Dann würde ich gern mit Miss Porter zu den Schafhürden gehen, wo die Schur stattfindet. Ich schlage vor, dass wir uns, falls wir uns in der Menschenmenge aus den Augen verlieren sollten, bei dieser Eichengruppe dort treffen.“

„Einverstanden“, stimmte Jared zu und schloss sich den Damen an.

Amanda hatte den Eindruck, dass sie auf dem Weg zum Hauptportal neugierig beobachtet wurde. Nachdem sie das Herrenhaus erreicht hatte, wandte sie sich Mr. Brownsmith zu und sagte: „Bis später, Sir.“ Dann begab sie sich mit ihrer Gesellschafterin in das Entree, trug sich im Gästebuch ein und suchte den Damensalon auf. Kaum hatte man den Raum betreten, kam Lady Grahame auf sie und Jane zu und begrüßte sie freundlich.

„Wir haben uns lange nicht gesehen, meine Damen“, sagte Augusta lächelnd. „Wissen Sie schon, dass Mr. Coke einen Teil des Parks hat umgestalten lassen? Meine Freundinnen und ich wollen uns die Veränderungen ansehen. Möchten Sie sich zu uns gesellen?“

„Nein, danke, Madam", lehnte Amanda höflich den Vorschlag ab. „Ich möchte gleich zu den Koppeln gehen. Aber du, Jane ..."

„Sollte ich dich nicht begleiten?"

„Das ist nicht nötig", antwortete Amanda. „Bleib du bei Lady Grahame. Das dürfte viel interessanter für dich sein."

„Wie du willst", gab Jane nach.

Amanda verabschiedete sich von der Baronin, verließ das Haus und klappte, um vor der Sonne geschützt zu sein, den kleinen Schirm auf. Die größte Betriebsamkeit herrschte bei den Schafhürden. Einige Gruppen von Männern musterten interessiert die landwirtschaftlichen Geräte, die aufgestellt waren. Frauen schlenderten an den Maschinen vorbei, und Kinder spielten Fangen. Ein Bereich des weitläufigen Parks war mit Seilen abgeteilt worden, wo später, wie Amanda mutmaßte, ein Wettbewerb stattfinden würde.

Da Mr. Brownsmith nirgendwo zu sehen war, schlenderte sie zu den Eichen, um ihn dort zu treffen. Unterwegs hielt sie einige Male an, begrüßte Freunde und Bekannte und lernte durch sie neue Leute kennen. Unvermittelt empfand sie ein ihr unerklärliches Unbehagen, ermahnte sich jedoch, sie habe nicht den geringsten Anlass zur Besorgnis. Dennoch warf sie einen Blick über die Schulter und vergewisserte sich, dass niemand ihr folgte.

Beruhigt ging sie zu der Baumgruppe und stellte zu ihrem Bedauern fest, dass Mr. Brownsmith sich noch nicht eingefunden hatte. Wartend schritt sie auf und ab, hörte plötzlich jemanden sich ihr von der anderen Seite des Gesträuchs her nähern und sah im nächsten Moment den angeheirateten Vetter zwischen zwei Büschen erscheinen.

„Was machst du hier, Humphrey?" fragte sie. Flüchtig überlegte sie, ob sie sich wieder unter die Menge mischen sollte, entschied sich indes dagegen, weil sie eine peinliche

Szene in der Öffentlichkeit vermeiden wollte. Sie ahnte jedoch, dass die Unterredung mit ihm unerfreulich werden würde.

„Ich habe dasselbe Recht wie du, hier zu sein“, antwortete er kühl, blieb vor ihr stehen und schaute sie begehrlich an. „Dich muss ich wohl nicht erst fragen, warum du hier bist, nicht wahr?“ fügte er anzüglich hinzu. „Ich habe dich mit Mr. Brownsmith eintreffen gesehen.“

„Ich dachte, du hättest viel für ihn übrig“, erwiderte Amanda ironisch.

„Nun, er ist ein ganz patenter Kerl“, sagte Humphrey gleichmütig. „Ich bezweifele jedoch, dass Brownsmith sein richtiger Name ist. Wie dem auch sei, in meinen Augen ist er ein Weiberheld, und ich kann mir denken, was du von ihm willst, Amanda! Jedenfalls hast du nicht die Absicht, ihm Land zu verkaufen!“

„Wie kannst du es wagen, derart despektierlich mit mir zu reden!“, entrüstete sie sich.

„Ich bin ein anständiger Mann, aber meinen Heiratsantrag hast du abgelehnt“, sagte Humphrey erbost. „Stattdessen vergnügst du dich mit einem Londoner Lebemann!“

„Ver...“ Vor Zorn blieb Amanda das Wort im Hals stecken. Sie schluckte, sah aufgebracht den Vetter an und äußerte wütend: „Du hältst dich für anständig, Humphrey? Du hast mich mit einer List dazu gebracht, zu dir nach Haus zu kommen, mich beleidigt und belästigt und Fredericks Andenken besudelt!“

„Ist es keine Besudelung seines Andenkens, wenn du dich, obwohl du soeben erst das Trauerjahr hinter dir hast, mit Mr. Brownsmith einlässt?“

Amanda merkte, dass nicht nur der verletzte Stolz Humphrey so außer sich sein ließ, sondern vor allem die Eifersucht auf Mr. Brownsmith. Es musste ihn tief getroffen haben, dass sie nicht ihm den Vorzug gegeben hatte.

„Erstens ist meine Trauerzeit längst vorüber", entgegnete sie kalt, „und zweitens habe ich mich nicht mit Mr. Brownsmith eingelassen, wie du das so unverschämt formuliert hast!" Jäh erkannte sie jedoch, dass sie Gefahr lief, in den Augen der Öffentlichkeit diesen Anschein zu erwecken, und spürte sich erröten.

„Nein?" fragte Humphrey boshaft. „Warum wirst du dann so rot? Du kannst nicht leugnen, dass du dich schamlos aufführst! Und da du bereit bist, dich mit diesem Burschen abzugeben, kannst du ebenso gut meine Wünsche erfüllen", setzte er hinzu, riss Amanda an sich und drängte sie gegen den nächsten Baumstamm.

Alles war so schnell gegangen, dass sie einen Moment brauchte, um zu reagieren. Entrüstet stemmte sie Humphrey die Hände auf die Brust und versuchte, ihn fortzustoßen. Als das nichts half, wollte sie ihn wieder kampfunfähig machen, doch zu ihrem großen Bedauern ahnte er ihre Absicht und wich rechtzeitig ihrem Knie aus. Verstört begriff sie, dass sie ihm ausgeliefert war, und befürchtete, er werde ihr Gewalt antun.

Er sah sie den Mund öffnen, offenbar, weil sie laut um Hilfe schreien wollte, neigte sich hastig vor und verschloss ihn ihr mit einem begierigen Kuss.

Etwas Ekelhafteres war ihr noch nie widerfahren. Sie sträubte sich, so gut es ging, und bemühte sich, seine sie betatschenden Hände wegzustoßen. Verzweifelt kratzte sie ihn und trat ihm gegen das Schienbein, doch er ließ nicht von ihr ab.

Unvermittelt bemerkte sie hinter ihm Mr. Brownsmith, und nur einen Augenblick später wurde Humphrey zurückgerissen. Ächzend und tief Luft holend, lehnte sie sich an die Eiche und rang um Fassung, während sie Mr. Brownsmith

Humphrey einen wuchtigen Hieb ins Gesicht versetzen und ihn dann zu Boden stoßen sah. Aufschluchzend lief sie zu ihrem Retter und schmiegte sich an ihn.

Er schloss die Arme um sie und drückte sie beruhigend an sich. „Was hat er Ihnen angetan, Madam?“ fragte er zornig. „Sind Sie verletzt?“

„Nein“, flüsterte sie und senkte den Kopf, damit sie Mr. Brownsmith nicht in die Augen schauen musste. „Humphrey hat mich hier überrascht und ist dann zudringlich geworden.“

„Ich hätte ihn gleich nach dem ersten Mal verprügeln sollen“, äußerte Jared verbissen und ließ sie los. „Aber das kann ich sofort nachholen!“

„Nein, bitte nicht, Sir!“, flehte sie, ohne ihn anzusehen, da sie sich schämte. „Humphrey war wütend, weil er glaubt, dass ich mich mit Ihnen vergnüge. Er hat mich beschuldigt, ich hätte …“ Verlegen hielt sie inne und fuhr nach kurzer Pause fort: „Ich weiß, dass ich mich unklug benommen habe, aber wenn Sie sich mit ihm prügeln, wird das die ganze Nachbarschaft erfahren, und mein guter Ruf leidet.“

„Was soll ich mit dem Vetter Ihres Mannes machen?“ fragte Jared unwirsch.

„Nichts. Er … Vorsicht, Mr. Brownsmith“, fügte sie erschrocken hinzu, weil sie Humphrey mit einem trockenen Aststück auf ihn zutorkeln sah.

Schnell drehte Jared sich um, stellte sich vor sie und wollte den Schlag abwehren.

Er hatte jedoch nicht rechtzeitig genug reagiert, sodass der Knüppel ihn seitlich am Kopf traf.

Humphrey sah Mr. Brownsmith vor Wut und Rachelust das Gesicht verzerren und fand es angebracht, die Flucht zu ergreifen. Er hatte sich jedoch kaum in Bewegung gesetzt, als sein Gegner ihn an der Schulter ergriff, zurückriss und ihm einen Schlag unter das Kinn versetzte, der ihm Funken vor den Augen aufsprühen ließ.

Im nächsten Moment wurde er am Gehrock gepackt, hochgehoben und weit nach rückwärts geschleudert. Mit voller Wucht prallte er auf der Erde auf, blieb ein Weilchen reglos und nach Luft ringend liegen und versuchte dann, auf die Beine zu kommen.

„Sind Sie verletzt, Mr. Brownsmith?“ erkundigte Amanda sich bestürzt.

„Nein“, antwortete er, „aber mir dröhnt der Schädel.“

Amanda war unschlüssig, ob sie bei ihm bleiben oder jemanden zu Hilfe holen solle. „Setzen Sie sich dort an den Baum, und lehnen Sie sich an den Stamm“, riet sie ihm schließlich. „Ich werde versuchen, einen Arzt zu finden.“

„Nein!“, erwiderte Jared benommen, ging schwankend zu ihr und hielt sie am Arm fest. „Jetzt habe ich wieder einen Schlag gegen die rechte Schläfe bekommen“, sagte er leise. „Das erste Mal ist das bei dem Postkutschenunfall passiert. Wo sind wir? In Holkham Hall, nicht wahr? Und hier findet die jährliche Schafschur statt?“

„Ja“, bestätigte Amanda irritiert. „Denken Sie jetzt nicht nach. Ruhen Sie sich lieber aus.“

„Wo ist dieser Lump?“ fragte er, richtete den Blick auf den immer noch ächzenden, stark im Gesicht blutenden Mr. Clare und näherte sich ihm drohend. Wütend hielt er vor ihm an und äußerte gepresst: „Sie hätten es verdient, dass ich Sie zum Duell fordere, weil Sie Mrs. Clare beleidigt und bedrängt und mich tätlich angegriffen haben. Sie können von Glück reden, dass ich Sie aus Rücksicht auf sie, damit sie nicht in einen Skandal verwickelt wird, nicht zur Rechenschaft ziehen werde.“

Humphrey stieß einen Seufzer der Erleichterung aus.

„Ehe ich Sie gehen lasse“, fuhr Jared hart fort, „warne ich

Sie jedoch, dass ich, sollte mir von Dritten etwas über diesen Vorfall zu Ohren gelangen, Sie in aller Öffentlichkeit bloßstellen und Satisfaktion von Ihnen verlangen werde, wenn Sie am wenigsten damit rechnen. Und Sie sollten wissen, mit wem Sie es zu tun haben. Ich bin Jared Mansell, der Earl of Severn."

6. KAPITEL

Fassungslos schaute Amanda den vermeintlichen Mr. Brownsmith an und glaubte, den Ohren nicht trauen zu können. Ihm war plötzlich eingefallen, wer er war. Vollkommen überrascht näherte sie sich ihm und wollte ihn fragen, wie es dazu gekommen war, besann sich jedoch eines Besseren, damit Humphrey keinen Verdacht schöpfte.

Sie hatte noch nie vom Earl of Severn gehört, da sie nicht in illustren Kreisen verkehrte. Humphrey hingegen schien der Name geläufig zu sein, denn unvermittelt erbleichte er, erhob sich unsicher und entfernte sich nach einem entsetzten Blick auf Seine Lordschaft wankend in Richtung des Hauses.

„Sie erinnern sich, Sir, wer Sie sind!“, äußerte sie staunend, ging zu ihm und schaute ihn bewegt an.

„Ja“, bestätigte er und rieb sich die schmerzende Schläfe. „Ich bin immer noch etwas durcheinander, aber es besteht kein Grund zur Sorge. Auch wenn ich gewiss bald die fürchterlichsten Kopfschmerzen haben werde.“

„Es tut mir leid, Sir, dass Humphrey Sie angegriffen hat“, murmelte Amanda betreten.

„Schon gut“, erwiderte Jared beschwichtigend. „Durch den Hieb habe ich offensichtlich mein Erinnerungsvermögen zurückerlangt. Sagt Ihnen mein Name etwas?“

„Nein“, gestand Amanda verlegen. „Er ist mir nicht vertraut. Humphrey scheint jedoch sehr gut zu wissen, wer Sie sind.“

„Das wundert mich nicht“, äußerte Jared trocken. „In meinen Kreisen habe ich einen gewissen Ruf. Machen Sie kein so bestürztes Gesicht, Madam“, setzte er beruhigend hinzu. „Ich ziehe es vor, ein Duell mit dem Degen auszutragen, weil es mir reicht, meinen Gegner nur zu verwunden und trotzdem der Ehre Genüge getan zu haben. Miss Porter hatte nicht ganz

Unrecht, Madam, wenn sie mich für einen Lebemann gehalten hat", gestand er freimütig. „Hin und wieder war ich daher aus mancherlei Gründen genötigt, mich behaupten zu müssen."

„Diese Gründe hatten vermutlich meistens mit einer Frau zu tun, nicht wahr?" warf Amanda ein.

„Das kann ich nicht leugnen", räumte Jared flüchtig schmunzelnd ein. „Zurzeit gibt es eine bestimmte Person, die noch nicht weiß, dass sie bald ihren Gönner verlieren wird. Sie passt nicht mehr zu mir und meinen veränderten Ansichten über das Leben. Und da ich soeben über sehr persönliche Dinge spreche, Mrs. Clare, kann ich Ihnen jetzt mit Fug und Recht versichern, dass ich in keiner Weise gebunden bin."

„Das freut mich zu hören, Mylord", platzte Amanda unbedacht heraus.

„Warum?" wollte er wissen, ergriff ihre Hand und streichelte sie sacht.

„Es hat mich sehr belastet, dass es, wenn Sie verlobt oder verheiratet gewesen wären, jemanden gegeben hätte, der durch Ihr unerklärliches Verschwinden vor Angst um Sie außer sich gewesen sein musste", antwortete Amanda ehrlich und seufzte verhalten.

„Was haben Sie, Madam?" wunderte sich Jared.

„Mir kommen so viele Fragen in den Sinn, die ich Ihnen jedoch nicht stellen werde, weil ich nicht möchte, dass Sie sich überanstrengen", sagte sie und entzog sich behutsam Seiner Lordschaft. „Wir sollten so unauffällig wie möglich zum Haus zurückkehren", schlug sie vor. „Dort werde ich jemanden mit der Erklärung, Ihnen sei unwohl, bitten, Ihnen ein Gästezimmer zu überlassen. Und diese Behauptung entspricht sogar der Wahrheit."

„Nein, es ist überflüssig, so viele Umstände zu machen", entgegnete Jared leicht belustigt. „Ich kann mich in den Raum zurückziehen, in dem ich normalerweise untergebracht bin."

„Wie bitte?“ fragte Amanda verdutzt. „Soll das heißen, dass Sie hier schon öfter zu Gast waren?“

„Ja.“

„Deshalb war der Ausdruck ‚Coke's Clippings‘ Ihnen vertraut! Verzeihen Sie, aber ich wüsste gern, warum jemand wie Sie sich zu einem solchen Anlass in Holkham Hall einfindet.“

„Falls Sie darauf anspielen, dass ich vorhin Miss Porter Recht gegeben habe, so muss ich Sie darauf hinweisen, auch gesagt zu haben, die von mir erwähnte … hm … Dame würde nicht mehr zu mir und meiner veränderten Lebensauffassung passen. Ich fand die Art, wie ich mich früher amüsiert habe, zunehmend langweilig und bin zu der Einsicht gelangt, dass es meine Pflicht ist, die Verantwortung für meine Besitzungen und die meiner Obhut anvertrauten Menschen zu tragen.“

Amanda hatte angenommen, seine geänderte Einstellung zum Leben sei auf den Umgang mit ihr zurückzuführen, und war etwas enttäuscht.

„Deshalb war ich sehr angetan, als Viscount Oughton, mit dem ich befreundet bin und bei dem ich oft weile, mir eines Tages vorschlug, mich mit Mr. Coke, den er sehr gut kennt, in Verbindung zu bringen. Er ist allen landwirtschaftlichen Neuerungen gegenüber sehr aufgeschlossen und hat viele davon sehr erfolgreich auf seinen Besitzungen eingeführt. Zu unserem Kreis zählen noch vier andere Herren, die ebenfalls sehr an agrarischen Verbesserungen interessiert sind. Mr. Coke war so freundlich, uns einzuladen, eine Weile seine Gäste zu sein. Seither treffen wir uns regelmäßig bei ihm. Vor dem Unfall war ich erneut bei Oughton, um mit ihm und unseren Freunden im Verlauf unseres Aufenthaltes hierher zu fahren.“

„Wieso waren Sie dann ohne Geld und Hinweis auf Ihre Identität in der Postkutsche?“ fragte Amanda erstaunt.

„Es war ein gemütlicher Abend gewesen, mit Glücksspiel und reichlichem Genuss von Wein, Cognac, Arrak und

Champagner“, begann Jared. „Sie erinnern sich, mir ist eingefallen, ich müsse Karten gespielt haben, als Ihre Gesellschafterin die Sprache darauf brachte. Mr. Eden, der in der Nähe von Hunstanton große Ländereien hat, sich aber so gut wie nie auf seinem Besitz, sondern zumeist in London aufhält, beklagte wieder einmal die Tatsache, dass er hohe Schulden habe und nicht wisse, wie er sie begleichen solle. Ich habe ihm vorgehalten, er säße nicht in dieser Bredouille, wenn er nicht so leichtsinnig und verschwenderisch wäre. Da ich ihm zweihundert Guineen abgenommen hatte, ärgerte er sich schrecklich über meine Bemerkung und erwiderte, ich hätte gut reden, denn ich sei nicht gezwungen, Maß zu halten, und würde kläglich versagen, wenn ich dazu genötigt wäre. Meine Freunde stimmten ihm leider zu und behaupteten, ich würde es nicht schaffen, mit einer nur sehr kleinen Barschaft bis zu unserem Wiedersehen hier zurechtzukommen. Ich wiederum war überzeugt, dass ich keine Probleme haben würde, zwei Wochen lang durchzuhalten, und habe die Wette angenommen.“

„Wohin wollten Sie, als Sie die Postkutsche nahmen?“ warf Amanda ein.

„Nach Wells, weil ich der Ansicht war, dort eine billige Unterkunft zu bekommen, damit mir hinreichend Geld zum Leben verblieb. Außerdem ist der Ort nicht weit von hier entfernt, sodass ich, falls es mir ausgegangen wäre, zu Fuß hätte herkommen können.“

„Es hätte nicht einmal für das Logis von zwei Wochen gereicht“, wandte Amanda ein. „Ich frage mich, wie Sie sich ernährt hätten.“

„Oh, das hätte sich dann schon herausgestellt“, sagte Jared ausweichend. „Schlimmstenfalls hätte ich irgendwo Kaninchen gejagt und meine Beute der Wirtin dann zum Ausgleich für meine Ernährung überlassen.“

Amanda fand, das könne nur ein Scherz gewesen sein, und schmunzelte flüchtig.

Überwältigt von ihrem bezaubernden Anblick, legte er den Arm um sie und drückte sie an sich.

Glücklich schmiegte sie das Gesicht an seine Brust.

„Vermissen Sie Ihren Gatten?“ erkundigte er sich übergangslos.

Sie ahnte, dass er die ihr fehlende Geborgenheit meinte, und vielleicht auch die sinnlichen Freuden der Ehe. Nach kurzem Zögern antwortete sie: „Ich war sehr jung, als ich Frederick heiratete, und noch arg unerfahren. Gewiss, meine Mutter hatte mich auf die … sehr persönlichen Aspekte des Zusammenseins mit einem Mann vorbereitet, und im Verlauf meiner Ehe mit Frederick habe ich mich an ihn gewöhnt. Er war sehr rücksichtsvoll, und ich vermute, dass seine erste Gemahlin etwas zimperlich gewesen ist, denn anfänglich löschte er stets das Licht, wenn wir uns zu Bett begaben. Ich kann jedoch nicht behaupten, dass mir die Intimitäten sonderlich gefallen haben. Nur morgens habe ich das gemütliche Beisammensein genossen, weil er dann mit mir frühstückte und mir erzählte, was ihn bewegte. Ich habe sehr viel von ihm gelernt, und dafür bin ich ihm heute noch dankbar.“

„Ich kann nicht verstehen …“, begann Jared nachdenklich. „Ich weiß nicht, wie ich es ausdrücken soll, denn ich möchte nicht respektlos sein. Aber ich habe Sie als sehr leidenschaftlich erlebt. Bitte verzeihen Sie, dass ich so deutlich geworden bin.“

„Sie müssen sich nicht entschuldigen, Sir“, erwiderte Amanda leise. „Ich … ich habe gemerkt …“ Verlegen hielt sie inne.

„Was ist Ihnen aufgefallen?“ fragte Jared spröde. „Haben Sie festgestellt, dass Sie viel für mich empfinden?“ Gespannt schaute er sie an, doch da sie schwieg, neigte er sich zu ihr und drückte ihr einen sanften Kuss auf den Mund.

Sie konnte dem Drang nicht widerstehen, seine Liebkosungen zu erwidern, öffnete die Lippen und ging voller Hingabe auf seine Zärtlichkeiten ein. Immer wieder stöhnte sie leise vor Verlangen auf und erkannte, dass Liebe und Leidenschaft miteinander verbunden waren. In den Rausch der Sinne drangen jedoch plötzlich Geräusche, von denen sie in die Wirklichkeit zurückgerissen wurde.

Erschrocken bog sie den Kopf zurück und hörte jemanden ganz in der Nähe nach seinem Hund rufen. Hastig löste sie sich von Seiner Lordschaft, wich einige Schritte von ihm ab und versuchte fahrig, ihre verrutschte Schute zurechtzurücken.

„Gehen wir", äußerte er rau und folgte ihr.

Sie wusste, dass sie vor Peinlichkeit hochrot geworden war, und murmelte: „Ich befürchte, ich sehe etwas derangiert aus."

„Warte bitte einen Moment", bat er und schaute sie sich von allen Seiten an. „Du hast in der Tat grüne Flecke auf der Pelisse, die indes nur noch größer würden, falls ich versuchte, sie fortzureiben. Sei unbesorgt! Wenn jemand sich wundert und dumme Fragen stellt, werden wir erklären, du seist unglücklich gestürzt. Mrs. Gluett wird sicher wissen, wie man die Flecke am besten entfernt."

„Wenn wir ihr dann noch erzählen, dass dir ebenfalls ein Missgeschick widerfahren ist, wird sie uns für tollpatschig halten", erwiderte Amanda amüsiert.

„Sie kann denken, was sie will", sagte Jared leichthin. „Komm, begeben wir uns jetzt ins Haus. Wie fühlst du dich?"

„Wie geht es jemandem, der erfahren hat, dass ein an Gedächtnisschwund leidender Fremder plötzlich das Erinnerungsvermögen wiedergefunden hat, der von seinem angeheirateten Vetter in der widerwärtigsten Weise belästigt wurde, einem Handgemenge zuschauen musste und dann, nach sehr persönlichen Eingeständnissen, zunächst zart und schließlich sehr leidenschaftlich geküsst worden ist?"

„Das kann ich schlecht nachvollziehen, weil mir diese Anhäufung von Erlebnissen noch nie passiert ist", erwiderte Jared belustigt.

Sie wollte etwas äußern, sah jedoch Baron Matcham auf sich zukommen.

Er blieb vor ihr stehen, hob galant ihre Hand zum Kuss an die Lippen und verneigte sich vor dem Herrn.

„Wie reizend, Sie hier zu treffen, Mylord", sagte sie freundlich. „Darf ich die Herren miteinander bekannt machen?"

„Wir kennen uns bereits", warf Jared lächelnd ein.

Er wechselte einige Worte mit dem Baron, der sich bald verabschiedete und seinen Weg fortsetzte.

„Er ist ein bisschen aufgeblasen, aber ansonsten ein netter Kerl", meinte Jared, während er mit Amanda weiterging. „Er zählt zu den Freunden meines Vaters, allerdings sehe ich ihn selten. Wo hat er uns unterbrochen? Ach, richtig! Du hast etwas von leidenschaftlichen Küssen gesagt. Waren sie dir nicht stürmisch genug, oder empfandest du sie als zu temperamentvoll?"

„Ach, sei still!", bat Amanda lächelnd. „Ich weiß nicht, was mich bewogen hat, mich so ungehörig aufzuführen."

„Ich hingegen bin mir sehr wohl bewusst, was über mich gekommen war. Doch weder Ort noch Zeit sind geeignet, um dir das näher zu erklären. Oh, wen haben wir denn hier?" fügte er überrascht hinzu, als er seine zu ihm strebenden Freunde bemerkte.

Sie hielten bei ihm an, und Edmund äußerte erstaunt: „Du bist hier!"

„Ich habe dir doch gesagt, dass er anwesend sein würde", schaltete Charles sich ein. „Und prächtig sieht er aus! Überhaupt nicht verhärmt!"

„Wie ihr seht, habe ich die Wette gewonnen", sagte Jared lächelnd. „Darf ich vorstellen? Mrs. Amanda Clare, der Earl of Witherington, Viscount Oughton, Mr. Sebastian Eden und Major Edmund Greene."

Die Gentlemen zogen die Hüte und verneigten sich höflich.

„Peter ist nicht bei uns", sagte James, „weil er an einer Wette teilnimmt, bei der es darum geht, das Gewicht eines Schweins zu erraten."

„Hoffentlich trifft er nicht ins Schwarze, denn ich frage mich, was er dann mit dem Rüsseltier in seiner Londoner Stadtresidenz anfangen will!", äußerte Jared auflachend.

„Vielleicht sollten wir zu demjenigen gehen, der weiß, wie viel es wiegt, und ihn bestechen, bei der Bekanntgabe des Siegers zu mogeln", schlug Edmund boshaft vor.

„Ja, das ist ein wunderbarer Einfall", stimmte Charles zu. „Gehen wir!"

Da Amanda annahm, dass seine Freunde ihn jetzt mit Fragen über seinen Verbleib in den vergangenen Wochen bestürmen würden, entschuldigte sie sich bei den Herren und fügte hinzu: „Ich werde versuchen, Miss Porter zu finden."

„Nein, Mrs. Clare, bleiben Sie bitte", erwiderte Jared rasch. „Bestimmt will man jetzt wissen, wie es mir in der letzten Zeit ergangen ist, und ich brauche Sie zur Bestätigung. Ich befürchte, dass man mir sonst nicht glaubt."

„Wieso kann Mrs. Clare bestätigen, dass du die der Wette zu Grunde liegenden Regeln eingehalten hast?" wunderte sich James.

„Nun, das kann sie selbst euch berichten", antwortete Jared und schaute sie auffordernd an.

„Die Kutsche, in der Lord Severn reiste, hatte einen Unfall, und die Folgen für ihn waren eine ausgerenkte Schulter und ein verstauchtes Bein", begann Amanda. „Zufällig kam ich am Schauplatz des Geschehens vorbei und war daher imstande, Seiner Lordschaft behilflich zu sein. Ich habe ihn in meiner Kutsche nach Holt in ein Gasthaus gebracht, wo er sich in den verflossenen zwei Wochen unter anderem Namen aufgehalten hat."

„Und womit hast du deine Ausgaben bestritten, Jared?" wollte Sebastian wissen. „War Mrs. Clare so liebenswürdig, dir finanziell unter die Arme zu greifen, oder hat sie dich täglich zum Essen eingeladen? Falls das eine oder andere zutrifft, wäre das ein Verstoß gegen unser Abkommen."

„Nichts davon trifft zu", sagte Jared belustigt. „Ich habe mir den Lebensunterhalt damit verdient, die Buchführung des Wirtes vom ‚Halbmond' in Ordnung zu bringen, was wahrlich eine höchst anstrengende Angelegenheit war."

„Du hast *was* getan?" riefen Sebastian und James wie aus einem Mund.

„Unfassbar!", fügte Sebastian hinzu.

Charles schüttelte nur fassungslos den Kopf.

„Sehr vernünftig", warf Edmund anerkennend ein.

„Hat seine Anwesenheit denn in der Umgebung nicht zu Gerede geführt, Madam?" erkundigte sich James.

„Allerdings!", bestätigte Amanda. „Im Allgemeinen wird angenommen, dass er auf der Suche nach einem Gut mit großen Ländereien und inkognito hier ist, damit er beim Preis nicht übervorteilt wird, und dieser Vermutung hat er nicht widersprochen."

„Du meine Güte, das ist köstlich!", rief James lachend aus. „Er hat längst so viele Landsitze, dass es ihm schwer fällt, den Überblick zu behalten!"

Die Herren amüsierten sich königlich. Amanda fand sie sympathisch. Viscount Oughton hatte eine gewinnende Ausstrahlung und schien ein durch und durch anständiger Mensch zu sein. Major Greene äußerte nicht viel und wirkte etwas steif, nahm jedoch durch sein formvollendetes Benehmen für sich ein. Dem Earl of Witherington behagte es offensichtlich nicht, in dieser Umgebung zu sein, da er in Anbetracht des in der Luft hängenden Gestanks, des allgemeinen Lärms und Trubels wiederholt die Nase rümpfte und sich angewidert umschaute. Unwillkürlich fragte sich Amanda, wieso er sich, wenn er sich im Kreis von Landleuten nicht wohl fühlte, den anderen Herren angeschlossen hatte. Mr. Eden, der jüngste der Gentlemen, wurde von ihnen mit wohlwollender Herablassung behandelt, als hätten sie einen kleinen Bruder bei sich. Hin und wieder schaute er Lord Severn an, und dann stand unübersehbare Bewunderung in seinen Augen. Der nicht anwesende Mr. Hampton schien der Spaßvogel der Gruppe zu sein, der ständig vom Pech verfolgt wurde und in für ihn missliche Situationen geriet, aus denen seine Kumpane ihn dann befreien mussten.

Verstohlen beobachtete Amanda den Earl of Severn und hatte den Eindruck, dass er, obwohl er die Heiterkeit seiner Freunde teilte, unter einer gewissen Anspannung stand. Vermutlich konnte er sich noch nicht vollständig erinnern und war wachsam, um keinen Fehler zu machen. Dafür war sie ihm dankbar, denn wenn er seinen Gedächtnisverlust zu erkennen gegeben hätte, wäre sie in die heikle Lage geraten, erklären zu müssen, welche Rolle sie wirklich bei seiner Rettung nach dem Unfall gespielt hatte.

Man gelangte zum Pferch, in dem sich das als Preis ausgesetzte Schwein befand, und sah Mr. Hampton beim Gatter stehen. Er war nicht sehr viel älter als Mr. Eden, hatte ein vor Aufregung gerötetes Gesicht und gab sich sehr jovial. Avery Clarke, der zur Beaufsichtigung des Borstenviehs abkommandierte Angestellte, erkannte Amanda sofort, kam lächelnd zu ihr und begrüßte sie höflich.

„Wollen auch Sie wetten, Madam, wie schwer das Tier

ist?“ fragte er schmunzelnd.

„Nein“, antwortete Amanda lächelnd. „Ein Prachtexemplar!“, stellte sie dann anerkennend fest. Als sie von Lord Oughton erfuhr, auf welches Gewicht Mr. Hampton es geschätzt hatte, raunte sie ihm zu: „Seien Sie unbesorgt, Mylord. Sie werden nicht genötigt sein, es heute bei sich unterbringen zu müssen.“

„Das beruhigt mich, Mrs. Clare“, erwiderte er grinsend.

Amanda fühlte sich wunderbar, denn es war schön, inmitten von Gleichgesinnten zu sein, die sich ebenfalls für landwirtschaftliche Dinge interessierten. Der einzige Wermutstropfen, der ihre gute Stimmung trübte, war die Frage, wie Jared sich nun, da er sein Erinnerungsvermögen zurückerlangt hatte, ihr gegenüber verhalten würde.

„Und wann wirst du deinen Gewinn einfordern, Jared?“ wandte Sebastian sich neugierig an ihn.

Amanda sah alle Blicke sich auf Lord Severn richten, der offenbar nicht wusste, welchen Preis er gewonnen hatte. Rasch kam sie ihm zu Hilfe und erkundigte sich: „Um was ging es bei dieser Wette, Sir?“

„Um den von Mr. Eden im vergangenen Monat gekauften Friesen, Madam“, antwortete James erheitert.

„Warum sind Sie so belustigt?“ wunderte sie sich. „Friesen gehen doch ausgezeichnet im Geschirr und unter dem Sattel sind sie ausdauernde Arbeitspferde, ganz abgesehen davon, dass sie sich hervorragend als Fahrpferde eignen. Darf ich Sie daran erinnern, Mylord, dass bei der Beerdigung des Duke of Wellington der Katafalk von sechs schwarzen Friesen durch Londons Straßen gezogen wurde?“

„Sie haben recht, Madam“, stimmte James ihr zu. „Mr. Eden hat keine Ahnung von Pferden und sich … Nein, keinen Einwand, Sebastian! Du weißt genau, dass du nichts von Pferden verstehst. Also, er ist gänzlich sachunkundig, Madam, und hat sich diesen Friesen, der wirklich alles andere als eine so genannte ‚schwarze Perle' ist, von einem Rosstäuscher aufschwatzen lassen."

„Wenn es tatsächlich kein gutes Exemplar seiner Spezies ist, frage ich mich, warum Lord Severn die Wette angenommen hat", erwiderte Amanda verdutzt.

„Ich war, wie ich zu meiner Schande gestehen muss, nicht mehr ganz nüchtern", erklärte Jared.

„So etwas soll vorkommen", äußerte Amanda trocken und hörte die Herren schallend auflachen.

„Ich bin Ihnen für Ihr Verständnis zu großem Dank verpflichtet", sagte er erheitert.

„Oh, eben fällt mir ein, James, dass du nicht ganz auf dem neuesten Stand des Klatsches bist", warf Edmund süffisant ein.

„Wie soll ich das sein, wenn ich vierzehn Tage lang in einem Dorfgasthaus die Buchführung gemacht habe?" fragte Jared kopfschüttelnd. „Worum geht es?"

„Um eine Neuigkeit, die sicher sehr interessant für dich ist. Es geht das Gerücht, Langham habe deiner entfernten Cousine Diana einen Heiratsantrag gemacht. Ich weiß nicht, was ich davon halten soll, dass ein so alter Mann sich mit einem derart blutjungen Mädchen vermählen will."

„Wie bitte?" fragte Jared scharf.

Verblüfft schaute Amanda ihn an.

„Ich dachte mir, dass dich diese Nachricht ziemlich betroffen stimmen würde", antwortete Edmund.

Amanda hatte den Eindruck, dass Lord Severn nicht recht wusste, worum es ging. Da sie befürchtete, die Unterhaltung könne gefährlich für ihn werden, schaltete sie sich in das Gespräch ein: „Lord Langham soll keinen sehr guten Ruf haben, wie ich hörte."

„Das ist freundlich ausgedrückt", meinte James. „Er ist

jetzt Mitte vierzig und führt immer noch ein sehr ausschweifendes Leben", fügte er mit einem bedauernden Blick auf Jared hinzu. „Einzelheiten will ich Ihnen ersparen, Madam, da sie nicht für die Ohren einer Dame geeignet sind. Jedenfalls sollte eine Frau tunlichst darauf achten, niemals mit Langham allein zu sein."

„Das sagt alles", warf Amanda ein.

„Und Miss Diana Poste, deren Mutter im Kindbett verstarb, ist erst knapp achtzehn Jahre alt und wird in der kommenden Saison ihr gesellschaftliches Debüt geben, wenngleich sie schon hin und wieder bei Bällen und dergleichen gesehen wurde. Es wird einen Aufruhr auf dem Heiratsmarkt geben, wenn sie offiziell vorgestellt wird. Ich bezweifele, dass ledige Herren sich von dem Gerücht abhalten lassen, sie sei Langham versprochen, es sei denn, die Verlobung wird öffentlich bekannt gegeben."

„Warum wird Miss Poste ein solches Aufsehen erregen, Sir?" wandte Amanda sich an Jared.

„Sie ist die schönste Frau, die ich je gesehen habe, und in jeder Hinsicht reizvoll", antwortete James anstelle des Freundes und sah ihn leicht anzüglich lächelnd an.

Unwillkürlich wurde Amanda von einem ihr unerklärlichen Unbehagen erfasst und blickte flüchtig zu Jared, dessen Miene indes nicht anzusehen war, was in ihm vorging.

„Sie hat herrliche kornblumenblaue Augen", fuhr James fort, „lange, fein geschwungene Wimpern, schmale, hübsch geschwungene Brauen und wunderschön schimmerndes blondes Haar. Ihr Gesicht ist sehr ebenmäßig, und dazu hat sie ein so gewinnendes Lächeln, dass man ..., nun, das gehört nicht hierher. Wie gesagt, sie ist bezaubernd und so frisch und natürlich, dass sie sich wohltuend von all den auf große, welterfahrene Dame machenden Debütantinnen abhebt."

Jäh erkannte Amanda, dass es diese Frau war, über die Jared einmal gesprochen hatte, und das Herz krampfte sich ihr zusammen. Es gab jedoch einen Widerspruch, den sie sich nicht erklären konnte. Damals hatte er geäußert, er habe die Heirat mit dem alten Bewunderer nicht verhindern können, und nun stellte sich heraus, dass sie noch nicht vermählt war. Da es ihr gefährlich erschien, das Gespräch fortzusetzen, sagte sie freundlich: „Es war reizend, Gentlemen, Sie getroffen zu haben. Ich danke Ihnen für Ihre Begleitung, möchte mich jetzt jedoch verabschieden, da ich meine Gesellschafterin suchen muss."

„Selbstverständlich schließen wir uns Ihnen an, Madam, zumindest bis zum Haus", befand Edmund.

Die Herren nickten und brachen auf. Getrieben von brennender Neugier, gesellte Amanda sich zu dem mit dem Earl of Witherington hinter der Gruppe hergehenden Lord Oughton, um von ihm mehr über diese Miss Diana Poste zu erfahren. „Ich hatte den Eindruck, Sir", wandte sie sich an den Viscount, „dass Lord Severn über die Neuigkeit, Miss Poste werde Lord Langham heiraten, sehr beunruhigt ist. Hat er das wirklich erst jetzt gehört? Meiner Meinung nach müsste er doch schon vorher informiert gewesen sein."

„Natürlich war er schon früher im Bilde", antwortete James ernst. „Er hat sogar Miss Postes Vater aufgesucht, ihm Vorhaltungen gemacht und ihn nachdrücklich darauf hingewiesen, dass Langham nicht der richtige Ehemann für dessen Tochter ist. Sir Paul Poste hat ihm gesagt, er solle sich um seine eigenen Angelegenheiten kümmern, und ihn ziemlich schroff des Hauses verwiesen."

Amanda bemerkte, dass der in einigem Abstand vor ihr hergehende, mit Jared redende Major sich in einem kleinen Lederbuch Notizen machte.

„Severn war sehr verärgert, was nicht sonderlich verwunderlich ist", fuhr James fort.

„Wieso?"

„Nun, es wurde allgemein angenommen, er warte nur darauf, dass Miss Poste offiziell in die Gesellschaft eingeführt wird, um sich ihr dann zu erklären. Nachdem meine Freunde und ich sie gesehen haben, waren auch wir davon überzeugt, dass er diese Absicht hatte."

Plötzlich blieb Jared stehen, wartete, bis James mit seiner Begleitung bei ihm war, und bat ihn dann: „Würdest du mir einen Gefallen erweisen, James?"

„Gern."

„Würdest du einen deiner Diener sofort nach Holt zum ‚Halbmond' schicken, damit er dem Wirt eine Nachricht von mir überbringt?"

„Selbstverständlich", antwortete James.

„Oh, haben Sie vor, hier bei Ihren Freunden zu bleiben?" warf Amanda neugierig ein.

„Nein." Jared schüttelte den Kopf. „Ich muss unverzüglich nach Leicestershire. Deshalb habe ich den Wirt gebeten, mir noch heute meine Habseligkeiten herbringen zu lassen. Edmund hat mir vorhin erzählt", wandte er sich dann an James, „dass meine Pferde, meine Kutsche und mein Kammerdiener schon hier sind. Danke, dass du daran gedacht hast."

„Nicht der Rede wert", erwiderte James.

Jared wandte sich wieder dem Major zu und ging zum Haus.

Bestürzt begriff Amanda, dass er nicht die Absicht hatte, nach Holt zurückzukehren, und fragte sich traurig, wie er sie so gleichmütig verlassen könne. Offenbar hatte er nicht vor, noch ein Gespräch unter vier Augen mit ihr zu führen und ihr persönlich Lebewohl zu sagen. Ihr kam der Verdacht, dass er nur mit ihr gespielt hatte und nun eingreifen wollte, um die schöne, von ihm umworbene Miss Poste doch noch für sich zu gewinnen.

Sie rang um Fassung, setzte eine gleichgültige Miene auf und folgte ihm. Da er auf der Freitreppe angehalten hatte, nutzte sie die Gelegenheit und sagte leichthin: „Ich wünsche Ihnen eine gute Reise, Mylord. Werden Sie in Leicestershire bei Freunden wohnen?“

„Nein, in meinem Jagdhaus“, antwortete er. „Von dort habe ich es nicht weit, um den von mir beabsichtigten Besuch zu machen. Erlauben Sie mir, Ihnen von ganzem Herzen für Ihre Hilfsbereitschaft zu danken. Leben Sie wohl, Mrs. Clare.“ Er stieg die Stufen hinauf und begab sich in die Eingangshalle.

„Sir Paul Poste residiert in der Nähe von Severns Jagdsitz“, erklärte James leise.

„Ach so“, murmelte Amanda und sah im gleichen Moment ihre Gesellschafterin mit Lady Grahame und einigen anderen Damen aus dem Vestibül kommen.

„Oh, da bist du ja, Amanda!“, rief Jane erleichtert aus. „Ich habe dich schon überall gesucht!“

„Das tut mir leid“, erwiderte Amanda bedauernd, nickte Lady Grahame und deren Gefolge zu und wandte sich dann den hinter ihr stehenden Herren zu. „Ich danke Ihnen dafür, dass Sie mich hierher begleitet haben, meine Herrschaften“, äußerte sie freundlich. „Ich hoffe, Sie haben einen angenehmen Aufenthalt.“

„Das wünschen wir auch Ihnen“, sagte James und verneigte sich ebenso wie seine Freunde.

„Überaus stattliche Kavaliere!“, äußerte Augusta anerkennend und sah amüsiert Mrs. Clare erröten. „Darf ich Sie einladen, an meinem kleinen Imbiss im Freien teilzunehmen?“

„Ja, gern, Mylady“, willigte Amanda, Entzücken heuchelnd, ein und begab sich mit der Baronin und deren Entourage zur Terrasse, auf der bereits gedeckte Tische und Sitzgelegenheiten bereitstanden. Im Stillen fragte sie sich jedoch beklommen, wie lange sie noch die Contenance wahren musste, ehe sie endlich Holkham Hall verlassen konnte. Gleich nach dem Lunch konnte sie nicht abreisen, weil das gewiss Verwunderung erregen würde. Sie sehnte sich danach, sich Jane anvertrauen zu können, doch selbst auf der Heimfahrt musste sie sich zurückhalten, damit Flambough nicht mitbekam, worüber sie mit ihrer Gesellschafterin sprach.

„Ist alles in Ordnung, Amanda?" erkundigte Jane sich besorgt.

„Ja", log Amanda tapfer und rang sich ein Lächeln ab. „Mr. Brownsmith hat vorhin sein Erinnerungsvermögen zurückerlangt und weiß jetzt, dass er der Earl of Severn und ungebunden ist."

„Aber?" fragte Jane angesichts der bedrückten Miene ihrer Freundin.

„Er fährt nach Leicestershire, um zu verhindern, dass eine Dame, die er heiraten möchte, eine ihr auferzwungene Ehe mit einem anderen Mann eingehen muss."

„Du meine Güte!", murmelte Jane erschüttert.

„Entweder kommt er unverrichteter Dinge oder mit dieser jungen und, wie ich hörte, sehr hübschen Person als seiner Verlobten zurück. Für mich wird er so oder so kein Interesse mehr aufbringen. Entschuldige, Mrs. Agnew hat etwas zu mir gesagt", fügte sie hastig hinzu und schaute dann entschuldigend die Bekannte an. „Pardon, Madam, aber ich habe Sie nicht verstanden."

„Ich habe Sie gefragt, Mrs. Clare, ob Sie jemanden kennen, der die Gouvernante meiner Kinder ersetzen kann", sagte Clementine. „Meine hat den Dienst quittiert, weil sie eine Anstellung in London gefunden hat."

„Leider kann ich Ihnen nicht helfen, Madam", entgegnete Amanda. „Ich selbst bin auf der Suche nach einem Ersatz für meine Zofe, die in Kürze heiratet."

„Ich weiß einen Rat", schaltete Augusta sich ein. „Die in London lebende Schwester der Zofe meiner Schwägerin, einer sehr tüchtigen Person, möchte sich verändern. Ich kenne die junge Frau, habe einen tadellosen Eindruck von ihr gewonnen und kann sie Ihnen nur empfehlen. Sie hat einige Zeit die Stelle ihrer erkrankten Mutter versehen, die mittlerweile jedoch wieder im Dienst ist. Wäre es Ihnen recht, wenn ich Ihnen die Anschrift meiner Schwägerin gebe, die dann alles Weitere in die Wege leiten kann?"

„Ja", antwortete Amanda erleichtert.

Augusta winkte ihre Gesellschafterin zu sich, hieß sie, die Anschrift ihrer Schwägerin für Mrs. Clare aufzuschreiben und ihr zu geben.

Amanda bedankte sich herzlich und steckte das Visitenkärtchen Ihrer Ladyschaft mit der Adresse der Schwägerin in ihre Gürteltasche.

Nach dem Lunch löste die Gesellschaft um Lady Grahame sich auf. Da Amanda das Bedürfnis hatte, in ihr eigenes Haus zurückzukehren, wandte sie sich an ihre Freundin und sagte: „Ich fühle mich nicht ganz wohl, Jane. Ich bin sehr abgespannt und möchte, wenn es dich nicht stört, heimfahren."

„Natürlich nehme ich Rücksicht auf dich", erwiderte Jane sofort.

„Danke", sagte Amanda zufrieden. „Ich werde Flambough Bescheid geben, dass wir jetzt aufbrechen. Würdest du bitte vor dem Haupteingang auf mich warten?"

„Selbstverständlich", willigte Jane ein und schaute besorgt die Freundin an. „Soll ich kutschieren?"

„Ja, das wäre mir lieb", bekannte Amanda. „Bis gleich." Sie verließ sie und ging durch den Park zu den Wirtschaftsgebäuden. Plötzlich sah sie Jared ihr entgegenkommen und überlegte, wie sie sich nun ihm gegenüber verhalten solle.

Nach kurzem Zögern blieb sie stehen und wartete, bis er bei ihr war.

„Es tut mir außerordentlich leid, Amanda", äußerte er bedauernd, „dass wir uns so unvermittelt trennen müssen."

„Oh, ich habe vollstes Verständnis", erwiderte sie kühl. „Lord Oughton hat beiläufig erwähnt, eine dringende Familienangelegenheit sei der Grund für deine überraschende Abreise."

„So kann man es nennen", sagte Jared ausweichend. „Ich breche morgen in aller Frühe auf und möchte die Gelegenheit jetzt nutzen, um dir nochmals von ganzem Herzen für deine Unterstützung zu danken."

„Ach, das ist nicht nötig", entgegnete sie leichthin. „Das habe ich gern für dich getan. Schließlich war ich begierig zu erfahren, welches Geheimnis dich umgab."

„War es nur die Neugier, und nicht mehr, die dich dazu bewogen hat?" erkundigte Jared sich betroffen.

Amanda verstand nicht, was er mit dieser Frage bezweckte. Schließlich stand er im Begriff, zu einer anderen Frau zu reisen, einer Frau, die ihm mehr bedeutete als sie. Sie hatte nicht vor, ihr Gesicht zu verlieren und Jared zu gestehen, dass sie ihn liebte. „Natürlich stehe ich tief in deiner Schuld, weil du Humphrey eine derart wirkungsvolle Lektion erteilt hast. Ich bin sicher, er wird mich nie mehr belästigen. Und ich werde es dir nicht vergessen, dass du mich beim Unfall mit der Postkutsche so beschützt hast. Was alles andere betrifft …, ich meine die zwischen uns getauschten Zärtlichkeiten, so sollten wir die Dinge sehen, wie sie sind. Wir haben Stimmungen nachgegeben und uns treiben lassen. Ich habe dir gesagt, dass ich ein vernünftig denkender Mensch bin und nicht unerfüllbaren Träumen nachhänge. Die vergangenen zwei Wochen mit dir waren sehr abwechselungsreich, wenngleich nicht immer sorgenfrei. Ich wünsche dir viel Glück, Jared", fügte sie hinzu und hielt ihm die Hand hin.

Er ergriff sie, drückte sie leicht, während er Amanda tief in die Augen schaute, und konnte dem Drang nicht länger widerstehen, ihre Finger zu streicheln.

Hastig entzog sie ihm ihre Hand und sagte gepresst: „Leb wohl, Jared."

Bestürzt sah er sie zu den Stallungen eilen und überlegte, ob er ihr folgen solle, entschied sich dann jedoch dagegen.

Am Morgen nach Kates Hochzeit mit Thomas Gourley saß Amanda etwas übermüdet beim Frühstück, schaute die nicht minder angegriffen aussehende Freundin an und erkundigte sich beiläufig: „Wäre es dir recht, Jane, wenn wir für einige Tage nach London fahren würden? Ich gedenke, am Wochenende dorthin aufzubrechen."

Verblüfft richtete Jane die Augen auf Amanda und wiederholte erstaunt: „London? Was willst du dort zu dieser Zeit? Die Saison ist doch vorbei."

„Ich möchte mich mit Lady Grahames Schwägerin in Verbindung setzen", erklärte Amanda. „Außerdem habe ich Einkäufe zu tätigen."

„Natürlich ist mir ein Aufenthalt in London recht", stimmte Jane zu.

„Gut, dann werde ich alles Notwendige veranlassen. Wir werden im ‚Clarendon' absteigen. Das ist mir irgendwann von jemandem empfohlen worden", setzte Amanda hinzu und erinnerte sich daran, dass Jared einmal geäußert hatte, in diesem Hotel speise man besser. Plötzlich war ihr, als würde sie seine Stimme hören, hatte in Gedanken sein Gesicht vor sich und musste sich zwingen, die Fassung zu wahren.

Wie geplant, traf Amanda mit ihrer Gesellschafterin am Wochenanfang im „Clarendon" ein.

„Ich verstehe nicht, warum du für einen angeblich nur wenige Tage dauernden Aufenthalt so viel Gepäck mitgenommen hast“, sagte Jane und blickte auf die vielen Portemanteaux, die von den Hoteldienern in die Suite gebracht worden waren.

„Nun, es könnte doch sein, dass wir länger als vorgesehen bleiben wollen“, antwortete Amanda leichthin. „Dann ist es gut, genügend Wäsche zum Wechseln zu haben, selbst wenn ich mich mit der Absicht trage, meine Garderobe aufzustocken.“

Missmutig verzog Jane das Gesicht, da sie es hasste, einkaufen zu gehen. „Hast du dich erkundigt, wie du zu Mrs. Thornton kommst?“

„Ja“, antwortete Amanda. „Ich werde zu ihr fahren, sobald sie mir einen Termin genannt hat.“

7. KAPITEL

Mrs. Thornton hatte Amanda am Mittwoch zum Tee zu sich gebeten, und pünktlich zur festgesetzten Zeit traf sie mit ihrer Gesellschafterin im Haus Nummer vier in der Upper Brook Street ein. Sie wurden in den Empfangssalon gebeten, und kurze Zeit später trat Mrs. Thornton mit einer jungen Frau ein, die sie als Susan Wilkens vorstellte. Zum Platznehmen aufgefordert, setzten Amanda und Jane sich auf die Chaiselongue, und die Dame des Hauses ließ sich in einem Fauteuil nieder. Amanda machte Mrs. Thornton und Jane miteinander bekannt, und dann plauderte man über Belanglosigkeiten, bis der Butler mit dem Teewagen erschien und servierte. Verstohlen hatte Amanda im Verlauf des kurzen Gesprächs Miss Wilkens beobachtet und einen sehr ansprechenden Eindruck von der adrett gekleideten und sich ihrer Stellung bewussten jungen Frau gewonnen.

„Bitte stellen Sie Ihre Fragen“, forderte die Gastgeberin Mrs. Clare auf.

„Danke“, erwiderte Amanda und erkundigte sich bei Miss Wilkens, ob sie die Pflichten einer Zofe kenne und beherrsche.

„Ja, Madam“, bestätigte Susan höflich. „Meine Schwester hat mir die Aufgaben erklärt, die ich wahrzunehmen habe. Ich bin zwar noch nicht sehr versiert, habe aber bereits einige Übung im Frisieren, Schminken und in der Pflege von Damengarderobe.“

„Nun, das hört sich gut an“, meinte Amanda. „Ich werde Sie eine Weile zur Probe beschäftigen, sagen wir, vier Wochen lang.“

„Wie Sie wünschen, Madam“, erwiderte Susan und knickste.

„Ich lasse Sie benachrichtigen, wenn ich heimreise“, fuhr Amanda fort und erhob sich. „Ich bin Ihnen sehr verpflichtet,

Mrs. Thornton, möchte Ihre Gastfreundschaft jedoch nicht über Gebühr in Anspruch nehmen."

„Das tut mir leid", sagte Florence Thornton bedauernd und stand ebenfalls auf. „Bitte beehren Sie mich bald wieder, falls Sie die Zeit dazu finden."

„Es wird mir ein Vergnügen sein", erwiderte Amanda herzlich, verabschiedete sich mit ihrer Gesellschafterin und nickte beim Verlassen des Empfangssalons freundlich Miss Wilkens zu. Man war soeben ins Freie gelangt, als sie zu ihrer großen Überraschung Lord Oughton auf sich zukommen sah.

Er bemerkte sie, blieb bei den Damen stehen und zog galant den Hut. „Damit hätte ich nicht gerechnet, meine Damen", sagte er erstaunt. „Welch unerwartetes Vergnügen, Sie hier wiederzusehen. Was hat Sie in die Stadt geführt, Mrs. Clare?"

„Guten Tag, Mylord", antwortete sie höflich. „Ich habe einige Dinge zu erledigen."

„Dafür haben Sie sich eine schlechte Zeit ausgesucht", erwiderte er lächelnd. „Ich bin bei meiner Mutter zu Besuch, und wir beklagen, dass es so wenig interessante Gesellschaft gibt. Vielleicht gestatten Sie mir, hin und wieder mit Ihnen auszufahren, damit wir uns unterhalten können."

„Ja, sehr gern", willigte Amanda erfreut ein. „Kann Ihre Mutter Sie denn entbehren?"

„Das nehme ich an. Im Moment ist sie damit beschäftigt … Oh, wen haben wir denn dort?" fragte James überrascht und schaute neugierig Miss Poste an, die in ihrer Kutsche saß und mit einem neben dem Wagen auf der Straße stehenden Herrn sprach.

Amanda blickte in dieselbe Richtung wie der Viscount, sah eine junge, sehr hübsche Frau mit jemandem plaudern und erkundigte sich: „Kennen Sie die Dame, Sir?"

„Das ist Miss Diana Poste“, antwortete er, während er mit ihr und Miss Porter weiterging.

„Oh!“, äußerte Amanda betroffen. „Ich meinte, sind Sie gut mit ihr bekannt?“ setzte sie neugierig hinzu.

„Ja“, bestätigte er, blieb bei der Barouche stehen und verneigte sich.

Amanda meinte, den Augen nicht trauen zu können, denn auf der anderen Seite der Kutsche stand Jared.

Diana bemerkte Lord Oughton und sagte freundlich: „Guten Tag, Mylord.“

„Guten Tag, Miss Poste“, begrüßte er sie und zog den Hut. „Darf ich vorstellen? Miss Diana Poste und Miss Woodley, ihre Gesellschafterin. Mrs. Clare und Miss Porter.“

„Sehr erfreut“, äußerte Diana gleichmütig.

„Ganz meinerseits“, erwiderte Amanda etwas kühl.

Jared verneigte sich und sagte, während er den Hut zog: „Guten Tag, die Damen.“

„Guten Tag, Lord Severn“, murmelte Amanda steif und ärgerte sich, dass sie ihm über den Weg gelaufen war. Sie sah Miss Poste sie befremdet anschauen und bemühte sich um Fassung.

„Ich hatte keine Ahnung, James“, wandte Jared sich an ihn, „dass du dich in der Stadt befindest.“

„Meine Mutter hat mich herzitiert“, antwortete James schmunzelnd. „Ich war vorhin bei dir zu Haus und erfuhr, dass du ausgegangen bist. Auf dem Rückweg habe ich dann zufällig Mrs. Clare und Miss Porter getroffen.“

„Werden Sie sich lange in London aufhalten, Mrs. Clare?“ erkundigte sich Jared.

„Das weiß ich noch nicht“, gestand sie wahrheitsgemäß und fragte sich, wie er die Ruhe selbst sein konnte, wohingegen ihr das Herz zum Zerspringen klopfte. Ihre anfängliche Irritation war verflogen, und plötzlich hatte sie das Bedürfnis, mit Jared allein zu sein und ihn zu fragen, wie es ihm ergangen war.

Überrascht wurde sie sich gewahr, dass die Stimmung jäh angespannt zu sein schien, und ihr fiel auf, wie unwirsch Jared auf die Hand seines Freundes starrte, die dieser leicht unter ihren Ellbogen gelegt hatte. Verblüfft überlegte sie, ob er vergessen habe, dass seine angebetete Miss Poste direkt neben ihm im Landauer saß, und ob er eifersüchtig auf Lord Oughton sei.

Um nicht unhöflich zu erscheinen, begann sie mit ihr ein Gespräch über die Stücke, die im Drury Lane Theatre und im Royal Italian Opera House gegeben wurden, betrachtete Miss Poste dabei genauer und fand, Lord Oughton habe nicht übertrieben, als er ihr in Holkham Hall die junge Dame beschrieben hatte. Sie war höchstens siebzehn Jahre alt und hatte einen herrlich reinen Teint, glänzendes blondes Haar, große kornblumenblaue Augen, lange Wimpern, eine hübsche Nase, entzückend geformte volle Lippen und ein schmales Kinn. Sie war zierlich gewachsen, hatte jedoch trotz ihrer Jugend schon einen bemerkenswert gerundeten Busen.

Unwillkürlich empfand Amanda tiefe Abneigung, überlegte betroffen, warum Miss Poste ihr so zuwider war, und gelangte zu der beschämenden Erkenntnis, dass sie Eifersucht empfand. Schließlich konnte Miss Poste nichts dafür, dass sie eine Schönheit war und gewiss von vielen Kavalieren umschwärmt wurde. Und noch weniger war es ihre Schuld, dass der Mann, den Amanda liebte, zu ihren Verehrern zählte.

Flüchtig richtete Amanda die Augen auf ihn und sah ihn mit verkniffenen Lippen Miss Poste anschauen. Lord Oughton hingegen sah Miss Poste mit unverhohlener Bewunderung an, während er sich mit seinem Freund unterhielt. Amanda entging nicht, dass Miss Poste, die sich ihrer Wirkung auf die Herren sehr wohl bewusst war, sowohl Jared als auch dem Viscount kokette Blicke zuwarf, und gewann den Eindruck, die junge Dame spiele den einen gegen den anderen aus. Unversehens fand sie sie berechnend und wurde in dieser Einschätzung bestätigt, als sie Miss Poste sie prüfend, beinahe abweisend anschauen sah. Offenbar hatte Miss Poste Verdacht geschöpft und mutmaßte, dass Amanda ein Faible für Lord Severn habe. Der Gedanke verursachte ihr ein äußerst ungutes Gefühl, doch sie hielt sich vor, es sei lächerlich, diesen sichtlich eingebildeten, wahrscheinlich sehr verzogenen Fratz als Gegenspielerin zu empfinden.

„Haben Sie schon in Gesellschaft debütiert, Miss Poste?" fragte sie, obwohl sie die Antwort bereits kannte.

„Nein, Madam", antwortete Diana höflich. „Das wird erst in der nächsten Saison der Fall sein. Allerdings darf ich schon an einigen Bällen teilnehmen und ins Theater gehen." Mit einem viel sagenden Blick auf Lord Severn fügte sie hinzu: „Vielleicht bin ich bereits vor der kommenden Saison verheiratet."

„Ach ja? Wurde Ihre Verlobung offiziell angekündigt? Ich kann mich nicht erinnern, irgendwo etwas darüber gelesen zu haben."

„Sie ist auch noch nicht bekannt gegeben worden", erklärte Diana.

Dabei hatte sie auf eine seltsame Weise gelächelt, als verheimliche sie etwas. Amanda sah, dass Jared sie unwillig anschaute, und begriff, dass ihm dieses Thema nicht genehm war. Um ihn zu reizen, beachtete sie ihn nicht, blickte wieder Miss Poste an und äußerte leichthin: „Ich könnte mir vorstellen, dass Ihr Vater Ihnen geraten hat, noch einige Zeit mit der Ehe zu warten, Miss Poste, da Sie noch sehr jung sind. Es hat viel für sich, wenn man die Vergnügungen der ersten Saison ganz unbeschwert genießen kann. Gewiss möchte Ihr Vater, dass Sie nicht darauf verzichten."

Diana fand Mrs. Clare aufdringlich und ärgerte sich über

die Einmischung. „Entsinnen Sie sich in Ihrem Alter noch so gut Ihres gesellschaftlichen Debüts, Madam?“ fragte sie spitz.

„Ja“, bestätigte Amanda ruhig, auch wenn der Hinweis auf den Altersunterschied sie erboste. „Ich habe nur die glücklichsten Erinnerungen, denn damals bin ich meinem späteren Gatten begegnet.“

„Ich nehme an, Sie sind in seiner Begleitung in London?“

„Nein“, antwortete Amanda gelassen. „Ich bin verwitwet.“

„Wie bedauerlich für Sie“, erwiderte Diana boshaft.

Amanda sah den Viscount die junge Dame befremdet anschauen und Jared erstarren. Es tat ihr indes nicht leid, dass sie Miss Poste herausgefordert hatte. Vielleicht hatten die Herren jetzt ein etwas anderes Bild von der schnippischen, ungezogenen Person bekommen.

„Es tut mir leid, meine Herrschaften“, äußerte sie mit einem entschuldigenden Blick in die Runde, „doch nun muss ich weiter. Es war mir ein Vergnügen, meine Damen, Sie kennen gelernt zu haben. Nein, Lord Oughton, es ist nicht nötig, dass Sie mich und Miss Porter noch länger begleiten. Ich habe Ihre Zeit bereits zu lange in Anspruch genommen.“

„Ich bestehe darauf, Madam, Sie und Miss Porter zu Ihrem Quartier zu bringen“, erwiderte James nachdrücklich. „Ich werde dich später aufsuchen, Jared“, wandte er sich dann an den Freund. Nachdem man sich verabschiedet hatte, reichte er Mrs. Clare den Arm und setzte mit ihr und ihrer Gesellschafterin den Weg fort.

„Miss Porter ist tatsächlich so hübsch, wie Sie sie in Holkham Hall beschrieben haben“, äußerte Amanda beiläufig. „Kein Wunder, dass ihr Freund sich in sie verliebt hat.“

„Sehr zu meinem Unwillen!“, erwiderte James ehrlich.

Verblüfft schaute Amanda ihn an. „Warum sind Sie gegen diese Verbindung?“ wunderte sie sich.

„Sie haben zu Recht bemerkt, dass Miss Poste noch viel

zu jung ist“, antwortete er freimütig. „Meine Schwester Elizabeth und sie sind gleichaltrig, aber Miss Poste kommt mir manchmal sehr altklug vor, und auch zu leichtsinnig. Miss Poste lässt sich in einer Weise hofieren, die ich höchst unpassend finde. Ich würde sofort einschreiten, wenn Elizabeth sich derart auffällig und eingebildet aufführte.“

„Ich stimme Ihnen in der Beurteilung von Miss Poste zu“, sagte Amanda offenherzig. „Sie kommt mir reichlich blasiert vor. Außerdem habe ich den Eindruck gewonnen, dass sie überhaupt noch nicht weiß, was sie will, abgesehen davon, Mittelpunkt der allgemeinen Aufmerksamkeit zu sein.“

„Wie wahr!“, stimmte James zu. „Und deshalb sehe ich mit großem Unbehagen, dass mein Freund Jared ihr so viel Beachtung schenkt.“

„Haben Sie Zweifel daran, dass er ehrliche Absichten hat?“ fragte Amanda überrascht.

„Nein, keineswegs!“, versicherte James rasch. „Aber es ist nicht seine Art, sich mit so blutjungen Mädchen abzugeben. Im Allgemeinen zieht er …, nun, das gehört nicht hierher.“

„Ich nehme an, Sie wollten sagen, dass er normalerweise reifere Frauen bevorzugt, nicht wahr?“

James nickte.

„Vielleicht hat er sich entschlossen, Familienvater zu werden, und möchte nun doch lieber eine junge Gattin haben“, vermutete Amanda und hielt vor dem Haupteingang des „Clarendon“ an.

„Das entzieht sich meiner Kenntnis“, erwiderte James. „Würden Sie mir gestatten, Sie morgen zu einer Ausfahrt abzuholen?“

„Es wäre mir ein Vergnügen“, sagte Amanda lächelnd.

„Gut, dann bin ich um halb drei Uhr in der Halle“, versprach er und verabschiedete sich von den Damen.

Gedankenverloren begab Amanda sich mit Jane ins Vestibül, stolz darauf, dass sie die unerwartete Begegnung mit Jared so gut gehandhabt hatte, auch wenn alles, was sie für ihn empfand, wieder aufgebrochen war. Ihre Liebe zu ihm war seit seiner plötzlichen Abreise nicht geringer geworden, und daher hatte die Begegnung mit Miss Poste sie zutiefst aufgewühlt. Sie begriff nicht, was ihm an dem Mädchen gefiel, und schüttelte im Stillen über seine Menschenkenntnis den Kopf.

Schweigend betraten Jane und sie ihre Räume, entledigten sich im Ankleidezimmer ihrer Handschuhe, Hüte und Mäntel und begaben sich dann in den kleinen Salon.

„Ich habe das unerwartete Zusammentreffen mit Miss Poste mit dem größten Interesse verfolgt, Amanda", sagte Jane, während sie sich in einen Fauteuil setzte, und schaute ernst die Freundin an.

„Wie soll ich das verstehen?" fragte Amanda und nahm ebenfalls Platz.

„Ich kann mich des Eindrucks nicht erwehren, dass es nichts an deinen Gefühlen für Lord Severn geändert hat."

„Nein", gestand Amanda.

„Du liebst ihn", stellte Jane fest.

„Ja", bestätigte Amanda leise.

„Glaubst du, dass er mit Miss Poste glücklich wird?"

„Darüber maße ich mir kein Urteil an", antwortete Amanda bedrückt. „Aber mir tut der Mann leid, der sie heiratet. Ich kann verstehen, dass ihre Verehrer von ihr hingerissen sind, denn sie ist wirklich sehr schön. Aber sie ist eine Blenderin, die ihre Schwächen gut zu verhehlen weiß. Insofern erstaunt es nicht, dass ihre Bewunderer nicht merken, wie oberflächlich und selbstsüchtig sie ist. Da du hinter mir und Lord Oughton hergegangen bist, konntest du nicht hören, dass ihm eine mögliche Verbindung zwischen Jared und ihr großes Unbehagen bereitet. Er vertritt wie ich den Standpunkt, dass sie leichtsinnig und selbstgefällig ist."

„Er scheint ein Faible für dich zu haben", äußerte Jane lächelnd. „Erst hat er dich herbegleitet und dir dann auch noch in sehr persönlicher Weise seine Ansichten über Miss Poste anvertraut. Was hat er dir sonst noch erzählt?"

„Er ist hier, weil seine Mutter ihn zu sich gebeten hat. Und er hat eine Schwester in Miss Postes Alter namens Elizabeth."

„Habe ich ihn in Holkham Hall kennen gelernt?"

„Flüchtig", antwortete Amanda. „Er hat mich mit seinen Freunden zum Haus gebracht, und wir sind dir begegnet, als du es mit Lady Grahame verlassen hast."

„Ja, ich erinnere mich", murmelte Jane. „Ist er verheiratet?"

„Er hat nichts Dergleichen erwähnt."

„Magst du ihn?"

„Ich finde ihn sehr sympathisch", gestand Amanda. „Aber komm nicht auf falsche Gedanken. Er und ich sind uns bisher nur zweimal begegnet, und er macht mir nicht den Hof. Ganz abgesehen davon, bin ich nicht auf der Suche nach einem Verehrer."

„Wie schade", äußerte Jane halblaut.

Amanda kehrte animiert von der Ausfahrt mit Lord Oughton zurück und berichtete, der Ausflug habe ihr so viel Spaß gemacht, dass sie gern bereit gewesen war, den Viscount am nächsten Tag wiederzusehen.

Jane versicherte ihr, auf sie müsse sie keine Rücksicht nehmen, da sie nicht über einen Mangel an Beschäftigung zu klagen habe. Ihrer Meinung nach warb Seine Lordschaft doch um Amanda, und daher wollte sie ihr so viel Gelegenheit wie möglich geben, mit ihm zusammen zu sein. Sie hoffte, dass Amanda sich in seiner Gesellschaft gut amüsierte und so schneller den Kummer über die Trennung von Lord Severn verwand.

Lord Oughton holte Amanda zur verabredeten Zeit ab, half ihr in seine Karriole und lenkte das Gespann zum Hyde Park.

„Ich hoffe, es stört Sie nicht, Madam, dass wir uns ein weiteres Mal dorthin begeben", sagte er höflich. „Ich habe meiner Mutter versprochen, Sie zum Tee mitzubringen. Würden wir woandershin fahren, hätten wir nicht genügend Zeit."

„Wie reizend von Ihrer Mutter, mich zu sich zu bitten", erwiderte Amanda überrascht. „Natürlich habe ich nichts dagegen, erneut in den Hyde Park zu fahren." Es verwunderte sie, dass Ihre Ladyschaft sie eingeladen hatte, und plötzlich kam ihr der Gedanke, der Viscount könne, abgesehen davon, dass er offenkundig ihre Gesellschaft genoss, doch ein Faible für sie haben. Andererseits hatte er bislang durch nichts zu erkennen gegeben, dass er ein persönliches Interesse an ihr nahm. Sie beschloss jedoch, wachsam zu sein.

Kaum befand man sich im Park, äußerte er lächelnd: „Würden Sie gern die Zügel übernehmen, Madam? Wie ich von Jared hörte, verstehen Sie es, selbst zu kutschieren."

„Oh ja, ich wäre entzückt", antwortete sie begeistert. „Es reizt mich sehr, Ihre rassigen Grauschimmel zu lenken."

„Gut!", willigte James ein und überließ ihr Zügel und Peitsche. „Ich habe volles Vertrauen in Ihre von Jared so gepriesenen Fahrkünste", setzte er schmunzelnd hinzu.

„Oh, hat er sich anerkennend über sie geäußert?" fragte Amanda und trieb die Pferde an.

„Ja", bestätigte James. „Er war des Lobes voll für Sie und hat hinzugefügt, er würde Sie gern ein Vierergespann lenken sehen."

Amanda freute sich über dieses große Kompliment.

„Und jetzt bekommt er diesen Wunsch erfüllt", sagte James fröhlich.

Unwillkürlich zuckte Amanda zusammen, weil sie im gleichen Moment Jared auf die Karriole zureiten sah. Zu ihrer größten Verwunderung saß er auf Mr. Breams Hengst. Erneut war sie von seinem guten Sitz und der Routine beeindruckt, mit der er das temperamentvolle Tier bändigte. Plötzlich empfand sie erneut Sehnsucht nach ihm und hatte Mühe, sich die Erregung nicht anmerken zu lassen. Da es Befremden erregt hätte, wenn sie weitergefahren wäre, ließ sie das Gespann auslaufen und hielt an.

Jared brachte den Rotfuchs neben dem Wagen zum Stehen, zog den Zylinder und begrüßte die Insassen der Karriole.

„Wo hast du dieses stattliche Pferd erstanden?“ erkundigte sich James neugierig und betrachtete es bewundernd.

„In Holt“, antwortete Jared und schaute lächelnd Amanda an. „Ich hatte schon lange mit dem Erwerb des Hengstes geliebäugelt, und schließlich ist es mir gelungen, Mr. Bream zum Verkauf zu bewegen. Er ist ein ausgezeichnetes Springpferd. Natürlich ist er in London fehl am Platz, aber ich habe auch nicht vor, ihn ausschließlich hier zu reiten. Wie ich sehe, Madam, hat mein Freund Ihnen gestattet, sein Gespann zu lenken“, fügte er schmunzelnd an.

„Ja, und mir scheint, diese Ehre habe ich Ihnen zu verdanken“, erwiderte sie gelassen.

„Mir?“ Verdutzt schaute er erst sie, dann James an.

„Nun, Ihr Freund hat erwähnt, Sie hätten sich lobend über meine Fahrkünste ausgesprochen“, antwortete Amanda lächelnd.

„Ich habe nie eine Dame so ausgezeichnet kutschieren gesehen und hatte zu keiner Zeit das Gefühl, in Gefahr zu sein“, schaltete James sich ein.

Amanda freute sich über das große Lob und wunderte sich, warum Jared unversehens eine so verdrossene Miene machte. Vielleicht nahm er Anstoß daran, dass sie sich amüsierte, weil er meinte, sie wäre besser daheim geblieben und hätte dort ihren Kummer über die Trennung von ihm verwunden. Oder er fand, sie müsse ihm aus dem Weg gehen, um ihn nicht mit ihrer Anwesenheit zu belästigen. Sie dachte indes nicht daran, ihm diesen Gefallen zu tun. „Was ergrimmt Sie so, Mylord?“ fragte sie belustigt.

„Wie bitte?“

„Nun, Sie sehen aus, als würden Sie sich über etwas ärgern“, erwiderte sie fröhlich und stellte erheitert fest, dass er unwirsch die Stirn furchte. Ihr war klar, dass sie ein heikles Spiel mit ihm trieb, schreckte jedoch nicht davor zurück, ihn noch mehr zu reizen. „Es scheint Sie zu erbosen, dass Ihr Freund mich seine Grauschimmel lenken ließ, wohingegen Sie nicht den Mut hatten, mir den Hengst für einen kurzen Ritt zu überlassen.“

„Höre ich recht?“ warf James erstaunt ein. „Sie wollten doch hoffentlich nicht dieses Pferd reiten, auf dem Jared sitzt! Ich traue Ihnen sehr viel zu, aber nicht, dass Sie es bändigen würden.“

„Das wäre auf den Versuch angekommen“, meinte sie trocken. „Möglicherweise hätte es mich tatsächlich schon nach wenigen Augenblicken abgeworfen.“

„Wann reisen Sie nach Upper Glaven Hall zurück, Madam?“ wollte Jared wissen.

„Ich habe mich noch nicht entschieden“, äußerte sie achselzuckend und nahm an, er habe die Frage gestellt, weil er ihr nicht mehr in London begegnen wollte.

„Bleibst du länger in der Stadt?“ erkundigte sich James. „Wenn ja, könnten wir uns an einem Abend mit anderen Bekannten zu einem gemütlichen Beisammensein treffen.“

„Nein, das wird nicht gehen, denn ich reise bald ab“, antwortete Jared.

„Mit Miss Poste?“ platzte Amanda unbedacht heraus und ärgerte sich sogleich über ihre Unvorsichtigkeit.

„Ich wüsste nicht, was Sie das angeht“, sagte Jared schroff.

„Und nun muss ich weiter. Einen angenehmen Tag, Mrs. Clare. Auf Wiedersehen, James."

Er trieb den Hengst an und war im Nu verschwunden. Amanda wagte nicht, sich nach ihm umzudrehen, und murmelte: „Wie peinlich!"

„Ich wüsste gern, warum er derart hastig fortgeritten ist", erwiderte James irritiert. „Ihre ... Pardon! ... etwas ungeschickte Äußerung war doch kein Grund, so heftig zu reagieren. Oder steckt etwas anderes dahinter? Ist es zwischen Ihnen und ihm zu einem Zerwürfnis gekommen? Das täte mir sehr leid. Sie müssen es mir nur sagen, wenn ich vermitteln soll."

„Oh nein!", rief Amanda bestürzt aus. „Das wäre mir unangenehm. Ihr Freund und ich hatten lediglich eine kleine Meinungsverschiedenheit." Unvermittelt begriff sie, warum Jared ihr so barsch über den Mund gefahren war. Offenbar hatte er vermeiden wollen, ihr zu sagen, wo Miss Poste sich in den nächsten Tagen befinden würde. Vielleicht hoffte er, sie würde ihr nicht einmal durch Zufall begegnen, sodass sich für sie keine Gelegenheit ergab, ihr gegenüber anzudeuten, er habe mit ihr, Amanda, geflirtet. Falls ihre Vermutung zutraf, kam sein Verhalten einer Beleidigung gleich, denn dadurch gab er zu erkennen, dass er sie für indiskret hielt. Möglicherweise befürchtete er sogar, sie würde Miss Poste aus Rachsucht verraten, dass sie von ihm geküsst worden war. Dieser Gedanke erschütterte sie noch mehr, denn nach der gemeinsam verbrachten Zeit hätte Jared sie eigentlich gut genug kennen und wissen müssen, dass sie sich niemals so schäbig verhalten würde.

„Welche Richtung soll ich einschlagen, Sir?" fragte sie bedrückt, als sie kurz vor einer Kreuzung von zwei breiten Alleen war. „Oder möchten Sie die Zügel wieder übernehmen?" Sie war erstaunt, wie gelassen sie geklungen hatte, und noch mehr verwunderte es sie, dass sie im Stande war, die Hände ruhig zu halten.

„Ich werde kutschieren", antwortete James, ergriff die Stränge und nahm ihr die Peitsche ab.

Sie lehnte sich zurück, während er die Pferde zum Ausgang des Hyde Parks lenkte. „Ist nur Ihre Mutter in der Stadt, oder wird sie von Ihrer Schwester begleitet?" erkundigte sie sich beiläufig.

„Elizabeth ist ebenfalls hier", sagte James. „Sie ist jetzt siebzehn Jahre alt und wird von meiner Mutter hin und wieder zu ausgewählten Anlässen mitgenommen, damit sie lernt, sich vor ihrem Debüt in der nächsten Saison auf gesellschaftlichem Parkett zu bewegen."

„Wie vernünftig", befand Amanda. „Ich wünschte, ich hätte diese Möglichkeit gehabt. Ich war schrecklich unerfahren und wusste nicht, wie ich mich im Kreis der Erwachsenen verhalten sollte. Vor allem hat es mich schrecklich irritiert, dass die Debütantinnen von den Herren so unverhohlen neugierig begutachtet wurden. Noch schlimmer waren in meinen Augen jedoch die zahlreichen Mütter, Tanten oder sonstigen Aufsichtspersonen, die eine junge Dame unter die Haube zu bringen hatten. Für sie war jede andere eine Rivalin ihres Schützlings, an der sie vermutlich kein gutes Haar ließen. Man kam sich vor wie auf einem öffentlichen Markt, wo die Verkäufer die von anderen Anbietern feilgehaltenen Waren abschätzen und überlegen, ob sie im Preis heruntergehen müssen."

James lachte schallend auf und sagte grinsend: „Das muss ich meiner Mutter erzählen."

„Oh, bitte nicht!", entgegnete Amanda bestürzt. „Ich möchte nicht, dass sie sich angesprochen fühlt!"

Amanda war sehr von dem im klassizistischen Stil errichteten Eckgebäude beeindruckt, in dem Lord Oughton am Cavendish Square residierte. Elegant livrierte Diener eilten herbei, von denen einer ihm die Zügel des Gespanns abnahm und zwei andere Amanda auf die Straße halfen. Seine Lordschaft geleitete Amanda ins Haus, wo sie von einem Würde und Gelassenheit ausstrahlenden Butler in Empfang genommen wurden, der ihr den Mantel abnahm, während der Viscount einem Lakaien Hut und Handschuhe übergab.

„Meine Mutter besteht darauf, die Hälfte unseres Personals vom Land mitzubringen“, erklärte James amüsiert. „Natürlich haben die meisten Angestellten hier nicht sehr viel zu tun. Sie lässt sich jedoch nicht umstimmen. Wenn Sie sich mir bitte anschließen würden“, forderte er dann Mrs. Clare auf und begab sich mit ihr in die Beletage. Galant hielt er ihr die Tür zum Gesellschaftszimmer auf, ließ ihr den Vortritt und folgte ihr dann.

Er machte seine Mutter und seine Schwester mit ihr bekannt, und Amanda fand beide sofort sympathisch. Lady Oughton war sehr freundlich, und auch ihre Tochter hinterließ einen umgänglichen, liebenswürdigen Eindruck.

„Darf ich fragen, was Sie in die Stadt geführt hat, Mrs. Clare?“ erkundigte sich Ihre Ladyschaft.

„Ich bin zum Einkaufen hier, und außerdem habe ich ein Vorstellungsgespräch mit einer jungen Frau gehabt, die ich als Zofe engagieren werde“, erklärte Amanda. „Sobald ich alles erledigt habe, kehre ich nach Haus zurück, vermutlich schon in wenigen Tagen.“

„Warten dort dringende Verpflichtungen auf Sie?“

„Nein.“

„Nun, wenn dem so ist, könnten Sie doch wie meine Tochter und ich den Sommer in Brighton verbringen“, schlug Lady Oughton vor. „Wir wollen am Wochenende aufbrechen.“

„Oh, das ist ein guter Einfall“, schaltete Elizabeth sich eifrig ein. „Meine Mutter hat in Brighton ein sehr repräsentatives Domizil gemietet."

„Die Versuchung ist groß", gestand Amanda überrascht. „In der Kürze der Zeit würde ich indes kein passendes Haus finden, und in einem Hotel möchte ich nicht wohnen."

„Oh, wie der Zufall es will, kann ich Ihnen in dieser Hinsicht behilflich sein", äußerte Lady Oughton erfreut. „Ursprünglich wollte meine Schwester mit ihren Kindern ebenfalls in Brighton sein, doch leider sind die Kleinen krank geworden, sodass sie abgesagt hat. Daher ist das von mir für sie angemietete, neben unserem liegende Anwesen noch frei. Wenn Sie es haben wollen, muss ich dem Makler nicht mitteilen, dass er anderweitig darüber verfügen kann."

„Du überrumpelst Mrs. Clare, Mama!", warf James leicht vorwurfsvoll ein.

„Nun, der Vorschlag kam tatsächlich etwas plötzlich", räumte Amanda lächelnd ein, „aber ich finde ihn ausgezeichnet." In Brighton würde sie zumindest mehr Abwechslung als in Upper Glaven Hall haben.

„Gut, dann ist die Sache abgemacht", erwiderte Lady Oughton zufrieden. „Läute bitte, Elizabeth. Ich möchte Mrs. Clare den Mietvertrag zeigen, damit sie ihn lesen kann."

„Ach, das ist nicht notwendig", entgegnete Amanda. „Wenn die Bedingungen für Sie akzeptabel waren, werden sie das auch für mich sein."

Die Fahrt nach Brighton verlief ohne störende Ereignisse. Lady Oughton und ihre Tochter reisten in einer Berline, gefolgt vom Landauer, in dem Amanda mit Jane saß, zwei Kutschen mit dem Gepäck und den Bediensteten Ihrer Ladyschaft, dem Viscount, der das Gespann seines Phaetons lenkte, sowie einem berittenen Lakaien, der ein weiteres Pferd am Zügel mitführte.

Natürlich erregte man überall großes Aufsehen, sodass Jane, als man in einer Posthalterei Station machte, belustigt äußerte: „Ich komme mir wie das Mitglied eines Wanderzirkus oder einer fahrenden Schauspieltruppe vor!"

„Wir sind nicht die Einzigen, die mit so vielen Wagen unterwegs sind", meinte Amanda und zeigte auf eine Reihe von Fahrzeugen, die gerade am Platz der Umspannstelle vorbeirollten, und erstarrte innerlich, weil sie glaubte, Jared gesehen zu haben. Seit der Begegnung mit ihm im Hyde Park wähnte sie ständig, ihn irgendwo zu erblicken, nur um jedes Mal festzustellen, dass sie sich getäuscht hatte. Sie beruhigte sich mit dem Gedanken, sie müsse sich erneut geirrt haben, denn schließlich gab es viele rotbraune Pferde, mit denen sie Jareds Hengst verwechseln konnte.

8. KAPITEL

Die beiden herrschaftlichen, in der Marine Street stehenden Häuser waren tatsächlich so ansprechend, wie der Makler Lady Oughton versichert hatte. Amanda fand nichts an dem von ihr gemieteten zweistöckigen Gebäude auszusetzen. Vom zur Straße hin gelegenen Großen Salon aus hatte man eine herrliche Aussicht aufs Meer, und es gab genügend elegant eingerichtete Aufenthaltsräume sowie vier Schlafzimmer. Im Preis eingeschlossen waren die Dienste der im Haus wohnenden Wirtschafterin, die zugleich als Köchin fungierte.

Das einzige Ärgernis war Susan Wilkens. In der Aufregung, ihre Aufgaben möglichst perfekt zu erledigen, machte sie viele Fehler. Wurde sie auf ein Versehen hingewiesen, brach sie in Tränen aus und äußerte schluchzend, sie befürchte, entlassen zu werden. Mehr und mehr griff Amanda daher auf die Dienste von Maria, der Nichte der Wirtschafterin, zurück.

Am Vormittag nach der Ankunft in Brighton machte sie, von Maria begleitet, Lady Oughton die Aufwartung, um sich zu erkundigen, ob die Damen mit ihr spazieren gehen wollten oder ob sie etwas für sie erledigen könne. Zu ihrem Erstaunen erfuhr sie, dass die Herrschaften noch nicht aufgestanden waren. Sie beschloss, zuerst zum königlichen Pavillon zu gehen.

„Oh fein!“, rief Maria entzückt aus. „Ich habe schon viel darüber gehört.“

Es dauerte einige Zeit, bis man die Residenz des Prinzregenten erreichte, da man unterwegs durch viele sehenswürdige Dinge abgelenkt wurde, darunter die Badewagen und die interessanten Auslagen der Geschäfte. Amanda stellte fest, dass die Passanten, vor allem die weiblichen, sie mit anerkennendem Blick musterten, und führte das auf ihr hübsches neues Tageskleid zurück.

Der königliche Pavillon war wirklich erstaunlich, und nachdem man ihn gebührend bewundert hatte, entdeckte Amanda plötzlich ein Tor, das zu den Gartenanlagen führte. Da sich bereits etliche Schaulustige hinter dem schmiedeeisernen Zaun befanden, gesellte sie sich mit Maria zu ihnen, schlenderte gemächlich durch den ausgedehnten Park und sah unvermittelt Jared auf sich zukommen.

Verblüfft blieb er vor ihr stehen, zog grüßend den Hut und äußerte erstaunt: „Guten Tag, Mrs. Clare. Welch unerwartete Überraschung!“

„Guten Tag, Mylord“, erwiderte Amanda kühl und warf einen Blick über die Schulter, um sich zu vergewissern, dass ihre Zofe in der Nähe war.

„Kann es sein, Madam, dass Sie mich verfolgen?“ fragte Jared belustigt.

„Wie bitte?“ Entgeistert sah sie ihn an. „Wie kommen Sie auf diesen absurden Einfall?“

Verärgert über diese Bemerkung, sagte Jared ungehalten: „Dann wüsste ich gern, was Sie in Brighton machen!“

Er hatte ungemein erbost geklungen. Amanda kam der Gedanke, dass er offenbar annahm, sie sei eifersüchtig auf Miss Poste und ihm daher hinterhergereist, um ihn wieder für sich zu gewinnen. „Ich habe zwar nicht den geringsten Anlass, Sir, Ihnen eine Erklärung für meine Anwesenheit zu geben“, entgegnete sie scharf, „muss aber auch kein Geheimnis aus dem Grund machen. Was glauben Sie, weshalb man sich in dieser Stadt aufhält? Ich verbringe einige Tage der Muße hier, und es stört mich nicht im Geringsten, dass Ihnen das nicht genehm zu sein scheint!“

„Wie haben Sie in der Kürze der Zeit eine Unterkunft bekommen?“ wunderte sich Jared. „Sie haben doch, als wir uns in London sahen, nichts davon erwähnt, dass Sie nach Brighton wollen.“

„Sie sind unverschämt aufdringlich, Sir!“, entrüstete sich Amanda, freute sich indes im Stillen darüber, dass er so perplex war. „Sie können schlecht von mir erwarten, dass ich Ihnen alle meine Pläne mitteile!“

„Nein, natürlich nicht“, murmelte er betreten.

„Aber wenn Sie es genau wissen wollen, so ist es mir ein Vergnügen, Ihnen zu sagen, dass Lady Oughton mir bei der Anmietung des neben ihrem Haus liegenden Anwesens behilflich war.“

„Lady Oughton?“ wiederholte Jared verdutzt. „So, so! Das hätte ich mir beinahe denken können!“

„Sie sprechen in Rätseln“, sagte Amanda, wenngleich sie ahnte, was er mit seiner letzten Äußerung meinte. Offenbar war er der Meinung, sein Freund mache ihr den Hof und Ihre Ladyschaft versuche, ihren Sohn dabei zu unterstützen. Nichts war weiter von der Wahrheit entfernt, die Erkenntnis jedoch, dass Jared Eifersucht zeigte, erfüllte sie mit Befriedigung.

„Haben Sie Miss Poste wiedergesehen?“ erkundigte er sich misstrauisch.

„Nein“, antwortete Amanda wahrheitsgemäß und fand es unerträglich, derart von ihm verhört zu werden. Erzürnt schaute sie ihn an und überlegte, wie sie ihn in seinen Schranken weisen könne. „Und ich habe auch nicht das Bedürfnis, ein weiteres Mal mit ihr zusammenzutreffen! Und nun wäre ich Ihnen sehr verbunden, wenn Sie sich verabschiedeten und mich in Ruhe ließen!“

Er machte keine Anstalten, sich zu entfernen. „Eine Frau wie Sie ist mir noch nie begegnet!“, erwiderte er spröde, blickte an Amanda vorbei und sah ihre Zofe angelegentlich eine Statuengruppe betrachten. Er zog Amanda so rasch an sich, dass ihr der Sonnenschirm aus der Hand fiel, neigte sich zu ihr und küsste sie ungestüm.

Sie war leidenschaftlich von ihm geküsst worden, aber nie so hemmungslos begierig. Sich heftig gegen ihn sträubend, stemmte sie ihm die Hände auf die Brust, doch er ließ nicht von ihr ab. Unwillkürlich sah sie ihn in Gedanken nackt dem Meer entsteigen, empfand jäh Verlangen nach ihm und ärgerte sich im nächsten Moment darüber, dass sie noch immer Gefühle für ihn aufbrachte.

Nur widerstrebend löste er sich von ihr und musste einen Augenblick später den Schlag abwehren, den sie ihm ins Gesicht versetzen wollte. Er hielt sie am Arm fest, starrte sie ein Weilchen erregt an und ließ sie dann los.

Brüsk wandte er sich ab und setzte seinen Weg fort. Amanda drehte sich nach ihm um, sah Maria mit dem Rücken zu ihr stehen und atmete erleichtert auf, weil außer ihrer Zofe und Jared niemand sich in der Nähe befand. Hastig rückte sie den verrutschten Hut zurecht, nahm das Taschentuch aus dem Retikül und tupfte sich die erhitzten Wangen ab. Schnell steckte sie es zurück, bemerkte, dass Maria sich umwandte, und unterdrückte den Drang, die Fingerspitzen auf die brennenden Lippen zu legen. Flüchtig schloss sie die Augen und bemühte sich, die Contenance zurückzugewinnen. Sobald die Zofe bei ihr war, sagte sie tadelnd: „Sie sollten nicht trödeln, Maria! Wer weiß, was hätte geschehen können, wenn Sie mich aus den Augen verloren hätten!“

„Es tut mir leid, Madam“, erwiderte Maria zerknirscht. „Ich habe mir nur die Marmorgruppe dort hinter uns angeschaut. Oh!“, fügte sie überrascht hinzu, als sie Mrs. Clares Sonnenschirm auf dem Weg liegen sah, bückte sich geschwind und hob ihn auf. „Ach herrje!“, murmelte sie. „Jetzt ist er staubig.“

„Ich habe ihn hin und her gedreht, und dabei ist er mir aus der Hand gerutscht“, behauptete Amanda so ruhig wie möglich. „Geben Sie ihn mir!“, fügte sie gebieterisch hinzu. „Wir kehren nach Haus zurück, Maria, und ich verlange, dass Sie dicht hinter mir bleiben!"

„Ja, Madam", erwiderte das Mädchen kleinlaut.

Amanda verzichtete darauf, über die Marine Parade zu schlendern, und begab sich auf dem kürzesten Weg heim.

„Brauchen Sie mich noch, Madam?" erkundigte sich Maria, sobald man im Entree war.

„Nein", antwortete Amanda, übergab ihr den Sonnenschirm, den Hut und die Handschuhe und stieg die Treppe zur ersten Etage hinauf.

Jane begegnete ihr im Korridor, sah sie bestürzt an und fragte verwundert: „Was ist geschehen, Amanda? Du machst einen reichlich verstörten Eindruck!"

„Komm mit ins Boudoir", sagte Amanda, ging ihr voran und setzte sich erschöpft in einen Sessel.

Jane schloss hinter sich die Tür, nahm ebenfalls Platz und schaute besorgt die Freundin an.

„Ich habe ... Ja...red getroffen", stammelte Amanda und brach in Tränen aus. „Beim Pa...villon! Er ... er hat sich sehr ... unschön ... zu mir benommen und ... und mich dann ... geküsst! Ich hasse ihn!"

Erschrocken ging Jane zu ihr und strich ihr beruhigend über den Rücken. „Nicht weinen!", sagte sie besänftigend. „So schlimm kann es doch nicht sein!"

„Doch!", widersprach Amanda, zog das Taschentuch hervor und trocknete sich die nassen Wangen ab. „Ich benehme mich so unmöglich wie Kate!", fügte sie schniefend hinzu.

„Was soll das heißen?" fragte Jane bestürzt. „Hast du dich ... Bist du ...?"

„Nein, ich bin nicht guter Hoffnung", antwortete Amanda kopfschüttelnd und schneuzte sich. „Ich wollte damit sagen, dass ich mich jetzt so gehen lasse wie seinerzeit Kate, als sie so fürchterlich heulte."

„Nun erzähl mir doch endlich, was passiert ist!“, äußerte Jane drängend. „Lord Severn hat dich in aller Öffentlichkeit geküsst? Das ist unfassbar! Wie konnte es dazu kommen?“

„Ich bin in den Park des königlichen Pavillons gegangen“, begann Amanda düster, „und dort unversehens Jared begegnet. Er schien nicht erbaut darüber gewesen zu sein, dass ich in Brighton bin. Wir haben uns gestritten, und er wollte wissen, ob ich Miss Poste wiedergesehen habe. Ich weiß nicht, ob sie hier ist, nehme es jedoch an. Jedenfalls habe ich den Eindruck gewonnen, dass es ihm lieber wäre, ich würde die Stadt verlassen.“

„Das kann er nicht von dir erwarten“, warf Jane befremdet ein.

„Ich glaube, er befürchtet, ich könne Miss Poste gegenüber anzügliche Andeutungen machen, falls wir uns über den Weg laufen sollten“, murmelte Amanda. „Wie demütigend, dass der Mann, den ich liebe, mich einer solchen Niedertracht für fähig hält!“

„Vorhin hast du gesagt, du würdest ihn hassen“, hielt Jane der Freundin vor.

„Ich weiß nicht, wie ich jetzt zu ihm stehe“, flüsterte Amanda. „Plötzlich hat er mich an sich gezogen und geküsst ...“

„Hat jemand euch dabei gesehen?“ unterbrach Jane entsetzt.

„Nein, ich glaube nicht“, antwortete Amanda trüb. „Maria war zum Glück ein Stück zurückgeblieben und hat irgendeine Statuengruppe betrachtet, und andere Leute waren nicht auf der Allee, wie ich später feststellte. Ich begreife mich nicht“, setzte sie seufzend hinzu.

„Wie soll ich das verstehen?“

„Ich habe den Kuss genossen“, antwortete Amanda ehrlich, „und ... und ... großes Verlangen nach Jared empfunden.

Ich liebe ihn immer noch, Jane. Es hätte keinen Sinn, das zu verleugnen. Oh, was soll ich tun, wenn ich hier wirklich mit Miss Poste zusammentreffe?"

„Sei so höflich zu ihr, wie es dir möglich ist", riet Jane der Freundin.

„Irgendwie tut sie mir leid", murmelte Amanda. „In meinen Augen ist sie zwar nur ein verzogenes Kind, aber sie hat es nicht verdient, mit diesem alten Mann – ich meine Lord Langham – vermählt zu werden, der, wie Jared einmal sagte, einen so miserablen Ruf hat. Es muss furchtbar für sie sein, dass ihr Vater diese Verbindung unterstützt. Ich frage mich, ob sie niemanden hat, der Partei für sie ergreift."

„Du kannst das doch nicht tun!", äußerte Jane bestürzt. „Dann würdest du nur dazu beitragen, dass sie Lord Severn heiratet."

„Mich will er ja nicht haben", erwiderte Amanda kläglich.

Amanda bemühte sich, so gefasst wie möglich zu wirken, als Lady Oughton ihr unerwartet die Aufwartung machte.

„Sie sehen arg mitgenommen aus, Mrs. Clare", stellte die Viscountess mitleidig fest. „Die Reise hierher hat Sie offensichtlich sehr angestrengt. Sie hätten sich heute Vormittag ausruhen und nicht in die Stadt gehen sollen."

„Ich fühle mich tatsächlich nicht wohl", räumte Amanda ehrlich ein.

„Das mag am Klimawechsel liegen", vermutete Cecile. „Sie können beruhigt sein. Nach einigen Tagen hat man sich an die frische Meeresluft gewöhnt. Und dann wird es Ihnen Freude machen, am geselligen Leben teilzunehmen. Ich werde unsere Namen in den Gästebüchern Seiner königlichen Hoheit und des Kurhauses eintragen. Ich rechne zwar nicht damit, dass wir zum Prinzregenten gebeten werden, aber man kann nie wissen. In jedem Fall möchte ich dafür sorgen, dass man von unserer Anwesenheit hier weiß, um uns so die Möglichkeit zu verschaffen, von anderen in der Stadt weilenden vornehmen Gästen eingeladen zu werden. Natürlich finden hier längst nicht so viele Vergnügungen statt wie in London, und man muss mit den Leuten vorlieb nehmen, die zurzeit da sind."

Lady Oughton und Miss Elizabeth hatten Amanda und ihre Gesellschafterin zu einem Spaziergang in der Stadt abgeholt. Man schlenderte an den Geschäften vorbei, betrachtete die Auslagen und gelangte schließlich an den Strand. Miss Elizabeth äußerte den Wunsch, baden zu gehen, doch ihre Mutter war strikt dagegen.

Unterstützung heischend schaute die junge Dame Mrs. Clare an.

„Es tut mir leid, aber auch ich habe nicht die Absicht, mich im Wasser zu vergnügen", sagte Amanda bedauernd. „Es würde mich sehr stören, von all den Leuten begafft zu werden, vor allem von den vielen Männern, die so tun, als würden sie den Badenden keine Aufmerksamkeit schenken, in Wirklichkeit jedoch ihre Neugier nicht bezähmen können."

„Ach, die Damen sind doch sehr züchtig angezogen", wandte Elizabeth ein, ließ den Blick über die Umgebung schweifen und sah den Bruder sich nähern. Gleich darauf entdeckte sie einen Mann, der in einem Haus hinter einem offenen Fenster stand und das Treiben am Strand durch ein Teleskop beobachtete, und machte ihre Begleiterinnen auf ihn aufmerksam. „Das ist eine Frechheit", äußerte sie entrüstet. „Männer können so unverschämt sein!"

James hatte die letzte Bemerkung verstanden, schloss sich den Damen an und sagte schmunzelnd: „Muss ich jetzt auf dem Absatz kehrtmachen und die Flucht ergreifen?"

„Nein", antwortete Elizabeth lächelnd.

„Aber wenn dein Urteil über Männer so negativ ausfällt ..."

„Natürlich habe ich nichts gegen sie, vorausgesetzt, sie sind so gut erzogen wie du“, erwiderte sie auflachend. „Aber ich finde es empörend zu sehen, wie einige von ihnen hier die Damen mit Blicken belästigen!“

„Das gehört sich tatsächlich nicht“, stimmte James trocken zu und blinzelte Mrs. Clare zu.

„Ich möchte mich etwas ausruhen“, sagte Lady Oughton und ließ sich auf einer Bank nieder.

Da Elizabeth sich zu ihr setzte, reichte James Mrs. Clare den Arm und schlenderte langsam mit ihr weiter. „Elizabeth ist noch sehr unerfahren“, meinte er. „Ich befürchte, sie wird ziemlich schockiert sein, wenn sie merkt, wie keck manche Männer sein können.“

„Ach, ich bin überzeugt, dass sie sich allzu aufdringlicher Verehrer wird erwehren können“, erwiderte Amanda. „Sie versteht es sehr gut, jemanden mit einem strafenden Blick in die Schranken zu weisen.“

„Wie wahr!“, pflichtete James ihr bei. „Oh, da kommt Jared.“

Unwillkürlich versteifte sich Amanda.

„Nanu, haben Sie noch immer ein gespanntes Verhältnis zu ihm?“ wunderte sich James.

„Nein“, behauptete sie und sah Jared mit sehr gemischten Gefühlen entgegen.

Man begrüßte sich, und dann sagte er lächelnd, während man den Weg über die Marine Parade fortsetzte: „Welch glücklicher Zufall, Mrs. Clare, dass wir uns hier begegnen. Ich hatte vor, Sie aufzusuchen, um Sie zu bitten, mit mir eine Ausfahrt in die Umgebung zu unternehmen.“

Zu ihrer großen Überraschung schien er sich über die Begegnung mit ihr zu freuen. „Ich bedauere, Mylord, aber ich bin anderweitig beschäftigt“, erwiderte sie kühl.

„Doch gewiss nicht an jedem Tag“, wandte er ein.

Verunsichert durch seine Nähe, äußerte sie abweisend: „Sie müssen zur Kenntnis nehmen, Sir, dass ich keine Zeit für Sie habe."

Er ließ sich durch ihre Unfreundlichkeit nicht beirren und sagte beharrlich: „Nun, dann sehen wir uns sicher bei irgendeinem Ball oder einem anderen gesellschaftlichen Anlass."

„Das mag sein", räumte sie ein. „Allerdings werde ich dann in Begleitung Ihres Freundes sein."

Erstaunt schaute James sie an und erkundigte sich, um dem Gespräch eine Wende zu geben: „Ist Miss Poste in der Stadt, Jared?"

„Ja", bestätigte er. „Sie und ihr Vater haben ein Haus in der Old Steyne gemietet. Offenbar haben sie vor, länger in Brighton zu bleiben."

„Ist ihr zukünftiger Gatte ebenfalls hier?" fragte Amanda, um Jared zu ärgern.

„Ja", antwortete Jared gleichmütig. „Er hält sich auf seinem nah bei der Stadt gelegenen Landsitz auf. Ich finde es sehr schade, Madam, dass Sie nicht mit mir ausfahren wollen. Können Sie mir nicht verraten …"

„Wollen wir uns nicht zu Ihrer Mutter und Ihrer Schwester gesellen, Lord Oughton?" fiel Amanda Jared rasch ins Wort.

„Entschuldigen Sie mich bitte einen Moment, Madam", erwiderte James und löste sich von ihr. „Ich bin gleich wieder da, Jared", fügte er hinzu und überquerte die Marine Parade.

„Ich muss mit dir reden, Amanda!", sagte Jared eindringlich. „Wann können wir uns in Ruhe unterhalten?"

„Ich sehe nicht den mindesten Anlass, Ihnen Zeit zu widmen", antwortete sie spitz. „Wenn Sie sich für Ihr gestriges Benehmen entschuldigen wollen, können Sie das schriftlich tun!"

„Ich war sehr verärgert, Amanda", gestand Jared, ergriff sie am Arm und zog sie an den Rand der Promenade.

„Das ist kein Grund, mich derart zu attackieren!“, ereiferte sie sich.

„Nein“, räumte Jared ein. „Ich muss dir etwas erklären.“

„Ich bin nicht an Ihren Erklärungen interessiert“, entgegnete sie scharf und wünschte sich, er möge sie endlich in Ruhe lassen. Zu ihrer großen Erleichterung bemerkte sie, dass Lord Oughton mit Mutter und Schwester zu ihr zurückkehrte.

„Oh, wie nett, Sie zu sehen, Severn“, begrüßte die Viscountess ihn lächelnd.

„Guten Tag, die Damen“, erwiderte er höflich und verneigte sich. „Das Vergnügen ist ganz meinerseits.“

Man plauderte eine Weile über das Wetter und gemeinsame in der Stadt weilende Bekannte, doch Amanda sah wiederholt Lady Oughtons prüfenden Blick auf sich gerichtet. Sie ahnte, dass Ihre Ladyschaft sich der Spannung bewusst war, die zwischen ihr und Jared bestand.

„Nehmen Sie auch am heutigen Ball im ‚Alten Schiff‘ teil, Sir?“ erkundigte die Viscountess sich bei Severn.

„Wahrscheinlich“, antwortete er ausweichend.

„Sie und Ihre Gesellschafterin schließen sich uns doch an, nicht wahr?“ wandte Lady Oughton sich an Mrs. Clare.

Widerstrebend nickte Amanda.

Amanda trug das Kleid, das sie zum Dinner in Kelling House angezogen hatte, und auch denselben Schmuck, um Jared dadurch zu zeigen, dass es ihr gleich war, ob er sich an diesen Abend erinnerte oder nicht. In Begleitung Lord Oughtons und seiner Angehörigen betrat sie mit Jane den imposanten, im klassizistischen Stil gehaltenen Ballsaal und schaute sich rasch nach Jared und Miss Poste um. Beide waren jedoch nicht zu sehen. Als sie sich wieder Lord Oughton zuwandte, stellte sie fest, dass dessen Mutter und Schwester in der Menschenmenge verschwunden waren.

„Würden Sie uns einen Moment entschuldigen, Miss Porter?" fragte James höflich. „Ich möchte einen Augenblick mit Mrs. Clare sprechen."

„Selbstverständlich, Mylord", erwiderte Jane höflich.

Er reichte Mrs. Clare den Arm und schlenderte mit ihr am Rand des Ballsaals entlang. Bei einer der wuchtigen Säulen blieb er stehen und sagte: „Ich möchte Sie etwas fragen, Madam, hoffe jedoch, nicht impertinent auf Sie zu wirken."

Erstaunt sah sie ihn an und überlegte, was er auf dem Herzen haben mochte. „Das wird sich zeigen", erwiderte sie lächelnd.

„Ich habe seit einiger Zeit den Eindruck, dass zwischen Ihnen und Jared Unstimmigkeiten bestehen. Sagen Sie es mir bitte, falls er Sie in irgendeiner Weise belästigt hat, damit ich die Sache in Ordnung bringen kann."

Einen Moment lang war Amanda zu verblüfft, um etwas äußern zu können. „Oh bitte, kommen Sie nicht auf den Gedanken, dass Lord Severn mir ungebührliche Avancen gemacht hat", sagte sie dann irritiert. „Zwischen ihm und mir ist es zu einem Missverständnis gekommen, und da beide Seiten uneinsichtig sind, wird es sich nicht beheben lassen. Daran können auch Sie nichts ändern."

„Sollten Sie dennoch eines Tages meine Unterstützung benötigen, so lassen Sie es mich bitte wissen."

„Danke", sagte Amanda freundlich.

„Gehen wir zu unseren Begleitern zurück", schlug James vor und mischte sich mit Mrs. Clare unter die anderen Gäste.

Unvermittelt erblickte sie Jared, der leicht die Augen verengte, als er sie bemerkte. Schließlich entdeckte sie Jane, die sich mit Miss Woodley, einer anderen Frau und Miss Poste unterhielt. Flüchtig überlegte sie, ob sie der Gruppe ausweichen solle, entschloss sich dann jedoch, sich zu den Damen zu gesellen. Sie entschuldigte sich bei Lord Oughton, ging auf Jane zu und behielt dabei Miss Poste im Auge.

„Oh, guten Abend, Mrs. Clare“, begrüßte Diana sie höflich.

„Sie erinnern sich an mich?“ fragte Amanda überrascht. „Das habe ich nicht erwartet.“

„Ich muss Sie nachträglich für mein ungehöriges Benehmen bei unserer ersten Begegnung um Verzeihung bitten“, erwiderte Diana, Verlegenheit heuchelnd.

„Schon gut“, sagte Amanda großmütig.

„Darf ich Sie etwas fragen?“ erkundigte Diana sich und zog Mrs. Clare beiseite.

„Bitte!“

„Mein Vater besteht darauf, dass ich den achtundzwanzig Jahre älteren Lord Langham heirate“, begann Diana zögernd. „Er steht dort drüben neben der Dame in der weißen Balltoilette.“

Amanda blickte in die angegebene Richtung und fand den aufgeschwemmten, verlebten Lord Langham auf Anhieb unsympathisch. „Wenn Sie ihn nicht mögen, sollten Sie sich auch nicht mit ihm vermählen“, riet sie Miss Poste.

„Mein Interesse gilt dem Earl of Severn“, log Diana dreist. „Sie kennen ihn, wie ich mich erinnere.“

„Ja. Lieben Sie ihn?“ überwand Amanda sich zu fragen.

„Ja. Was soll ich nun tun?“

„Erklären Sie die Sachlage Ihrem Vater. Ich könnte mir vorstellen, dass er mehr mit Lord Severn einverstanden ist als mit Lord Langham.“

„Das Gegenteil ist der Fall“, bekannte Diana. „Lord Severn hat ihn in der vergangenen Woche sehr verärgert, und außerdem wird er von Lord Langham irgendwie unter Druck gesetzt.“

„Er kann Sie nicht zwingen, Lord Langham zu heiraten!“

„Vorsicht, Madam!“, äußerte Diana hastig. „Lord Severn kommt zu uns.“

„Guten Abend, die Damen“, begrüßte Jared sie. „Wäre es nicht besser, meine liebe Diana, bei Miss Woodley zu bleiben? Würden Sie mir die Ehre geben, mit mir zu tanzen?“ wandte er sich dann an Mrs. Clare.

Erbost sah Diana ihn an.

„Es war mir ein Vergnügen, Miss Poste“, sagte Amanda höflich. „Nein, Sir“, fügte sie hinzu. „Heute Abend bin ich nicht zum Tanzen aufgelegt.“

„Nun, das lässt sich ändern“, meinte er unbeeindruckt, legte ihr den Arm um die Taille und ergriff ihre rechte Hand.

Ehe sie wusste, wie ihr geschah, hatte er sich mit ihr auf das Parkett bewegt und sie in den Walzerrhythmus gezogen. Sie war genötigt, sich hastig seinen Schritten anzupassen, um nicht zu stolpern. „Sie sind unverschämt, Sir!“, zischte sie ihn an.

„Ich sehe es nicht gern, wenn Sie sich mit Miss Poste unterhalten“, sagte er ernst.

„Sie haben sich soeben sehr ungehörig zu ihr benommen“, tadelte Amanda ihn. „Und nicht nur zu ihr! Wie können Sie es wagen, mich derart anmaßend auf die Tanzfläche zu zerren?“

„Ich habe lediglich vor, mich mit Ihnen zum anderen Ende des Ballsaals zu bewegen und Sie dort Ihrem Verehrer und seiner Mutter zu übergeben“, antwortete Jared gleichmütig.

Amanda verzichtete darauf, ihm zu sagen, dass Lord Oughton und sie nur gute Bekannte waren, da sie nicht gewillt war, ihm weiterhin persönliche Dinge anzuvertrauen.

„Sie leugnen also nicht, dass James Ihnen den Hof macht“, fuhr Jared verstimmt fort. „Alle Achtung! Sie haben ihn sehr schnell für sich eingenommen!“

„Sie vergessen sich, Mylord!“, herrschte Amanda ihn leise an und wünschte sich, er möge sie endlich loslassen und gehen.

Lady Oughton beobachtete Severn und Mrs. Clare und äußerte nach einer Weile trocken: „So also liegen die Dinge, James! Ich kann mich des Eindrucks nicht erwehren, dass dein Freund und Mrs. Clare ein Faible füreinander haben."

„Wie kommst du darauf?" fragte James verdutzt.

„Man müsste blind sein, um das nicht zu sehen", antwortete die Viscountess schmunzelnd. „So, wie die beiden miteinander tanzen, bleibt kein anderer Schluss übrig. Und wie beseligt Mrs. Clare die Augen geschlossen hat!"

„Ich habe von Anfang an geahnt, dass es mehr zwischen den beiden gibt, als auf den ersten Blick zu erkennen ist", murmelte James. „In Holkham Hall habe ich angedeutet, dass Jared an Miss Poste interessiert ist, doch nun hat es den Anschein, dass dieses Gerücht nicht auf Wahrheit beruht. Hoffentlich habe ich mit dieser Bemerkung kein Unheil angerichtet. Gleichviel, wenn das zu Spannungen zwischen Jared und Mrs. Clare geführt haben sollte, müssen beide die Sache unter sich klären. Es hätte keinen Sinn, wenn ich mich einschalte." Er hielt inne, weil der Walzer zu Ende war und er den Freund mit Mrs. Clare auf sich zukommen sah.

Bei Lady Oughton und ihrem Sohn angekommen, verneigte Jared sich vor Mrs. Clare und Ihrer Ladyschaft, lächelte anzüglich James an und mischte sich wieder unter die Ballgäste.

Auch der Viscount entschuldigte sich und verschwand im Gedränge.

„Sie kennen Severn?" fragte Lady Oughton.

„Ja, wir sind uns in Holkham Hall begegnet", antwortete Amanda, da das keine Lüge war.

„Es ist höchste Zeit, dass er eine Familie gründet", meinte die Viscountess und sah sich nach ihrer Tochter um. „Sehen Sie Elizabeth irgendwo?"

Amanda hielt Ausschau nach Miss Elizabeth und bemerkte dabei Jared, der sich angeregt mit der ihn aufmerksam betrachtenden Miss Poste unterhielt, sie nach einem Moment jedoch zu Miss Woodley brachte. Ganz in der Nähe stand Lord Langham, dessen Blick auf Amanda gerichtet war. Sie fand die Art, wie er sie anstarrte, peinlich und wandte rasch das Gesicht ab.

„Ihre Tochter, Madam", sagte sie, „sitzt neben meiner Gesellschafterin. Sie scheint sich jedoch nicht wohl zu fühlen, da sie das Riechfläschen in der Hand hält."

„Ach, herrje!", äußerte Lady Oughton bestürzt und stand auf. „Wahrscheinlich hat sie wieder Migräne. Würden Sie bitte meinem Sohn ausrichten, dass wir nach Haus wollen?"

„Selbstverständlich, Madam", willigte Amanda ein, zwängte sich durch die tanzenden Paare und hielt bei Lord Oughton an. „Pardon, wenn ich störe", sagte sie hastig, „aber Ihre Mutter möchte heimfahren, da Ihre Schwester anscheinend starke Kopfschmerzen bekommen hat."

„Danke, Mrs. Clare", erwiderte er. „Lassen Sie sich dadurch nicht den Abend verderben. Bleiben Sie hier, und amüsieren Sie sich. Ich werde Sie und Miss Porter später abholen."

„Nein, selbstverständlich kommen wir mit Ihnen", widersprach Amanda und fing einen Blick von Jared auf, der sich näherte, dann jedoch stehen blieb und sich brüsk umdrehte. Sie schloss sich dem Viscount an, der zu seiner Mutter und der tatsächlich an einer Migräne leidenden Schwester ging, informierte Jane, dass man heimfahren werde, und verließ mit der kleinen Gruppe das Ballhaus, bemüht, sich den Gefühlsaufruhr nicht anmerken zu lassen, in den sie durch die Begegnung mit Jared geraten war.

„Ich habe dich mit Lord Severn tanzen gesehen", sagte Jane, sobald man sich von Lord Oughton und dessen Angehörigen verabschiedet hatte und auf dem Weg ins Entree war.

„Ja, und?“ fragte Amanda beim Betreten des Hauses.

„Nachdem er mit dir getanzt und sich eine Weile mit Miss Poste unterhalten hatte, ist er in den Spielsalon gegangen. Er scheint sich über irgendetwas geärgert zu haben. Jedenfalls sah er ziemlich wütend aus.“

„Ach ja? Nun, vielleicht war er nicht erfreut, weil ich mich mit Miss Poste unterhalten habe“, erwiderte Amanda und begann, die Treppe hinaufzugehen.

„Welchen Eindruck hast du jetzt von ihr?“ erkundigte sich Jane neugierig.

„Eigenartigerweise war sie nicht so schnippisch wie in London“, antwortete Amanda, machte die Tür zu ihrem Boudoir auf und bat die Freundin hinein. „Im Gegenteil, sie war reichlich vertrauensselig.“

„Oh, hat sie sich über Lord Severn geäußert?“ wollte Jane wissen, während sie die Tür schloss.

„Ja. Sie hat mir erklärt, ihn zu lieben. Ihr Vater besteht jedoch darauf, dass sie Lord Langham heiratet.“

„Das wundert mich“, sagte Jane und setzte sich der Freundin gegenüber in einen Sessel. „Schließlich ist Lord Severn Earl, und Lord Langham nur Baron.“

„Sie hat behauptet, Lord Langham setze ihren Vater unter Druck. Ich fand diese Bemerkung zunächst etwas theatralisch, kann mir jedoch, nachdem ich den Baron gesehen habe, gut vorstellen, dass er zu unschönen Machenschaften greift, um seinen Willen zu bekommen. Er ist, wie Miss Poste mir berichtete, fünfundvierzig Jahre alt und meiner Meinung nach ein liederlicher Mensch. Jedenfalls finde ich ihn sehr verlebt. Unterhalten habe ich mich nicht mit ihm, aber gesehen, wie er mich anschaute, und das allein hat mir einen Schauder verursacht.“

„Willst du wirklich auf Lord Severn verzichten?“

„Was bleibt mir anderes übrig?“ fragte Amanda bedrückt.

„Ich kann ihn doch nicht zwingen, mich zu heiraten, nur weil ich ihn liebe! Miss Poste tut mir leid“, fügte sie seufzend hinzu. „Sie sehnt sich nach Jared, muss sich aber mit diesem grässlichen Baron vermählen.“

„Da ich dich kenne und weiß, wie sehr du dazu neigst, dich einzumischen, rate ich dir gut, das in diesem Fall bleiben zu lassen“, äußerte Jane warnend.

„Ich werde mich hüten“, erwiderte Amanda ernst. „Sei mir nicht böse, Jane, aber ich bin müde und möchte zu Bett gehen“, fügte sie entschuldigend hinzu.

Jane erhob sich, wünschte ihr eine gute Nacht und zog sich in ihr Schlafzimmer zurück.

Amanda hatte von Lady Oughton ein Billett erhalten, in dem Ihre Ladyschaft ihr einen Ausflug entlang der Küste vorschlug.

Nachdem Jane davon gehört hatte, sagte sie begeistert: „Oh ja, lass uns fahren, Amanda! Ich würde gern mehr von der Gegend sehen.“

„Ich bin nicht sonderlich gelaunt“, gestand Amanda. „Außerdem habe ich etliche Briefe zu schreiben. Insbesondere muss ich Mr. Pococke mitteilen, was ich von seinen Vorstellungen halte, neue Abwassergräben anzulegen. Nimm du an dieser Exkursion teil, Jane.“

„Ich finde es schade, wenn du nicht mitkommst“, äußerte Jane bedauernd. „Gewiss verpasst du etwas. Außerdem könntest du deine Post auch nach der Ausfahrt erledigen.“

„Nein, ich habe kein Lust, das Haus zu verlassen“, entgegnete Amanda entschlossen, stand auf und setzte sich an den Schreibtisch.

Kopfschüttelnd ließ Jane sie allein.

Amanda befasste sich mit den zu erledigenden Schreiben, und schließlich war es kurz vor elf Uhr, als sie das an den

Verwalter gerichtete versiegelte. Sie läutete und trug der eine Weile später erscheinenden Zofe auf: „Bringen Sie diese Couverts in die Halle, Susan. Sie müssen unbedingt mit der nächsten Post abgehen. Und dann kommen Sie zurück, ich möchte einen Spaziergang unternehmen."

„Sehr wohl, Madam", erwiderte Susan, knickste und verließ das Boudoir.

Es dauerte nicht lange, bis sie zurückkehrte. Amanda ließ sich von ihr einen hübschen Hut aufsetzen, zog die Handschuhe an und ergriff den Sonnenschirm. Zum Glück hatte Susan endlich ihre Pflichten gelernt, sodass Amanda mit ihr zufrieden war.

Man begab sich ins Freie und schlenderte gemächlich in die Stadt. Hin und wieder blieb Amanda stehen, betrachtete eine Auslage oder die im Meer Badenden und beschloss nach einiger Zeit, nach Haus zu gehen. Sie hatte soeben den Rückweg angetreten, als kurz vor ihr ein Kind hinter einem auf die Straße kullernden Ball herrannte, direkt vor eine in seine Richtung fahrende Kutsche. Die Pferde wurden so jäh gezügelt, dass sie halb auf die Hinterläufe stiegen, und der Wagen kam mit einem gewaltigen Ruck zum Stehen. Eine Frau rannte schreiend hinter dem verstörten Kind her, riss es an sich und brachte es in Sicherheit.

Als Amanda am Wagen vorbeikam, schaute sie flüchtig hinein und sah zu ihrem Erstaunen Miss Poste, die sie ebenfalls bemerkte und mit verzweifelter Miene den Mund bewegte. Amanda bildete sich ein, dass Miss Poste wortlos um Hilfe gerufen hatte, richtete den Blick an ihr vorbei und erkannte Lord Langham. Nur Miss Poste und er befanden sich in der Berline, die plötzlich anfuhr und die Fahrt fortsetzte. Auf dem Dienertritt standen zwei Lakaien, und das Dach war mit Gepäck beladen.

Sogleich wurde Amanda klar, dass der Baron mit Miss Poste die Stadt verließ und sich wahrscheinlich auf seinen Landsitz begab. Vermutlich war Sir Paul Poste eingeweiht und hatte, da er dieser Verbindung zustimmte, keine Einwände erhoben. Erstaunlich war lediglich die Tatsache, dass Miss Poste keine Anstandsdame oder Zofe bei sich hatte. Das ließ darauf schließen, dass doch nicht alles mit rechten Dingen zuging.

Amanda überlegte, wem sie den Vorfall berichten könne. Lady Oughton, ihre Tochter und Jane waren nicht in der Stadt, und der Viscount würde erst in zwei Tagen zurückkehren. Somit blieb nur Lord Severn übrig, von dem Amanda jedoch nicht wusste, wo er residierte. Unvermittelt fiel ihr ein, dass sie sich im Ballhaus nach seiner Adresse erkundigen könne, und sie schlug sogleich die Richtung dorthin ein.

Dort angekommen, bat sie darum, Mr. Yardley sprechen zu können, und wurde von einem Bediensteten ersucht, sich eine Weile zu gedulden. Er begab sich in den hinteren Teil des Gebäudes und kehrte nach einer Weile mit dem Zeremonienmeister zurück.

„Was kann ich für Sie tun, Mrs. Clare?“ erkundigte Mr. Yardley sich freundlich.

„Entschuldigen Sie, Sir, dass ich Sie belästige“, erwiderte sie höflich. „Ich möchte Lord Severn etwas zurückgeben, das er gestern, als wir uns auf der Promenade trafen, verloren hat, weiß jedoch nicht, wie ich ihn erreichen kann. Würden Sie mir bitte seine Anschrift nennen?“

„Hm, eigentlich steht es mir nicht zu ...“

„Es ist sehr dringend, Sir!“, unterbrach Amanda ihn beschwörend.

„Nun gut“, gab er nach, ging zum Stehpult und schrieb die Adresse auf. Dann kehrte er zu Mrs. Clare zurück, überreichte ihr das Blatt Papier und sagte: „Ich hoffe, ich konnte Ihnen dienlich sein, Madam.“

„Ja, danke“, sagte sie erleichtert. „Ich wünsche Ihnen einen angenehmen Tag, Mr. Yardley."

„Auf Wiedersehen, Madam."

Rasch verließ sie mit Susan das Ballhaus, schaute sich die Anschrift an und begab sich unverzüglich in die St. James Street. Es dauerte nicht lange, bis sie das Haus gefunden hatte, in dem Jared wohnte. Hastig stieg sie die Freitreppe hinauf und betätigte den Türklopfer.

Nach kurzem Warten wurde ihr von einem livrierten Diener geöffnet, der sich höflich nach ihrem Begehr erkundigte. „Ich möchte Seine Lordschaft sprechen", antwortete sie ruhig.

„Ich bedauere, Madam, aber er ist nicht daheim und wird auch nicht vor heute Abend zurückerwartet."

„Wissen Sie zufällig, wo ich ihn erreichen kann?"

„Leider nein, Madam. Möchten Sie ihm eine Nachricht hinterlassen?"

„Nein", sagte sie bedrückt. „Auf Wiedersehen." Sie kehrte auf die Straße zurück und grübelte darüber nach, wie sie sich nun verhalten solle. Unversehens entsann sie sich, dass Jared einmal erwähnt hatte, Lord Langhams Landsitz befinde sich in der Nähe von Brighton. Der Schluss lag nahe, dass der Baron mit Miss Poste dorthin gefahren war.

Geschwind begab sie sich nach Haus, ließ die Wirtschafterin zu sich kommen und erkundigte sich so beiläufig wie möglich: „Können Sie mir sagen, wie ich zu Lord Langhams Anwesen komme?"

„Selbstverständlich, Madam", antwortete Mrs. Oates. „Der Baron lebt in Downsmore House, nahe bei Steyning."

„Danke", erwiderte Amanda erleichtert. „Bitte sorgen Sie dafür, dass jemand sofort das Gig aus der Remise holt und anspannt. Ich muss überraschend zu ihm fahren und bin sehr in Eile."

„Wie Sie wünschen, Mrs. Clare", erwiderte die Haushälterin und verließ das Entree.

„Kommen Sie, Susan", befahl Amanda, ging in ihr Ankleidezimmer und ließ sich von der Zofe in ein Reisekleid helfen. Den Gedanken, Jared zu schreiben, was sich ereignet und wohin sie sich begeben hatte, verwarf sie, weil sie vom Butler wusste, Seine Lordschaft werde nicht vor dem Abend zurückerwartet.

„Es wird Sie wundern, dass ich Sie nicht mitnehme", wandte sie sich an die Zofe. „Aber es kann sein, dass ich mit einer jungen Dame zurückkomme, und dann wäre nicht genügend Platz in der Kutsche. Und da es sich um eine delikate Angelegenheit handelt, muss ich auch auf einen Stallknecht verzichten, weil ich nicht möchte, dass später über die Sache getuschelt wird."

„Ich verstehe, Madam", erwiderte Susan, fand es indes nicht richtig, dass Mrs. Clare allein fortfahren wollte.

„Ich rechne damit, zum Abendessen wieder hier zu sein", erklärte Amanda, zog die Handschuhe an und drapierte den Hutschleier vor dem Gesicht.

„Gute Fahrt, Madam", sagte Susan höflich, knickste und hielt Mrs. Clare die Tür auf.

Amanda verließ das Zimmer und ging zu dem wartenden Einspänner. Den Rock raffend, stieg sie ein, setzte sich und ergriff die auf dem Sitz liegende Reitpeitsche. Sie trieb den Braunen an und ärgerte sich darüber, nicht so schnell voranzukommen, wie sie sich das wünschte, weil sie Rücksicht auf den Straßenverkehr nehmen musste. Sobald sie jedoch die letzten Häuser von Brighton hinter sich hatte, hielt sie das Pferd zu scharfem Trab an.

9. KAPITEL

In Shoreham-by-the-Sea war Amanda von der Küste abgebogen und hatte die ins Landesinnere nach Steyning führende Straße genommen. Nachdem sie den Fluss überquert hatte und sich dem kleinen Ort näherte, hielt sie es für ratsamer, sich beim ersten Gehöft nach Downsmore House zu erkundigen. Zum Glück sah sie bald ein Gasthaus vor sich, brachte das Pferd vor dem Eingang zum Stehen und stieg aus. Beim Betreten der Wirtschaft sah sie einen älteren Mann aus einem Zimmer kommen und sie eigenartig anschauen. Verständlicherweise wunderte er sich darüber, eine unbegleitete Dame zu sehen.

„Einen Moment bitte, Sir!“, rief sie ihm zu, als er den Gang hinuntergehen wollte.

„Sie wünschen, Madam?“ erkundigte er sich und sah sie abschätzig an.

„Können Sie mir erklären, wie ich nach Downsmore House komme?“ fragte sie höflich.

Einen Moment lang musterte er sie geringschätzig und nahm an, dass es sich wieder um eine der liederlichen Frauenspersonen handelte, die so oft bei Seiner Lordschaft zu Besuch waren. „Ja“, antwortete er und verzog abfällig die Lippen. „Ich nehme an, Sie sind mit einer Kutsche hier, nicht wahr?“

„Ja“, bestätigte Amanda ungeduldig.

„Fahren Sie durch den Ort in Richtung West Grinstead. Sie können Lord Langhams Besitz nicht verfehlen, da er an der Straße liegt.“

Amanda bedankte sich, warf einen Blick auf die Standuhr und stellte fest, dass es kurz vor drei Uhr war. Rasch verließ sie die Wirtschaft, setzte die Reise fort und gelangte nach einiger Zeit an ein langes, schmiedeeisernes Gitter, das einen weitläufigen Park umfriedete. Sie zügelte das Pferd, ließ es im Trott gehen und entdeckte eine Weile später die Zufahrt. Zu ihrer Enttäuschung war das Doppeltor geschlossen. Noch überlegend, ob sie laut rufen solle, bemerkte sie jemanden hinter einer Fensterscheibe des Torhauses und sah einige Augenblicke später einen Mann erscheinen, der den Seitendurchlass öffnete und zu ihr kam.

„Was kann ich für Sie tun, Madam?" fragte er und schaute sie neugierig an.

„Ist Seine Lordschaft daheim?" wollte sie wissen.

„Ja, Madam. Er ist heute aus Brighton zurückgekehrt. Ich weiß jedoch nicht, ob er zu sprechen ist."

„Das lassen Sie meine Sorge sein", erwiderte Amanda schnippisch. „Wenn Sie die Güte hätten, mir das Tor aufzumachen!" Nervös harrte sie aus, bis der Mann ihrem Ansinnen entsprochen hatte, und trieb dann das Pferd an. Erst jetzt wurde ihr klar, dass es höchste Zeit war, Lord Langham ohne jede Begleitung aufzusuchen.

Die Allee führte geradewegs auf das Herrenhaus zu, und voller Unbehagen hielt Amanda vor dem prunkvollen Portal an. Sie legte die Reitpeitsche neben sich auf den Sitz, betrachtete die imposante Fassade und überlegte noch, wie sie ihre Anwesenheit am besten erklären könne, als plötzlich neben ihr ein Bediensteter erschien und ihr aus dem Gig half.

Sie wollte ihm mitteilen, er solle den Wagen nicht fortfahren, da sie nicht lange bleiben würde, doch er hatte sich bereits auf den Kutschbock geschwungen und das Pferd angetrieben. Verwirrt blickte sie hinter ihm her, wandte sich dann der Treppe zu und nahm, während sie die Stufen zum Haupteingang hinaufstieg, ein Visitenkärtchen aus dem Retikül. Sie hatte das Portal soeben erreicht, als eine Hälfte der Doppeltür von einem älteren livrierten Diener geöffnet wurde.

„Sie wünschen, Madam?" fragte er freundlich.

„Wenn ich richtig informiert bin, ist zurzeit Miss Poste bei Seiner Lordschaft zu Gast“, antwortete Amanda und überreichte dem Angestellten ihre Visitenkarte. „Ich muss Miss Poste einer dringenden Angelegenheit wegen sprechen. Es ist nicht nötig, Seine Lordschaft zu behelligen“, fügte sie rasch hinzu.

„Bitte treten Sie ein, Mrs. Clare“, erwiderte Barton höflich, ließ ihr den Vortritt und schloss dann die Tür. „Wenn Sie mir folgen würden“, setzte er hinzu, ging zum Empfangssalon und bat sie hinein.

Sie schaute sich in dem mit großem Luxus eingerichteten Raum um, wurde jedoch bald abgelenkt, weil der Butler zurückkehrte.

„Miss Poste lässt Ihnen ausrichten, Mrs. Clare, sie würde Sie in ihrem Zimmer empfangen“, verkündete er.

Erstaunt hob Amanda die Augenbrauen, schloss sich jedoch bereitwillig dem Diener an, der sie in die Beletage und einen langen Korridor entlangführte. Vor einer mit goldenen Schnitzereien verzierten Tür blieb er stehen, klopfte an und betrat einen Moment später den Raum.

„Mrs. Clare, Madam“, sagte er würdevoll.

„Ich lasse bitten“, hörte sie Miss Poste erwidern und ging am Butler vorbei in den lichtdurchfluteten Salon. Zu ihrer größten Verblüffung lächelte Miss Poste in einer Weise, die ihr beinahe triumphierend vorkam.

„Ich wusste, dass ich Recht behalten würde!“, äußerte Diana zufrieden, als sie sich aus dem Fauteuil erhob.

„Wie darf ich das verstehen?“ wunderte sich Amanda.

„Ich habe zu Robert gesagt, Sie würden ganz bestimmt auf die Komödie hereinfallen.“

„Komödie?“ wiederholte Amanda verständnislos.

„Natürlich bin ich freiwillig hier!“, sagte Diana erheitert.

„Tatsächlich?“ fragte Amanda verdutzt. „Dann wüsste ich

gern, warum Sie, als ich Sie in Lord Langhams Berline sah, ein so verzweifeltes Gesicht gemacht haben."

„Ich wollte Sie an der Nase herumführen", erklärte Diana auflachend. „Und das ist mir gelungen, wie man sieht!"

Amanda fühlte die Siedehitze in sich aufsteigen, schaute zornig Miss Poste an und äußerte, um Fassung ringend: „Verzeihen Sie, aber ich habe nicht das geringste Verständnis für Ihr albernes Verhalten, Miss Poste! Erst vertrauen Sie mir an, Sie liebten Lord Severn ..."

„Ach, das war nur so dahingesagt", unterbrach Diana belustigt. „Es hat mir Spaß gemacht, Sie zu ärgern. Das war alles. Er glaubt, Mamas wegen das Recht zu haben, mir Vorhaltungen zu machen, aber ich bin es leid, mir seine Tiraden anhören zu müssen. Mich verbindet nicht das Geringste mit ihm. Ich werde Robert heiraten!"

„Noch hätten Sie die Zeit, sich eines anderen zu besinnen, Miss Poste", erwiderte Amanda eindringlich. „Ich kann Sie in meiner Kutsche zu Ihrem Vater bringen."

„Ich habe nicht die Absicht, mich Ihnen anzuschließen!", äußerte Diana kopfschüttelnd.

„Denken Sie an Ihren guten Ruf und daran, dass Lord Langhams nicht der beste ist", wandte Amanda ein. „Und finden Sie nicht, dass Sie für die Ehe noch sehr jung sind? Wollen Sie wirklich einen so viel älteren Mann heiraten?"

Diana hielt es für überflüssig, Mrs. Clare eine Antwort zu geben.

„Ich bin überzeugt, Sie haben nicht gründlich genug über diesen Schritt nachgedacht", fuhr Amanda fort. „Es gibt Dinge in einer Ehe, die Sie ..."

„Ach, lassen Sie das doch bitte!", fiel Diana ihr ungeduldig ins Wort. „Sie langweilen mich mit Ihren Einwänden! Wenn Sie es so genau wissen wollen, Robert ist ein wunderbarer Liebhaber!"

„Wie bitte?“ fragte Amanda fassungslos.

„Ich bin Ihnen keine Rechenschaft schuldig!“, ereiferte sich Diana. „Gehen Sie endlich!“

Entgeistert starrte Amanda sie an und murmelte: „Ich bin erschüttert, Miss Poste!“

„Das beeindruckt mich nicht im Mindesten“, erwiderte Diana gleichgültig.

Amanda hörte die Tür hinter sich aufgehen, drehte sich neugierig um und sah Lord Langham das Boudoir betreten.

„Oh, wen haben wir denn hier?“ fragte er erstaunt. „Ich erinnere mich zwar nicht, Madam, Sie eingeladen zu haben, doch da Sie schon hier sind, können Sie sich gern heute Abend an unserer … nun, nennen wir es eine kleine Lustbarkeit … beteiligen.“

Sie ahnte, worauf er anspielte, und begann, sich zu ängstigen. „Gehen Sie mir aus dem Weg, Sir!“, herrschte sie ihn an und wollte an ihm vorbeieilen.

Er vertrat ihr den Weg und entgegnete: „Warum so eilig, Madam? Bleiben Sie bis morgen, und amüsieren Sie sich mit uns. Ich habe etliche Leute zu mir gebeten, die Dianas und meine Interessen teilen. Ich bin überzeugt, Sie werden unsere Gesellschaft sehr prickelnd finden.“

„Gehen Sie mir aus dem Weg, Sir!“, wiederholte Amanda scharf.

„Ich bin nicht der Meinung, Madam, dass Sie mein gastliches Haus schon jetzt verlassen sollten“, äußerte er belustigt.

„Das ist Freiheitsberaubung!“, empörte sie sich.

Er zuckte nur achtlos mit den Schultern.

„Ich werde Sie belangen lassen“, fuhr sie erregt fort. „Sie können mich nicht gegen meinen Willen hier festhalten!“

„Sie sind freiwillig hergekommen und aus freien Stücken geblieben“, sagte Robert kühl. „Dafür werden sich hinreichend Zeugen finden lassen, zum Beispiel mein Torhüter und mein Butler, ganz abgesehen von den Menschen, bei denen Sie sich nach dem Weg zu mir erkundigt haben. Also kann von Freiheitsberaubung nicht die Rede sein! Im Übrigen kann ich mir nicht vorstellen, dass Sie Mittelpunkt eines für Sie höchst peinlichen Skandals sein wollen, den es zweifellos gibt, wenn Sie behaupten, ich hätte Sie daran gehindert, mein Haus zu verlassen. Fügen Sie sich daher. Komm, Diana", setzte er lächelnd hinzu, nahm sie, sobald sie bei ihm war, bei der Hand und verließ ungerührt den Salon.

Einen Moment später hörte Amanda den Schlüssel sich im Schloss drehen, lief entsetzt durch die Verbindungstür ins angrenzende Schlafzimmer und fand auch die dortige Tür zum Korridor verschlossen vor. Von Furcht getrieben, hastete sie ins Ankleidekabinett und stellte fest, dass sie auch von hier nicht mehr in den Flur gelangen konnte. Der Angstschweiß brach ihr aus, und verzweifelt ging sie zum Fenster, sah jedoch sofort, dass sie sich schwer verletzen würde, falls sie in die Tiefe sprang.

Sie ermahnte sich, klar und logisch zu denken, und sagte sich, dass man sie suchen würde, wenn sie daheim nicht zum Abendessen erschien. Zum Glück hatte sie erwähnt, wohin sie wollte, sodass man sie mühelos aufspüren konnte.

Lärm und Stimmen drangen zu ihr herauf, offenbar von eintreffenden Gästen. Suchend schaute sie sich nach einer geeigneten Waffe um, fand nichts Passendes in der Garderobe und strebte ins Boudoir zurück. Ihr Blick fiel auf die Schreibtischgarnitur. Hastig nahm sie das Federmesser an sich und versteckte es geschwind in der Gürteltasche. Dann ging sie zum Fenster, blickte hinaus und stellte fest, dass der Salon zum Haupteingang hin lag. Im gleichen Moment bemerkte sie zu ihrer größten Überraschung Jared, der sich dem Portal näherte, und murmelte erleichtert: „Dem Himmel sei Dank!"

Sie pochte an die Scheibe, um ihn auf sich aufmerksam zu

machen, doch er verschwand unter dem Portikus, ohne sie bemerkt zu haben.

Erschöpft ließ sie sich in einen Sessel fallen und erkannte jäh, dass Jared nichts von ihrer Anwesenheit im Haus wissen konnte. Folglich musste er von Lord Langham eingeladen worden sein, und das ließ nur den Schluss zu, dass er an dessen schändlichem Treiben beteiligt sein würde.

Unvermittelt vernahm sie, dass jemand die Tür zum Korridor aufschloss, sprang auf und gelangte noch rechtzeitig dahinter, sodass derjenige, der in den Salon gekommen war, sie nicht sofort sehen konnte. Sie hielt den Atem an, als die Tür geschlossen wurde, und meinte, den Augen nicht trauen zu können, als sie Jared erblickte. Froh, ihn zu sehen, lief sie zu ihm und rief halb schluchzend aus: „Jared!“

Schnell drehte er sich zu ihr um, schloss sie in die Arme und versuchte, sie zu besänftigen.

„Was machst du … wieso sind Sie hier?“ flüsterte sie.

„Ich habe Sie gesucht“, antwortete er leise. „Beruhigen Sie sich! Sie sind in Sicherheit!“

„In Sicherheit?“ wiederholte sie fassungslos. „In diesem Haus bin ich nicht sicher! Bringen Sie mich bitte fort. Und wie kommt es, dass Sie mich hier vermutet haben?“

„Als ich heimkehrte, erfuhr ich, dass eine Dame nach mir gefragt hatte. Der Beschreibung nach konnten nur Sie das gewesen sein. Da mein Butler den Eindruck gewonnen hatte, dass Sie aufgeregt waren, bin ich zu Ihrem Haus geritten und habe dort von Ihrer Zofe erfahren, Sie seien zu Langham gefahren. Als ich hier war und das Haus betreten wollte, hörte ich eine Scheibe klirren und nahm, ehe mir durch den Portikus die Sicht auf die Fassade geraubt wurde, flüchtig eine weibliche Gestalt wahr, die Ähnlichkeit mit Ihnen hatte. Da Langhams Dienstboten mich kennen, haben sie mich nicht weiter beachtet, weil sie mit den anderen Gästen zu beschäftigt sind.

Daher konnte ich mich unbemerkt in die erste Etage begeben und wollte den Raum betreten, in dem ich die Frau bemerkt hatte. Zu meinem Erstaunen war er versperrt, ein Umstand, der mich in dem Verdacht bestärkte, dass Sie hier eingeschlossen sind. Hat Langham Sie belästigt?"

„Nein", antwortete Amanda und schmiegte sich Schutz suchend an Jared. „Er hat nur in sehr rüder Weise mit mir geredet und angedeutet, ich müsse mich seinen Wünschen fügen."

„Dafür ziehe ich ihn zur Rechenschaft!", sagte Jared gepresst.

„Nein, bitte nicht!", flehte Amanda. „Ich möchte nicht in einen Skandal verwickelt werden. Etliche Leute wissen nämlich, dass ich hier bin, weil ich mich bei ihnen nach dem Weg erkundigt habe. Es ist also bekannt, dass ich freiwillig hergekommen bin." Amanda hielt inne und überlegte, wie sie Jared berichten solle, dass seine Angebetete im Haus war. „Ich weiß nicht, Sir, wie ich es Ihnen sagen soll", begann sie zögernd, „aber Miss Poste ist ebenfalls hier. Und ihren Äußerungen zufolge ist sie ... Lord Langhams ... Mätresse. Ich bedauere, Ihnen mitteilen zu müssen, dass sie auf mich sehr ... verdorben gewirkt hat."

„Das wundert mich nicht", murmelte Jared düster. „Das liegt an ihrer Erziehung. Und daher war ich auch nicht erstaunt, als sie sich mit Langham eingelassen hat."

„Das wussten Sie?" fragte Amanda überrascht.

„Ja, das war mir seit Monaten bekannt", räumte Jared ein. „Ihrer Mutter zuliebe habe ich jedoch versucht, sie auf den rechten Weg zu bringen."

„Ihrer Mutter wegen?" wiederholte Amanda verwirrt. „Sie hat erwähnt, dass Sie ihrer Mutter wegen das Recht zu haben glauben, ihr Vorhaltungen machen zu dürfen, sie es jedoch leid sei, sich Ihre Tiraden anhören zu müssen. Ich verstehe den Zusammenhang nicht."

„Er ist schnell erläutert", erwiderte Jared. „Sie erinnern sich vielleicht, dass ich mich, nachdem Sie mir von Ihrer Ehe mit einem sehr viel älteren Mann erzählt hatten, plötzlich an eine Frau erinnerte und sehr ärgerlich war. Das war Dianas verstorbene Mutter, meine vier Jahre ältere Großcousine, die Clarissa hieß. Zunächst war sie für mich wie eine größere Schwester, doch irgendwann habe ich mich in sie verliebt. Mit den Jahren habe ich begriffen, dass meine Gefühle für sie nur eine Jugendschwärmerei waren, aber damals litt ich schrecklich darunter, dass sie heiraten sollte, und zwar Sir Paul, dessen Gattin unter ungeklärten Umständen ums Leben gekommen war. Sie war von ihrem Vater, der finanzielle Schwierigkeiten hatte, förmlich an diesen Frauenhelden verschachert worden. Für einen Dreizehnjährigen, der sie verehrte und vergötterte, war es nicht verständlich, dass ihm ein Mann vorgezogen wurde, um dessen Ruf es nicht zum Besten stand. Und als ich vor Monaten merkte, dass Sir Paul entschlossen war, seine Tochter Langham, diesem Wüstling, zu geben, habe ich alles versucht, um diese Ehe zu unterbinden."

„Ich war der Ansicht, das Interesse, das Sie an Miss Poste nehmen, beruhe darauf, dass Sie sie heiraten wollen. Zumindest hat Lord Oughton mir gegenüber eine diesbezügliche Bemerkung gemacht."

„Jetzt ist mir klar, warum Sie sich in Holkham Hall plötzlich so distanziert zu mir benommen haben", äußerte Jared in jähem Erkennen. „Nun, er kann sich auf etwas gefasst machen! Ich habe wirklich nicht damit gerechnet, dass er aus Eigennutz so schäbig sein könnte."

„Aus Eigennutz?" Irritiert schaute Amanda Jared an. „Sie erliegen einem Irrtum, Sir. Ihr Freund macht mir nicht den Hof. Wir sind lediglich gute Bekannte. Er ist wirklich davon überzeugt, dass Sie sich mit dem Gedanken tragen, sich mit

Miss Poste zu vermählen.“

„Ich frage mich, was ihn auf diesen Einfall gebracht haben kann“, erwiderte Jared kopfschüttelnd. „Kommen Sie, wir müssen fort! Bleiben Sie bitte dicht hinter mir“, fügte er hinzu, ging zur Tür und öffnete sie einen Spalt. Er lugte in den Korridor, fand ihn leer vor und bedeutete Amanda, ihm zu folgen. „Wir müssen uns sputen“, flüsterte er und horchte angestrengt. Gelächter und Stimmengewirr drangen aus anderen am Gang liegenden Zimmern zu ihm. „Falls wir in der Halle auf jemanden vom Personal stoßen sollten, werde ich behaupten, ich würde nur einen kleinen Spaziergang mit Ihnen machen. Hoffentlich fällt man darauf herein!“ Rasch verschloss er die Tür, ließ den Schlüssel stecken, damit Amandas Verschwinden nicht sofort auffiel, und hastete zur Treppe. Vorsichtig spähte er ins Parterre und sah zum Glück keinen Bediensteten. „Schnell!“, raunte er Amanda zu und stürmte die Stufen hinunter.

Die Röcke raffend, eilte sie hinter ihm her und huschte durch das leere Vestibül.

So gelassen wie möglich hielt er ihr eine Hälfte des Portals auf und begab sich mit ihr ins Freie. „Meine Kutsche steht an der anderen Seite des Parks“, raunte er Amanda zu und reichte ihr den Arm.

Sie hängte sich bei ihm ein und erwiderte leise, während man zum rückwärtigen Teil des Anwesens schlenderte: „Mein Gig ist vermutlich auf dem Sattelplatz.“

Sich verstohlen vergewissernd, dass niemand ihnen folgte, hielt Jared gemächlich auf einen Seitenweg zu, wo sie durch eine hohe Buchsbaumhecke der Sicht vom Haus her entzogen sein würden. Kaum hatte er sie erreicht und war um die Ecke gebogen, sagte er eindringlich: „Laufen Sie jetzt so schnell, wie Sie können.“

Amanda ergriff ihn an der Hand und strebte keuchend zu

dem bald am Ende der schmalen Allee sichtbaren Eisengitter, hinter dem sie eine Kalesche und einen sich die Beine vertretenden Lakaien bemerkte.

Jared riss das Törchen auf, half ihr in den Wagen und setzte sich zu ihr, während Hucknall auf den Dienertritt sprang. Er nahm die Zügel an sich, trieb das Gespann an und sagte dann lächelnd: „Jetzt sind wir in Sicherheit!“

„Danke“, flüsterte Amanda erschöpft und lehnte sich bequem zurück.

„Schlafen Sie, wenn Sie können“, riet Jared ihr. „Ich befürchte jedoch, das wird nicht möglich sein, weil ich sehr zügig fahren muss, damit wir Downsmore House rasch hinter uns haben. Sobald wir weit genug entfernt sind, werde ich bei einem Gasthaus halten, wo Sie sich von den Strapazen erholen können.“

Müde schloss Amanda die Augen und bemühte sich, an nichts zu denken. Immer wieder ging ihr jedoch der Gedanke durch den Kopf, dass Jared Miss Poste nicht liebte. Unwillkürlich fragte sie sich, ob er immer noch etwas für sie, Amanda, empfinden mochte. Sie hielt sich vor, das müsse noch der Fall sein, denn schließlich hatte er sie aus Lord Langhams Klauen befreit. Andererseits würde jeder Mann, der wusste, dass eine Frau in Bedrängnis geraten war, versuchen, ihr zu Hilfe zu eilen. Außerdem verhielt Jared sich sehr förmlich und hatte durch nichts zu verstehen gegeben, dass sein Herz ihr gehörte.

Sie bekam Gewissensbisse, weil sie angenommen hatte, er nehme an den anrüchigen Vergnügungen des Barons teil. Es tat ihr leid, dass sie ihn in einem derart falschen Licht gesehen hatte.

Die Chaise rollte mit großer Geschwindigkeit schaukelnd über die Straße, sodass Amanda nicht imstande war, sich zu entspannen. Unversehens verlangsamte der Wagen jedoch das Tempo, und neugierig schlug sie die Lider auf. Ihr Blick fiel auf eine Wirtschaft, die einen recht ansprechenden Eindruck machte.

Jared lenkte die Pferde vor den Haupteingang, hielt sie an und sprang zu Boden. Dann warf er die Zügel dem vom Tritt gestiegenen Lakaien zu, ging zur anderen Seite der Kalesche und half Amanda beim Aussteigen. Galant reichte er ihr den Arm, betrat das Gasthaus und schaute sich suchend um. Im gleichen Moment kam ein korpulenter Mann ins Entree, der sich beflissen verbeugte. „Sind Sie der Wirt?“ erkundigte sich Jared.

„Ja, Sir, der bin ich.“

„Mr. Brownsmith und Gattin“, sagte Jared. „Wir hatten einen Unfall, bei dem unser Gepäck verloren gegangen ist“, log er weiter. „Sie ist sehr mitgenommen und muss sich ausruhen. Ich möchte Zimmer für uns und eine Kammer für meinen Bediensteten.“

„Sehr wohl, Sir“, antwortete Mr. Miller eifrig. „Ich kann Ihnen mein bestes Appartement geben.“

„Gut“, stimmte Jared zu und folgte mit Amanda dem die Treppe hinaufstampfenden Wirt, der vor einer Tür stehen blieb, sie öffnete und sich erneut verbeugte.

„Wenn ich bitten darf, meine Herrschaften“, sagte Mr. Miller höflich. „Möchten Sie etwas essen?“

„Ja“, erwiderte Jared, ließ Amanda den Vortritt und betrat dann den kleinen Wohnraum.

„Es wird nicht lange dauern“, versicherte der Wirt und schloss die Tür.

Abgespannt setzte Amanda sich in einen Sessel.

Jared ging ins Schlafzimmer, holte eine Wolldecke und legte sie ihr fürsorglich über die Knie.

„Danke, Mr. Brownsmith“, äußerte sie mit mattem Lächeln.

„Wie gut, dass mir dieser Name noch rechtzeitig eingefallen ist", sagte er schmunzelnd. „Herein!", fügte er hinzu, weil jemand an die Tür geklopft hatte, und drehte sich um.

Eine ordentlich gekleidete Frau brachte die Mahlzeiten, stellte schweigend das Tablett auf den Esstisch, knickste und wünschte den Herrschaften einen guten Appetit.

Nachdem sie sich zurückgezogen hatte, schenkte Jared Wein in zwei Gläser, reichte eins davon Amanda und sagte eindringlich: „Trinken Sie das, Madam. Das beruhigt die Nerven."

Gehorsam nippte sie am Glas und fand den gut schmeckenden Rotwein belebend.

Jared legte ihr und sich vor und nötigte sie dann, sich zu stärken.

Sie stellte das Glas ab, begann zu essen und hatte unversehens den Eindruck, wieder im „Goldenen Lamm" in Saxthorpe zu sein. Irgendwie kam es ihr so vor, als habe sie einen zweiten Albtraum erlebt, der jetzt zum Glück beendet war.

„Wenn wir mit dem Essen fertig sind, werde ich Hucknall mit einer Nachricht für Miss Porter nach Brighton schicken, damit sie sich nicht länger Sorgen um Sie macht", sagte Jared ruhig. „Ich werde ihr ausrichten lassen, wir würden morgen zurück sein."

„Wir werden die Nacht hier verbringen?" warf Amanda unsicher ein.

„Ja. Die Wirtin wird Ihnen gewiss das dafür Nötigste zur Verfügung stellen können", antwortete Jared.

„Und wo gedenken Sie zu schlafen?" erkundigte Amanda sich misstrauisch.

„Wir haben doch zwei Schlafzimmer", sagte Jared schmunzelnd.

„Ach, richtig. Das hatte ich vergessen." Sie war froh, dass sie nicht auf einem separaten Raum für sich bestehen musste, weil es ihr widerstrebt hätte, Jared zu verstehen zu geben, dass die Situation im „Goldenen Lamm“ sich nicht wiederholen dürfe.

„Es sei denn, du möchtest sparsam sein, mein Schatz, und begnügst dich mit einem gemeinsamen Bett!“, äußerte er amüsiert, stand auf und ging zu ihr. „Findest du nicht, Amanda, dass wir uns endlich vertragen sollten?“ fragte er lächelnd.

„Ich ... oh Jared!“, platzte sie heraus. „Ich bin so durcheinander.“

„Ich wollte dir schon im Salon von Langhams Haus gestehen, dass ich dich liebe, und dich küssen, habe jedoch darauf verzichtet, um nicht das Gefühl zu bekommen, ich würde auf Grund der Umgebung alles besudeln, was uns beide verbindet.“

„Und ich habe angenommen, du zähltest zum Kreis von Lord Langhams verkommenen Freunden“, flüsterte Amanda beschämt. „Das tut mir sehr leid, Jared. Mittlerweile habe ich längst eingesehen, dass ich Unrecht hatte. Mein Herz hat mir gesagt, dass der Schein trügerisch war. Bitte verzeih mir!“

„Dir würde ich alles vergeben“, erwiderte Jared warmherzig. „Siehst du mir mein Verhalten nach?“

„Ich weiß nicht, worauf du dich beziehst.“

„Ich meine die Tatsache, dass ich dir nicht früher erklärt habe, in welcher Beziehung ich zu Diana stehe“, erklärte er seufzend. „Ich habe wirklich kein persönliches Interesse an ihr und wollte lediglich verhindern, dass sie Langham verfällt. Sobald mir klar wurde, dass meine Bemühungen vergebens waren, habe ich überlegt, ob ich ihm meine Forderung schicken soll, es jedoch unterlassen, weil es dann zu einem schrecklichen Skandal gekommen wäre. Es erschien mir indes sehr geraten, dafür zu sorgen, dass du und Diana keinen Kontakt hattet, damit sie dir nicht schaden konnte. Ich habe ihr immer wieder ins Gewissen geredet, auch im Ballhaus, aber es war dumm von mir zu denken, ich könne vernünftig auf sie einwirken und dann zu dir zurückkehren. Aus Sorge um ihr Wohlergehen habe ich dir gegenüber einen Fehler nach dem anderen begangen. Ich dachte, du seist mir böse, weil ich dich vernachlässigt habe, und hättest dich deswegen James zugewandt. Natürlich konnte ich nicht ahnen, dass er dir gegenüber Andeutungen gemacht hat, ich sei in Diana verliebt und wolle sie heiraten. Ich war fest davon überzeugt, dass er Absichten auf dich hatte."

„Ich habe angenommen, dass du glaubst, ich würde mich von dir im Stich gelassen fühlen und hätte die Absicht, einen Keil zwischen dich und Miss Poste zu treiben", murmelte Amanda betreten. „Natürlich hat es mir nicht behagt, in diesem schlechten Licht dazustehen."

„Ich wäre nie auf den Einfall gekommen, du könntest versuchen, Diana gegen mich einzunehmen", erwiderte Jared bestürzt. „Ich habe mich lediglich darüber gewundert, dass du dich mehrmals mit ihr unterhalten hast."

„Auch ich habe mich bemüht, sie von Lord Langham abzubringen", gestand Amanda.

„Wieso? Du kanntest sie doch nicht und hattest folglich nicht den mindesten Anlass, dich mit ihr zu befassen!"

„Ich nahm an, sie sei in dich verliebt. Sie hat mir anvertraut, dass sie dich liebe, jedoch auf Anordnung ihres Vaters den Baron heiraten müsse", erklärte Amanda. „Also habe ich mir gesagt, dass ich, wenn ich schon auf dich verzichten müsse, ihr helfen könne, dich zu bekommen."

„So ein Unsinn!", sagte Jared fassungslos. „Zu welch absonderlichen Einfällen Frauen fähig sind", fügte er erschüttert hinzu. „Ich habe nie etwas Widersinnigeres gehört! Ich dachte, du liebst mich!"

„Das tue ich", flüsterte sie.

„Dennoch glaubtest du, so entsagungsvoll sein zu müssen?" Betreten senkte Amanda den Kopf.

„Ich weiß nicht, was ich dazu sagen soll“, fuhr Jared verständnislos fort. „Ich habe mich in dem Moment in dich verliebt, als du dich nach dem Unfall mit der Postkutsche für mich verwendet hast und mir in meiner damaligen Notlage behilflich warst. Es hat mich sehr beeindruckt, wie du, ohne zu zögern, deinen guten Ruf aufs Spiel gesetzt hast.“

„In der Tat war ich um meinen Ruf besorgt“, bekannte sie und schaute ernst Jared an. „Auch ich hatte mich in dich verliebt und habe mir oft genug vorgehalten, was geschehen würde, wenn sich herausstellt, dass du verheiratet bist und Kinder hast.“

„Noch habe ich keine, aber ich möchte gern viele um mich sehen“, erwiderte Jared lächelnd. „Wie viele möchtest du haben? Zwei, drei, vier, fünf, sechs?“

„War das ein Heiratsantrag?“ fragte Amanda schmunzelnd.

„Ja, mein Schatz“, versicherte Jared ihr. „Wirst du mir die Ehre erweisen, meine Gattin zu werden?“

„Ja, Jared“, antwortete Amanda glücklich.

Sacht zog er sie auf die Füße, drückte sie bewegt an sich und küsste sie innig.

Voller Sehnsucht erwiderte sie seine Zärtlichkeiten, löste sich schließlich von ihm und äußerte atemlos: „Ich habe eine Bitte, Jared.“

„Stell sie“, sagte er und strich sanft Amanda über die Wange.

„Es ist eher eine Forderung.“

„Das klingt schon gefährlicher! Was willst du?“

„Ich verlange von dir, dass du nie wieder auf den Einfall kommst, eine so dumme Wette wie damals abzuschließen. Ich möchte sicher sein, dass du nicht noch einmal das Gedächtnis verlierst und dich nicht erinnerst, ob du verheiratet bist oder nicht!“

„Sei unbesorgt, mein Schatz“, sagte Jared auflachend. „Dieses Versprechen gebe ich dir gern und gelobe feierlich, es zu halten!“

„Das beruhigt mich“, erwiderte Amanda erleichtert. „Ich liebe dich, Jared.“

„Ich liebe dich“, erwiderte er, „und daran wird sich nie etwas ändern.“

– ENDE –

Georgette Heyer
Venetia und der Wüstling

Band-Nr. 25449
7,95 € (D)
ISBN: 978-3-89941-735-7
432 Seiten

Georgette Heyer
Die Jungfernfalle

Band-Nr. 25435
7,95 € (D)
ISBN: 978-3-89941-714-2
464 Seiten

Paula Marshall / Mary Nichols
Ballsaison

Band-Nr. 25436
7,95 € (D)
ISBN: 978-3-89941-715-9
496 Seiten

Candice Hern
Verwegene Leidenschaft
Band-Nr. 25444
6,95 € (D)
ISBN: 978-3-89941-727-2
320 Seiten

Lisa Kleypas
Verbotene Früchte im Frühling
Band-Nr. 25432
6,95 € (D)
ISBN: 978-3-89941-709-8
320 Seiten

Loretta Chase
Ein unverschämt
charmanter Gentleman
Band-Nr. 25424
6,95 € (D)
ISBN: 978-3-89941-692-3
464 Seiten

Zoe Archer
Das geheime Leben der Lady X
Band-Nr. 25419
6,95 € (D)
ISBN: 978-3-89941-686-2
336 Seiten